Jeremy Lachlan
Die Wiege aller Welten

Jeremy Lachlan

DIE WIEGE ALLER WELTEN

Aus dem Englischen übersetzt von Nadine Mannchen

ISBN 978-3-7432-0307-5
1. Auflage 2019
erschienen unter dem Originaltitel
Jane Doe and the Cradle of all the Worlds
bei Hardie Grant Egmont PTY. LTD.
Für die deutschsprachige Ausgabe © 2019 Loewe Verlag GmbH, Bindlach
Aus dem Englischen übersetzt von Nadine Mannchen
Umschlagillustration und -gestaltung: Michael Ludwig Dietrich
Redaktion: Susanne Bertels
Lektorat: Steffi Korda
Printed in the EU

www.loewe-verlag.de

»Es gibt keine Karten,
die durch diese heilige Stätte führen könnten.
Dies ist ein Ort zwischen den Orten,
und ein tödlicher noch dazu.
Nehmt euch in Acht, Abenteurer:
Nur, wer sich als würdig erweist,
darf zwischen den Welten wandeln.«

Arundhati Riggs und das gigantische Tor

DIES IST
NICHT DER ANFANG

DAS VERBORGENE SYMBOL

Ihre Laterne scheucht in der Dunkelheit Schatten auf. Spinnweben haften an ihren Fingern und die Spinnen huschen davon. Sie fährt mit der Hand über die steinerne Wand des Tunnels und atmet tief ein, kostet die Feuchtigkeit, die Erde, das Unbekannte. Wie hat sie es vermisst! Die Leute nennen sie altmodisch, aber was wissen die schon. Winifred Robin gehört zu den Großen Abenteurern. Alt mag sie sein, dennoch ist ihre Geschichte noch lange nicht abgeschlossen. Heute Abend hat sich etwas verändert. Und sie ist entschlossen herauszufinden, was – und warum.

Winifred war gerade in den Katakomben und führte dort Nachforschungen durch, als das Erdbeben losbrach. Der Boden zitterte, die Schriftrollen wurden durcheinandergerüttelt. Kerzen stürzten von den Wänden und erloschen. Ein tiefes Grollen drang zu ihr – das Echo berstenden Gesteins –, doch nicht das, was sie hörte, sondern das, was sie kurz darauf fühlte, beunruhigte sie. Ein fauler Atem. Ein Luftzug.

Auch jetzt weht er ihr entgegen und lässt die Spinnweben tanzen. Es ist nicht mehr weit.

Hinter der nächsten Ecke stößt sie auf einen klaffenden Abgrund – ein breites schwarzes Loch, erfüllt von tausend Jahren Finsternis, so undurchdringlich, dass selbst das Laternenlicht sich davor scheut. Doch Winifred denkt nicht ans Umkehren, keine Sekunde. Diese Frau hat ganzen Armeen getrotzt, dem Tod selbst ein Schnippchen geschlagen, Götter bekämpft. Auf der ganzen Welt gibt es lediglich zwei Dinge, die sie fürchtet. Höhe gehört nicht dazu.

Die Laterne an den Gürtel geschnallt, klettert sie am Rand entlang. Ein Stein stürzt in die Tiefe. Wird von der Schwärze verschluckt. Das Geräusch des Aufpralls bleibt aus. Hin und wieder, während sie sich einen Weg den Krater entlang bahnt, wischt sie eine Spinne beiseite. Haarige Biester, groß wie eine Hand. Der Hauch weht aus der Tiefe zu ihr hinauf, doch sie schafft es sicheren Fußes auf die andere Seite. Richtet ihren tiefroten Umhang. Gönnt sich ein Lächeln.

Vorsichtig bewegt sie sich weiter. Die Insel Bluehaven ist übersät mit verlassenen Minen und von unterirdischen Gängen, doch dieser hier war Tausende von Jahren verborgen, abgeschottet von der Welt. Jetzt, zum zweiten Jahrestag Allen Unglücks – zwei Jahre, nachdem die Erde zum ersten Mal bebte –, hat er sich geöffnet.

Winifred glaubt nicht an Zufälle. Sie weiß, dass manches aus gutem Grund ein gut behütetes Geheimnis ist.

Am Ende des Tunnels tut sich im Stein eine Kammer auf. Als Winifred eintritt, tunkt ihre Laterne die Wände in goldenes Licht. Sie runzelt die Stirn. Der Raum ist ganz ohne Risse, ohne jede Spinne. Genau genommen gibt es hier überhaupt nichts. Die Kammer ist leer.

Suchend dreht Winifred sich um die eigene Achse, in der Hoffnung auf einen Geheimgang, einen weiteren Weg. Könnte ihr jemand zuvorgekommen sein? War der Schacht von einem anderen Korridor aus zugänglich?

Der Boden ist blank. Keine Fußspuren. Keine todbringenden Fallen, die im Fels versteckt sein könnten. Sie läuft die Kammer ab, fährt mit den Fingern über die Rückwand – da findet sie es. Ein kleines verblichenes Symbol: rostrot wie getrocknetes Blut. Eine uralte Hieroglyphe. Ein Dreieck, dessen eine Seite sich nach innen wölbt wie das Segel eines Schiffs oder eine Welle, umschlossen von einem Kreis.

Unglaublich. Winifred kennt dieses Zeichen. Seit zwei Jahren schon stellt sie die Große Bibliothek auf den Kopf, um seine Bedeutung zu enträtseln, und nun ist es hier. Die ganze Zeit über war es direkt unter ihren Füßen. Aber wie? Warum?

Das Symbol ruft nach ihr. Wispert in einer fremden, archaischen Sprache.

Winifred berührt es. Das Zeichen leuchtet auf, weiß und gleißend hell. Ein gespenstischer Windhauch heult durch die Kammer, reißt ihren Umhang in die Höhe, wirbelt Staub auf. Winifred will die Hand von der Wand nehmen, doch sie steckt fest, klebt an dem Symbol wie an einer glühend heißen Platte.

Der Schmerz ist grauenvoll. Allerdings nicht in ihrer Hand.

In ihrem Kopf.

Winifred *sieht*. Wie Blitze tauchen vor ihren Augen Bilder auf und in ihrem Geist entfaltet sich eine Geschichte, als würde sie

in Windeseile ein Buch lesen. Allerdings ist es nicht *nur* eine Geschichte. Sie ist real – oder sie wird es sein.

Es ist eine Vision der Zukunft.

Sie sieht eine Jagd. Einen Käfig. Ein Opfer. Eine lange Reise, einen Schwindler und eine Verbündete. Sieht Schrecken aus ihrer eigenen Vergangenheit, geboren im Sand einer fernen Welt, die Winifred mit einer vertrauten, wenn auch seit Jahren nicht gefühlten, kalten Furcht erfüllen. Sie sieht Trümmer und Ruinen. Tod und Verwüstung. Als Winifred glaubt, nicht noch mehr ertragen zu können, ebbt der gespenstische Wind ab, der Stein vor ihr splittert, zahlreiche Risse bilden sich und sie wird von der Wand geschleudert. Finsternis verschluckt sie.

Wie lange sie ohne Bewusstsein war, kann Winifred schlecht schätzen. Doch als sie zu sich kommt, ist ihre Laterne beinahe ausgebrannt. Der Staub hat sich gelegt. Das Symbol ist verschwunden. Sie fühlt sich merkwürdig. Aller Energie beraubt, dafür erfüllt von etwas anderem. Einer grimmigen Entschlossenheit, einem Ziel. Die Vision war ein Geschenk, eine Warnung, ein Auftrag von den Schöpfern persönlich. Winifred hat *gesehen*, doch noch mehr als das: Sie hat verstanden. Es gibt Dinge, die sie erledigen muss.

Schreckliche Dinge.

Dieses göttliche Geschenk hat seinen Preis.

Winifred rappelt sich auf. Hält eine vernarbte, knochige Hand gegen die geborstene Wand. Jetzt weiß sie, was sich hinter diesem Fels verbirgt: Wunder über Wunder. Ihre Hand zittert. Sie weiß nicht mehr, wann sie zuletzt geweint hat, doch jetzt gönnt sie sich einen Moment. Sie vergießt Tränen wegen Dingen, die sie getan hat, Dingen, die sie tun wird, und dem langen Weg, der ihr auferlegt wurde. Als sie fertig ist, räuspert sie sich und richtet noch einmal ihren blutroten Umhang.

Genug. Sie muss diesen Ort verlassen – verlassen und nie wiederkehren, denn das Wunder hinter dem Stein ist für jemand anderen bestimmt. Diese Geschichte ist nicht Winifreds Geschichte.

Es ist die von Jane White. Dem Kind mit den Bernsteinaugen.

TEIL EINS

ZWÖLF JAHRE SPÄTER

Ich stecke schon wieder in Schwierigkeiten. Berufsrisiko, wenn man als *verflucht* verschrien ist, als *unerwünscht, Beschwörerin allen Unheils, böser Geist*. Mieses Wetter, schlechte Ernten, verschwundene Haustiere – alles schieben sie mir in die Schuhe. Keine Ahnung, was ich diesmal verbrochen habe. Ich weiß nur, dass Mrs Hollow oben an der Kellertreppe mal wieder ein Reinigungsritual veranstaltet, auf die Stufe spuckt und mit einem Thymianzweig herumwedelt. Dabei murmelt sie leise vor sich hin und brabbelt Sachen wie »infernale Abscheulichkeit« und »katastrophaler Schandfleck von unergründlichem Ausmaß«.

Offensichtlich hat sie mal wieder komplizierte Wörter im Lexikon nachgeschlagen. Nie ein gutes Zeichen.

Normalerweise würde ich es mir gemütlich machen und die Sache aussitzen. Im Schatten hocken, an meinen Nägeln kauen und ein Liedchen summen. Aber nicht heute.

Heute habe ich tatsächlich etwas vor. Heute habe ich ein Geheimnis.

Also trete ich in den schmalen Lichtkegel, der durch die offene Tür fällt. »Ähm, Mrs Hollow?«

»Psst!« Die Frau ist groß und schlaksig. Mit nervösen Augen, die durch ihre Brille zehn Nummern zu groß wirken. Quasi eine einen Meter achtzig große Gottesanbeterin am Rande eines Nervenzusammenbruchs. Sie holt eine halbe Zitrone aus ihrer Schürzentasche und schmiert damit den Türrahmen ein. »Muss mich konzentrieren.«

»Klar doch. Aufs gute alte Spuck-Wedeln. 'tschuldigung.«

Mrs Hollow wirft Zitrone und Thymian weg, spuckt in die Hände, *pfft-pfft*, dreht sich im Kreis und ruft: »Hinfort!« Dann bleibt sie wie erstarrt stehen, die Hände in die Höhe gereckt, die Finger gespreizt.

Nichts passiert, natürlich nicht.

»Klasse Auftritt«, sage ich. »Es ist nur so, ich muss echt dringend aufs Klo …«

»Oh! Verflucht!« Mrs Hollow löst sich ruckartig aus ihrer Trance und wischt sich die Hände an der Schürze ab, bevor sie den Kopf schüttelt. »Sie ist weg. Die Schwingung. Du hast alles kaputt gemacht. Jetzt muss ich von vorn anfangen.«

»Wenn Sie mir vielleicht einfach verraten, was ich Ihrer Meinung nach ausgefressen habe …?«

»Nicht du. Na ja, nicht *nur* du. Vor allem *er*.« Anklagend zeigt sie mit dem Finger auf meinen Dad, der in seiner kleinen Nische liegt, wach, aber endlich ruhig. Wir wohnen nämlich im Keller. Mit Ratten und allem Drum und Dran. »Uns die ganze Nacht mit seinem Geschrei wach zu halten! Wie eine Todesfee brüllt er! Wir haben die Nase voll! Bring ihn unter Kontrolle oder er fliegt raus!«

Mein Gesicht wird glühend heiß. »Es war nicht seine Schuld. Das Beben hat ihn erschreckt, das war alles.«

»Das Beben, das *du* ausgelöst hast, du kleine Missgeburt von einer –«

»*Beatrice!*«, kreischt eine Stimme von oben. Es ist ihr Mann, Bertram, ein kleines Wiesel, das so gut wie immer am Küchentisch hockt. Er verlässt die Küche praktisch nie, weil es a) dort Essen gibt und er b) Angst hat, und zwar vor allem: Bazillen, Tieren, Pollen, Büchern, zwischenmenschlichen Kontakten, mir. Ich schwöre es hoch und heilig, einmal hat der Typ sogar einen Kleiderbügel angebrüllt. »*Halte ihr den Vortrag!*«

Oh, oh. Alles, nur nicht *den Vortrag.* Nicht jetzt.

»Ausgezeichnete Idee, Honigkuchen!« Mrs Hollow schaut mich durchdringend an, wird auf Kommando todernst und wirkt tief verletzt. »Das also ist euer Dank? Wir nehmen euch auf, aus reiner Nächstenliebe. Wir füttern euch durch. Geben euch Arbeit. Himmel, als du noch ein Baby warst, habe ich dich sogar gebadet! Und alles, was ihr fertigbringt, um uns eure Anerkennung zu zeigen, ist, uns die ganze Nacht wach zu halten? Ich will dir mal was sagen …« Die Frau blubbert weiter, aber ich habe schon vor Jahren gelernt, sie auszublenden.

Klar, teilweise hat sie recht. Die Hollows *haben* mich und Dad bei sich aufgenommen, aber nur, weil ihnen quasi keine andere Wahl blieb. Als wir auf Bluehaven auftauchten, wollte uns keiner, also warf der Stadtrat die Namen von jedem Pärchen der Insel in ein Fass und zog die glücklichen Gewinner. Eine halbe Stunde später wurden wir auf der Schwelle der Hollows abgeladen, gemeinsam mit zwei Hühnern und einer Kuh, die ihnen ihr Schicksal erleichtern sollten. So was wie

»Nächstenliebe« kennen sie nicht. Sie haben keine Freunde. Sie tun so, als würde Violet – ihre eigene *Tochter*! – nicht existieren. Und mich behandeln sie wie eine Sklavin, solange ich denken kann. Ich putze das Klo, wasche ihre Wäsche, sammle die Eier ein, melke die Kuh, miste aus und wische die Böden, während ich mich außerdem rund um die Uhr um Dad kümmere.

Jane White, Mädchen für alles.

»Hörst du überhaupt zu? Ich sagte, *deshalb* verdienst du einen grausamen, einsamen Tod.«

»Oh.« Ich bin dran. »Ich entschuldige mich vielmals, Mrs Hollow. Sie haben völlig recht. Ich bin ein fauler Apfel. Durch und durch verdorben. Ich verspreche, mich in Zukunft zu bessern. Madam.«

Zum Glück hatte die Frau noch nie Antennen für Sarkasmus.

»Gut. In ein paar Stunden brechen wir zum Fest auf. Du weißt, was zu tun ist.«

Ich nicke. »Hierbleiben. Die Wand anstarren. Um Vergebung beten. So wie immer.«

»Ganz recht. Die Schlossklage ist für uns alle ein wichtiges Ereignis.« Sie zeigt wuchtig mit dem Finger auf mich. »Ruiniere es nicht! Mit etwas Glück werden die Schöpfer uns dieses Jahr Gnade erweisen«, fügt sie hinzu und meint damit, dass ich mit etwas Glück von einem Blitz erschlagen, einem tollwütigen Hund gebissen oder von Bienen zu Tode gestochen werde.

»Man kann nur hoffen«, sage ich. Doch allmählich überspanne ich den Bogen.

Mrs Hollow sieht mich finster an, bevor sie Richtung Dad nickt und betont sagt: »Sorg. Dafür. Dass. Er. Ruhig. Ist.« Damit zieht sie ab und knallt die Tür hinter sich zu.

»Endlich«, murmele ich.

Ich flitze an meiner zerlumpten Matratze am Boden vorbei und zwänge mich in Dads Nische neben sein Bett. Vergangene Nacht hat er wegen des Bebens fast kein Auge zugetan. Schreiend hat er sich immer wieder hin und her geworfen und seine Laken komplett nass geschwitzt. Genau wie die Erschütterungen sind auch seine Anfälle in letzter Zeit schlimmer geworden. Intensiver. Fast brutal. Nun sind seine großen braunen Augen wieder glasig, fixiert in diesem endlos weiten Blick. Die meisten würden in ihm nur die leere Hülle eines Menschen erkennen, doch ich weiß es besser. Das leichte Stirnrunzeln, das Zittern seiner Hände   ich weiß, dass er noch irgendwo dadrin ist, und er hat Angst. Er will, dass ich bei ihm bleibe.

»Dachte schon, die zieht nie ab«, sage ich und ringe mir ein Lächeln ab. »Geht's dir gut?«

Natürlich antwortet er nicht. Genau genommen habe ich ihn noch nie reden hören, kein einziges Mal.

Mich um Dad zu kümmern, ist die einzige Aufgabe, die ich tatsächlich gerne tue. Es ist harte Arbeit. Außerdem mehr als traurig. Ich habe keine Ahnung, in welchem Albtraum er gefangen ist, und ich habe es schon lange aufgegeben, mir darüber den Kopf zu zerbrechen. Klar, er kann aufstehen und laufen, wenn ich ihm helfe. Langsam schlurfen, immer zwei Schrittchen. Er kann trinken und kauen und schlucken und die Toilette in der Ecke benutzen, aber das ist so ziemlich alles. Reden kann er nicht. Auch nicht lachen. Mich nicht umarmen. Ich kann keine Spiele mit ihm spielen oder mit ihm vor die Tür gehen. Und was am schlimmsten ist: Ich kann ihn nicht gesund machen. Alles, was ich tun kann, ist Kissen aufschütteln, Decken feststecken, Löffel voller Suppe reichen, Brot brechen, Zähne putzen, Haare waschen, Fingernägel kürzen und mir immer wieder dieselben Fragen stellen, die seit Jahren durch meinen Kopf geistern: Wie war er, bevor er krank wurde? Wie lautet sein richtiger Name? Wann wurde sein Haar so vorschnell rauchgrau? Was waren seine Lieblingsspeisen, -farben, -jahreszeiten und -lieder? Und dann die großen Fragen: Woher stammen wir? Wie ist meine Mutter so? Wie heißt *sie*? Sind *ihre* Augen wie meine? Ist sie irgendwo da draußen und wartet auf uns auf der anderen Seite? Warum ist sie nicht bei uns? Kurz gesagt: Was ist wirklich passiert in jener Nacht, als wir nach Bluehaven kamen?

Ich weiß, Dad kennt sämtliche Antworten, aber sie sind in ihm gefangen wie Krabbelkäfer in einem Glas. Ich kann nur meiner Fantasie freien Lauf lassen. An manchen Tagen treibt es mich in den Wahnsinn, aber ich liebe ihn und Punkt. Und das bedeutet, dass die Dinge in Ordnung sind, wie sie sind. Sicher, ich wünschte, er käme zu sich und würde mich von hier wegholen, aber Wünsche sind gefährlich, verwirrend. *Das hier* ist unser Leben. So war es schon immer und so wird es vermutlich immer sein. Zumindest dachte ich das bisher.

Jetzt habe ich Zweifel.

Im Morgengrauen wurde ich von einem schnellen *Rat-ta-tatt* geweckt. Nachdem ich mir die Spucke vom Kinn und den Schlaf aus den Augen gewischt hatte, sah ich gerade noch, wie jemand eine Nachricht durch den Spalt in dem winzigen Kellerfenster schob. Und zwar nicht irgendeine Nachricht. Ein altes Foto. Ein Bild von Dad, auf dem er in einem Sessel in einem prächtigen, sepiafarbenen Büro schläft: auch damals schon

krank, denke ich, aber etwas jünger, mit weniger Falten im Gesicht. Ich hatte das Gefühl, einen Amboss verschluckt zu haben. Noch nie hatte ich ein Foto von ihm gesehen. Hektisch zerrte ich eine Kiste unter das Fenster und stellte mich auf die Zehenspitzen, weil ich unbedingt sehen wollte, wer es mir zugesteckt hatte, aber der geheimnisvolle Bote war verschwunden. Ich hielt das Foto ins milchige Licht. Da erst fiel mir die Botschaft auf der Rückseite auf.

Bei mir. Bucht der Weißen Felsen. 10 Uhr.
Komm allein, wenn du Antworten willst – E. Atlas.

Eric Atlas. Das ergab keinen Sinn. Tut es noch immer nicht. Bluehavens glorreicher neuer Bürgermeister – ausgerechnet der schleicht bei Tagesanbruch über die Insel und schiebt Nachrichten durch Fenster? Erst vor wenigen Wochen war der Typ hier im Haus. Natürlich habe ich ihn nicht zu Gesicht bekommen, aber ich konnte ihn durch die Kellertür hören. Die schweren Stiefel. Die barsche Stimme. Angeblich wollte er mal sehen, wie es bei den Hollows so läuft. Eine Stunde hockte er in der Küche und hörte sich die lange Liste ihrer Leiden an. Also wozu auf einmal die Heimlichtuerei? Warum gerade heute? Unruhig lief ich auf und ab und kratzte mich grübelnd am Kopf.

Später dann, als Violet in den Keller schlich, um Hallo zu sagen, bevor ihre Eltern aufwachten, ging ich alles mit ihr durch. Gemeinsam schmiedeten wir Pläne.

»Du musst dahin«, entschied sie. »Könnte natürlich ein fieser Streich sein, aber gehen musst du trotzdem.«

Sie hat recht. Wahrscheinlich ist es nur ein dummer Streich.

Ein Trick, um mich ins Freie zu locken. Ein bisschen Schaber-
nack anlässlich der großen Feier oder so was in der Art, keine
Ahnung. Trotzdem muss ich hin. Ich muss es riskieren, muss es
herausfinden. Dieses Gefühl kommt schließlich nicht alle Tage
daher. Das Gefühl, dass sich alles ändern könnte.

Ich hole das zerknitterte Foto unter Dads Kissen, dem besten
Versteck im ganzen Keller, hervor. Auf dem Bild liegt eine Decke über Dads Beinen und neben ihm steht ein Schreibtisch.
Auch ein offener Kamin ist zu sehen, dahinter ein Schrank voller Bücher, Waffen und Vasen. Hundertprozentig hat man das
nicht bei den Hollows aufgenommen, also *wo dann*? Und wann?

Dad atmet schneller. Ich halte seine Hand und drücke sie.

»Keine Bange, Johnny-Boy. Ich bin im Handumdrehen zurück.«

Ich muss mich beeilen. Die alte Uhr an der Wand zeigt beinahe schon neun Uhr dreißig an, was bedeutet, dass Violets
Signal jeden Augenblick kommen sollte. *Nur eine kleine Ablenkung*, habe ich ihr eingeschärft. *Nichts Verrücktes. Jag nichts in
die Luft.* Sie hat es versprochen, Hand aufs Herz und alles, aber
ich habe das Funkeln in ihren Augen gesehen.

Ich binde mir die Haare zurück – lang, dunkel und so verfilzt,
dass mit Sicherheit jeder Kamm abbrechen würde –, schiebe
das Foto in meine Tasche und drücke Dad einen Kuss auf die
Wange. »Ich mach dir später was zu essen, okay?«

Dann drehe ich mich schnell weg. Ihn allein zu lassen, ist
auch so schon schwer genug.

Es gab mal eine Zeit, da konnte ich mich durch das Kellerfenster quetschen, aber das ist lange her, also schnappe ich mir
meinen Umhang und schleiche die Kellertreppe nach oben.

Die Hollows schließen die Tür erst ab, wenn sie gehen, daher ist das Rauskommen an sich kein Problem. Trotzdem sitze ich einen Moment reglos da, halte den Atem an.

Bis es passiert.

Ein lautes *Knack* ertönt. Irgendwo draußen, ganz hinten, glaube ich. Mrs Hollow brüllt: »Nicht schon wieder! Der Eimer, Bertram, wo ist der Eimer? Violet! Komm sofort hierher!«

Ich lächle. Das Mädchen ist unverbesserlich. Erst acht Jahre alt und schon ein Feuerteufel.

Quietschend öffnet sich die Hintertür, was heißt, dass es Zeit ist, sich in Bewegung zu setzen. Ich betrete den Flur, schließe behutsam die Kellertür und husche, so schnell ich kann, zum Ausgang. Wie immer gebe ich mir Mühe, *Die Drei Gesetze* zu ignorieren, die in einem Stickrahmen darüberhängen, reich verziert und mit einer feinen Staubschicht überzogen. Sie gehören zum Inventar in jedem Haus auf Bluehaven.

Wir betreten das Schloss freiwillig.
Wir betreten das Schloss unbewaffnet.
Wir betreten das Schloss allein.

PLATZ DES ANBEGINNS

Bluehaven ist ein Loch. Ein kaputtes Durcheinander aus Sackgassen und windschiefen Häusern, die sich überall an der felsigen Küste der Insel aneinanderquetschen. Holzbalken stützen krumme Mauern und absackende Dachvorsprünge. Schlaglöcher zerfressen die engen Straßen. Die Beben haben ihren Tribut gefordert. Wahrscheinlich gibt es in der ganzen Stadt mittlerweile keine einzige Fläche ohne Sprung – einer der Hauptgründe, weshalb die Stadtbewohner mich hier in etwa so willkommen heißen wie einen Furz in der Badewanne. Und sie lassen es mich spüren, wenn ich alle heiligen Zeiten einmal einen Fuß vor die Tür setze. Obwohl die Sonne scheint, es höllisch heiß ist und ich seit drei Tagen keine frische Luft mehr geschnuppert habe, ziehe ich mir deshalb die Kapuze meines Umhangs tief ins Gesicht, sobald ich auf der Straße bin. Ich darf kein Risiko eingehen. Den Kopf einziehen, schnell sein, nach den üblichen Verdächtigen Ausschau halten. Die alte Mrs Jones, die jedes Mal lautstark zu flennen anfängt, wenn sie mich sieht. Mr Annan, der sämtliche Fensterläden zudonnert und im Dunkeln schluchzt. Die alte Frau in Rot, die verfluchte Winifred Robin, die mir so gut wie überallhin folgt, immer im Schatten – läuft, wenn ich laufe, anhält, wenn ich anhalte. Ein paarmal bin ich tatsächlich umgekehrt, weil ich ihr die Meinung sagen wollte, aber dann war sie einfach verschwunden. Unheimlich, klar, aber ich habe mich daran gewöhnt. An alles. Wenn mich die Kinder sehen, rennen sie weg, als hätte ich eine ansteckende Krankheit. Türen schlagen zu, Riegel werden vorgeschoben. Die Alten flüstern Gebete.

Doch heute Morgen ist es hier wie in einer Geisterstadt. Niemand lässt sich blicken.

»He, warte!« In ihren kleinen roten Stiefeln flitzt Violet hinter mir um die Ecke und strahlt übers ganze Gesicht. »Bevor du meckerst: Ich habe nichts in die Luft gejagt. Nur die Mülltonne angezündet.« Sie hat mich eingeholt und läuft im Gleichschritt neben mir. »Irgendwas *im* Müll ist explodiert, aber das war nicht meine Schuld.«

»Dir ist schon klar, dass du deine Mutter einfach nach oben hättest rufen können, oder?«

Violet rümpft die Nase. »Wo bleibt denn da der Spaß? Außerdem kann ich dir ja schlecht helfen, wenn ich zu Hause festsitze.« Sie klatscht in die Hände. »Also, wie lautet der Plan?«

»Ich gehe zu den Weißen Felsen. Du gehst nach Hause.«

»Ähem? Wenn sie dich dabei erwischen, wie du gegen die Ausgangssperre verstößt, sperren sie dich einen ganzen Monat im Keller ein. Oder schlimmer. Sie könnten dich verbannen. Dich erstechen. Oh! Oh! Sie könnten dich erstechen und *dann* verbannen!«

»Wow. Mach dir bitte nicht *zu* viele Sorgen um mich, Violet.«

»Natürlich will ich nicht, dass irgendwas davon passiert. Aber pass mal auf: Du hängst jeden Tag mit John im Keller fest, deshalb bin ich deine einzige Freundin. Du darfst nicht zur Schule, deshalb bist du nicht die Hellste. Und jetzt treibst du dich draußen rum, ausgerechnet an dem Tag, an dem sich alle anderen treffen, um Puppen von euch auf dem Platz des Anbeginns zu verbrennen.«

Dass es für die Kinder auf Bluehaven normal ist, Puppen auf Scheiterhaufen zu verbrennen, kann *nicht* normal sein, oder? Dieser verfluchte Ort, im Ernst! »Soll das heißen, ich brauche alle Hilfe, die ich kriegen kann?«

»Soll heißen, du brauchst *mich*.«

»Von mir aus.« Ich seufze. »Du kannst mich bis zur Bucht begleiten, aber dann musst du gehen. In der Nachricht stand *komm allein*. Wenn wir Atlas erschrecken, war vielleicht alles umsonst. Und falls vorher irgendwas passiert, rennst du auf der Stelle nach Hause! Du bleibst nicht stehen! Du schaust dich nicht um! Abgemacht?«

Es scheint ihr zwar nichts auszumachen, aber Violet wird schon genug gehänselt, weil sie mit mir unter einem Dach wohnt. Ich will gar nicht dran denken, was passieren könnte, wenn die Leute herausfinden, dass wir Freundinnen sind.

»Abgemacht«, sagt sie.

An der Ecke, an der die Sunviewstreet auf die Hauptstraße trifft, bleibe ich stehen. Violet geht geduckt voraus, um zu sehen, ob die Luft rein ist. Sie versucht zu pfeifen, hat den Dreh aber noch nicht ganz raus, also hustet sie und räuspert sich, bis ich kapiere, was sie will, und zu ihr aufschließe. Eben ist eine

Gruppe Kinder vorbeigelaufen. Ein paar Türen weiter fegt eine Frau den Hauseingang. Ich schleiche über die Straße, klammheimlich wie ein verdammter Bandit, und lotse Violet flink und schnell in eine Gasse.

Bluehaven ist wie ein riesiges Labyrinth, aber ich kenne jede Straße, jede Abkürzung. Klar, heutzutage komme ich nur raus, um für die Hollows hin und wieder eine Besorgung zu machen – Holz holen, Reis kaufen –, aber früher habe ich mich ständig draußen rumgetrieben, vor allem nachts. Im Mondlicht bin ich durch die Straßen gewandert und habe die Mülltonnen der Nachbarn nach ausrangierter Kleidung und allem möglichen Krimskrams durchstöbert, manchmal sogar nach einem Mitternachtssnack für Dad und mich. Hin und wieder habe ich sogar die Mango- und Kokosnussbuchten weiter draußen geplündert und ein ganzes Festessen nach Hause gebracht. Hat nicht lange gedauert, bis ich jeden einzelnen Weg tausendmal abgelaufen war.

»Ich habe nachgedacht«, sagt Violet. Sie taucht ab und rollt sich unter einem Fenster vorbei, damit sie auch ja keiner sieht – völliger Quatsch, weil das Fenster verbarrikadiert ist, aber immerhin amüsiert sie sich prächtig. »Sollte das echt ein Hinterhalt sein«, sie springt auf und klopft sich den Staub von den Klamotten, »solltest du einfach mitspielen. Gönn dir den Spaß. Spiel die Böse. Brüll dir die Seele aus dem Leib, renn wie bekloppt durch die Gegend und sag ihnen, dass du die ganze Insel untergehen lässt, wenn sie dir keine Kiste voll Kiesel geben oder so was in der Art.«

»Was will ich denn mit einer Kiste Kiesel?«

»Warum solltest du sie *nicht* wollen?«

Auf der Kreuzung ist viel los. Rechts abbiegen in die Kepos Road. Keine andere Möglichkeit, als in der Menge abtauchen, sich treiben lassen. Sich in aller Öffentlichkeit verstecken und hoffen, dass die vorbeiziehenden Stadtbewohner nicht checken, wer wir sind. Ich ziehe mir die Kapuze ins Gesicht. Konzentriere mich auf meine Füße, lasse Violet vorgehen. Rechne damit, dass mich jeden Moment eine Hand packt und herumreißt, damit die Menge sich auf mich stürzen kann.

Violet bleibt stehen. Ich pralle gegen ihren Rücken und jemand prallt gegen meinen. Ich mache mich bereit wegzurennen, doch der Typ sagt tatsächlich: »Verzeihung«, und läuft einfach weiter. Fast hätte ich gelacht.

Wenn der wüsste.

»Was ist los?«, flüstere ich.

»Zwei Karren vor uns«, wispert Violet zurück. »Sie stecken fest und versperren die Straße. Verfluchte Idioten. Wir könnten vielleicht unter ihnen durchkrabbeln, aber –«

»Nein«, unterbreche ich sie. »Komm mit. Es ist zwar ein Risiko, aber wir müssen über den Anbeginn.«

Wir huschen in eine Seitengasse und ziehen im Laufschritt weiter. Ich spüre richtig, wie uns die Sekunden durch die Finger rinnen. Wir weichen Mülltonnen aus, springen über Schlaglöcher, ducken uns unter einer Wäscheleine hindurch und klettern über einen Stapel Kisten und Fässer, während das dumpfe Lärmen vom Platz des Anbeginns lauter wird.

Prüfend greife ich in meine Tasche. Das geheimnisvolle Foto ist noch da, sicher verwahrt. Ich halte es fest und unterdrücke den Drang umzukehren, in den Keller zu rennen und nach Dad zu sehen. Manchmal könnte ich schwören, dass uns ein unsichtbares Band verbindet, das sich abrollt, dehnt und mir schließlich an Herz und Eingeweiden zerrt, immer, wenn ich zu weit wegstreune. Immer, wenn ich zu lange fort bin.

Heute zieht es so stark wie noch nie.

Violet bemerkt den Ausdruck in meinem Gesicht. Sie kennt ihn viel zu gut. »Er kommt klar, Jane«, sagt sie, während sie neben mir herhechelt und -keucht. »Wo er ist, ist es viel sicherer als da, wo du hinwillst. Aber keine Sorge, bestimmt ist der Platz gerammelt voll. Und alle sind viel zu beschäftigt mit Vorbereitungen fürs Fest. Wirst sehen.«

Es stimmt. Auf dem Platz des Anbeginns ist die Hölle los. Alle sind mit vollem Einsatz dabei, Buden und Bühnen aufzubauen. Karren voller Obst und gebratenen Ferkeln am Spieß rollen vorbei. Wehende Fahnen an den Laternenpfählen. Lang gespannte Banner zwischen den umliegenden Gebäuden. Die Dawes-Gedenkschule. Das Museum der Anderwelt-Antiquitäten. Das prächtige Rathaus. Die Fahnen und Banner sind weiß, Symbole von Frieden und rein gemachten Tischen. Die Schlossklage gedenkt der Nacht Allen Unglücks. Es ist der einzige Tag im Jahr, an dem die Stadtbewohner zusammenkommen, um sich an die Abenteuer der Vergangenheit zu erinnern und zu feiern. Um ihre Götter zu preisen: Po, Aris und Nabu-kai, auch bekannt als die drei Schöpfer. Um zu singen, zu beten, zu tanzen und – ihr habt's erraten – Puppen von mir und Dad zu verbrennen. Da sind die Dinger ja auch schon. Riesige Teile aus Stroh auf Rädern.

Kann sein, dass dieses Fest mal eine feierliche und würdevolle Angelegenheit war, aber inzwischen ist es nur noch eine große Party. Bei der ich ganz sicher nicht auf der Gästeliste stehe.

Hier sollte ich so *gar* nicht sein.

»Ich *liebe* die Festzeit«, seufzt Violet, als ein Schubkarren voller Feuerwerkskörper vorbeirollt.

»Nur die Ruhe, du kleine Pyromanin.« Ich ziehe sie in die Menschenmenge. »Ich finde es ja gut, wenn sie ausnahmsweise mal nicht vor *mir* wegrennen, aber soll echt noch mal so was wie letztes Jahr passieren?«

»Hey, wenn sie bei den Drachenrädern keine Kinder wollen, hätten sie so was wie ein Schild aufstellen sollen. Außerdem hab ich nur die Hälfte angezündet.«

»Ja, aber als sie noch im Lager waren. Ich konnte die Explosion sogar vom Keller aus hören.«

Violet seufzt zum zweiten Mal. »Ach, du hättest es *sehen* sollen!« Sie setzt ihren Welpenblick auf. »Ich wünschte *so sehr*, du könntest heute Abend kommen, Jane. Du warst noch nie dabei. Warum probierst du es nicht wenigstens?«

»Muss ich dir das wirklich erklären?«

»Wir könnten dich verkleiden. Als Baum oder so. Mit ein paar Zweigen, hier und da Blätter ...«

»Ich komme nicht zum Fest, Violet. Nie. Können wir das Thema wechseln?«

»Von mir aus. Ich wechsle das Thema. Thema gewechselt. Glaubst du, dieses Jahr passiert es?«

»Ob ich glaube, dass du irgendwas in die Luft jagst? Vermutlich.«

»Nein, du dumme Nuss. Das, worauf alle warten. Meinst du, es wacht endlich auf?«

Ich schaue mir die Leute an. Immer wieder blicken sie vom Schieben, Bauen, Kehren und Putzen auf zur Heiligen Stiege am anderen Ende des Platzes. Steil, fast gerade verläuft die gigantische Treppe mit den bröckelnden Rändern bis zum Gipfel im Zentrum der Insel. Auf riesigen Pfeilern erhebt sie sich über die terrassenförmig angelegten Bauernhöfe. Hoch, hoch und höher führen die Stufen die zerklüftete, felsige Bergflanke hinauf, bis sie von einer enormen Steintür verschluckt werden: dem Zugang zu Bluehavens großem, beklagtem Schatz.

Dem Schloss.

Mit seinen hohen Säulen und dem schäbigen Mauerwerk sieht das Schloss eher aus wie eine uralte Ruine. Ein gigantischer Gargoyle, der wie eine Krone auf der Insel hockt, geboren aus der Steilküste und so alt wie Himmel und Meer. Die fensterlosen Wände werden von brüchigen Statuen gesäumt. Welke Ranken klammern sich an die Seiten. Jahrtausendelang haben die Bewohner von Bluehaven es verehrt, gepriesen, bereist, um die Anderwelten zu besuchen. Doch nun steht es schon seit gut zehn Jahren so da – schlafend, leblos, für alle gesperrt. Seit vierzehn Jahren, um genau zu sein.

Seitdem ich und Dad in der Stadt sind.

Angeblich hat es ein Unwetter gegeben. Angeblich fiel Dad durch das Tor und brach oben auf der Treppe zusammen. Ein Mann ohne Vergangenheit. Ohne Namen. John White nennen sie ihn. John White und sein Baby Jane. Angeblich lag ich weinend in seinen Armen.

Man erzählt sich, dass im selben Moment das erste Beben einsetzte.

»Jane? He!« Violet zupft an meinem Umhang. »Ich hab dich was gefragt! Denkst du, es wacht auf?«

»Keine Ahnung. Ist mir auch egal.«

»Schon gut, schon gut, Fräulein Griesgram. Ich glaube übrigens nicht, dass es deine Schuld ist.«

»Weiß ich.«

»Ich meine: *Du* sollst die Nacht Allen Unglücks verursacht haben?!« Violet sammelt ihre Spucke und trifft präzise einen Kiesel zwischen ihren Schuhen, eine knifflige Fertigkeit, die ich ihr vergangenes Jahr beigebracht habe. »Du hast Angst im Dunkeln, du sabberst im Schlaf und du kannst nicht mal *schwimmen* – mal ganz abgesehen davon, eine ganze Insel zu verfluchen. Und ja, klar, du bist irgendwie unheimlich, aber keine inf..., keine infini...«

»Infernale Abscheulichkeit.«

»Ja, genau. Jedenfalls: Keiner weiß, woher du und dein Vater kommt. Oder was in der Nacht damals wirklich passiert ist, im Schloss. Miss Bolin vermutet, dass du eure Heimatwelt verflucht hast. Alles in Schutt und Asche gelegt hast. Gestern hat sie unserer Klasse erzählt, dass John dich wahrscheinlich in einer anderen Welt aussetzen wollte, weil er sich so geschämt hat und so, also hast du ihn auch verflucht – quasi als böses Supergenie-Baby – und deshalb ist er jetzt so krank.« Sie schüttelt den Kopf. »Totaler Quatsch.«

»Ist aber eine beliebte Theorie. Trotzdem danke für den Vertrauensbeweis.«

Violet blinzelt zum Schloss hoch. »Wenigstens kannst du behaupten, dass du mal drin warst. Da hast du echt Glück, wenn man so drüber nachdenkt.«

»Du da! *Hey!*«

Verflucht. Der alte Barnaby Twigg hat mich mitten in der Menge erspäht.

»Alaaarm! Der Teufel wandelt unter uns! Hinweg mit dir, Verwüsterin!«

»In Deckung.« Ich ziehe Violet schnell hinter eine Kiste mit Bananen.

Barnaby ist vom Schloss so besessen wie sonst keiner. Für den Verrückten mit dem Hängebauch ist es so wichtig, das Wiedererwachen mit eigenen Augen zu sehen, dass er auf dem Platz schläft, isst, ja manchmal sogar im Brunnen badet, nur damit er jeden Morgen der Erste und jeden Abend der Letzte auf der Treppe ist. Heute trägt er seinen besten Safarianzug. Zum Glück sind alle an sein beklopptes Gebrabbel gewöhnt, sodass sie ihn einfach ignorieren.

»Hinfort mit dir, sonst vernichte ich dich!«, brüllt er und klettert ganz nach oben auf den Brunnen. »Wie die Dämonenkrieger des Yan! Habe sie allesamt niedergestreckt, ich allein. Mit einem Hieb, ruck, zuck, hurra! Ist die reine Wahrheit!«

»Jepp«, murmele ich. »Ich bin ein echter Glückspilz.«

Violet packt meinen Arm. »Jane«, flüstert sie und zeigt auf eine Taschenuhr, die von der Hand eines Fremden in der Nähe baumelt. Als ich mich vorbeuge, kann ich das Ziffernblatt gerade so erkennen.

Mir wird schlecht. Es ist bereits eine Minute nach zehn.

»Verdammter Mist …«

Wir lassen Barnaby weiterzetern, zischen zurück in die Menge und laufen in die Straße, die zur Bucht der Weißen Felsen führt. Violet will mich überreden, sie mitzunehmen.

»Auf keinen Fall«, wehre ich ab. »Du gehst andersrum und wartest auf der Westseite der Bucht auf mich. Wenn ich in … keine Ahnung … sagen wir, fünfzehn Minuten nicht da bin, gehst du nach Hause, siehst für mich nach Dad und hältst die Füße still. Du kommst mich nicht suchen! Kapiert?«

»Aber ich könnte doch einfach hinter dir –«

»Keine Zeit zum Diskutieren, Violet. Du gehst. Ich komme allein klar.«

»Okay«, sagt sie. »Okay, okay, okay.« Sie zappelt auf der Stelle, als müsste sie mal aufs Klo, schaut mich dabei aber superdurchdringend und ernst an. »Viel Glück, Jane. Ich sehe dich auf der anderen Seite.« Dann saust sie davon und taucht in der Menge ab.

DER FANG DES TAGES

Die Straßen Bluehavens gehen für mich hin und wieder in Ordnung, aber öffentliche Gebäude darf ich unter Strafe nicht betreten. War mir eigentlich immer egal. Das Museum? Das Rathaus? Hochgradig langweilig. Aber was die Schule angeht, war die Neugier vor ein paar Jahren stärker als ich. Dem bunten Ort zu widerstehen, an dem sich die Kinder jeden Tag treffen, um zu lernen, zu lesen, zu lachen und zu spielen, war, wie sich das Pinkeln verkneifen zu wollen. Je länger ich es unterdrückte, desto dringender wurde es.

Ich habe mich mehrmals die Woche hingeschlichen. Unter einem offenen Fenster habe ich mein Einmaleins gelernt. Versteckt in einer Gasse neben dem Naturkunderaum die Namen der verschiedenen Wolken. Mit neun schlich ich mich sogar in ein *richtiges* Klassenzimmer und habe fast den ganzen Tag in einem Schrank verbracht. Durch ein Loch in der Tür habe ich die Klasse beobachtet, erfahren, wie ihre Vorfahren übers Meer kamen, nachdem sie aus den Sterbenden Landen geflohen waren. Ich lernte, was der Unterschied zwischen einem Labyrinth und einem Irrgarten ist. Ich habe sogar gelernt, dass Sprengsätze nichts mit Grammatik zu tun haben. Leider hatte ich mich ausgerechnet im Schrank mit den Utensilien für den Kunstunterricht versteckt. Als die Schüler ihre Lieblingsanderwelt malen sollten, hat der Lehrer mich entdeckt und aus dem Fenster geworfen. Man verschärfte die Sicherheitsmaßnahmen und schrubbte die Schule gründlich sauber, reinigte sie mit Weihrauch und dem ganzen Zinnober.

Seitdem muss ich mir von Violet Bücher ausleihen.

Ein Genie bin ich also nicht gerade. Mathe, Chemie, Geschichte? Vergiss es. Dafür bin ich die Königin der Straße und Überlebenskünstlerin. Das habe ich dem Ort zu verdanken, an dem ich nicht erwünscht bin. Ich weiß, wann man besser wegläuft, sich versteckt, lügt. Ich weiß, ich muss mich an die Schatten halten, sobald ich die Bucht der Weißen Felsen betrete, weil die Fischer, genau wie Bürgermeister Atlas, ihre Angst vor mir schon lange abgelegt haben. Zum Teufel, im Lauf der Jahre hat man mich mit Fischinnereien beworfen, mit Fanghaken bedroht und mit Messern durch die Straßen gejagt! Ich bin relativ sicher, dass alles nur Show ist. Vermutlich würden sie mir nicht wirklich was tun – einmal hat mich tatsächlich einer fast erwischt, aber dann hat er urplötzlich kehrtgemacht. Er wirkte unsicher und verlegen, als hätte er Angst, jemand oder *etwas* hinter mir könnte sich auf ihn stürzen und ihm den Kopf abreißen. Allerdings lasse ich es lieber nicht drauf ankommen.

Ich schleiche hinter die Hummerfallen und Auslagen mit getrocknetem Seegras und peile die Lage. Heute ist das Glück auf meiner Seite. Gerade ist ein frischer Fang eingetrudelt, extra fürs Fest. Die Fischer sind damit beschäftigt, ihre Segelboote zu entladen, Eimer über den Steg zu schleifen, ihre Beute auf den großen Steintischen auszunehmen und die Eingeweide den Horden von Katzen zuzuwerfen, die um ihre Knöchel streifen. Was der Bucht ihren Namen verleiht, liegt etwas weiter draußen im Wasser, jenseits der Boote: ein blasser Fels, der aus den Wellen ragt.

Atlas wohnt weit hinten, am Ende der Bucht. Aber hier liegt so viel Kram herum, dass ich bequem dorthin krabbeln, flitzen und schleichen kann – unter einem Segeltuch, hinter Kisten und Bergen von Netzen. In null Komma nichts klopfe ich an Atlas' Tür. Mit nur minimaler Verspätung.

Ich ziehe die Kapuze vom Kopf. Das Heim des Bürgermeisters ist riesig. Vier Stockwerke, geschwungene Balkone, Blumenkästen vor den Fenstern, aus denen Jasmin quillt. Der alte Bürgermeister Obi ist vor ein, zwei Monaten gestorben. War vermutlich ein ganz netter Typ, zumindest war seine Taktik, mit mir und Dad umzugehen, so zu tun, als gäbe es uns nicht. Hat uns nie großartig Ärger gemacht, der Mann. Doch kaum war seine Asche abgekühlt, gab es eine Blitzwahl. Atlas hat mit einem Megavorsprung gewonnen und keine Zeit vergeudet. Praktisch sofort ist er in seine neue Bude eingezogen.

Ich klopfe zum zweiten Mal, noch immer antwortet niemand.

»Was zum Teufel hast du hier verloren, White?«

Freude über Freude! Nicht Atlas, sondern sein Volltrottel von einem Sohn ist hinter mir aufgetaucht. Der Typ ist ein paar Jahre jünger als ich, dafür fast genauso groß. Aus dem wird bestimmt mal ein richtiger Schrank.

»Eric junior«, sage ich. »Ja. Ähm. Ich wollte nur … zu deinem Dad.«

Er löst weder Alarm aus noch schreit er um Hilfe. Dafür mustert er mich von Kopf bis Fuß, als müsse er erst überlegen, ob ich wirklich hier bin oder nur ein Hirngespinst.

»Warum sollte er dich sehen wollen?«

»Ach, du weißt schon.« Ich vergrabe eine Hand in der Tasche und umklammere das Foto. »Um über alte Zeiten zu plaudern. Backgammon zu spielen. Außerdem wollten wir darüber beratschlagen, ob wir auf dem Platz des Anbeginns eine Statue von mir und Dad aufstellen sollten.«

Eric junior sieht mich stirnrunzelnd an. Ich räuspere mich, stelle klar, dass ich einen Scherz gemacht habe, und ernte wundersamerweise ein Lächeln. Eins dieser viel geübten, gewinnenden Lächeln. Die Art von Lächeln, bei der ich taumeln, sabbern und weiche Knie bekommen sollte. Und wer weiß? Würde ich auf Kerle stehen, hätte er damit vielleicht Erfolg, aber ich habe meine Zweifel. Daran, dass ich auf Kerle stehe, meine ich.

»Ziemlich witzig, White«, sagt Eric junior. »Aber er ist nicht da, tut mir leid.« Er schaut mich mit hochgezogener Augenbraue an. »Aber lass mich seine Kumpel fragen. Bestimmt weiß einer von denen, wo er steckt.«

»Ach, lass gut sein –«

»Hey, alle zusammen!«, brüllt Eric junior. »Jane White sucht nach meinem Vater. Weiß jemand, wo er ist? Kann ihr jemand helfen?«

Die Fischer erstarren. Selbst die Katzen lassen ihre Fischköpfe liegen und glotzen mich an.

»Tja, schätze nicht«, sagt Eric junior. »Ach warte mal, echt blöd von mir. Gerade fällt mir ein, dass er im Rathaus ist und an seiner Rede feilt. Diesmal wird die echt gut.« Der kleine Arsch klopft mir auf die Schulter. Es ist offensichtlich, dass er seinen großen Auftritt genießt. »Schade, dass du nicht eingeladen bist.«

Eine Möwe schreit. Eine Katze miaut. In der Ferne klingelt ein einsames Bojenglöckchen.

»Ja, na dann …«, sage ich grob in die Richtung der Fischer. »Ich bin spät dran, also lasse ich euch besser –«

»*PACKT SIE!*«

Sie stürmen los. Und plötzlich renne ich um mein verfluchtes Leben. Ducke mich, weiche aus. Springe über ein Fass, rutsche unter einem der Ausweidetische durch und springe wieder auf. Für den Bruchteil einer Sekunde glaube ich tatsächlich, dass ich es schaffe – im Mob tut sich eine Lücke auf, dahinter liegt eine Gasse … Doch dann wirft irgendein Idiot einen Anker nach mir – einen echten, beschissenen *Anker*! – und ich muss die Richtung wechseln. Sofort bin ich umzingelt. Alles verschwimmt. Jeder brüllt und schreit, rückt mir auf die Pelle, also entscheide ich mich für den einzig möglichen Ausweg. Bevor ich begreife, was ich da mache, renne ich über einen klapprigen alten Steg aufs Meer hinaus. Die Fischer haben mich nicht einfach nur umzingelt, sie haben mich zu einem bestimmten Punkt getrieben.

Ich sitze in der Falle. Über dem Wasser. Vielleicht ist es mit meinen Überlebenskünsten doch nicht so weit her.

Die Fischer jubeln. Sogar Eric junior macht mit, johlt und grölt.

Mir wird schlecht. Tief unter mir höre ich Wasser schwappen. Sehe meinen Schatten zwischen den faulenden Holzplanken ertrinken. In der Nähe sind einige Segelboote vertäut, doch für ein Mädchen, das nicht schwimmen kann, könnten sie genauso gut am Horizont schweben. Langsam drehe ich mich um. Die Fischer staksen über den Steg auf mich zu, angeführt von Eric junior und einem Riesen mit Zahnlücken und Holzbein. »Stumpf« nennen sie ihn. Jepp, hier lässt man sich echt klasse Spitznamen einfallen.

»Wir haben dir doch gesagt, dass du dich bei uns nicht mehr blicken lassen sollst, kleine White!«, knurrt er.

Unter unserem vereinten Gewicht ächzt der Steg bedenklich. Gerät ins Wanken.

»Wir müssen *echt* runter von dem Ding«, sage ich. »Bitte, ich … ich gehe nach Hause. Sofort.«

»Du hast kein Zuhause«, schnauzt Eric junior. »Du bist ein Parasit, White. Ein Blutegel, der unsere Insel aussaugt. Du und dein geisteskranker Dad.«

Ich kann kaum noch denken *Niemand nennt meinen Dad geisteskrank, du übergroßer Hornochse!*, als er sich schon von den anderen löst und auf mich zusprintet. Der Steg knarrt und schaukelt heftig.

»Stopp!«, rufe ich. »Alle stehen bleiben!« Aber zu spät.

Der Steg kippt. Wie Dominosteine purzeln die Fischer um. Eric junior prallt gegen mich und gemeinsam stürzen wir, klatschen brutal ins Wasser und gehen unter.

Mein Umhang ist zu schwer, zerrt mich in die Tiefe, als wären die Taschen mit Steinen gefüllt. Ich klammere mich an Eric junior. Er tritt wild um sich, will mich loswerden, aber ich kann unmöglich loslassen. Ich flehe ihn an, schleudere ihm Blubber-blasen-Hilferufe entgegen, bis meine Lunge stöhnt und brennt. Es ist, als wäre ich in einem meiner Albträume gefangen.

Dann ist er fort.

Eric junior verschwindet, dafür macht sich unheimliche Stille breit. Ich höre meinen eigenen Herzschlag, jedes Krampfen meiner Kehle. Doch denken kann ich nur an Dad, der im Keller liegt, der Gnade der Gottesanbeterin und des Wiesels ausgeliefert. Allein. Hungrig. Wartend. Voller Sorge.

Das unsichtbare Band zwischen uns zerrt und zieht an mir.

Dann verändert sich das Gefühl. Tentakel wickeln sich um mich, drücken zu und tragen mich davon. Nein, nicht davon. Nach oben. Ich steige auf, immer schneller, gefangen in einem Fischernetz. Ich platze aus dem Wasser und tauche in gleißend helles Sonnenlicht, während herrliche Luft in meine Lunge strömt. Und die atme ich nicht nur ein, sondern fliege auch hindurch. Das Netz schwingt herum, befördert mich aufs Deck eines Segelbootes, wo ich wie ein verwirrtes, keuchendes Häufchen Elend liegen bleibe. Sogar ein Lächeln bringe ich zustande, bis ich begreife, dass man mich beobachtet. Eine alte Frau in rotem Umhang steht an der Seilwinde.

Die verfluchte Winifred Robin höchstpersönlich. Ihre Haut ist runzlig und voller Narben. Ein Gesicht wie ein Hackbrett! Hände wie Klauen. Während sie übers Deck auf mich zuschreitet, holt sie unter dem Umhang ein Gewehr hervor. Offensichtlich hat sich meine Lage nicht unbedingt verbessert.

»Tut mir leid, Jane«, sagt sie. »Du wirst beim Aufwachen böse Kopfschmerzen haben.«

Mit dem Kolben schlägt sie mich bewusstlos.

STIMMEN IN DER DUNKELHEIT

Normalerweise ist mein Schlaf voller Albträume. Bildfetzen von weinenden Babys, Fremde, die vor Monstern fliehen, endlose Korridore und ein blendend weißes Licht. Meistens bin ich allein und ertrinke in einem weit entfernten Meer. Kein Wunder, dass Violet glaubt, ich hätte Angst im Dunkeln. Ständig wache ich brüllend auf, eingewickelt in nass geschwitzte Laken. Doch das hier – so richtig bewusstlos geschlagen – ist gar nicht mal so übel, eher so, als wäre man in eine dicke warme Decke gehüllt. In einen schwebenden Kokon, in den kein Albtraum reinkann. Ein sicherer Ort, tiefer als jeder normale Schlaf.

Leider muss man irgendwann aufwachen.

»Ihre Nachricht hat mich überrascht.« Eine tiefe Stimme dringt an mein Ohr. »Sie nach all diesen Jahren einzufangen. Sie in dieses Ding zu werfen. So kenne ich Sie gar nicht, Robin.«

»Möglich.« Eine alte, kratzige Stimme. *Ihre* Stimme. »Aber ich habe gute Gründe.«

»Das sagen Sie immer wieder. Allerdings haben Sie mir noch nicht verraten, was das für Gründe sind. Sie machen es einem nie leicht. Seit Jahren haben Sie keinen Fuß mehr auf ein Boot gesetzt. Woher wussten Sie, dass sie im Wasser landen würde? Und erzählen Sie mir nicht, es sei bloß Zufall gewesen.«

»Natürlich war es kein Zufall. So etwas wie Zufall gibt es nicht.«

»Und woher –?«

»Sie haben vierzehn Jahre auf diesen Moment gewartet, Eric. Es überrascht mich, dass Sie überhaupt Fragen stellen. Ich habe Ihnen das Mädchen gebracht. Sie steht nicht länger unter meinem Schutz.«

Ein Moment der Stille.

»Ihnen ist klar, was das bedeutet, Robin. Wozu Sie mir die Erlaubnis geben. Mit meinem Vorgänger mögen Sie eine Abmachung gehabt haben, aber ich werde nicht dafür einstehen. Die Ausgangssperre missachten, durch die Straßen streunen, dreist wie sonst was an meine Tür klopfen. Eine Gruppe Unschuldiger angreifen – darunter meinen eigenen *Sohn*! Und schon wieder ein Beben, ausgerechnet heute, Stunden vor der Klage? Es wird immer schlimmer. Wir alle wissen das. So können wir nicht weiterleben. Und das werden wir nicht.«

»Wie ich schon sagte, ich kann sie nicht länger beschützen.«

»Und der andere?«

»Seine Zeit wird früh genug kommen. Lassen Sie ihn in Frieden. Wenn Sie mich nun entschuldigen, Miss White wird gleich erwachen. Ich würde gerne kurz unter vier Augen mit ihr sprechen.«

»Glauben Sie allen Ernstes, Sie könnten *mir* –?!«

»Ich *weiß*, dass ich es kann, Eric. Verschwinden Sie! Und denken Sie nicht mal im Traum daran, an der Tür zu lauschen. Wenn ich mit Jane fertig bin, können Sie tun, was Sie wollen. Aber bis dahin will ich absolut ungestört sein.«

Das gefällt mir ganz und gar nicht, aber mit einem hat sie recht: Mein Kokon löst sich auf. Langsam drehe ich mich in der Dunkelheit. Eine Tür knallt zu.

Ich öffne vorsichtig blinzelnd meine Augen. Umrisse verschwimmen, Sinne werden schärfer. Es ist Zeit, der Welt wieder Hallo zu sagen, ob es mir gefällt oder nicht.

DER KÄFIG
UND DIE KURATORIN

Das Schlimmste daran, als verflucht verschrien zu sein, ist, wenn man irgendwie aus heiterem Himmel gejagt, ertränkt, in einem Fischernetz gefangen und mit einem Gewehr bewusstlos geschlagen wird, obwohl man sich eigentlich nur um seinen eigenen Kram kümmern und den Anweisungen einer geheimen Botschaft folgen wollte. Mein Kopf tut weh, in meinem Mund schmeckt es nach vergammelter Socke voller Algen und ich bin ziemlich sicher, dass in meinem Höschen ein toter Fisch festsitzt. Der Kleine tut mir leid, aber wenigstens hat er es hinter sich.

Meine Probleme hingegen haben vermutlich gerade erst angefangen.

»Willkommen zurück in der Welt der Lebenden, Jane.«

Ich liege am Boden eines Käfigs. Ein Käfig, der, auf einen Karren geschnallt, in einem winzigen alten Bootsschuppen parkt. Mein Umhang hat sich verabschiedet, meine Tunika ist feucht, meine Handgelenke und Füße sind gefesselt und in meinem

Mund klemmt ein zusammengeknüllter Lumpen. An der Wand rechts von mir lehnt ein kleines Ruderboot, umgeben von einem Wirrwarr aus Kisten und Ankern. Links von mir …

Kacke.

Winifred Robin starrt mich an. »Keine Angst«, sagt sie. »Ich werde dir nichts tun. Ich denke, du weißt, wer ich bin.« Ich nicke, einmal, während mein Blick sich in ihren bohrt. Sie weicht nicht zurück, blinzelt nicht mal. »Gut. Ich bin die Kuratorin des Museums für Anderwelt-Antiquitäten. Entschuldige den Käfig und die Fesseln, aber ich hatte keine Wahl. Ich werde dir den Knebel aus dem Mund nehmen, aber du musst dir im Klaren sein, dass Hilferufe recht zwecklos wären.« Ich zucke zusammen, als sie durch die Stäbe greift. »Stillhalten. Ganz ruhig.«

Ich beuge mich zu ihr, gebannt von den gezackten Narben, die Gesicht, Hals und Hände überziehen. Sind das Krallenabdrücke? Kriegsverletzungen? So richtig, richtig böse Papierschnittwunden?

»Reizend«, murmelt die Frau und wirft den mit Spucke getränkten Lumpen auf den Boden. »Solange du im Wasser warst, gab es erneut ein Beben. Nicht mehr als eine leichte Erschütterung, trotzdem fürchte ich, dass dank deiner kleinen Eskapade sämtliche Nerven blank liegen. Sie hatten Angst, dass du beim Aufwachen das nächste auslöst.«

Ich versuche, den dreckigen Geschmack auszuspucken. Ohne Erfolg. »Hören Sie mal, Lady –«

»Winifred.«

»Von mir aus. Winifred. Auch egal. Hören Sie, Sie sind auf dem Holzweg. Es war nicht meine Schuld, dass der Steg gekippt ist. Hätten diese Idioten mich nicht da rausgejagt –«

»Der Steg ist mir gleichgültig.«

»Dann sagen Sie allen, dass ich nur den Anweisungen des Bürgermeisters gefolgt bin. Wo ist mein Umhang? Schauen Sie in die Taschen. Dadrin ist ein Foto mit einer Nachricht auf der Rückseite und –«

»Ich weiß.« Winifred holt einen silbernen Flachmann aus ihrem Umhang, wirft ihn mir durchs Gitter in den Schoß. »Trink das. Tee mit einem Schuss Fieberkrautessenz. Das Kraut wird deinem Kopf guttun.«

»Klar doch.« Ich schiebe die Flasche betont beiseite. »Danke.«

»Himmel noch eins, Mädchen, ich habe nicht vor, dich zu vergiften! Wollte ich deinen Tod, hätte ich dich einfach ertrinken lassen. Ich verstehe ja, dass es schwierig für dich sein könnte, mir zu glauben, aber ich bin auf deiner Seite.«

»*Meiner* Seite? Tut mir leid, aber bin ich rein zufällig auf einer anderen Insel aufgewacht oder haben Sie sich gleich selbst eine mit verpasst? Sie wissen schon, wer ich bin, oder?«

»Selbstverständlich.«

»Aber Sie hassen mich nicht.«

»Nein.«

»Sie haben keine Angst vor mir? Nicht mal ein bisschen?«

Winifred seufzt und zieht eine Augenbraue hoch.

»Okay«, sage ich. »Wenn Sie meine Freundin sind, warum werfen Sie mich dann in einen Käfig?«

»Das ist ... kompliziert.« Winifred wandert zu einem der dreckverschmierten Fenster in der Flügeltür des Bootsschuppens. »Was würdest du sagen, wenn ich dir erzähle, dass jeder Mann, jede Frau, jedes Kind auf Bluehaven in größter Gefahr schweben und nur du sie retten kannst?«

»Ich würde sagen, Sie haben eindeutig zu oft von Ihren speziellen Kräuterchen gekostet.« Ich nehme die Flasche mit meinen gebundenen Händen hoch und schnüffle vorsichtig daran. »Warum?«

Winifred dreht sich um. »Weil jeder Mann, jede Frau, jedes Kind auf Bluehaven in größter Gefahr *schweben* und nur *du* ihnen helfen kannst.«

Stille erfüllt den Schuppen, aber nicht lange. In mir blubbert eine Lachsalve hoch, die schließlich aus meinem Mund platzt. Ich kann nicht anders. Und das ist ein echter Jammer. Denn weil ich den Geschmack in meinem Mund nicht länger ertragen konnte, hatte ich eben beschlossen, dass ein Schlückchen Tee doch nicht verkehrt wäre. Er schmeckte heiß und süß und so, als könnte er tatsächlich helfen. Jetzt allerdings steigt er mir in die Nase und läuft über mein Kinn.

Winifred ist nicht begeistert. »Das ist nicht zum Lachen, Jane.«

»Aber … aber das ist ein Witz, oder? Irgendein dummer Streich zum Fest.«

»Zu unser aller Leidwesen ist es das nicht.« Winifred umkreist wie ein Hai meinen Käfig. »Die Spannung, die zwischen dir und dem Rest der Bevölkerung brodelt, wird bald schon überkochen. Vor langer Zeit trafen Bürgermeister Obi – Gott hab ihn selig – und ich eine Abmachung. Doch Eric Atlas ist weniger verständnisvoll und nachsichtig. Bevor du aufgewacht bist, habe ich mit ihm geredet. Er ist wütend über das, was geschehen ist – davon überzeugt, dass du seinen Sohn ertränken wolltest.«

»Das ist ein Haufen Müll! Ich hab Ihnen doch gesagt, Sie

sollen in meinem Umhang nachsehen. Atlas hat mich zu sich *eingeladen*, er –«

»Nein«, schneidet Winifred mir das Wort ab, »das hat er nicht.«

Ich traue meinen Ohren nicht. *Sie* steckt dahinter! Kann gar nicht anders sein. Ich merke es ihr an, so wie sie mich ansieht, so wie es in ihren gottverfluchten Augen funkelt. »Sie waren das. Sie haben mir das Foto zugesteckt. Warum?«

»Weil das Schicksal manchmal einen Schubs in die richtige Richtung braucht.«

»Welches Schicksal? Wovon zum Teufel reden Sie überhaupt?«

Winifred bleibt stehen und hält sich an den Käfigstangen fest. »Alles wird sich ändern, Jane. Dieser Insel steht Schreckliches bevor – schrecklich und doch *notwendig*. Atlas wird bald zu dir kommen. Wehre dich nicht gegen ihn. Spiel das Spielchen mit. Du musst mir vertrauen.«

»Ihnen vertrauen? Lady, ich kenne Sie nicht mal.«

»Dafür kenne ich *dich*, Jane White.« Winifred schüttelt ihr Handgelenk und zupft ein weiteres Foto aus ihrem Ärmel. »Besser, als du ahnst.« Sie legt das Bild vor mir in den Käfig und schreitet auf die große Holztür zu.

»Hey!«, rufe ich. »Sie können mich nicht einfach so hierlassen. Wenn Sie auf meiner Seite sind, dann helfen Sie mir!«

»Das tue ich«, sagt Winifred. »Ich wünschte, ich könnte dir hier und jetzt alles erzählen, aber die Dämmerung bricht bald an. Die Antworten werden sich offenbaren.« Sie nickt zu dem Foto. »Vertraue mir.«

Als sie geht, raste ich aus. Trete gegen den Käfig, versuche,

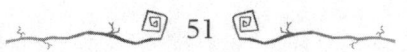

meine Füße mit den Händen zu befreien und meine Handgelenke mit den Zähnen, aber die Knoten sitzen alle zu fest. Ich werfe mich sogar gegen die Stäbe, um den Wagen umzuschmeißen, aber das verfluchte Ding rührt sich nicht. Da mir sonst nichts übrig bleibt, fluche ich leise und rutsche zu dem Foto.

Und erstarre.

»Das gibt's nicht ...«

Es ist ganz ähnlich wie das Bild von Dad: zerknittert, an den Rändern ausgefranst, als hätte es seit Jahren in Winifreds Taschen gehaust. Doch auf dem hier bin ich – ich als Baby, jede Wette. Obwohl die Farben vergilbt sind, leuchten meine Augen ein klein wenig zu hell. Ich sitze in einer Art Bibliothek und lächle in die Kamera, während ich eins der Bücher als Hut trage.

Ich drehe das Bild um und runzle die Stirn. Auf die Rückseite ist ein Symbol gezeichnet. So eine Art Dreieck – wie eine Haiflosse oder eine Dorne, umgeben von einem Kreis.

Und unter dem Symbol eine weitere Botschaft.

Nichts geschieht ohne Grund.

DAS SCHLIMMSTE VOM SCHLIMMEN

In der drückenden Hitze wird meine Tunika klamm. Die Sonne kriecht auf den Horizont zu, wirft staubige Lichtstrahlen durch die Ritzen in der Schuppenwand. Vom Platz des Anbeginns dringt Getrommel und entferntes Gelächter zu mir.

Die Schlossklage hat begonnen. Seit Winifreds Abgang müssen Stunden vergangen sein.

Ich male mir aus, was im schlimmsten Fall passieren könnte. Der Bürgermeister und seine Schlägerbrigade könnten mit erhobenen Mistgabeln die Tür einrennen, um mich aufzuspießen. Mr und Mrs Hollow könnten mit einer Wanne voll Popcorn hereinspazieren, um die Show zu genießen. Stumpf könnte mich wieder ins Wasser werfen.

Dass nichts davon bisher eingetroffen ist, kann nur bedeuten, dass Atlas etwas Böses plant. Etwas richtig Böses. Immerhin kennt der Mann meinen wunden Punkt. Er weiß, was mich am schlimmsten verletzen würde.

Er könnte sich Dad vornehmen.

So lange habe ich ihn seit Jahren nicht mehr allein gelassen. Atlas könnte in den Keller stürmen, ihn aus dem Bett zerren und auf die Straße setzen und ich wäre nicht da, um ihn aufzuhalten. Stumpf könnte *ihn* ins Wasser werfen. Dad würde viel schneller versinken als ich. Er hätte keine Chance.

Allein der Gedanke daran bringt meine Hände zum Zittern.

Ich will nichts dringender als zurück in den Keller und nachsehen, ob er okay ist. Einen Happen Essen zusammenschustern, ihn für die Nacht fertig machen, ihm vielleicht sogar eine Geschichte erzählen oder ein Lied vorsingen. Dad liebt meine Lieder. Das merke ich. Nicht dass ich mir gerne selbst auf die Schulter klopfe, aber ich bin ziemlich sicher, dass ich eine echt gute Sängerin bin.

Wahrscheinlich sollte ich auch jetzt ein bisschen singen, nur um mir die Zeit zu vertreiben, aber ich bin nicht in Stimmung. Stattdessen wühle ich mich durch meine Unterwäsche und schmeiße den toten Fisch quer durchs Zimmer. Keine leichte Sache mit zwei gefesselten Händen. Ich tappe mit den Füßen. Ich schwitze. Ich mache mir erneut an den Seilen zu schaffen und schwitze ein bisschen mehr. Nehme das Foto und starre es an, bis meine Augen brennen und mir die Sicht verschwimmt, dann versuche ich, in Winifreds Botschaft einen verborgenen Hinweis zu entdecken, eine geheime Bedeutung hinter dem Symbol. Komisch, aber ich werde das Gefühl nicht los, es schon einmal irgendwo gesehen zu haben.

Außerdem muss ich mal. Ich überlege gerade allen Ernstes, ob ich mich einfach in die Ecke hocken und es laufen lassen soll, als es hinter mir hektisch klopft. Ich lasse das Foto fallen. Durch ein Fenster, hoch oben an der Rückwand, winkt Violet mir zu, das Gesicht mit schwarzen, orangefarbenen und weißen Streifen bemalt. Sie soll ein Tiger sein, dabei könnte sie unmöglich weniger bedrohlich aussehen. In der Hand hält sie einen Liebesapfel, der halb so groß ist wie ihr Kopf. Im ganzen Leben war ich noch nie so froh, sie zu sehen.

»Geh zum Vordereingang!«, rufe ich. »Ich glaube, die Tür ist nicht abgesperrt, aufbrechen musst du also n–«

Violet schlägt die Glasscheibe mit ihrem Liebesapfel ein. »Auch gut.«

»Jane Wie-auch-immer-dein-Zweitname-ist White!« Violet schmeißt ihren Süßkram weg und klettert rein, bevor sie sich auf einen Stapel Kisten fallen lässt. »Da lässt man dich mal eine Sekunde allein und – *whoa*! Der Knutschfleck auf deiner Stirn ist so groß wie eine Kastanie! Tut's weh? Sieht eklig aus. Echt, echt, echt –«

»Ich bin hässlich. Hab's kapiert. Woher weißt du, dass ich hier bin, Violet?«

»Von Eric junior. Hab gehört, wie er auf dem Fest vor Meredith Platt damit angegeben hat. Sie hat sich zur selben Zeit wie ich das Gesicht anmalen lassen – einen *Schmetterling* auf die Wange! Ich meine, geht's noch?!«

»Konzentrier dich, Violet. Was hat er genau gesagt?«

»Eric junior? Er meinte, du hättest versucht, sämtliche Fischer zu ersäufen, und Winifred Robin hätte dich geschnappt. Und er meinte noch, es sei ein Geheimnis. Ich glaube nicht, dass viele Bescheid wissen. Cooler Käfig, übrigens.«

»Ja, ich steh total drauf. Würde am liebsten für immer und ewig hier einziehen.«

»Ja.« Sie legt den Kopf schief. »Moment – echt jetzt?«

»Natürlich nicht, verdammt! Danke fürs Kommen, Kleine. Schau doch mal in dem Gerümpel da drüben nach, ob du was findest, um das verflixte Seil durchzuschneiden. Wir müssen hier weg, und zwar pronto.«

Violet springt von den Kisten und durchwühlt den Kram, der im Schuppen herumliegt. »Übrigens hab ich fast 'ne halbe Stunde lang auf dich gewartet. Sogar noch nach dem Erdbeben. Dann bin ich nach Hause, wie du gesagt hast, und habe da gewartet und gewartet und –«

»Hast du nach meinem Dad gesehen? Geht's ihm gut?«

»Er ist okay. Hab ich dir doch gesagt. Ich habe mich ein Weilchen zu ihm gesetzt, aber dann ist mir echt, *echt* langweilig geworden und ich dachte, Atlas hat dich vielleicht mit aufs Fest genommen, um dir alles zu zeigen. Also bin ich zum Anbeginn und … na ja, da war ich dann irgendwie abgelenkt.« Sie kramt in einem Angelkasten. »Du hättest mir sagen sollen, dass du die halbe Bucht plattmachen willst.«

»Das war ein Unfall, Violet. Außerdem war es nicht die halbe Bucht, sondern nur der eine Steg.«

»Trotzdem. War bestimmt cool. Hätte ich gerne gesehen.« Sie zieht ein kleines Fischermesser aus dem Kasten und hopst zum Käfig. »Ich hätte dir dabei helfen können, den Typen eine Lektion zu erteilen.«

Violet ist die Beste! Sie hackt mit dem Messer auf die Handfesseln ein und beißt sich dabei auf die Zunge. Das macht sie immer, wenn sie sich konzentriert. Ihre Eltern hassen es. Wenn ich es mir recht überlege, scheinen sie alles an ihr zu hassen. Vielleicht, eventuell lieben sie ihre Tochter im tiefsten Grunde ihres Herzens, aber zeigen tun sie es nicht. Die traurige Wahrheit ist wohl, dass sie Violet verabscheuen, seit die beschlossen hat, sich mit dem Mädchen im Keller anzufreunden.

Dabei haben sie ihr Bestes gegeben, um genau das zu verhindern. Die ersten beiden Jahre in Violets Leben haben Mr und Mrs Hollow dafür gesorgt, dass wir nie im selben Zimmer waren. Bevor man mich zum Putzen raufließ, sperrte man sie in ihrem Zimmer ein. Bevor man sie runter in die Küche brachte, sperrte man mich im Keller ein. Ich hörte sie oben weinen und lachen, oft lustige Laute von sich geben, aber gesehen habe ich sie nie. Nach ein paar Monaten vernahm ich ihre kleinen Babyschrittchen. Ich hielt das Ohr an die Kellertür und lauschte den Geschichten, die Mrs Hollow ihr beim Frühstück erzählte. Schauermärchen über schlimme Dinge, die unter den Häusern lauern, und über Dämonen, die sich als Mädchen mit Bernsteinaugen ausgeben. Doch die Hollows wussten nicht, mit wem sie es zu tun haben. Selbst als Kleinkind war Violet nicht zu bändigen. Ich hörte sie draußen vor der Tür rumoren. Eines Tages schaute ich durch das Schlüsselloch direkt in ihr Auge. Mrs Hollow zog sie weg und redete ihr ein, dass sie in Flammen aufgehen könnte, wenn sie mich auch nur ansähe – was nur dazu führte, dass die kleine Pyromanin mich umso dringender betrachten wollte. Ein paar Stunden später schlich sie sich ins Freie und tappte zum Kellerfenster. Diesen Moment werde ich nie vergessen: Ich, wie ich am Fuß von Dads Bett stehe und nach oben schaue. Violet, wie sie die Scheibe mit ihrem Atem beschlagen lässt und mich anlächelt.

Der Rest ist, wie man so schön sagt, Geschichte.

»Na dann erzähl mal«, sagt Violet jetzt, »wie ist sie so?«

»Wie ist wer?«

»Winifred Robin.« Violet schnalzt ungehalten mit der Zunge. »Nun komm schon, zumindest ein *bisschen* mehr Begeisterung! Sie ist die größte Abenteurerin, die es in Bluehaven je gegeben hat! Sie war öfter im Schloss als jeder andere. Ich habe alle ihre Bücher gelesen. Die Kinder an der Schule erzählen, dass sie nicht mehr alle Tassen im Schrank hat – wahrscheinlich wie die meisten alten Leute hier. Sie wohnt unter dem Museum. Redet mit niemandem. Sie ist praktisch eine Einsiedlerin, aber eine coole. Und *du* hast sie getroffen!«

»Ich Glückspilz.«

Violet schneidet die letzten Seilstränge durch und die Fesseln fallen auf den Käfigboden. Ich reibe mir die wunden roten Striemen an der Haut und nehme das Messer. »Danke.«

Dann säbele ich das Seil an meinen Füßen an.

»Warum hast du die nicht einfach aufgebunden?«, will Violet wissen.

»Habe ich versucht, aber die Frau macht Knoten wie ein Pirat. Und wie sie so war?« Ehrlich gesagt, habe ich keine Ahnung, wie ich Winifred beschreiben soll. Klar, einerseits hat sie mich mit einem Gewehr k. o. geschlagen und in einen Käfig gepfercht. Andererseits hat sie mir das Leben gerettet. Mir sogar ein giftfreies Erfrischungsgetränk angeboten. Ich schneide das Seil endgültig durch und trete es beiseite, bevor ich aufstehe und mich recke. »Sie war es, die mir heute Morgen das Foto durchs Fenster zugeschoben hat, nicht Atlas. Die Nachricht stammt von ihr. Sie sagt mir nicht die Wahrheit, aber«, ich reiche Violet mein Babyfoto, »schau dir das an.«

Violet reißt den Mund auf. »Bist das du? Ooh, du bist so winzig!«

»Die vielen Bücher. Das ist die Große Bibliothek, nicht wahr? Unter dem Museum?«

»Jepp«, bestätigt Violet. »Und wir dachten, du wärst nie drin gewesen, was?« Sie schüttelt verblüfft den Kopf und dreht das Foto um. »Nichts geschieht ohne Grund? Abgefahren. Was hat die Zeichnung zu bedeuten?«

»Keine Ahnung.« Ich überprüfe das Schloss und die Kette daran, die um die kleine Käfigtür gewickelt ist. Keine Chance. Also tigere ich im Käfig herum und rüttele an jeder einzelnen Stange. Ich reibe mir die Gewehrbeule am Kopf. »Sie sagt, Atlas hat irgendwas vor. Außerdem behauptet sie, etwas Schlimmes würde passieren, was aber *notwendig* ist, und ich bin die Einzige, die allen helfen kann. Vielleicht bei Sonnenuntergang.«

»*Du* bist die Einzige, die allen helfen kann? Dann stecken wir echt in der Patsche.«

»Hör mal, das Messer hier bringt bei den Stäben rein gar nichts. Wir müssen sie durchbrechen. Schau dich nach einem Hammer oder so was um.«

»Klar.« Violet gibt mir das Foto zurück und huscht zu dem Berg aus Gerümpel, um darin zu graben. Dann hält sie einen rostigen Schraubenzieher hoch. »Wie wär's damit?«

»Größer.«

»So was?« Sie zeigt auf einen riesigen Anker.

»Kleiner.«

»Das?« Sie wirbelt ein Stemmeisen durch die Luft.

»Perfekt.«

Grinsend rennt Violet zu mir. »Und was machen wir, wenn du frei bist?«

»Uns rausschleichen.« Ich stopfe das Foto in die Tasche, klem-

me das Stemmeisen zwischen zwei Stäbe und ziehe.«Wir laufen zum Haus, stellen sicher, dass es meinem Dad gut geht, stöbern Winifred auf … und … besorgen … ein … paar … Antworten.« Einer der Stäbe knackt. Lächelnd lege ich das Stemmeisen an der nächsten Stelle an. »Atlas wird ausflippen, wenn er den leeren Käfig findet. Hat Eric junior erwähnt, was er vorh–?«

Ein heißer Wind bläst durch die Ritzen der Wand und trägt erneut den Klang der Trommeln zu uns. Trommeln und entferntes Kichern. Wir erstarren.

Eine Stimme. Das langsame Hufgeklapper von einem Pferd. Schritte, die lauter werden.

»Geh!«, flüstere ich und werfe das Stemmeisen aus dem Käfig. »Zum Fenster raus.«

»Das kannst du knicken, Jane! Wenn sie dich irgendwohin bringen, dann komme ich mit.«

»Hör mal, ich weiß das echt zu schätzen, aber wir haben keine Zeit zum – *Was machst du denn jetzt?*« Sie kriecht unter den Wagen, das macht sie. »Nein, Violet. Du musst von hier weg!«

Aber es ist zu spät. Die Hufe verstummen, das Pferd scheint stehen geblieben zu sein. Es rüttelt an der Tür.

»Renn, sobald du kannst, Kleine!«, murmele ich. »Wenn sie dich erwischen –«

»Trete ich ihnen in die Eier«, wispert Violet. »Diese Idioten werden sich noch wundern.«

Die Türen knallen auf und lassen den Staub durch die Luft wirbeln. Goldenes Licht erfüllt den Bootsschuppen. Vier Gestalten stehen auf der Schwelle. Atlas, Stumpf, Eric junior und ein Pferd.

Das Worst-Case-Szenario hat soeben begonnen.

DAS MANUVISCHE MESSER

Ein schicker dreiteiliger Anzug. Gewachstes, aus der Stirn gekämmtes Haar. Ein Kinn wie gemeißelt. Bürgermeister Atlas ist eine aufgeblasene wandelnde Statue mit einer Brust wie ein Fass. Vollpfosten erster Güte und so einiges mehr.

»Mit wem hast du geredet, White?«

»Mit niemandem.«

»Wir haben aber Stimmen gehört«, sagt Stumpf, hoppelt herum und schaut hinter die Schrottberge. Seit unserem kleinen Tauchgang im Meer hat er sich umgezogen. Genau wie Eric junior.

»Also versuch nich', uns 'nen Bären aufzubinden!«

»Nein. Also, ja. Ich *habe* geredet, mit mir selbst. Passiert mir öfter. Keine Freunde und so.« Violet kichert unter dem Karren und ich stampfe mit dem Fuß auf, um sie zu übertönen. »'tschuldigung. Nervöse Angewohnheit.« Um jeden Zweifel auszuräumen, stampfe ich noch mal auf.

Eric junior sieht mich stirnrunzelnd an, bleibt aber bei dem

Pferd, auf Abstand. Zu gerne hätte ich ihm eine verpasst. »Übrigens hab ich nicht versucht, dich zu ertränken, *Junior*.«

»Glatte Lüge«, zetert Stumpf. »Hab's mit eigenen Augen gesehen!« Er linst unter den Wagen. Zum Glück liegt Violet nicht auf dem Fußboden, sondern hat sich mit dem Gesicht nach oben zwischen die beiden Radachsen gehängt. Wenn ich durch das Holz unter mir schaue, kann ich sie gerade so erkennen. Die Kerle müssten schon da drunterkriechen, um sie zu entdecken. »Keiner da.«

Atlas stellt sich direkt vor mich, die Hände tief in den Taschen. »Als ich weg bin, warst du gefesselt und geknebelt, White. Robin hat ein bisschen nachgeholfen, was? Damit du es bequemer hast?«

»Kann sein.«

Stumpf greift in den Käfig und schnüffelt wie ein Schwein an dem Flachmann. »Worüber habt ihr euch unterhalten?«

»Das Wetter.« Ich kann nicht anders, als Winifred zu decken. Mein Babyfoto hat es besiegelt. Wir haben einen stillschweigenden Pakt, zumindest fürs Erste. »Oh, und über Schwimmunterricht. Vermutlich keine schlechte Idee.«

Stumpf verpasst dem Käfig einen Schlag. »Komm uns nicht dumm, du kleiner Freak! Was hat sie gesagt?«

»Lass gut sein, Gareth«, mischt Atlas sich ein und ich denke nur: *Gareth? Stumpf heißt in echt Gareth?* »Sie wird uns nicht verraten, was Robin gesagt hat, und das muss sie auch nicht. Nach heute Nacht wird man mich als Helden feiern und die alte Quertreiberin wird gar keine andere Wahl haben, als sich für alle Ewigkeit in ihr heiß geliebtes kleines Museum zu verziehen.« Er nickt Eric junior knapp zu. »Es ist so weit.«

Eric junior führt das Pferd in den Schuppen und spannt es vor den Karren. Violet wird unruhig.

Stumpf holt das zerschnittene Seil und das Messer aus dem Käfig. »Soll ich sie wieder verschnüren?«

»Lass gut sein. Die Leute werden es viel dramatischer finden, wenn wir ihnen einen Hauch Gefahr vorsetzen.«

Leute – bei dem Wort mache ich ein langes Gesicht. »Was habt ihr vor?«

Der Bürgermeister verzieht die Lippen und grinst. »Sag mal, White, hast du je von Manuvia gehört? Nein? Schade. Wunderschöner Ort. Türkisblauer Himmel. Endloser Dschungel, der vor Leben nur so strotzt. Dort war ich bei meinem ersten Abenteuer im Schloss.«

»*Eric Atlas und die Belagerung des Roten Tempels*«, sagt Eric junior und schnallt den letzten Riemen des Zaumzeugs fest. »Geniale Geschichte.«

»Die beste«, pflichtet Stumpf bei, was mich überrascht. Er wirkt nicht gerade wie ein Büchernarr.

»Wäre es dir nicht verboten, die Chroniken von Bluehaven zu sehen, würde ich sie dir wärmstens empfehlen«, redet Atlas weiter. »Auch wenn ich mich nicht gern selbst lobe. Jedenfalls durchquerte ich das Schloss ganz ohne Probleme. Ein paar Fallen hier und da, nichts allzu Ernstes. Aber in Manuvia, da war das Fass kurz vorm Überlaufen. Als ich ankam, fand ich heraus, dass ein Stamm böser Kannibalen, genannt die Gothgan, etwas aus dem Großen Königreich Manu gestohlen hatte. Ein Relikt. Eigentlich nur ein Messer, aber den Stämmen Manuvias galt es als eine geheimnisvolle und mächtige Waffe. Der Legende nach besaß das Messer die Macht, die Energie all derer, die es tötete oder verletzte, in sich aufzunehmen und demjenigen zu verleihen, der es führte. Meine Berufung war einfach: das Messer zurückholen, die Welt retten.

Die Reise zu den Höhlen der Gothgan war lang und voller Gefahren – ich erspare dir die Einzelheiten, denn davon gab es eine Menge, alle mehr als außergewöhnlich. Ich habe das Messer beschafft. Natürlich waren die Gothgan darüber nicht erfreut. Nachdem ich siegreich nach Manu zurückgekehrt war, belagerten sie neunzig Tage und Nächte lang den Roten Tempel, in dem man das Messer zur Ruhe gebettet hatte. An der Seite der Manuvier kämpfte und blutete ich drei ganze Monate, bis die Gothgan endlich besiegt waren. Das Große Königreich Manu … ach wohin, ganz Manuvia war gerettet!«

Die Richtung, in die dieses Gespräch geht, gefällt mir ganz und gar nicht.

»Nachdem der Sieg unser war, rief Kucho, der Stammesälteste, alle an den Fuß der Tempeltreppe.« Atlas fängt an, auf und ab zu gehen. »Die Manuvier glauben nämlich – und ich sage *glauben*, denn obwohl ich nie wieder dort war, bin ich davon überzeugt, dass sie noch immer leben und im vollen Saft stehen –, dass alles eine Seele hat. Luft, Stein, Wasser, Flammen, selbst Knochen. Alles. Sie glauben außerdem, dass diese Seelen verderben können. Zerbrechen. Die Seele des Roten Tempels war gefährdet, nachdem sie einen so langen und erbitterten Kampf durchleiden musste. Man musste sie retten. Wiederbeleben. *Sättigen.*«

Ich linse durch die Bretter in Violets Tigeraugen, die mich weit aufgerissen anstarren.

»Sie hatten in der Schlacht siebenunddreißig Gothgan gefan-

gen«, mischt Eric junior sich ein. »Von diesen siebenunddreißig waren neun Frauen, sechs Ältere und … vier waren Kinder, stimmt's, Dad?«

»Exakt, Junior. Man brachte sie zur Treppe. Eins nach dem anderen wurde ihr Leben auf dem Stein vergossen und dem Tempel zu trinken gegeben, nicht im Namen des Krieges, sondern im Namen der Zeremonie. Des Opfers. Viele Male zuvor hatte man dies schon getan. Daher hatte der Tempel auch seinen Namen.«

»Roter Tempel«, sagt Stumpf. »Wegen dem vielen Blut, kapiert?«

»Danke«, wende ich mich an ihn. »Ich hab's auch so verstanden.«

»Und sie haben sie mit dem hier aufgeschlitzt.« Atlas zieht ein Messer aus der Weste. Eine scharfe geschwungene Klinge mit einem Griff aus Elfenbein, in den die Umrisse Hunderter sich windender Körper geschnitzt sind. Damit tritt er an den Käfig und lässt es in den Fingern kreisen. »Das Manuvische Messer in all seiner Pracht.«

Ich schlucke schwer. »Sie … haben es Ihnen gegeben?«

»Sozusagen. Nach allem, was ich für sie getan habe, hatte ich es verdient. Ein mächtiges Geschenk für einen mächtigen Krieger. Hab es kurz vor meiner Heimreise mitgehen lassen. Es hat absolut keine magischen oder mythischen Kräfte, da bin ich mir sicher, aber es ist beachtlich scharf.« Der Bürgermeister fährt mit der Klinge nahe seiner Kehle durch die Luft. »Ein Schnitt pro Opfer. Mehr war nicht nötig. In den Anderwelten machen die Menschen das seit Tausenden von Jahren. Reinigungsrituale für die Tempelstufen. Opfergaben an die Götter und Monster.« Er zuckt mit den kantigen Schultern. »Ich wüsste nicht, warum wir es anders halten sollten.«

»Gibt rein gar keinen Grund.« Stumpf grinst fies.

»Du hast unsere Insel zum letzten Mal terrorisiert, Jane White«, sagt Atlas und lächelt. »Wir bringen dich zum Fest. Bei Sonnenuntergang werden wir dich dem Schloss opfern.«

DIE SCHLOSSKLAGE

Eine Zeit lang war ich richtig besessen von den Anderwelten. Regelmäßig habe ich mich in den Lagerraum vom Goldenen Horn geschlichen und hinter den Bierfässern versteckt, um gespannt zuzuhören, wenn die Alten an der Bar ihre Geschichten ausgepackt haben. Im Keller habe ich sie dann für Dad nachgespielt und vor allem die kleinen Details der verschiedenen Orte, der Welten ohne Flüche und Ausgangssperren ausgeschmückt. Bessere Welten, wo lächeln nicht unter Strafe stand und womöglich – ganz vielleicht – Dad laufen, reden und spielen könnte. Vielleicht sogar eine Welt, in der Mum uns beide mit offenen Armen erwarten und nur darauf warten würde, uns nach Hause zu holen – in unser *echtes* Zuhause.

Diese Möglichkeit war zu aufregend, um sie zu ignorieren.

Damals habe ich sogar die Schlossklage geliebt. Eingesperrt im Keller, habe ich am offenen Fenster gelauscht und überlegt, welche Geschichten wohl gefeiert wurden. Habe den Duft nach gebratenen Würsten und gerösteten Nüssen eingeatmet.

Bei Einbruch der Nacht habe ich dem unsichtbaren Feuerwerk zugejubelt, jedem Knacken und jedem Knallen. Jeden Lichtblitz habe ich bestaunt, der über der Steinmauer des Nachbarn wie ein berstender Regenbogen zerplatzte. Ich stellte mir vor, dass Sterne über der Insel explodierten, und fragte mich, ob man die Scherben am Boden auffangen könnte. Aber das ist lange her. Bevor ich begriff, was das Wort *ausgestoßen* wirklich bedeutet. Bevor ich verstand, dass dieses Fest mich und Dad verflucht.

Schnell wanderte die Schlossklage auf die lange Liste der Dinge, die mir am Allerwertesten vorbeigehen. Die Geräusche, die Gerüche, die Geschichten, allein die Vorstellung von den Anderwelten. Dieses legendäre Zuhause. Den Wunsch, mich auf die abenteuerliche Suche nach meiner Mutter zu machen, habe ich aufgegeben und tief in mir vergraben. Mir war klar, dass ich eine Entscheidung treffen musste: mein Leben lang auf etwas hoffen, das niemals wahr werden würde, oder mich auf das konzentrieren, was ich hatte. Was *da* war, direkt vor meiner Nase. Was echt war. Mich um Dad kümmern. Ihn beschützen.

Jetzt werde ich gleich die Hauptattraktion des Festes.

Und Dad wird ganz allein sein.

Gezogen von einem Pferd, scheppert und klappert mein Gefängnis auf Rädern über die Straße zum Platz des Anbeginns. Bei all dem Lärm kann ich Violets Stimme kaum verstehen, was gut ist, da sie sich von allen dämlichen Verstecken der Welt das absolut dämlichste ausgesucht hat. Sie fragt, wie es mir geht.

»Blendend«, murmele ich durch starre Lippen.

»Durchhalten«, raunt sie. »Immerhin siehst du endlich das Fest, oder?«

Als wir aus der Gasse fahren, bemerkt uns keiner. Atlas, Stumpf und Eric junior lassen das Pferd neben einem Haufen Fässer anhalten und warten, lassen das lustige Treiben auf sich wirken. Die Menge in Ekstase. Die gut besuchten Fressbuden. Die Fahnen, Banner und das Konfetti, das das Licht der untergehenden Sonne rosa färbt. Die Jongleure und Feuerspucker. Barnaby Twigg, der um den Brunnen spaziert und ein Schwert schwingt.

In der Menge entdecke ich Mr Hollow, der mit einem Taschentuch vor dem Mund verzweifelt versucht, niemanden zu berühren. Neben ihm lacht und klatscht Mrs Hollow. Noch hat man die Strohpuppen von mir und Dad nicht angezündet, dafür dienen sie als Zielscheibe für Eier und Pfeile. Am Fuß der Heiligen Stiege führt eine Gruppe so eine Art rituellen Tanz auf, schüttelt die Hände und plärrt dazu beschwörend. Kinder sehen fasziniert zu, wie Alte mit roten Gesichtern ihre Anderwelt-Abenteuer auf den Bühnen mit selbst gebastelten Requisiten nachspielen. Kämpfe mit Bestien. Epische Schlachten. Wie sie haarscharf aus uralten Tempeln voller versteckter Fallen entkommen sind. Der gesamte Platz ist eine wogende Masse aus Menschen, Farben und Lärm.

Über allem ragt das Schloss auf, ein schwarzer Umriss vor dem goldenen Abendrot, die Details im Schatten verloren. Ich werde das Gefühl nicht los, als würde es mich anglotzen wie eine hungrige Kröte eine Fliege. Lange halte ich seinem bohrenden Blick nicht stand.

In diesem Moment bemerke ich, dass Mr Hollow mich direkt

ansieht. Er wedelt mit dem Taschentuch in meine Richtung. Packt Mrs Hollow am Arm. Auch sie sieht mich und wird irgendwie grün. Wie auf Kommando stoßen beide einen Schrei aus, lange und laut. Ein ohrenbetäubendes, gruseliges Kreischen.

Einer nach dem anderen stellen die Schauspieler ihr Schauspiel ein, lassen die Jongleure das Jonglieren und die Feuerspucker ihre Flammen zu Rauchsäulen verpuffen. Nur Barnaby marschiert und singt weiter, bis aus der Menge eine Wurst im Freiflug auf ihn zusegelt und seine Brust trifft. Dann hält auch er die Klappe und reißt wie alle anderen die Augen auf.

Eine grimmige schwere Stille legt sich über den Platz.

»Was ist los?«, flüstert Violet. »Warum ist es so ruhig?«

Ich komme mir nackt vor, bloßgestellt wie ein Wurm am Haken, der über einem Fischschwarm baumelt.

»Ähm … Hi«, sage ich zu den Leuten.

Mr Hollow fasst sich an die Brust. Jemand stößt einen erstickten Schrei aus. Die alte Mrs Jones bricht ohnmächtig in den Armen eines Deppen zusammen, der sich ein Bettlaken wie eine Toga umgebunden hat.

Atlas verschwendet keine Zeit. »Fürchtet euch nicht, ihr guten Bürger von Bluehaven. Endlich ist die Verfluchte unsere Gefangene!«

Ein kollektives Keuchen geht durch die Menge. Mit einem Kopfrucken gebe ich Violet zu verstehen, dass sie abhauen soll. Aber sie schaut mich trotzig an.

Die Menge weiß nicht, was sie tun, was sie fühlen soll. Erleichterung? Glück? Schrecken? Die Leute sind unsicher, ob sie feiern und jubeln oder nach Hause rennen und sich verstecken sollen. Doch Atlas schürt die Stimmung, hetzt sie mit allen Mitteln auf. Versichert ihnen, dass sie in Sicherheit sind, dass ich sie hintergangen habe, dass er sie auf alle Zeit bedingungslos lieben wird – und tatsächlich fangen die guten Schafe von Bluehaven verflucht noch mal an, zögerlich zu klatschen. Ein langsames Klatschen, das schnell zu einem begeisterten Applaus anwächst. Der Idiot in der Toga lässt Mrs Jones fallen und drückt einem Typen neben sich einen Kuss auf die Wange. Die Hollows umarmen sich sogar für ganze drei Sekunden.

»Die Verfluchte hat vor fünf Stunden in der Bucht der Weißen Felsen eine Gruppe unschuldiger Fischer attackiert!«, ruft Atlas. »Mit einer Machete ist sie auf die armen Kerle losgegangen! Hat damit gedroht, ihre Erstgeborenen zu entführen! Als die Männer fliehen wollten, hat sie alle auf einen Steg gejagt und versucht, sie zu ertränken. Die ganze Insel wollte sie mit einem Beben untergehen lassen!« Entrüstete Schreie dringen aus der Menge.

»Doch mein Sohn sprang auf ein nahe gelegenes Boot, fing die Bestie in einem Netz und brachte sie an Land, damit sie für ihre Verbrechen die gerechte Strafe bekommt!«

Eric junior setzt ein kitschiges Lächeln auf und reckt siegreich die Faust gen Himmel. Alle schreien *Hurra* und *Juchhe* und schicken den Schöpfern ein paar schadenfrohe, lobpreisende Stoßgebete zu. Ehrlich gesagt, ist es kein schlechtes Schauspiel. Totaler Wahnsinn, aber schwer beeindruckend.

Atlas hebt die Hände und sorgt für Stille. »Das Urteil, Gareth, wenn ich bitten darf.«

Stumpf zieht eine Schriftrolle aus seiner Weste, rollt sie aus und räuspert sich. »Durch die ihm verlieh'ne Macht als Bürger-

meister von Bluehav'n verurteilt der Ehrenwertere Eric Nathaniel Atlas, Sohn des hoch verheerten Abenteurers Nathaniel Constantine Atlas, hiermit die Jane White, Tochter von Dingsbums White, zum ... Momentchen, kann meine eig'ne Schrift nich mehr lesen ... Was steht da?«

»Tode«, sage ich und ergänze leiser: »Trottel.«

»Ach ja: TODE!«

Überraschung, Überraschung, die Menge tobt. Wie aufs Stichwort schleppen ein paar Fischer riesige Weidenkörbe durchs Publikum, verteilen faule Eier und vergammelte Fische, ranziges Obst und schimmliges Gemüse.

»Vor vierzehn Jahren fielen dieser Abschaum und ihr Vater in unsere Welt ein!«, ruft Atlas über den Aufruhr hinweg. »Verfluchten unser Zuhause!« Er zieht das Manuvische Messer aus der Weste. »Jetzt soll ihr Tod uns befreien! Vorbei sind die Tage des Unrechts! Vorbei die Tage von Furcht und Sorge! Heute Nacht setzen wir der langen Zeit unseres Leidens ein Ende! Heute Nacht nehmen wir das Schicksal in die eigene Hand!«

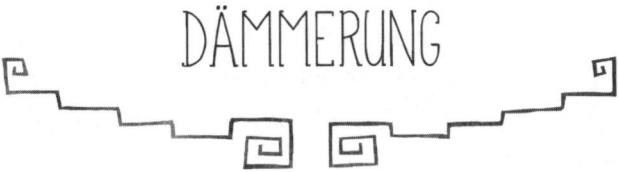

DÄMMERUNG

Als der Käfig die Heilige Stiege erreicht, komme ich mir wie ein Komposthaufen vor und rieche sogar noch schlimmer. Violet ist nicht besser dran, getränkt in der Pampe, die durch die Bretter sickert. Wenigstens hat sie da unten die härteren Geschosse nicht abgekriegt: Steine, Stiefel, Requisiten, sogar abgerissene Teile von den Bühnen. Ich hatte nur die Käfigstangen, die die eine oder andere Attacke abgeblockt haben, und eine halbe Wassermelonenschale als Schutzhelm … Ja, so einfallsreich kann ich sein.

»Und wie findest du das Fest jetzt?«, frage ich Violet, glaube aber nicht, dass sie mich überhaupt hören kann. Was sollte ich sonst noch sagen? Schau weg? Schließ die Augen? Lauf nach Hause und dreh dich nicht um? Bitte, bitte, bitte kümmere dich um meinen Dad? Lass nicht zu, dass sie ihm wehtun?

Das unsichtbare Band zerrt an meinen Eingeweiden. Ich bin kurz davor, mich zu übergeben. Das kann einfach nicht wahr sein! Es ist unmöglich. Nichts von allem hier fühlt sich echt an.

Ich versuche, mich gegen Stumpf zu wehren, als er mich aus dem Käfig holen will. Rudere mit den Armen, trete mit den Beinen und brülle Sachen, die vermutlich typisch sind, wenn einem die Kehle durchgeschnitten werden soll. Nutzlose Worte wie »Lass mich los!« und »Nimm deine dreckigen Hände weg!«. Selbstverständlich hört er nicht auf mich, zerrt mich nur zur Treppe und pinnt mich mit seinem Holzbein auf den Boden, während die Trommeln *Bump-a-Dump* machen und die Menge rhythmisch dazu klatscht. Eric junior packt mich am Zopf und reißt meinen Kopf zurück. Atlas hält das Manuvische Messer hoch in die Luft und jeder Depp auf dem ganzen Platz fordert lautstark mein Blut.

»Hat wahrscheinlich keinen Sinn, euch zu – autsch! – bitten, die Sache hier abzublasen, was?«

»Du kannst so viel betteln, wie du willst, Hexe«, knurrt Atlas. »Macht keinen Unterschied. Wir hätten das schon vor Jahren machen sollen.« Dann donnern die Trommeln *Wumm, bamm, bumm* und Atlas schreit: »Im Namen der Schöpfer! Po, Aris, Nabu-kai!«

Ich presse die Augen fest zusammen. Gebe mir Mühe, mich an einen schönen Ort zu träumen. Irgendwo, nur nicht hier.

Doch dann ertönt eine andere Stimme. »Wartet!« Und erneut herrscht Stille.

Ich öffne erst ein Auge, dann das andere. Das Messer schwebt über mir, gefährlich nahe. Atlas stiert mich von oben finster an, während die Adern auf seiner Stirn pulsieren. Seine Augen sind blutunterlaufen und zucken.

Stumpf nimmt das Holzbein von meiner Brust und dreht sich zu dem Mob um. »Wer hat die Nerven, sich einzumischen?«

»Ich«, ist die einzige Antwort, die er bekommt.

Atlas zieht mich auf die Füße, bevor er mir den Arm auf den Rücken dreht. Er weiß so gut wie ich, wer da gesprochen hat. »Ladys und Gentlemen«, brüllt er, »eine lebende Legende gesellt sich zu uns!«

Der rote Umhang. Die Narben. Offenbar kommt sie ebenso selten zum Fest wie ich. Diejenigen, die ihr am nächsten stehen, weichen staunend einige Schritte zurück. Nur einer bleibt an ihrer Seite. Eine gebeugte Gestalt, die ebenfalls einen Kapuzenmantel trägt. Vielleicht jemand aus dem Museum? Ein Lehrling?

»Winifred Robin«, sagt Atlas. »Was für eine Ehre! Was bringt Sie heute Abend zu uns?« Und leiser, in einem aggressiven und doch unverkennbar flehenden Ton: »Wir hatten eine Abmachung.«

»Die Abmachung gilt.« Ich könnte schwören, Winifred schaut ganz kurz zu dem Karren, wo sich Violet noch immer versteckt, zusammengekauert hinter einem der Räder. »Alles ist, wie es sein sollte.«

»*Was?!*«, brülle ich. »Wie können Sie das sagen? Sie haben behauptet, Sie wären auf meiner –«

Atlas hält mir den Mund zu.

»Ich wollte Ihnen nur gratulieren, Eric«, sagt Winifred. »Eine wirklich beeindruckende Aufführung. Und ich muss mich ehrlich für die Unterbrechung entschuldigen.«

»Schon okay.« Atlas räuspert sich. »Und … und danke.«

Ein Raunen geht durch die Menge. Jeder schaut von Winifred zu Atlas und wieder zurück, wartet gebannt ab, hofft auf mehr. Doch die alte Frau schaut den Bürgermeister einfach nur an, ohne zu blinzeln – was reicht, um seine Hände zum Schwitzen zu bringen. Ich muss es wissen. Denn ich kann es schmecken.

»Sonst noch was?«, fragt er schließlich. »Madam?«

»Ja. Eine Sache wäre da tatsächlich.«

»Oh?«, stammelt Atlas. Ein Glück! Winifred hat nur mit ihm gespielt. Gleich wird sie ihm erklären, dass alles nur Show war. Verlangen, dass er mich gehen lässt oder –

»Könnten Sie das Opfer ein Stück weiter oben auf der Treppe vollziehen?«

Moment. Nein. Was?!

»Mein Freund hier ist nicht ganz so groß wie ich, verstehen Sie? Ich fände es schrecklich, wenn er alles verpasst.«

»Oh«, sagt Atlas noch einmal. »Und, äh, wer ist Ihr Freund?«

Winifred legt dem geheimnisvollen Mann einen Arm um die Schultern. Erst jetzt fällt mir auf, dass er schwankt, bemerke ich die grauen Locken, die unter seiner Kapuze hervorwehen.

»Für Sie, Eric, ist er bedeutungslos. Für Jane allerdings bedeutet er alles.«

Sie zieht seine Kapuze zurück und wieder reißt das unsichtbare Band an mir, zerrt so fest an meinem Innersten, dass ich fast das Bewusstsein verliere. Ich bin vor Schreck ganz starr, verstehe nicht, wie das möglich ist, und doch ist er da. Starrt auf den Boden, als wäre alles beim Alten, als hätte er den Keller nie verlassen.

Winifred Robin hat meinen Dad zur Party mitgebracht.

»Wie können Sie es wagen, *ihn* hierherzubringen?«, knurrt Atlas. »Gareth! Sperr ihn ein!«

Stumpf und seine Männer stürmen mit erhobenen Waffen ins Publikum. In mir macht sich Panik breit. Plötzlich scheint

alles in Zeitlupe abzulaufen. Winifred verschwindet in der Menge, lässt Dad schutzlos stehen, allein, ein Schiffbrüchiger in einem tosenden Meer. Jetzt wollen sie auch sein Blut, nicht nur meins. Schreiend will ich mich von Atlas losreißen. Die Wut in mir wächst, eine entfesselte Flut. Der Stein unter meinen Füßen beginnt zu beben. Am Himmel spielen Tag und Nacht nicht länger Tauziehen – die blutroten Wolken werden finster.

Die Dämmerung ist angebrochen.

Die Leute laufen auseinander. Atlas befiehlt ihnen, stehen zu bleiben, aber ich brülle weiter, wehre mich, will zu Dad. Man wirft mich auf die zitternden Stufen. Eric junior drückt mich auf den Boden. Keiner sieht Violet kommen, nicht einmal ich. Sie rammt Eric junior, der gegen Atlas prallt und ihn zum Stolpern bringt. Doch viel zu bald hat er sich wieder im Griff und schwingt sein Messer.

Ich ziehe Violet dicht an mich, stelle mich schützend vor sie und schlage dabei nach Atlas. Die Klinge erwischt mich, schlitzt mir die linke Handfläche bis zu den Knochen auf. Meine Finger knallen auf die Heilige Stiege. Etwas in mir reißt, bricht aus und die zornige Flut schäumt über.

Ich spüre, wie die Risse im Stein sich die Stufen hinauf- und hinunterschlängeln, den Platz zerfetzen. Ich fühle, wie die ganze Insel im innersten Kern erbebt.

RUINEN UND RUIN

Was ist gerade passiert? Ich drücke meine Hand gegen die Brust und versuche, den Blutfluss mit meiner Tunika zu stillen, gebadet in kalten Schweiß, zitternd. Violet brüllt in mein Ohr, aber ich kann mich nicht konzentrieren. Meine Hand bringt mich um. Vor meinen Augen ist alles verschwommen. Die Luft ist voller Lärm.

»Komm schon, Jane, wir müssen weg!« Violet verpasst mir eine Ohrfeige, reißt mich auf die Füße. »Sofort!«

Bluehaven wird auseinandergerissen. Es herrscht Chaos. Das Pferd galoppiert über den Platz, noch immer vor den Karren gespannt. Stumpf ist k. o. oder schlimmer. Ein Teil der Menge strömt in die Gassen und eilt nach Hause oder zum Meer. Andere halten sich an die offenen Flächen, doch sicher ist es nirgends.

Der Boden platzt vor ihren Füßen auf. Fenster bersten, Wände bröckeln. Ich kann Dad nirgends entdecken.

»Wir müssen weg.«

»Ach echt?«, sagt Violet. »Wie kommst du denn auf die Idee, du Genie?«

Sie schnappt sich meine unverletzte Hand und zieht mich die Treppe runter. Ich bin zu langsam, zu ungeschickt. Sehe Atlas nicht mal, bis er quasi schon über mir ist. Wieder hat er dieses verfluchte Messer im Anschlag, doch ein flinker Tritt von Violet und er sinkt auf die Knie, hält sich den Schritt und verzieht das Gesicht.

»Siehst du. Hab ja gesagt, dass ich den Idioten in die Eier trete«, sagt sie.

Jetzt durch die kreischende Menge. Eine Laterne fällt um. Eine Bühne bricht ein. Immer wieder ändern wir den Kurs, ducken uns, stolpern über den Platz. Mir ist ganz schwindelig. Das Blut aus meiner Hand läuft nun ungebremst über meine Brust, trotzdem kann ich nicht anhalten. Ich muss Dad finden. Der Gedanke treibt mich an.

Hinter uns schreit eine Frau und zeigt mit dem Finger auf etwas. Aus der Heiligen Stiege lösen sich riesige Brocken und stürzen den Berg hinab. Pflügen durch die stufig angelegten Bauernhöfe, machen Bäume und Hütten dem Erdboden gleich, poltern auf den Platz und vernichten beide Strohpuppen – es prasselt Halme. Die Risse am Boden öffnen sich weit, hier und da zu einem halben Meter und mehr. Hand in Hand springen Violet und ich über einen davon, bevor wir scharf links abbiegen, als Pferd und Wagen an uns vorbeidonnern. Wir rennen am Rathaus entlang, durch die Steinsäulen.

Eindeutig nicht der sicherste Ort. Die Säule vor uns knickt ein. Ich hebe Violet hoch, hieve sie über einen herabgestürzten Steinbrocken und hechte ins Foyer des Rathauses, kurz bevor die großen Türen hinter uns zufallen, blockiert vom Geröllregen.

»Nach drinnen?«, schreit Violet. »Du hast uns nach *drinnen* gebracht? Was, wenn das Dach runterkommt?«

»Lass mich kurz nachdenken.« Das Schachbrettmuster des Bodens ist übersät mit Staub und Trümmern. Die hohe Gewölbedecke fällt bereits ein und die Statue im Zentrum der Eingangshalle hat ihren Kopf eingebüßt. Andere Überlebende sind ebenfalls hier und keiner von ihnen freut sich, mich zu sehen. Die Hollows. Eric junior. Die alte Mrs Jones. Meredith Platt. So ziemlich jeder, der dumm genug ist, bei einem Erdbeben *in* einem Haus Schutz zu suchen. Sie bewaffnen sich mit dem Erstbesten, das sie finden können – Steine, Briefbeschwerer, Glasscherben von den zerbrochenen Fenstern hoch oben in der Wand, ein Stuhl. »Ist nicht euer Ernst, oder …?«

Mrs Hollow reißt mir Violet mit einem schrillen »Hände weg von meiner Tochter!« aus den Armen. Violet wehrt sich, aber Mr Hollow eilt seiner Frau zu Hilfe. Nicht, wie ich vermute, um Violet zu schützen, sondern um sie als menschlichen Schutzschild einzusetzen.

Sonst rührt sich keiner. Sie sind nicht so mutig wie Atlas. Selbst Eric junior hält sich zurück.

Alle haben Todesangst. Na ja. Alle außer Winifred Robin.

Auch sie ist hier und kommt ruhig auf mich zu. »Streck die Hand aus.«

»Wo ist mein Dad? Was haben Sie mit ihm gemacht?«

»Deine Hand, Jane!«, wiederholt sie.

In der Gewölbedecke entsteht ein weiterer Riss. Es regnet noch mehr Trümmer. Die Leute laufen schreiend auseinander,

nur Winifred zuckt nicht einmal mit der Wimper. »Streck sie aus. Sofort.«

»Dad!«, rufe ich, obwohl ich weiß, dass er mich nicht hören kann.

Ich stolpere und falle rückwärts. Meine Tunika ist voller Blut, in meinem Kopf dreht sich alles. Doch dann nimmt Winifred meinen linken Arm, drückt mir etwas Kleines in die blutige Hand und plötzlich ist alles anders. Ein letztes gewaltiges Beben schüttelt den Boden, als hätte die gesamte Insel mit den Schultern gezuckt, sich hingesetzt und geseufzt.

Dann ist das Beben vorbei.

Alles ist still. Gäbe es nicht den vielen Staub, der sich erst noch legen muss, könnte man meinen, selbst die Zeit sei erstarrt.

Blinzelnd setze ich mich auf. Winifred lächelt mich an. Doch bevor einer von uns etwas sagen kann, beginnt draußen jemand zu brüllen. Eigentlich sind es gleich mehrere, die brüllen. Schreie der Wut, der Angst. Eric junior versucht sein Glück an der Tür, doch die rührt sich keinen Millimeter. Stattdessen recken die Leute die Hälse zu den geborstenen Fenstern hoch oben an der Wand und versammeln sich darunter wie kleine Blumen, die nach Licht lechzen.

»Was ist da draußen los?«, fragt Mr Hollow.

»Es ist geschehen«, sagt Winifred und schließt die Augen, als würde sie einer schönen Melodie lauschen. Einem Lieblingslied, das sie seit Jahren nicht gehört hat. »Das Schloss ist aus seinem Schlummer erwacht.«

DIE ABREISE

Zuerst sind alle im Foyer viel zu erstaunt, um sich zu rühren, doch lange dauert es nicht, bis sie sich um die Türen scharen und versuchen, sie irgendwie zu öffnen. Ich bin noch immer am Boden und starre auf einen alten, schwarz angelaufenen Messingschlüssel, der in meiner verwundeten Hand liegt. Ich lasse ihn durch meine Finger gleiten. Mit einem dumpfen Scheppern landet er auf dem Boden. Winifred bückt sich, zieht einen Verband aus ihrem Umhang und wickelt ihn um meine Hand. Ich spüre, wie sie mich beobachtet, höre, wie Violet meinen Namen ruft, aber ich kann nur auf den blutigen Schlüssel starren, der vor mir im Staub liegt. Auf dem Griff ist ein Symbol. Dasselbe, das Winifred auf die Rückseite meines Fotos gemalt hat. Das schiefe Dreieck im Kreis.

»Jane, das solltest du dir ansehen.« Violet steht auf den Schultern ihrer Mutter und späht durch eins der kaputten Fenster. Komisch. Wahrscheinlich ist das der intimste Moment, in dem ich die beiden je erlebt habe.

»Sprich nicht mit ihr, Violet«, grunzt Mrs Hollow. »Du weißt, dass du das nicht darfst. Und überhaupt, warum sollte ausgerechnet *sie* da raussehen? Das Letzte, was wir wollen, ist, dass sie uns noch einmal verfl–«

»Dein *Dad*, Jane!«, sagt Violet. »Er ist da draußen und er … er …«

Blitzschnell bin ich auf den Beinen und laufe auf einen kleinen umgeworfenen Schreibtisch in der Ecke des Foyers zu. Ich hebe ihn hoch, drehe ihn um und dresche damit auf die Wand unter einem der kaputten Fenster ein, während ich Winifred Robin fleißig mit Blicken erdolche. »Ich schwöre Ihnen, wenn ihm was passiert …«

»Du kannst ihn nicht aufhalten, Jane.«

»Aufhalten? *Wobei?*«

Rauf auf den Schreibtisch! Ich hüpfe zu dem hohen schmalen Fenster, packe zu, ziehe mich hoch und blicke durch die zerbrochene Scheibe.

Draußen herrscht Ausnahmezustand. Der Platz geht im Chaos unter. Über der Stadt steigen Rauchsäulen auf. Pferd und Karren sind verschwunden. Aus den Schatten treten Menschen. Stolpern. Weinen. Sie starren mit ausgestreckten Fingern auf die Heilige Stiege.

»Violet, wo?«

Da sehe ich ihn, meinen Dad, wie er die Stufen nach oben krabbelt. Die Hälfte hat er schon geschafft.

»Er wird das Schloss betreten, Jane«, sagt Winifred. »Er wurde auserwählt.«

»*WAS?!*«

Und das bin nicht mal ich, die das sagt. Es sind die Hollows.

Eric junior. So ziemlich jeder der Idioten hier im Raum. Alle stieren Winifred finster an.

»Jetzt hören Sie mal zu, Sie Heim-Zerstörerin!« Mrs Hollow drückt Violet in Mr Hollows Arme. »Zuerst brechen Sie in mein Haus ein und befreien diesen ... diesen *Mann*. Dann stören Sie das Fest, gerade als es interessant wird, und jetzt haben Sie den Nerv, zu behaupten –«

»Ich habe zu vielem den Nerv, Beatrice. Vergessen Sie nicht, mit wem Sie sprechen. In der Vergangenheit habe ich Sie mit vielen abscheulichen Taten davonkommen lassen, aber damit ist nun Schluss. In Bluehaven ist ein neues Zeitalter angebrochen und John White bereitet den Weg. Also wollen Sie jetzt mit mir streiten oder Jane aufhalten, bevor sie sich ihm anschließt?«

Ich hasse die Frau von Herzen. Niemand hatte bemerkt, dass ich vom Schreibtisch gesprungen und zum hinteren Ende des Foyers geschlichen war. Nun schauen mich alle an wie ein Rudel ausgehungerter Wölfe.

»Jane, lauf!«, ruft Violet.

Also laufe ich. Vorbei an einer prächtigen Treppe, einen langen Korridor entlang. Ich trete mir einen Weg in so was wie ein Büro und schiebe mich an umgestürzten Möbeln vorbei auf ein Fenster zu.

Hinter mir krakeelt Mrs Hollow: »Komm sofort her, White! Du bist wie ein Geschwür auf unserer Insel! Eine Katastrophe und eine Schande, die –«

Doch ich bin längst aus dem Fenster und sprinte auf die Stufen zu. Mehr als einmal stolpere ich – über einen Stein, ein Holzbrett, Stumpf. Jedes Mal, wenn ich strauchle oder stürze, raffe ich mich wieder auf und eile weiter. Inzwischen ist Dad nur noch ein kleiner Punkt, so groß wie eine Ameise, drei Viertel des Weges hat er hinter sich. Ich wünschte, ich könnte das unsichtbare Band packen und ihn zurück in Sicherheit ziehen, bevor es zu spät ist.

Denn ich bin nicht die Einzige, die ihn aufhalten will.

Atlas hat eine Pistole aufgetrieben. Jemand muss sie auf dem Platz verloren haben. Und auch er rennt zur Treppe, allerdings hat er mich noch nicht bemerkt. Er schießt auf Dad. Verfehlt ihn um Längen. Hebt die Waffe, zielt erneut. Ich springe über einen Felsbrocken – und wir prallen gegeneinander. Wuchtig knallen wir auf die Erde und überschlagen uns ein paarmal. Die Pistole fliegt durch die Luft. Ich boxe mich unter Atlas heraus, doch dann packt er meinen Knöchel, zieht mich zurück, und bevor ich weiß, was passiert, sitzt er auf mir und legt die Hände um meinen Hals. Er drückt zu. Gibt alles. »Keine Spielchen mehr, *Mädchen*«, knurrt er.

Ich ersticke. Kann nicht atmen. Strecke die unverletzte Hand aus und taste die Umgebung ab nach allem, irgendwas, das mir helfen könnte. Die Pistole, ein Stück Holz, ein Knüppel.

»Diesmal kann deine kleine Freundin dich nicht retten, genauso wenig wie die verdammte Winifred Robin.«

Ein Stein. Ich packe zu, halte ihn fest in der Hand und schlage Atlas damit, so fest ich kann, gegen den Kopf. Ein dumpfes Geräusch und er sinkt neben mir zusammen.

»Nur gut, dass ich auf mich selbst aufpassen kann«, krächze ich.

Unsicher stehe ich auf, hustend und röchelnd, während ich mir den Hals reibe. Gerade mal drei Schritte komme ich weit, bis meine Beine unter mir nachgeben und jemand mich von hinten auffängt.

Winifred ist da, hält mich aufrecht, hält mich zurück.

Dad ist am oberen Ende der Treppe. Ein winziger roter Fleck, ein geschrumpfter Zwerg neben dem unfassbar gewaltigen Schloss und der gigantischen Steintür darin. Als hätte mich ein Blitz getroffen, wird mir klar, dass wir noch nie so weit voneinander getrennt waren.

Warum verlässt er mich? Wie kann das alles möglich sein?

Er zögert keine Sekunde. Schaut sich nicht mal mehr um. Er klettert bis direkt an die Schwelle, sodass wir ihn nicht mehr sehen können, weil die Stufen ihn verdecken. Dafür sehen wir, wie sich das große steinerne Tor weit öffnet, um ihn in einem Stück zu verschlingen. Nichts kann ihn aufhalten.

»Eine Tür öffnet sich«, flüstert Winifred, »ein Abenteuer nimmt seinen Anfang …«

Ich bin eigentlich keine Heulsuse – Teufel, vermutlich könnte ich an einer Hand abzählen, wie oft ich im Leben geweint habe. Doch als sich der Zugang zum Schloss schließt und ich spüre, wie das unsichtbare Band sich dehnt, an mir zieht und schließlich mit einem widerlichen Ruck reißt, kann ich die Tränen nicht zurückhalten. Ich zapple in Winifreds Armen. Ich will Dad hinterher, zum Schloss rennen und dieses beschissene Tor aufbrechen, doch ich bin zu schwach. Erschöpft. Kaputt.

Er ist fort.

Außerdem käme ich die Stiege inzwischen sowieso nicht mehr hoch. Eine ganze Horde Menschen ist mir zuvorgekommen. Dutzende Stadtbewohner drängen sich um uns, rufen, drängeln, wollen unbedingt ihr Glück am Tor versuchen. Mit-

tendrin Barnaby Twigg, der alle anderen warnt, zurückzublei-
ben. »Ich bin jetzt dran!«, dröhnt er. »Mein Schicksal! Mein Moment!«

»Wir müssen gehen«, sagt Winifred. »Dieses Tor wird sich
sehr lange nicht mehr öffnen. Sobald Atlas zu sich kommt,
wird er nach dir suchen. Wir müssen dich in Sicherheit bringen.«

Dad ist fort. Ich habe ihn verloren. Ich habe ihn verloren und
keine Ahnung, wie ich ihn zurückbekommen kann.

»Ich muss ... muss ihm nach.«

»Das wirst du auch«, sagt Winifred. »Aber nicht auf diesem
Weg. Es gibt einen anderen.«

Wie durch Zufall springt mir mein blutiger Handabdruck auf
den Stufen ins Auge. Jeder noch so feine Faden der unzähligen
Spinnweben im Stein hat hier seinen Ursprung. Treppauf,
treppab. Auf dem ganzen Platz.

Schon wieder fängt meine linke Hand an zu pochen. Auf
dem Verband sieht man erste Blutflecken. »Hab ... war ich
das?«

»Komm mit, Jane«, sagt Winifred nur. »Wir müssen reden.«

DAS MUSEUM FÜR ANDERWELT-ANTIQUITÄTEN

Das Foyer ist leer. Winifred verriegelt die Tür, sobald wir die Schwelle überquert haben. Auch hier zeigt sich heillose Verwüstung. Wandteppiche hängen schief an den gerissenen Mauern. Die Gewölbedecke sieht gefährlich danach aus, als könnte sie jeden Moment einstürzen. Einige der riesigen Buntglasfenster sind geborsten.

»Hier entlang«, sagt sie.

Unsere Schritte hallen durch den enormen Raum. Meine Hände zittern. Ich bin wie taub. Voller Blut, Schweiß und Gemüsepampe ziehe ich das unsichtbare Band durch den Staub hinter mir her, abgekappt, ohne Verbindung zu Dad.

Er ist fort. Er ist fort. Er ist fort.

Warum folge ich dieser Frau überhaupt? Ist das alles unterm Strich nicht ihre Schuld?

Vielleicht stehe ich unter Schock.

Ich stehe *definitiv* unter Schock. Teufel, ich dürfte nicht mal hier drin sein! Es ist mir verboten. Ich könnte schwören, dass

die überlebensgroßen Statuen an den Wänden mich vorwurfs-voll anstarren. Sayuri Hara. Atticus Khan. K. B. Gray. Finn Pigeon. Wie uralte Wächter sehen sie aus. Schildwachen mit Waffen, Kompassen, Globen und Büchern. Dies sind die Großen Abenteurer. Die Menschen, deren Heldentaten im Schloss zu Legenden geworden sind.

Die größte aller Statuen steht genau in der Mitte der Eingangshalle. Dieser Dawes-Typ, den alle so anhimmeln. Wenn die Leute ihn beschreiben, dann immer mit lauter *großen* Wörtern. Eindrucksvoll. Unerbittlich. Entschlossen wie ein Fels. Ich dagegen sehe nur einen Idioten mit Zopf und Lendenschurz. Auf der Plakette am Sockel steht, dass er das Schloss vor über zweitausend Jahren bereist hat.

Angeblich war er der Erste, der es betreten hat. Und der nie zurückgekehrt ist.

Dad ist weg. Er ist in Gefahr. Hol ihn zurück!

»Wir gehen nach unten«, sagt Winifred und läuft auf eine Wendeltreppe in der hinteren Ecke zu. »Wie du bin ich es gewohnt, unter der Erde zu leben.«

Also gehen wir runter, steigen Windung für Windung in die Eingeweide des Museums hinab. Weiter und weiter fort von Dad, Stufe für Stufe.

Am Ende der Wendeltreppe öffnet Winifred eine klobige Holztür. »Willkommen in der Großen Bibliothek. Oder vielleicht sollte ich eher sagen: Willkommen zurück …«

Die Bibliothek ist gigantisch, erleuchtet von Hunderten von Öllampen, die an den Wänden hängen. Überall gibt es Säulen aus Stein und Regale, die kein Ende zu haben scheinen. Dieselben Regale wie auf meinem Babyfoto. Hier unten ist es wie in einer unterirdischen Stadt, in der es nach Staub und altem Pergament riecht.

»Hier entlang, wenn ich bitten darf …«

Winifred nimmt eine Lampe aus der Halterung und betritt einen der Gänge. Im Vorübergehen erhasche ich einige der Titel in den Regalen. *Isobel Harper und das Grab des Schlangenkönigs. Hughlance Boone und die Gletscherklinge. Jack Lee und das Dunkelnde Licht.* Allein in diesem Gang stehen mehrere Tausend Bücher. Die Chroniken von Bluehaven. Einige scheinen ganz gut in Schuss zu sein. Bei anderen ist der Rücken gebrochen oder die Schrift ist vergilbt und löst sich auf. Schwer beeindruckend. Alles hier. Das kann nicht mal ich abstreiten.

»Es sind so viele.«

Winifred nickt. »Ein Buch für jedes Abenteuer, das durch das Schloss erlebt wurde, aufgeschrieben von den Helden selbst – nach ihrer Rückkehr.«

Wir laufen durch einen Torbogen, eine Treppe runter, durch einen Gang aus Stein in ein warmes, gemütliches Büro – das Büro auf Dads Foto. Da sind der knisternde Kamin, der Schreibtisch voller Papiere, der massive Schrank mit den antiken Schwertern, Gewehren, Globen und Vasen. An der Wand daneben hängt ein riesiges Gemälde: eine Schlucht voller Höhlen. Vermutlich eine der angeblich unendlich vielen Welten, in die das Schloss führt.

»Deine Hand«, sagt Winifred. »Hast du Schmerzen?«

»Klar hab ich Schmerzen.« Mein Mut kehrt zurück. Auch die Wut. Der Schock lässt allmählich nach. »Warum haben Sie mich hierhergebracht? Wo ist mein Dad?«

»Dein Vater folgt nur dem Pfad, der für ihn vorgesehen ist.«

Winifred tritt an ihren Schreibtisch und holt aus einer Schublade eine kleine Karaffe mit zwei Gläsern. In jedes gießt sie einen Schuss goldene Flüssigkeit. »Genau, wie ich meinem folge.«

»Wir hätten ihn aufhalten sollen.«

»Man kann nicht aufhalten, was vorherbestimmt ist, Jane. Genauso wenig, wie man den Mond davon abbringen kann, aufzugehen.« Winifred leert ihr Glas in einem Zug und stellt das zweite vor einen leeren Stuhl auf ihren Schreibtisch. »Trink. Es wird den Schmerz in deiner Hand lindern. Und den in deinem Kopf.«

»Das riecht widerlich. Noch mehr Spezialkräuter?«

»Whiskey.«

»Ach so.« Wer bitte bietet einer Vierzehnjährigen *Whiskey* an? »Danke, aber ich ... bin gerade auf Entzug.«

Winifred zuckt mit den Schultern. »Von mir aus. Dann lass uns über deinen Weg reden.«

»*Meinen* Weg?«

»Was sonst? In dieser Geschichte bist du die Heldin, ob es dir passt oder nicht.«

»Hören Sie, ich will nur meinen Dad zurück –«

»Und genau darin liegt dein Abenteuer.« Winifred holt hinter ihrem Schreibtisch einen schäbigen grünen Rucksack hervor und wirft ihn mir vor die Füße. »Darin findest du ein Handtuch. Saubere Unterwäsche oder Socken konnte ich leider nicht finden, als ich deinen Vater geholt habe, aber ich habe eine saubere Tunika und eine Hose ergattert. Vielleicht nicht die geeignetste Garderobe für das Abenteuer, das vor dir liegt –«

»Ich höre immer nur *Abenteuer*! Es wird kein Abenteuer geben, okay? Hören Sie, danke, dass Sie in meiner Unterwäsche gewühlt haben, und«, ich ziehe ein Stück Brot aus dem Rucksack, erspähe auch ein paar Datteln, »danke für die Snacks. Aber sobald sich die Lage da draußen beruhigt hat, spaziere ich die Treppe rauf, hole meinen Dad und bringe ihn zurück in den Keller.«

»So einfach wird das nicht und das weißt du auch sehr gut. Dein ganzes Leben war eine Vorbereitung auf diesen Augenblick, Jane. Du wirst das Schloss betreten, ja, aber nicht über die Heilige Stiege.« Sie legt den Schlüssel auf den Tisch – sie muss ihn aufgehoben haben, bevor sie mir aus dem Rathaus gefolgt ist. »Du musst ihn an dich nehmen. Bewahre ihn gut auf. Ich habe ihn dir zurückgegeben und bei dir muss er bleiben.«

»Mir zurückgegeben? Was soll das denn heißen?«

»Soll heißen, dass ich ihn dir bei unserer ersten Begegnung abgenommen habe und ihn dir nun zurückgebe.« Winifred setzt sich, lehnt sich zurück. »Ich war dabei, Jane. In der Nacht des ersten Bebens. In der Nacht, als du und John nach Bluehaven gekommen seid. Ich war diejenige, die euch auf der Treppe gefunden hat.« Sie deutet mit einem knappen Nicken auf den leeren Stuhl. »Setz dich. Bitte. Es gibt da einiges, das du wissen musst.«

DIE NACHT
ALLEN UNGLÜCKS

In jener Nacht tobte ein Unwetter. Ich ging über den Platz des Anbeginns, als der Boden auf einmal zitterte. Ich sah zum Schloss und genau in diesem Moment schlug ein Blitz ein. Ich sah, wie das Tor sich öffnete und wie dein Vater am oberen Ende der Stufen zusammenbrach. Ich rannte hoch, um ihm zu helfen.« Winifred schenkt sich noch einen Schluck Whiskey ein und lässt die Flüssigkeit in ihrem Glas kreisen. »Er hatte ungeheure Schmerzen, doch ich konnte keine sichtbaren Wunden feststellen. Er schien gegen etwas in seinem Inneren zu kämpfen, als hätte man ihn vergiftet. Du lagst weinend in seinen Armen.« Sie nickt zu dem Schlüssel auf dem Tisch. »Den hast du an einem Stück Stoff um den Hals getragen wie einen Talisman. Als ich ihn berühren wollte, hat dein Vater mein Handgelenk festgehalten. ›Verstecken Sie ihn‹, sagte er. ›Halten Sie ihn geheim. Erzählen Sie keinem davon.‹ Ich fragte, was passiert war, woher er kam, aber etwas in ihm war zerbrochen. Er verlor das Bewusstsein. Ich nahm dich hoch und versteckte den Schlüssel in meiner Tasche. Und ich habe seitdem niemandem davon erzählt.«

Ich kratze an den klebrigen Ei-Resten an meinem Hals herum, um das Zittern meiner Hände zu unterdrücken. »Woher kam er? Was sperrt er denn auf?«

»Der Einzige, der das beantworten kann, ist John. Ich weiß nicht, was er im Schloss erlebt hat, aber er hatte ohne Zweifel eine lange und schreckliche Tortur hinter sich.«

»Und seine Krankheit? Glauben Sie, es könnte stimmen, dass ich ...?«

»Ihn verflucht hast? Nein. Anders als die meisten Dummköpfe auf dieser Insel habe ich schon mehrere Flüche gesehen – einmal war ich sogar selbst verflucht. Es ist nichts Angenehmes, das kann ich dir versichern.« Gedankenverloren macht Winifred eine Pause. »Aber die Krankheit deines Vaters ist etwas völlig anderes. Nur was, das kann ich nicht sagen.«

»Und ... was ist dann passiert? Nachdem Sie uns auf der Treppe gefunden hatten?«

»Mir war klar, dass ich dich und deinen Vater so schnell wie möglich in Sicherheit bringen musste. Der Boden bebte noch immer. Nicht so heftig wie heute Abend, aber trotzdem Grund genug zur Sorge. Noch nie hatte Bluehaven ein Erdbeben erlebt, zumindest nicht zu meinen Lebzeiten. Noch in derselben Nacht wurde eine Stadtratssitzung einberufen. Von dem Beben in Angst und Schrecken versetzt, flohen die Menschen auf den Platz. Eric Atlas, Idris – das ist Bürgermeister Obi – und ein paar andere sahen uns. Sie haben dabei geholfen, deinen Vater nach unten zu tragen.

Auf der ganzen Insel herrschte Chaos. Menschen strömten in

die Straßen, fürchteten sich vor dem Zorn der Schöpfer, drängten sich auf den Platz des Anbeginns. Als wir den Fuß der Treppe erreichten, hatte sich eine große Menge versammelt. Ich wickelte dich ein wenig fester in meinen Mantel ein und dann – nun, da erlebte ich eine echte Überraschung. Du hast aufgehört zu weinen. Und das Beben hörte ebenfalls auf. Keiner regte sich. Wir standen im nachlassenden Regen, alle gemeinsam, und warteten – worauf, wussten wir selbst nicht. Dann hast du deine Augen geöffnet. Sie strahlten wie glühende Asche.«

»Die Augen eines Monsters.«

»Wohl kaum«, meinte Winifred. »Ungewöhnlich, ja. Eher beeindruckend, wenn du mich fragst.«

»Aber die Leute sind ausgeflippt, oder?«

»Schlichte Gemüter fürchten sich vor allem, was anders ist, Jane. Jeder hatte Angst, sehnte sich nach Antworten, und da warst du. Manche schlugen vor, das Erste Gesetz zu brechen und zu versuchen, dich wieder ins Schloss zu bringen. Andere wollten dich und John verbannen, euch in den Sterbenden Landen aussetzen. Idris und ich haben protestiert, aber wir wurden von drei einfachen Worten ausgebremst.«

»Sie ist verflucht.«

»Ganz genau. Es tut mir leid, Jane. Alles passierte so schnell. Deine Zukunft war offenbar in Stein gemeißelt, lange bevor du durch das Schlosstor gefallen bist. Es war, als wäre es dir *vorherbestimmt*, als Sündenbock für die Nacht Allen Unglücks herzuhalten.«

Jetzt greife ich doch nach meinem Glas und versuche, den Whiskey wie Winifred in einem Zug zu leeren. Doch das Zeug brennt wie Feuer, sodass ich das meiste wieder ins Glas spucke.

Allein die Vorstellung von Schicksal und Bestimmung hasse ich abgrundtief. Der Gedanke, dass *jemand*, *etwas*, *irgendwo* meine Taten steuert, gibt mir das Gefühl, als wäre ich nichts anderes als eine Marionette. Und seitdem die Hollows in ihrer Küche zur Abschreckung als Puppenspiel eine zweistündige epische Tragödie mit dem Titel *Das kleine Mädchen, das ihren Eltern nicht gehorchen wollte* aufgeführt haben, habe ich Angst vor Marionetten.

»Geht es dir gut, Jane?«

»Ja.« Inzwischen laufe ich unruhig im Büro herum. »Nein. Vielleicht.«

»Nun …« Winifred blickt zu dem Rucksack. »Wo du schon auf den Beinen bist, kannst du dich auch gleich umziehen. Die Zeit spielt gegen uns und ich werde dich nicht ins Schloss lassen, solange du aussiehst wie ein gammliger Salat.«

»Können Sie mir nicht einfach verraten, wo der zweite Eingang ist? Ich hab brav zugehört. Mein Dad ist da oben ganz allein – da *drin*. Wahrscheinlich hat er sich verlaufen und Angst. Er hat doch niemanden außer mir.«

»Exakt, und genau deshalb musst du bestens vorbereitet sein, wenn du aufbrichst.« Ich mache den Mund auf, will ihr widersprechen, aber Winifred nickt nur noch einmal zum Rucksack und meint: »Dalli, dalli.«

Durchatmen, sage ich mir. *Er ist nicht tot. Es geht ihm gut. Du wirst ihn finden.*

»Von mir aus.« Meine verletzte Hand pocht, als ich in den Rucksack fasse. Lustig wird das nicht. Meine Kleidung klebt wie eine feuchte zweite Haut an mir, und mich vor einer alten Dame auszuziehen, ist auch nicht unbedingt mein Ding.

Ich fange klein an, schlüpfe aus Stiefeln und Socken. »Aber allein.«

»Selbstverständlich.« Winifred dreht ihren Stuhl zur Seite, damit ich wenigstens ein winziges bisschen Privatsphäre habe. »Oh, und vergiss nicht, dich hinter den Ohren zu waschen. Nun, wo waren wir?«

»Bei den Stadtbewohnern.« Ich atme tief ein, zerre mir die Tunika über den Kopf und schmiere mir dabei das ganze Gesicht voll mit Gemüsebrei. »Den Idioten«, huste ich. Dann schnappe ich mir ein Handtuch und rubbele über einen Papayafleck an meinem Knöchel. Schüttele mir die Wassermelonenkerne aus dem Haar.

»Ah ja. Nun, so verängstigt sie auch waren, machte ich allen deutlich, dass wir niemanden verbannen würden. Idris hat mir beigestanden. Er war ein wirklich guter Freund. Ein guter Mensch. Wir haben dich und John in die Vintage Road gebracht, wo ich damals noch wohnte. Ich nahm an, dass John sich erholen und bald aus seiner Starre erwachen würde. Ich glaubte fest daran, dass wir Antworten bekommen würden. Wie falsch ich doch lag …

Wochen vergingen. Die Beben setzten sich fort. Täglich stiegen die Menschen die Heilige Stiege hinauf, doch ohne Erfolg. Das Schloss war jahrtausendelang das Herzblut von Bluehaven gewesen, doch nun schien es wie ausgeblutet. Es öffnete sich für niemanden. Verzweiflung schlug um in Wut. Täglich rotteten sich die Menschen vor meinem Haus zusammen. Man machte ein Boot für euch beide bereit, aber ich weigerte mich beharrlich, euch auszuhändigen. Hinter allem steckte kein anderer als Eric. Er hatte die Stadtbewohner gegen mich aufgehetzt. Nannte mich eine Unruhestifterin. Eine Verräterin. Eine Zeit lang verschaffte mir mein Ruf Luft, doch Angst ist mächtig. Alle außer Idris und den Ratsältesten glaubten lieber, dass du meinen Geist vergiftet und mich in den Wahnsinn getrieben hast, so wie John. Aber ich ließ mich nicht kleinkriegen, bis Eric endlich begriff, dass Gerüchte und böses Gerede mir nicht das Genick brechen würden.

Nach einem besonders schlimmen Erdbeben – und gegen den Willen des Stadtrats – führte er einen Mob zur Vintage Road. Über fünfzig Männer und Frauen. Wie zu erwarten kam es zum üblichen Nonsens: Sprechchöre, Mistgabeln und dergleichen. Es genügt wohl, dir zu sagen, dass die Hexenjagd ihren Höhepunkt erreicht hatte. Man stellte mir ein Ultimatum: dich und John umgehend aushändigen oder die Konsequenzen tragen. Zum Glück war ich vorausschauend genug gewesen, sämtliche Türen und Fenster zu vernageln, als ich Stunden zuvor von der Versammlung erfahren hatte. Um es kurz zu machen: Die Belagerung begann um Mitternacht und endete eine Stunde später, als Eric und dieser Ochse mit dem Holzbein die Fenster im Erdgeschoss mit brennenden Fackeln einschlugen.«

Ich schlüpfe aus meiner Hose und wische mir die Beine sauber. »Sie wollten uns *lebendig abfackeln?*«

»Der Plan war, uns ins Freie zu treiben, was klappte – sehr zu ihrem Schrecken.«

»Wie meinen Sie das?«

»Ich beschloss, dass es an der Zeit war, allen in Erinnerung zu rufen, wie gefährlich Winifred Robin eigentlich sein kann. Ich stürmte auf die Straße und überwältigte jeden, der sich mir in den Weg stellte.«

Ich ziehe die Hose aus dem Rucksack an. »Aber Sie sagten doch, es waren fünfzig.«

»Dreiundfünfzig, um genau zu sein. Ich gab acht, dass keiner ernsthaft verletzt wurde. Ein paar Kampfsportgriffe, hier und da ein Karatekick, nichts Außergewöhnliches. Das Haus brannte bis auf die Grundmauern nieder, doch Idris hatte sich längst hineingeschlichen und euch beide in Sicherheit gebracht.«

Ich weiß nicht, was ich sagen soll. Wenn sie wirklich wollte, könnte Winifred wahrscheinlich noch immer über den Schreibtisch springen und mich mit einem Tritt bis in die Wüste befördern.

»Das klingt alles so … wow.«

»Ich will nicht arrogant erscheinen, junge Dame, aber *wow* wird dem nicht wirklich gerecht.« Winifred leert den letzten Rest Whiskey. »Nichts, was ich sagen oder tun konnte, überzeugte die Stadtbewohner davon, dass ihr nicht verantwortlich wart für die Nacht Allen Unglücks. Aber ich machte ihnen klar, dass ich über Bluehaven ein fürchterliches Donnerwetter loslassen würde, bei dem selbst die alten Götter des Chaos blass werden würden, sollten sie euch ein einziges Haar krümmen. Während das Haus in sich zusammenbrach und die Funken in den Nachthimmel aufstiegen, schärfte ich Eric ein, dass er als Erster dafür bezahlen würde. Idris und die anderen Ältesten schlossen ihn auf der Stelle vom Rat aus.«

»Und alle ließen uns einfach so in Frieden?«

»Einfach so?«, wiederholt Winifred. »Mein liebes Kind, ich habe ihnen gar keine andere Wahl gelassen.«

»Aber was ging schief?« Ich schüttele die saubere Tunika aus

und ziehe sie über. Es ist eine von denen, die ich vergangenes Jahr aus der Mülltonne unserer Nachbarn stibitzt habe. »Warum hat man uns an die Hollows verlost?«

»Eine Verlosung hat nie stattgefunden, Jane. Diese Lüge haben dir die Hollows aufgetischt, damit du die Wahrheit über deine Vergangenheit nicht herausfindest. Damit du nicht auf die Idee kommst, mich zu suchen, um an Antworten zu kommen.« Winifred dreht ihren Stuhl nun wieder zu mir um und räuspert sich. Sie wirkt verlegen. »Die Wahrheit ist: Eure ersten beiden Jahre auf Bluehaven habt ihr in meiner Obhut verbracht, hier im Museum.«

»Das zweite Foto.« Ich fische den alten Schnappschuss aus der Tasche meiner besudelten Tunika. Auch das Bild hat ordentlich was abgekriegt und stinkt nach gammligem Kürbis. »Sie haben das gemacht, als ich hier gewohnt habe?«

Sie nickt. »Etwa ein Jahr nach eurer Ankunft.«

Ich blicke das Foto an, mein Lächeln darauf. »Ich sehe glücklich aus.«

»Das warst du«, bestätigt Winifred.

»Aber nicht lange, stimmt's?« Die Worte purzeln mir über die Zunge, noch bevor ich überhaupt weiß, dass sie rauswollen. Bevor ich schmecken kann, wie bitter sie klingen. »Warum sind wir nicht bei Ihnen geblieben?«

»Ich habe euch nicht vor die Tür gesetzt, Jane. Bitte glaub mir das. Wäre es nach mir gegangen, wärt du und John für immer bei mir geblieben, aber hier sind andere Kräfte am Werk. Ja, ihr hattet es nicht leicht bei den Hollows, aber –«

»*Nicht leicht?*« Ich werfe das Foto auf den Tisch. »Sie haben uns jahrelang wie Dreck behandelt.«

Winifred seufzt. »Jane, Beatrice stand tief in meiner Schuld, gegen ihren Willen, und das seit vielen Jahren. Ich will jetzt nicht ins Detail gehen, denn das ist eine Geschichte für sich, aber ich habe ihr einmal das Leben gerettet. Lange bevor ihr nach Bluehaven kamt. Als ich mit dir und John vor ihrer Tür auftauchte, hatte sie keine andere Wahl, als ihre Schuld zu begleichen und euch aufzunehmen. Außerdem waren die Hollows nicht immer so …«

»Schrecklich? Gemein? Böse?«

»*Komplex*. Ja, sie waren noch nie die Hellsten, aber Bertram und Beatrice sind nicht böse. Sie haben sich nicht einmal beteiligt an Erics Hetzkampagne, die der Nacht Allen Unglücks folgte. Sie lebten schon lange in ihrer eigenen verängstigten kleinen Welt und diese Welt brach zusammen, als ich an ihrer Tür klopfte.

Euer Umzug sprach sich schnell herum. Idris und die Ratsältesten hatten ein Gesetz erlassen, das jedem untersagte, dir oder John etwas anzutun – genau wie ich waren sie davon überzeugt, dass die Schöpfer euch aus einem bestimmten Grund zu uns gesandt hatten, zu unserem Schutz. Doch andere sahen den Umzug als willkommene Einladung. Als Zeichen, dass ich endlich aufgegeben hatte. Eric, der noch immer schäumte vor Wut, weil er aus dem Rat geflogen war, organisierte mehrere Anschläge auf dich und John, bei denen zum Teil auch das Leben der Hollows in Gefahr war. Ich habe alle vereitelt, euch aus der Ferne beschützt. Deshalb hat Eric eine neue Taktik versucht und angefangen, die Hollows zu manipulieren. Er hat sie mit Geschenken überschüttet, ihnen Dinge eingeflüstert, Vorschläge gemacht, wie man euch das Leben unerträglich machen könnte. Anfangs habt ihr oben gewohnt, weißt du. Die Idee mit dem Keller stammt von ihm.«

»Himmel, der Kerl ist ja echt ein echtes A–«

»Ein echtes Stück Arbeit, ja.«

»Eigentlich wollte ich sagen –«

»Ich weiß, was du sagen wolltest, aber ich dulde keine Kraftausdrücke.« Winifred hielt einige Sekunden inne. »Zumindest nicht hier drin. Du verstehst also, Bertram und Beatrice waren in einer kniffligen Lage: Sie wollten es Eric unbedingt recht machen, gleichzeitig hatten sie riesige Angst, mich zu verraten.«

»Soll ich jetzt etwa Mitleid mit ihnen haben?«

»Ganz gewiss nicht. Nur vergiss eins nicht, Jane.« Sie dreht das Foto um und tippt auf das kleine Gekritzel unter dem Symbol. »Alles hat seinen Grund. In diesem Haushalt aufzuwachsen, war schwer, schwerer, als ein Kind es erdulden sollte. Du hast gelitten, sicher, doch was du ertragen musstest, hat dich stark gemacht – wesentlich stärker, als dir selbst bewusst ist. Und auch die Bindung zwischen dir und John ist dadurch wahnsinnig stark geworden.« Winifred rückt ihren Stuhl zurück und steht auf. »Was am wichtigsten ist, du *lebst*, Miss White. Und da die Zukunft Bluehavens nun auf deinen Schultern ruht, ist das ein wirklich höchst erfreulicher Umstand.«

VERBORGENES
UND STRIPPENZIEHER

K omm mit«, sagt Winifred und marschiert durch den Raum zum Schrank. »Zeit aufzubrechen.«

»Ausgerechnet jetzt, ja? Direkt nachdem Sie mir erzählt haben, dass die Zukunft der ganzen verdammten Insel allein von mir abhängt? Einer Insel voller Leute, die mich auf den Tod hassen?«

»In einem Wort? Ja.«

Ich schiebe meine nackten Füße in meine schmatzenden Stiefel. »Okay. Aber Sie erzählen mir besser den Rest der Geschichte, bevor wir zurück zum Anbeginn gehen. Sie sagen, die Hollows haben uns aufgenommen, weil sie Ihnen was schuldig waren – schön und gut. Aber das erklärt nicht, warum Sie uns überhaupt weggegeben haben.«

»Wir gehen nicht zurück zum Platz.« Winifred öffnet einen kleinen Kasten am Fuß des Schranks, zieht ein großes Bündel aus schwarzem Stoff heraus und stopft es in ihren Mantel. »Vor einigen Minuten ist Eric zu sich gekommen. In diesem Augenblick bricht er mit sieben bewaffneten und sehr gefährlichen Männern ins Museum ein.«

»Wie können Sie das wissen? Und was ist das für ein Ding, das Sie da gerade in Ihren –« Ein entferntes *Peng* schneidet mir das Wort ab. Ein Schuss, weit weg und doch nah genug, dass Schmetterlinge in meinem Bauch herumtoben. Nein, Bienen. Wespen. Gehörnte Wespen mit mächtig großen Stacheln. »Oh, oh.«

»Unwichtig«, meint Winifred. »Alles verläuft nach Plan.«

Sie geht zur Bürotür. Schließt ab. Sperrt uns ein.

»Moment mal, ich dachte, wir müssen weg.«

»Müssen wir auch.« Wieder geht sie zum Schrank. Winifred schiebt eine Keramikvase weg und – *klick* – das riesige Gemälde der Schlucht mit den Höhlen schwingt zur Seite. Dahinter liegt eine Wendeltreppe. Ein Geheimgang. »Steck den Schlüssel ein und vergiss das Essen nicht. Du musst völlig ausgehungert sein.« Sie nimmt eine Laterne. »Die Dreckwäsche kannst du hierlassen.«

Ich nehme den Schlüssel vom Tisch und verstaue ihn in einer meiner Taschen. Dann stopfe ich die Datteln und das Stück Brot aus dem Rucksack in eine andere. »Was ist mit Waffen?«

»Wie bitte?«

»Sie haben doch auch eine, oder nicht? Das schwarze Bündel, das Sie aus dem Schrank geholt haben? Ich sollte eine haben. Ich könnte das Schwert da drüben nehmen. Oder die Armbrust.«

»Du kennst die Regeln«, sagt Winifred. »Man betritt das Schloss freiwillig. Man betritt das Schloss unbewaffnet. Man betritt das Schloss allein.«

»Ich bekomme nicht mal ein Messer?«

Ich bekomme nicht mal eine Antwort. Sie hält mir das Bild auf und nickt zur Treppe dahinter.

»Wohin geht es da?«, frage ich, während ich mich ducke und in die Öffnung steige.

»In die Katakomben. Hör auf mich, Jane. Du musst schnell und leise sein.«

Winifred zieht das Gemälde hinter uns behutsam zu. Ihre Laterne erfüllt das enge Treppenhaus mit goldenem Glanz. Die Stufen sind alt, der Stein schon ganz glatt gewetzt. Winifred voraus, dringen wir im Gänsemarsch Windung um Windung in die Tiefe vor, tiefer und tiefer.

»Also«, flüstere ich fast, »die Zukunft von Bluehaven ruht auf meinen Schultern, was? Das war nur so eine Redewendung, oder? So wie *Die Welt liegt zu deinen Sohlen* oder so ähnlich.«

»Die Welt liegt dir zu Füßen, Jane. Und nein, es war keine Floskel. Wie gesagt, jeder Mensch auf dieser Insel ist in Gefahr und diese Gefahr ist noch nicht vorüber.«

»Wie auch«, murre ich. Die Wespen schwärmen und stechen.

»Auf den Tag genau zwei Jahre nachdem du und John nach Bluehaven kamt, entdeckte ich eine Kammer, die unter den Katakomben versteckt lag. In dieser Kammer stieß ich auf eine uralte Hieroglyphe, die an die Wand gemalt war. Dasselbe Symbol wie auf dem Schlüssel.«

Ich hole den Schlüssel aus der Tasche und drehe ihn in der Hand.

»Ich konnte es nicht glauben«, fährt Winifred fort. »Jahrelang hatte ich vergeblich danach geforscht, dabei war es die ganze Zeit über direkt unter meinen Füßen gewesen. Hatte im Verborgenen gewartet, seit dem Anbeginn, lange bevor meine Vorfahren auf die Insel gekommen waren.«

»Und was bedeutet es?«

»Auch diese Frage kann nur dein Vater beantworten. Das Symbol an der Wand hat mich angezogen, Jane. Ich berührte es und hatte eine Vision. Vor meinen Augen blitzten Bilder auf. Ich sah jedes Ereignis, das zu diesem Tag führen würde, zu diesem Moment. Mich, wie ich dich und John am nächsten Morgen zu den Hollows bringe. Die Anschläge auf euer Leben, die folgen würden. Dass die Fischer dich heute Morgen durch die Bucht der Weißen Felsen jagen würden. Den Käfig. Eric, wie er das höllische Messer auf der Heiligen Stiege erhebt. Violet, die kommt, um dich zu retten. Deinen Vater, der ganz in Rot gehüllt die Stufen hinaufeilt. Dich, wie du dich zum geheimen Tor aufmachst, einem zweiten Zugang zum Schloss. Er liegt dort unten, Jane, in der Kammer, und wartet auf dich. Das letzte Beben hat den Weg freigegeben.«

»Moment mal. Wollen Sie mir erzählen, dass Sie uns bei den Hollows abgeladen haben, weil ein unheimliches Symbol an der Wand es Ihnen *gesagt* hat? Das klingt total verrückt. Das ist Ihnen schon klar, oder?«

»Man hat mir schon Schlimmeres vorgeworfen.«

»Ja, aber eine *Vision*? Wie soll das überhaupt möglich sein?«

»Durch die Schöpfer«, antwortet Winifred mit einem Anflug von Ehrfurcht in der Stimme.

Hätte ich mir gleich denken können, dass sie das sagen würde. Po, Aris, Nabu-kai. Die Torwächterin, der Erbauer, der Schreiber. Die drei Götter, die das Schloss angeblich errichtet haben. »Ich kapiere trotzdem nicht, wie –«

»Nabu-kai. Der Schreiber. Seher aller Dinge. Das Symbol war mit seinem Blut gezeichnet.«

»Ach so, na klar«, sage ich. »Seherblut. Völlig logisch.«

»Woher sonst hätte ich wissen sollen, wo genau ich das Fischernetz heute bei den Weißen Felsen auslegen soll? Dass Eric versuchen würde, dich zu opfern? Dass du das größte Beben in der Geschichte Bluehavens auslösen würdest, wenn du siehst, dass dein Vater in tödlicher Gefahr schwebt?«

Ich erstarre. »Langsam, langsam, langsam.«

Winifred bleibt nach einigen Schritten stehen und dreht sich um. Im schaukelnden Licht der Laterne leuchten ihre Narben und Falten richtig grell.

»Dass *ich* das Beben auslöse? Sie meinten doch, ich wäre nicht verflucht.«

»Und dazu stehe ich. Trotzdem gibt es eindeutig eine Verbindung zwischen dir und den Beben.«

Mein verdammter Handabdruck auf der Heiligen Stiege. Fels wie geborstenes Glas.

»Das erste Mal bebte die Erde, als du durch das Tor gefallen bist, Jane. Und es hörte auf, als du mit dem Weinen aufhörtest. Heute Nachmittag rumorte der Boden, als du ins Wasser gefallen bist. Als du wieder Luft holen konntest, ließ es nach. Das Beben während des Fests heute ...«

»Fing an, als ich sah, dass Dad in Schwierigkeiten steckt.«

»Und geriet völlig außer Kontrolle, sobald dein Blut die Heilige Stiege benetzte. Es hörte erst auf, als ich dich wieder mit dem Schlüssel zusammenbrachte.«

»Aber warum? Was hat der Schlüssel damit zu tun?«

»Das weiß ich nicht, Jane. Jedenfalls glaube ich, dass die Erde

immer dann bebt, wenn du Angst hast. Wenn du wahrhaft Angst um dein Leben hast oder um das derjenigen, die du liebst.«

»Aber die meisten Erdbeben hat es doch immer nachts gegeben.«

»Und wie schläfst du so, Jane? Selig und ruhig? Als du noch ein Baby warst, kam das jedenfalls kaum vor.«

Die Wespen fallen augenblicklich tot um. »Okay, dann … dann habe ich also Albträume. Eine Menge. Aber das ist doch total normal, oder nicht? Jeder träumt mal schlecht. Außerdem war ich schon oft in Gefahr, ohne dass irgendwas passiert ist. Heute war ja nicht das erste Mal, dass ich Ärger mit den Fischern hatte.«

»Das liegt daran, dass Angst für dich etwas ganz Alltägliches geworden ist, Jane. Auf dieser Insel hast du so viel durchgemacht, dass Todesangst für dich zur Tagesordnung gehört. Du spürst Angst, ja, aber ich glaube, es gibt in solchen Momenten keine Beben, weil du gelernt hast, damit *umzugehen*. Nur wenn du die Kontrolle verlierst, wenn du wirklich verletzlich bist, brennt eine Sicherung durch.«

Ein zweiter Schuss grollt wie ein Donnerschlag durch das Treppenhaus, näher als zuvor. Sie haben die Tür zum Büro aufgeschossen. Ich höre, wie Atlas Befehle brüllt. Hastige Schritte und andere, gedämpfte Stimmen. Winifred zieht nur vielsagend die Augenbrauen hoch.

»Okay«, wispere ich. »Sagen wir einfach mal, Ihre gruseligen Visionen waren echt und ich habe wirklich abgefahrene Erdbebenkräfte. Wozu sie *auslösen*? Wenn alles, was Sie sagen, wahr ist, hatten Sie doch die Wahl, oder nicht? Sie hätten die

Visionen ignorieren können. Wir hätten vor zwölf Jahren bei Ihnen bleiben können. Sie hätten das Foto heute Morgen nicht durch mein Fenster schieben müssen.«

»Damit du weiter vor dich hin vegetierst, so wie all die letzten Jahre?«

»Wenn Dad dadurch in Sicherheit geblieben wäre, dann ja. Der ganze Müll wäre nicht passiert. Man hätte mich nicht auf das Fest geschleift, Bluehaven wäre nicht, na ja, kaputt, und Dad ...« Plötzlich sitzt ein Kloß in meiner Kehle. Dad wäre bei mir.

»Ich hatte keine Wahl«, sagt Winifred und legt eine ruhige Hand auf meine Schulter. »Schrecklich, aber notwendig, du erinnerst dich? Ich durfte nicht alles sehen – bei Weitem nicht –, aber genug. Das Symbol war eine Botschaft der Schöpfer, Jane. Eine Warnung der Götter persönlich. Etwas ist im Schloss mit dir und John geschehen. Was, das weiß ich nicht. Doch der Schlüssel, die Beben, das Neuerwachen des Schlosses, all das hängt zusammen.«

»Wie? Warum?«

»Genau das musst du herausfinden.« Winifreds Hand packt meine Schulter fester. »Dies ist deine Geschichte. Dein Abenteuer. Du musst das Schloss betreten und deinen Vater finden. Erst dann werden die Geheimnisse gelüftet. Erst dann wird sich dein Schicksal offenbaren.«

Ich wünschte, ich könnte behaupten, dass Winifreds Worte von mir abprallen, aber ich spüre selbst, dass dieses unsichtbare, im Moment gekappte Band zwischen mir und Dad sich verändert. Es franst aus, vervielfacht sich, verwandelt sich in etwas anderes. Ein Wirrwarr aus Marionettenfäden, die sich um meine

Knöchel und Gelenke knoten und eine Schlinge für meinen Hals knüpfen.

Doch wenn es stimmt, was sie erzählt, waren diese Strippen vielleicht schon immer da. Vielleicht hat mich mein ganzes bisheriges Leben allein auf das hier vorbereitet.

DIE KATAKOMBEN

In den Katakomben ist es eng und muffig. Die Decke ist so niedrig, dass Winifred sich fast ducken muss, als wir hinter einem schweren Wandteppich hervorschlüpfen, der einen geheimen Zugang verbirgt. Links von uns: eine Wand, gespickt mit flackernden Fackeln. Rechts von uns: Dutzende schattige Bogengänge. Grabstätten, die voll sind mit Särgen aus Stein und Statuen von seltsamen Kreaturen mit Flügeln. Ich schaudere.

»Fürchte den Tod nicht, Jane«, sagt Winifred. »Die Toten haben ihre Geheimnisse, aber sie ruhen in Frieden.«

»Hm«, murmele ich, »klar.«

Jeder Schritt kommt mir schwerer vor als der davor, als würde ich durch unsichtbares Wasser waten. Es steigt mir bis zum Bauchnabel, zur Brust, zu den Schultern, drängt von allen Seiten auf mich ein und raubt mir den Atem. Weil ich von toten Menschen umgeben bin. Weil ich keine Ahnung habe, was ich hier eigentlich mache. Weil Dad weg ist und all meine unbeantworteten Fragen in meinem Kopf Fangen spielen.

Was ist mit uns im Schloss passiert? Was ist mit meiner Mum? Woher kommen wir? Was ist das für ein Schlüssel? Und was hat es mit den gottverdammten Beben auf sich?

»Hier entlang.« Winifred führt mich an der Haupttreppe, dem offiziellen Zugang, vorbei. Das Echo wütender Stimmen und Schritte weht uns entgegen. »Schnell jetzt.« Sie biegt in einen superengen Durchgang ein. In den Wänden sind winzige Nischen, die uralte Schriftrollen und halb abgebrannte Kerzen beherbergen. »Die Schriften der Toten«, erklärt Winifred. »Aufzeichnungen von jeder Seele, die hier und auf dem Friedhof zur Ruhe gebettet wurde.«

»Abgefahren«, entfährt es mir. »Ähm. Warum ist der zweite Zugang ausgerechnet hier unten?«

»Weil ich ihn finden sollte«, antwortet sie. »Genau wie du dazu bestimmt bist hindurchzugehen.«

Wir gehen nach links, nach rechts und landen in einer Sackgasse. Zumindest wäre es eine, würde da nicht ein dreckiges großes Loch im Boden klaffen. »Das ist es? Hier soll ich runter?«

Ein Pickel, der im Fels klemmt. Ein verknotetes Bündel Seil. Winifred nimmt das Ende und bindet es um meine Taille. Ich rieche den Whiskey in ihrem Atem. »Ich werde dich so behutsam wie möglich abseilen. Nach etwa hundert Metern wird der Gang von einer Felsspalte unterbrochen. Du kannst sie ganz leicht umklettern. Oh, aber gib auf die Spinnen acht. Die Kammer liegt auf der anderen Seite. Du musst das Tor nur berühren, dann wird es sich öffnen.«

»Und wenn ich drin bin? Was, wenn Dad schon in einer anderen Welt verschwunden ist? Wie soll ich ihn finden?«

»Das musst du selbst herausfinden«, meint Winifred. »Das Tor könnte dich an jeden Ort im Schloss führen. Keiner hat es bisher auch nur annähernd komplett erforscht – das wäre völlig unmöglich, denn es hat einfach kein Ende. Aber ich habe mehr gesehen als die meisten.« Winifred blickt in das Loch und wird richtig nostalgisch. »Du wirst sehen, Jane. Unendlich viele Gänge und Kammern, die miteinander verknüpft sind. Die Wände vibrieren, so stark, als wäre der Stein lebendig. In jedem Raum ein neues Geheimnis. Hinter jeder Ecke eine Überraschung. So viele Mysterien, die es zu entdecken gilt. So viele neue Welten zu erforschen.« Sie schaut mir fest in die Augen. »Aber du musst aufpassen. Glaub mir, man darf nicht leichtfertig vorgehen. Das Schloss ist voller Wunder, oh ja, aber auch voller Gefahren. Und davon nicht zu wenig.«

Mir fallen einige der Geschichten ein, die ich im Goldenen Horn gehört habe. »Sie meinen Fallen und den ganzen Kram? Gruben, Stachel, herabsausende Messer?«

»Uralte Vorrichtungen mit einem einzigen Zweck.«

»Menschen töten.«

»Sicherstellen, dass nur die Würdigen zwischen den Welten reisen.«

Winifred hakt die Laterne an meine Hose und rattert einige Abseiltipps runter, doch ich kann mich unmöglich darauf konzentrieren. Ein Schwall abgestandener Luft fegt über meine Wangen, als würde das Loch atmen. Ich sehe genau nichts. Unter mir gähnt einfach nur finsterstes Schwarz. Ich wette, Violet würde, ohne nachzudenken, da runterhüpfen, aber –

»Moment mal. Violet! Glauben Sie, sie ist okay?«

»Ihr geht es gut«, sagt Winifred.

»Ich hätte mich verabschieden sollen. Immerhin … Was meinen Sie, wie lange bin ich weg?«

»Zeit ist eine knifflige Angelegenheit, Jane. Das Schloss ist eine Brücke in die Anderwelten. Jede Welt hat ihre eigene Zeit, ein Tag in Bluehaven könnte anderswo einer Woche, einem Jahr, vielleicht sogar einem ganzen Leben entsprechen. Was das Schloss selbst angeht, kann die Zeit dort drinnen komische Sachen anstellen. Wirklich sehr komische Sachen.« Sie nickt zum Loch. »Keine weiteren Fragen. Jetzt gibt es kein Zurück mehr.«

Mir stockt der Atem. Das unsichtbare Wasser steigt bis an meinen Hals, mein Kinn, droht mich auf trockenem Land zu ertränken. Ich trete an die Kante der Öffnung. »Okay. Aber sind Sie sicher, dass Violet in Ordnung ist?«

Winifred nickt. Mir bleibt wohl nichts anderes übrig, als ihr zu vertrauen.

»Na gut. Können Sie ihr ausrichten … Sagen Sie ihr einfach Danke. Dafür, dass sie mich auf der Treppe gerettet hat und alles.« Mir schwirrt der Kopf, meine Hände sind feuchter als ein Waschlappen. »Und sagen Sie ihr … sagen Sie ihr …«

»Ich lasse mir etwas Passendes einfallen«, unterbricht Winifred mich.

Ich drehe mich zu ihr um, unsicher, was ich sagen soll. Schön, sie hat mich und Dad irgendwie hängen lassen, weil ein besessenes Gekrakel an einer Wand es ihr aufgetragen hat. Aber sie hat uns das Leben gerettet, mehr als einmal. Hat ihren guten Ruf geopfert, ihr ganzes Leben hier auf Bluehaven. Die vielen Male, wenn sie mir über die Insel gefolgt ist, hat sie mich beschützt, über mich gewacht, Gefahren abgewehrt. Ich sollte ihr danken. Teufel, ich sollte total schnulzig werden und sie um-

armen – aber ich bin es einfach nicht gewohnt, Erwachsenen zu danken.

Mir liegen die Worte auf der Zunge, aber ich kriege sie nicht raus.

»Ich weiß, Jane«, meint Winifred und legt mir wieder eine Hand auf die Schulter. Bevor es zu sentimental werden kann, hallt Atlas' Stimme durch den Gang. Wie am Spieß brüllt er, schreit meinen Namen und Winifred seufzt. »Aber danke mir lieber nicht zu früh.«

Dann verpasst sie mir einen Stoß.

ERSTES
ZWISCHENSPIEL

DAS WERK
VON WINIFRED ROBIN

Mit erhobenen Waffen stürmen Atlas und seine Männer an den Schriften der Toten vorbei.

»Lassen Sie das Seil fallen, Robin«, fordert er. »Es ist vorbei. Sie können das Mädchen nicht für immer da unten verstecken. Machen wir diesem Wahnsinn ein Ende, ein für alle Mal.«

Das Seil spult nicht weiter ab. Jane hat es geschafft. Ein schneller, aber sicherer Abstieg.

Winifred lächelt.

Als sie sich zu den Männern umdreht, sagt sie ihnen die Wahrheit. Sie kommen zu spät. Ihr Leben ruht nun in den Händen von Jane White.

Natürlich glauben sie ihr nicht. Sie spotten und schütteln den Kopf. Atlas zeigt mit dem Manuvischen Messer auf ihre Brust und sie beschließt, dass sie auch das besser an sich nehmen wird, bevor alles vorbei ist.

Uralte Relikte haben größeren Respekt verdient.

»Du lügst, alte Frau. Und jetzt zur Seite.«

Winifred gibt den Männern die Gelegenheit abzuziehen, zur Oberfläche zurückzukehren, ihren Familien zu helfen. Sie sagt ihnen, dass die Jagd vorbei ist, und holt die in schwarzen Stoff eingewickelte Bombe aus ihrem Mantel, um es ihnen zu beweisen.

Fünf Dynamitstangen. Mehr als genug, um den Tunnel unter ihnen zu versiegeln.

Schnell entfacht sie die Zündschnur an einer der umherstehenden Kerzen und der Sprengsatz fängt an, zischend Funken zu sprühen.

Alle außer Atlas weichen zurück.

»Immer mit der Ruhe«, sagt er. »Seid keine Feiglinge, Männer! Sie blufft nur. Das würde sie nicht wagen.«

Doch Winifred bemerkt seine Unsicherheit, seine Angst. Sie kann beides fühlen, riechen, in seinen Augen sehen.

Jetzt gibt es kein Zurück mehr, hat sie Jane gesagt. Deshalb geht Jane nun vorwärts. Winifred hat keinerlei Zweifel daran. Sie weiß, dass Jane, so schnell sie kann, durch den Tunnel rennt – Spinnen beiseitefegt, über Steine stolpert und sich Hände und Knie aufschürft –, weil Winifred heute Morgen dort eine Warnung hinterlassen hat. Ein einfaches, wohlgewähltes Wort, in den Staub am Boden gezeichnet, sodass Jane genau weiß, was passieren wird.

May Po, Aris und Nabu-kai beschützen sie.

»Machen Sie das aus, Robin«, verlangt Atlas. »Es ist vorbei.«

Die Zündschnur wird immer kürzer. Winifred muss den Wurf perfekt timen. Die Männer werden ihre Waffen abfeuern, sobald sie die Stangen fallen lässt, aber Kugeln ist sie schon oft ausgewichen. In weniger als zehn Sekunden wird sie sie überwältigt haben. Die Bombe wird explodieren und Atlas wird sich noch im selben Moment ergeben. Sie wird ihm keine andere Wahl lassen. Und wenn alles erst einmal erledigt ist, wenn Jane nicht mehr verfolgt werden kann, wird Winifred draußen die kleine Violet suchen. Sie wird dem Mädchen sagen, dass sie Jane zwar eine sehr lange Zeit nicht sehen wird, aber noch immer eine Rolle in dieser Geschichte spielt. Ihre Ausbildung soll sofort beginnen.

Doch zuerst: der Sprengsatz.

Sie hebt die Hand, hält das zischende Dynamit über das Loch. Die Zündschnur ist fast komplett niedergebrannt. Es bleiben nur Sekunden. Noch einmal befiehlt Atlas ihr, den Zünder abzureißen und den Weg freizugeben. Sie sagt, sie habe ihn schon beim ersten Mal verstanden. Und im Geiste zählt sie *drei, zwei, eins …*

TEIL ZWEI

DAS WUNDER
HINTER DER MAUER

Jane, ich werde den verdammten Tunnel sprengen, wenn ich dich nach unten geschubst habe.«

Mehr hätte Winifred nicht sagen brauchen. Ist ja nicht gerade ein Zungenbrecher. Aber nein, das wäre ja zu leicht gewesen! Alles, was ich bekommen habe, war eine mickrige Warnung aus vier Buchstaben, die sie in den Dreck gekratzt hatte.

Bumm.

Kein Ausrufezeichen, keine Unterstreichung, keine Entschuldigung. Kurz habe ich überlegt, was zum Teufel das heißen soll, doch dann fiel mir das schwarze Bündel ein, das sie aus dem Schrank geholt hatte, und ich reimte mir zusammen, dass es eine Bombe ist. Im letzten Moment hechtete ich in diese miese alte Kammer. Durch den Sprengsatz ist natürlich alles eingestürzt. Immerhin war das der verfluchte Sinn dahinter.

Der Tunnel ist versiegelt. Atlas und seine Schläger können mich nicht mehr aufhalten.

Ein Glück, dass ich die Laterne nicht verloren habe. Musste

sie wieder an meine Hose haken, als ich die Felsspalte umkletterte. Jetzt trage ich sie in der Hand und beleuchte damit den zweiten Durchgang, der irgendwie aussieht wie ein riesiger Zahn in der Wand. Der Fels des Tors ist blass und glatt, doch am unteren Ende ist ein Block aus dunklerem Stein. Überreste der Mauer, die es all die Jahre versteckt hat, schätze ich. Von Winifreds unheimlichem Symbol fehlt jede Spur.

Inzwischen versuche ich zum fünften Mal, genug Mut aufzubringen, den Fels zu berühren. Immer wieder rede ich mir ein, dass es nur eine Tür ist, sonst nichts, aber das stimmt nicht. Es ist nicht einfach nur irgendeine Tür – es ist eine Tür, die auf mich wartet. Eine Schleuse an einen Ort, an dem ich noch nie war.

Wie ein Tier im Käfig bin ich durch die Kammer getigert. Ich habe in die Ecke gepinkelt. Ich habe Datteln und Brot gegessen. Ich habe zermatschte Spinnen von meinen Stiefeln gekratzt. Ich habe den Schlüssel durch die Finger gleiten lassen und mich gefragt, was Violet macht, wenn sie herausfindet, dass ich ohne Abschied von der Insel verschwunden bin.

Jetzt überlege ich, ob es überhaupt möglich ist, im Schloss jemanden zu finden. Einen bestimmten Mann inmitten all der Welten. Klassischer Fall von Nadel-im-Heuhaufen. Nur dass der Heuhaufen, mit dem ich es zu tun habe, kein Ende hat.

An die Zukunft Bluehavens möchte ich nicht denken. Kann unmöglich über die Schöpfer oder die Beben grübeln. Ich muss mich allein auf eins konzentrieren und sonst nichts: Dad heimholen. Ich stelle mir sein Gesicht vor. Seine braunen Augen. Wie er manchmal lächelt, wenn ich ihm einen Witz erzähle.

Dann berühre ich das Tor.

Die Kammer fängt an zu rumpeln und ich mache mir fast in die Hose, weil das Tor sich sofort mit lautem Schaben öffnet – und zwar nicht nach außen, wie das Haupttor, sondern nach oben, Richtung Decke. Eiskalte Luft bläst mir entgegen.

Ich muss das durchziehen. Springen. Sofort.

Ich hole tief Luft und hopse über den Trümmerhaufen in die Finsternis dahinter. Meine Füße landen in etwas Kaltem. Links und rechts von mir flackern ganz von selbst einige Kerzen in schwarzen Halterungen auf. Ich stehe in einem kurzen, leeren Flur, knöcheltief im Schnee.

Augenblicklich knallt das Tor hinter mir wieder zu.

Willkommen im Schloss, Jane. Willkommen in einer ganz neuen Dimension von Schrägheit.

DER GENERALSCHLÜSSEL

Wie sich herausstellt, ist der Schnee echt, echt kalt. Sollte mich wohl nicht überraschen, da Schnee gefrorenes Wasser ist und so, aber trotzdem. Immerhin ist er weicher, als ich es mir vorgestellt habe. Und trockener. Vom Kerzenschein wird er in unheimliches Orange getaucht. Als ich etwas davon in die Hand nehme und durch meine Finger rieseln lasse, weht er davon, so leicht wie Staub. Als ich ihn auf die Zunge lege, schmilzt er. Ich bin ja kein Schlossexperte, aber trotzdem ziemlich sicher, dass der hier eigentlich nichts zu suchen hat. Schnee ist ein Draußen-Ding, ein Anderwelt-Ding. Jedenfalls hat Violet nie schneebedeckte Korridore erwähnt, wenn sie mal wieder von den Chroniken Bluehavens erzählt hat.

Irgendetwas stimmt nicht. Das fühle ich.

Soweit ich feststellen kann, gibt es hier keine versteckten Fallen. Ich mustere die gefrorenen Wände zu beiden Seiten, fahre mit der Hand über den Stein. Es ist gar nicht so, wie Winifred behauptet hat. Hier vibriert nichts. Hier summt nichts. Und hundertprozentig fühlt es sich nicht lebendig an. Unter meinen Fingern ist nur Stein, kalt und tot.

Ich mache einen Schritt und springe sofort wieder zurück. Doch es folgt kein *Bumm* oder *Bamm*, kein *Peng* oder *Wumms*. Hier gibt es nur mich, den Schnee und eine Stille, die so laut ist, dass ich sie hören kann.

Am anderen Ende des Gangs ist eine Holztür. Voller Risse. Sie wölbt sich in den Korridor, spuckt Schnee und Eis aus. Vermutlich muss ich mir den Weg in den nächsten Raum freigraben.

Es gibt kein Zurück.

Ich wage einige vorsichtige Schritte, wobei meine Füße leise durch den Schnee knirschen und mein Mund wie ein Schornstein pafft. Meine Hände zittern bereits. Als ich die Tür erreiche, halte ich den Atem an und lausche. Etwas legt sich auf mich, irgendein unsichtbares Gewicht. Die Stille ist zu dick, zu drückend. »Nur eine Tür, nichts weiter«, murmele ich, um das Schweigen zu brechen. Eine versperrte Tür, wie es scheint. Ich überlege. Könnte es tatsächlich so einfach sein?

Ich nehme den Schlüssel aus der Tasche, stecke ihn ins Schloss und *klick*. Bingo.

Ein Geheimnis weniger. Nur noch eine Milliarde mehr.

Dad hat einen Schlüssel fürs Schloss gefunden, nur wie? Wo? Schlüssel zum Schloss müssen selten sein, wenn nicht mal Winifred den Zusammenhang begriffen hat. Jedenfalls kam in den Geschichten, die ich so gehört habe, nie einer vor – nicht dass ich mich erinnern könnte. Dafür erinnere ich mich genau, dass Violet gesagt hat, man müsste eben weiterziehen, falls man je an eine verschlossene Tür kommt, sein Glück an einer anderen versuchen und darauf vertrauen, dass das Schloss einem den richtigen Weg weist.

Ein Schlüssel ändert alles.

Verstecken Sie ihn, hat Dad Winifred eingeschärft. *Halten Sie ihn geheim.*

Es muss mehr dahinterstecken. Vielleicht öffnet der Schlüssel nicht nur diese eine Tür. Vielleicht öffnet er *alle*. Sollte das stimmen, wäre er unbezahlbar.

Aber damit kann ich mich jetzt nicht aufhalten. Muss in Bewegung bleiben, bevor ich erfriere.

Ich stecke den Schlüssel in die Tasche und kratze die Eisschicht von der Türschwelle. Als ich das verfluchte Ding mit Mühe aufreiße, klingt es, als würden Knochen brechen.

Dahinter liegt eine Wand aus Schnee. Zeit zu buddeln.

Ich fange oben an, fege und schiebe das Zeug weg, während ich inzwischen ordentlich bibbere. Wenn ich ausrutsche, kriecht der Schnee in meinen Nacken, meine Hose, meine Stiefel, aber lange dauert es nicht, bis ich ins Leere greife und meine Laterne ausstrecke ins nächste – »Zimmer« liegt mir auf der Zunge, aber das Wort scheint mir nicht angebracht. Denn es ist sogar noch größer als die Eingangshalle im Museum, erstreckt sich mindestens zwanzig Stockwerke in die Höhe, ist voller Bogengänge, Säulen und Balkone, allesamt aus uraltem Stein gehauen. Die gruseligen, sich selbst entzündenden Kerzen sind schon entfacht. Auch einige größere Fackeln, viele davon an Stellen, die keine menschliche Hand je erreichen könnte. Fenster gibt es keine, nur Hunderte von Holztüren, die zwischen den Säulen und unter den Bogen lauern. Die meisten der Türen hier im Erdgeschoss sind zu drei Vierteln eingeschneit. Und diejenigen, die ich in den höheren Geschossen erkennen kann, wirken wie mit Frost überzogen, sind sonst aber frei zugänglich. Von allen Ecken hängen Eiszapfen – eine Galerie funkelnder Dolche.

Es ist schön. Unheimlich, aber schön.

Ich will nach Dad rufen, aber die erstickende Stille hält mich davon ab. Ein Gefühl, als hätte ich etwas gestört, das seit Anbeginn aller Dinge geruht hat.

»Dad«, flüstere ich stattdessen. »Bist du da?«

Nichts regt sich. Kein einziges Geräusch, abgesehen vom Wummern meines Herzens.

Es sind zu viele Türen. Zu viele Möglichkeiten. Ich habe wirklich keine Lust, schon wieder zu graben, also gehe ich auf den gähnenden schwarzen Durchgang am anderen Ende der Halle zu, pflüge durch knietiefen Schnee und halte meine freie Hand möglichst dicht an die Laterne, um sie zu wärmen. Die Säulen werden von gemeißelten Gesichtern geziert. Frauen. Männer. Tiere, die mich anknurren. Ein entspannter Spaziergang ist das jedenfalls nicht. Immer wieder drehe ich mich um und halte nach Gefahren Ausschau. So klein und merkwürdig habe ich mich noch nie gefühlt.

Ich kann noch immer nicht fassen, dass ich überhaupt hier bin. Kann nicht glauben, dass Dad mich verlassen hat.

Jetzt trete ich an den Durchgang. Meine Zähne klappern wie eine Schreibmaschine, meine Beine sind taub. Im angrenzenden Raum liegt der Schnee wesentlich höher. Die Decke ist so niedrig, dass ich sie fast berühren kann. Die Kerzen und Fackeln in der prächtigen Halle hinter mir verlöschen, sobald ich die Schwelle betrete. Doch im selben Augenblick flammt direkt vor mir ein Kerzenleuchter aus schwarzem Metall auf – und dahinter ein zweiter, dritter und vierter. Eine ganze Reihe, die Licht spendet, so weit ich schauen kann. Es ist ein Korridor. Und zwar ein verdammt langer.

Gerade will ich umkehren, als etwas die Flammen zum Tanzen bringt. Ein Luftzug. Er hält nur sekundenlang an, doch ein Luftzug kann bloß eins bedeuten: eine Öffnung, einen Zugang ins Freie.

Vielleicht ein Tor, das Dad geöffnet hat – wohin mag es führen?

Ich laufe in den Gang, stapfe um die Leuchter herum, komme an anderen Durchgängen vorbei, anderen Hallen, anderen Räumen, Balkonen und noch mehr eingeschneiten Türen. Ich gerate an Kreuzungen und Biegungen, gehe einmal links, einmal rechts. Sehe hier und da Statuen aus dem Schnee ragen. Den Rand eines Helms, ein Geweih, einen Speer. Manchmal muss ich meine eigene Spur zurückverfolgen, weil ich in einer Sackgasse lande. Das Ding ist ein größeres Labyrinth als Bluehaven und den Luftzug habe ich schnell verloren.

Es ist hoffnungslos.

Während sich in mir Panik breitmacht, stolpere ich eine glatte Treppe hinauf. Oben liegt der Schnee nicht ganz so hoch und die Kerzenleuchter hängen weit über meinem Kopf, wo sie hingehören. Nur die Luft ist noch genauso eisig und die im Kerzenschein funkelnden Türen sind genauso mit Eis überzogen. Ungeschickt friemele ich den Schlüssel aus der Tasche. »Bitte, bitte, bitte …«

Ich schiebe ihn ins Schloss vor mir und drehe. *Klick*. Bingo, die zweite.

Ich hatte recht. Es ist wirklich ein Generalschlüssel. Ein Schlüssel für jede einzelne Tür. Irgendwie kommt er mir nun schwerer vor. Noch wertvoller. Es ist die Sorte von Schatz, für die Menschen töten würden.

Wird mir aber kaum was bringen, wenn ich erfriere.

Ich denke mir einen Plan aus. Lasse mir ein paar Regeln für das Erkunden des Schlosses einfallen.

1. Öffne so viele Türen wie möglich, bevor du dir einen Raum aussuchst und ihn betrittst.
2. Nimm die einfachen Räume. Die ohne Risse in den Wänden oder Löcher in der Decke.
3. Stell dich nicht blöd an. Das bedeutet unter anderem: Halte die Augen offen, sperre die Ohren nach Dad auf (oder irgendwelchen Freaks, die hinter der nächsten Ecke lauern könnten) und lass alle Türen geöffnet (denn die beste Flucht ist eine schnelle).

Stunden vergehen. Glaube ich zumindest. Hier drin verliere ich mein Zeitgefühl. Das Schloss geht einfach immer weiter wie eine Karte, die nicht aufhören will, sich auszuklappen. Viereckige Räume, runde Räume, Räume mit Formen, an deren Namen ich mich gerade nicht erinnern kann. Ich jogge, um warm zu bleiben, bis Beine und Lunge streiken. Inzwischen ist die Panik ein kalter Kloß in meinem Hals. Als ich eine Wand voller Krallenabdrücke und Flecken entdecke, die verdächtig nach getrocknetem Blut aussehen, weiche ich langsam zurück und nehme einen anderen Raum. Ich denke an was Schönes wie warme Decken, ein heißes Bad, Hühnerbrühe, ein heißes

Bad *in* Hühnerbrühe, aber es reicht nicht. Meine Lunge brennt vor Kälte. Gefrorener Rotz kitzelt meine Nase. Immer wieder rufe ich nach Dad – scheiß auf die erdrückende Stille!

Ich friere so sehr und werde dermaßen müde und schlecht gelaunt, dass ich vergesse, nach Fallen zu gucken. Aber kaum entgehe ich um Haaresbreite einer Rasur mit einer riesigen schwingenden Axt, bin ich wieder voll da und setze eine weitere Regel auf meine Liste:

4. Vorsichtsmaßnahmen ergreifen: Werfe in jeden Raum irgendwas rein, bevor du reinwalzt und dich aufschlitzen, pfählen, abfackeln und/oder köpfen lässt.

Später, als eine Kerze, die ich von der Mauer geklaut habe, von einem versteckten Messer halbiert wird, noch bevor sie den Schnee überhaupt berühren kann, beschließe ich, die kleineren Zimmer komplett zu meiden.

Zwei Abzählreime und einige vereiste Treppen später stoße ich erneut auf den Luftzug, nur dass es kein Luftzug mehr ist – sondern eine heulende Böe. Ein verfluchter Innen-Schneesturm. Die Kerzenflammen an den Wänden peitschen herum wie winzige orangefarbene Zungen. Weiter vorn gehen sie immer wieder aus und entzünden sich aufs Neue. Die Türen zittern. Als ich diesmal nach meinem Dad rufe, ist meine Stimme wie ein flüchtiger Dampfhauch. Vor meinen Augen verschwimmt alles. Ich bin erschöpft. Ausgelaugt. Ich habe die geniale Idee, meine Laterne zu umarmen und einen Teil ihrer Wärme zu stibitzen, doch anscheinend habe ich sie irgendwann verloren, jedenfalls ist sie nicht in meiner Hand. Anders als der

Schlüssel, den ich mit weiß hervortretenden Knöcheln umklammere.

Plötzlich sehe ich ihn, durch das flackernde Licht hindurch.
Noch ein Durchgang. Ein bläuliches Leuchten. Ich stolpere auf
einen Balkon über einer weiteren gigantischen eingefrorenen
Halle. Mittendrin steht ein enormes Tor aus Stein, so breit wie
eine Straße und fünfzehn Stockwerke hoch. Es ist von winzigen Löchern übersät, als hätten steinfressende Termiten sich
jahrhundertelang den Bauch vollgeschlagen. Durch diese Öffnungen dringt das schwach blaue Licht. Und der dröhnende
Wind, der Eis und Schnee vor sich hertreibt, *bläst* durch sie
hindurch. Hinter dieser Tür liegt eine Welt. Eine Anderwelt.

Wäre ich eins der vielen anderen Kinder von Bluehaven,
würde ich jetzt vermutlich feuchte Augen bekommen und
total durchdrehen – hier zu stehen, das zu sehen! –, aber ich
denke nur: *Die* Tür hat Dad nicht genommen. Der Schnee vor
der Schwelle liegt viel zu hoch. Außerdem sind nirgends Fußspuren zu sehen. Ich habe Stunden damit verschwendet, der
falschen Fährte nachzujagen. Mir ist klar, dass dieser ganze
Abenteuerkram neu für mich ist, trotzdem bin ich ziemlich
sicher, dass es so nicht laufen sollte. Wäre ich nicht so schwach,
so durchgefroren, würde ich schreien. Was, wenn ich ihn für
immer und ewig verloren habe?

Aber was ist das? Ein abgewetztes Paar Stiefel. Ein Mann mit
Handschuhen, der mit einem schwarzen Sack vor mir auftaucht. Sein Gesicht kann ich nicht erkennen, nur einen Schal
und eine Schutzbrille. Ich kann weder rufen noch rennen, ja,
nicht mal rühren kann ich mich. Auch nicht, als er mir den
schwarzen Sack über den Kopf stülpt.

DER ALBTRAUM

Die Wellen sind lebendig. Heben mich in die Höhe, reißen mich in die Tiefe, zerren mich durch die wutschäu-
menden, schwarz brodelnden Fluten. Ich schwebe in der
Dunkelheit und von überall her hallt ein vertrauter Chor, leise
und widerlich. Das Ächzen von einem Dutzend hungriger
Biester. Blitze erleuchten das Wasser von unten und ich sehe
sie. Die Augen voll weißem Feuer. Die großen aufgerissenen
Mäuler. Eine gleißende zuckende Masse aus Tentakeln voller
Blitze, die nach mir greifen. Die Wucht der aufsteigenden Strömung drückt mich an die Oberfläche. In der Schaumkrone einer Monsterwelle erhasche ich einen Atemzug – und schreie.

Da! Weit weg. Etwas, was ich mit Sicherheit noch nie gesehen habe. Ein riesiger Felsen schiebt sich aus dem weißen Wasser. Eine kleine Insel. Obwohl sie über einen Kilometer entfernt ist, schwimme ich darauf zu. Aber ich werde zurück in
die Tiefe gezogen, unter Wasser gezerrt.

Zurück an den Ort, an dem die Monster hausen.

DER MANN
MIT DEM SCHWARZEN SACK

Die Decken stinken nach Schweiß und Rauch. Ich fuhle mich, als hätte ich stundenlang geschlafen, tagelang, monatelang. Meine Arme sind zu schwer. Ich schaffe es kaum, den Sabber vom Kinn zu wischen. Gähnend reibe ich mir den Schlaf aus den Augen.

Ich liege unter der Statue von einem Typ mit Stierkopf. Von den Hörnern hängt eine Schutzbrille. *Seine* Schutzbrille.

Mit erhobenen Fäusten springe ich auf, bereit zum Kampf.

Der Fremde ist nicht da.

Ich bin in einem anderen Raum voller Kerzen. Ohne Schnee, ohne Wind, nur vier Mauern aus Stein und eine Tür, die von einem großen Metalleimer offen gehalten wird. Meine Hand ist frisch verbunden. Nicht gerade typisch für einen Entführer. Und streng genommen … Woher weiß ich denn, dass ich überhaupt entführt wurde? Klar, der Typ hat mich in einen schwarzen Sack gesteckt, aber immerhin hat er mich aus dem Schnee geholt. Eigentlich hat er mir das Leben gerettet.

Der Eimer in der Tür ist mit irgendwas Schwarzem, Klebrigem gefüllt. Es mieft so widerlich, dass ich die Luft anhalten muss, als ich die Tür ein Stückchen weiter aufdrücke. Der Flur dahinter ist nicht besonders lang. Am anderen Ende liegt eine T-Kreuzung. Die Kerzen brennen bereits. Kommt der Mann zurück? Will ich, dass er zurückkommt? Er könnte mir dabei helfen, Dad zu finden. Oder mir zumindest den Weg zeigen. Oder aber er könnte meinen Schädel zu einer Müslischale verarbeiten. Abhauen, bleiben, abhauen – eine Milliarde Mal ändere ich meine Meinung. Dann höre ich es. Schritte.

Der Fremde mit dem schwarzen Sack rückt an.

Ich finde, ich sollte die Tür zwischen uns abschließen, bis wir uns gewissermaßen einig sind und vorzugsweise darauf verständigt haben, mich nicht umzubringen. Das Problem ist nur, ich kann den Schlüssel nicht finden. Weiß nicht mehr, ob er in meiner Hand oder in meiner Tasche war, als ich das Bewusstsein verlor. Hat er ihn genommen? Und wenn ja, was mache ich dann?

Bewahre ihn gut auf, hat Winifred gesagt. *Ich habe ihn dir zurückgegeben und bei dir muss er bleiben.*

Ich wühle in den Decken am Fuß der Statue, um ganz sicherzugehen. Bei allem, was gut ist und glänzt! Er ist da, tief unten vergraben.

Hinter mir öffnet sich ächzend die Tür.

Gerade rechtzeitig schnappe ich mir den Schlüssel und gehe hinter der Statue in Deckung.

Der Typ ist größer als ich. Groß, aber mager, als hätte sein Körper jedes Gramm Fett verloren, sodass nur Muskeln und Knochen zurückgeblieben sind. Und er ist nicht mal ein Mann. Nicht wirklich. Klar, er ist ein Kerl, aber nur ein paar Jahre älter als ich, höchstens. Er trägt zerrissene, dreckige Lumpen. Sein spärlicher Bart und der schwarze Haarschopf sind voller schmelzender Schneeflocken. Er erinnert mich an ein wildes Tier – die Sorte, mit der man lieber nicht in einem Zimmer eingesperrt sein möchte.

Bestimmt wird es gleich folgendermaßen ablaufen.

Ich sage: »Wer bist du?«

Er antwortet: »Jemand, der dir helfen kann.«

Ich frage: »Hast du meinen Dad gesehen?«

Er sagt: »Graue Haare? Echt groß? Weiter roter Mantel? Tja, heute ist dein Glückstag, meine Beste! Er ruht sich weiter hinten im Gang aus, gleich neben der Tür, die nach Bluehaven führt. Ich kann dich hinbringen, wenn du willst.« Wir klatschen ab und verschwinden von hier.

Und hier kommt die Wirklichkeit: Ich sage gar nichts, sondern bleibe schlecht versteckt hinter der Statue. Er schmiert sich die Pampe aus dem Eimer auf die Schultern und ich muss würgen, weil es so ranzig riecht. Er schnüffelt. Kratzt sich die Eier. Hat er vergessen, dass ich da bin?

Ich räuspere mich, huste sogar ein kleines »Ähem« aus, bis der Typ endlich zu mir schaut. Oder durch mich durch. Ist schwer zu sagen. Ich will so was Toughes sagen wie: »Mach ja keine Dummheiten, ich kann Karate«, aber was schließlich aus meinem Mund kommt, ist: »Sind das meine Stiefel?«, weil ich gerade bemerkt habe, dass der Idiot *meine* Stiefel trägt. Er hat sogar die Kuppen abgeschnitten, damit seine Zehen durchpassen.

»He!« Ich trete hinter der Statue hervor. »Die gibst du schön zurück!«

»Sind nicht deine«, sagt er schließlich. »Gehören jetzt mir.«

Darauf fällt mir nichts Schlaues ein, also stelle ich die Frage, mit der ich sowieso hätte anfangen sollen. »Wer bist du?« Der Typ starrt weiter in meine Richtung. »Wo bist du hergekommen? Danke, dass du mich aus dem Schnee geholt hast und so, aber echt jetzt! Wie konntest du nur meine Stiefel ruinieren?!« Nichts. Er reagiert nicht mal, als ich superhöflich sage: »Mein Name ist Jane, wie heißt du?« Dabei ist das total schade, denn ich wollte schon immer mal einen Fremden treffen. Jemanden, der meinen Namen nicht kennt, der noch nie von Flüchen gehört hat. Endlich laufe ich einem über den Weg und werde trotzdem wie eine Aussätzige behandelt.

Ich beschließe, es nicht persönlich zu nehmen. Stattdessen bewerfe ich den Kerl mit seiner Schutzbrille. Sie prallt von seiner Brust ab und knallt zu Boden. Er hebt sie auf und stopft sie in seine Tasche.

Die Attacke, auf die ich mich einstelle, bleibt aus. Er schiebt lediglich den gammligen Eimer mit dem Fuß über den Boden und meint: »Schmier dir das auf die Klamotten. Überdeckt deinen Geruch.«

»Wie bitte? Ich beschmiere gar nichts, solange –«

»Hab gerade unsere Spuren im Schnee beseitigt. Ich haue jetzt ab. Versuch nicht, mir zu folgen.«

»Jetzt warte mal, Kumpel.« Ich zeige mit dem Finger auf ihn, um ihm zu verklickern, dass ich es ernst meine. »Ich hab einen echt miesen Tag hinter mir. Oder, na ja, vielleicht auch gleich mehrere Tage. Keine Ahnung, wie spät es ist. Jedenfalls ist mein Dad verschollen und ich lass dich hier nicht wieder weg, ohne – hey!« Er geht einfach. »Okay. Wie du willst. Hau ab.«

Aber ich kann ihn natürlich nicht abhauen lassen.

Ich drehe Decken und Kackeimer den Rücken zu, um dem Typen in den Gang zu folgen. »Jetzt komm schon, du kannst mich nicht allein lassen! Ich suche nach meinem Dad. Vielleicht hast du ihn ja gesehen. Graue Haare? Ziemlich groß? Weiter roter Mantel? Nein? Also, ich wandere hier schon seit Stunde um Stunde –«

»Daran gewöhnst du dich.«

»Ich will mich nicht dran gewöhnen. Hör mal, du bist ganz eindeutig schon länger hier. Vielleicht kannst du mir den Weg zeigen? Du bist mir was schuldig! Immerhin hast du mir einen Sack über den Kopf gezogen.«

»Hätte ja sein können, dass du gefährlich bist.«

»Und was macht dich so sicher, dass ich das nicht bin?«

»Du wimmerst im Schlaf.«

Scheiß Albträume. »Hör mal. Wenn ich mir dein Hygienelevel ansehe, gehe ich stark davon aus, dass du in letzter Zeit nicht viel Gesellschaft hattest. Ist doch 'ne super Gelegenheit, ein bisschen Menschlichkeit zu zeigen, oder?«

Ich flehe und bettle drei Korridore und eine Treppe lang. Aber egal, was ich sage, ich mache aus dem Kerl, der nicht stehen bleiben will, keinen Kerl, der es vielleicht doch tut. Ich mache ihm ein Kompliment für seinen fisseligen Bart. Sage öfter »bitte«, als ich mitzählen kann. Dann werde ich wütend und nenne ihn einen Vollidioten.

Da geht er auf mich los und drückt mich gegen die Wand. Finster blickt er mich kurz an. »Deine Augen«, sagt er. »Sie sind …«

»Gelb. Problem? Weißt du, deine sind auch nicht gerade –«

Eigentlich sind seine Augen so ziemlich der Wahnsinn für einen Jungen und so. Groß und dunkel. Irgendwie wirken sie älter als sein übriges Gesicht. »Okay, deine Augen sind irgendwie cool, gebe ich ja zu, aber –«

»Halt die Klappe.« Der Typ kommt so nahe, dass sich unsere Nasen fast berühren. Ich sage ihm, er soll mich loslassen. Er meint: »Sonst was?«

Also ramme ich ihm ein Knie in die Eier und er taumelt rückwärts.

Ich ziehe meine Tunika gerade. »Sonst das.«

Der Typ stöhnt. »Komm. Mir. Nicht. Nach. Du. Bleibst.« Er öffnet die nächstbeste Tür und die Kerzen im Gang entzünden sich.

Zeit für mein letztes Ass im Ärmel. Jetzt oder nie. *Halten Sie ihn geheim*, hat Dad Winifred eingeschärft, aber welche Wahl habe ich schon?

»Du steckst hier drin fest, richtig? Suchst einen Weg nach draußen? Ich kann dir helfen. Ich habe einen Schlüssel.«

Der Typ erstarrt, eine Hand am Türknauf. »Einen Schlüssel?«

»Ja«, sage ich, obwohl ich mir bereits wünsche, ich hätte die Klappe gehalten, denn er dreht sich zu mir um und starrt mich gierig an.

»Zeig her.«

Ich hole ihn aus der Tasche. Der Kerl will cool tun, aber man merkt ihm mehr als deutlich an, wie fasziniert er ist. Seine Augen zucken. Ihm klappt die Kinnlade runter. »Woher hast du den?«

»Spielt keine Rolle. Ist meiner.«

»Deiner.« Er reißt den Blick vom Schlüssel. »Woher, sagtest du noch mal, kommst du?«

»Sagte ich nicht. Aber ich komme von einer Insel. Bluehaven.«

»Bluehaven.« Er spricht es langsam aus, lässt es sich auf der Zunge zergehen. Freut er sich? Ist er traurig? Kurz vorm Ausflippen? Schätze, das weiß er nicht mal selbst. Eine Weile sagt er gar nichts mehr. Irgendwie unangenehm, echt. Dann räuspert er sich. »Dein Vater. Du bist ihm hierein gefolgt?«

Ich nicke. »So ungefähr. Er hat vielleicht eine Stunde Vorsprung. Ich muss ihn so schnell wie möglich finden. Er ist krank. Du willst mir nicht verraten, wer du bist oder wo du herkommst? Von mir aus. Aber dieser Schlüssel hat mir hier drin bisher jede Tür aufgesperrt. Hilf mir, meinen Dad zu finden, dann kannst du ihn haben. Sobald wir das Tor zurück in unsere Welt gefunden haben, kannst du damit deine eigene suchen.«

Doch noch während ich das sage, meldet sich in meinem Kopf eine kleine Stimme zu Wort: *Warum?* Wozu zurück nach Bluehaven? Immerhin geht's von hier aus überallhin. Dad und ich könnten in jede beliebige Welt. Uns ein Tor aussuchen, welches auch immer. Teufel, wir könnten unser Zuhause finden. Unser *echtes* Zuhause.

Wir könnten sogar Mum finden.

Doch was ist mit Violet? Was, wenn die nächste Welt schlimmer ist als Bluehaven? Was, wenn Dad unser Zuhause tatsächlich verlassen musste, weil die Leute dort mich hassen? Was, wenn Mum schon lange tot ist? Was, wenn *das* der Grund war, weshalb er dort wegwollte? Was wenn, was wenn, was wenn?

Das ist mir alles zu viel.

Ich stecke den Schlüssel in die Tasche, um zu verstecken, dass meine Hände zittern.

Der Kerl hat ihn die ganze Zeit wie verzaubert angestarrt, doch jetzt kommt er zu sich, holt wieder Luft.

»Also«, sage ich, »haben wir eine Abmachung?«

Ein Nicken bekomme ich nicht, allerdings auch kein Kopfschütteln.

»Gut. Hol deinen Hund, dann können wir sofort mit dem Suchen anfangen.«

»Welchen Hund?«

»Na, den da.« Ich deute durch die offene Tür hinter ihm auf den hässlichen Köter, der uns vom Flur aus die letzten paar Sekunden beobachtet hat. »Gehört der nicht dir?«

Der Typ dreht sich um. Macht ein Geräusch wie ein sterbendes Kätzchen. Als der Hund ein paar Schritte auf uns zukommt, kapiere ich, dass es gar kein Hund ist. Er ist zu groß, zu muskulös – mehr so was wie ein übergroßes Wildschwein. Haarig ist das Vieh auch nicht, sondern vom Kopf bis zu den Krallen mit rostigen Metallplatten bedeckt, die blutrot und braun verschmiert sind. Augen gibt es keine. Auch keine Ohren. Nur eine feuchte Schnauze und lange, rasiermesserscharfe Zähne.

»Hätte den Eimer behalten sollen«, sagt der Typ. Schnell schmeißt er die Tür zu und das Vieh, das kein Hund ist, fängt an zu knurren und zu kläffen. »Ähm. Lauf. Sofort.«

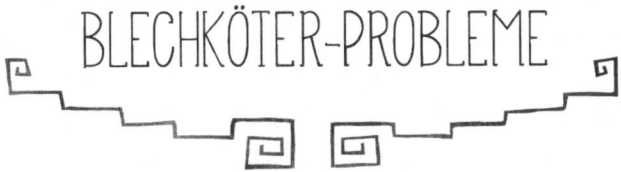

BLECHKÖTER-PROBLEME

Das Herz rast. Die Lunge brennt. Nackte Füße patschen über den Stein. Mein Quasi-Kumpel ist vielleicht größer als ich, dafür bin ich genauso schnell. Wie sich herausstellt, heißt er Hickory. Als der Un-Hund durch die Tür gekracht ist und Jagd auf uns gemacht hat, hat der Typ es mir endlich verraten. Ist wahrscheinlich sinnlos, jetzt noch Geheimnisse zu haben. Wir sprinten durch Korridore voller Kerzen und beten, dass eine Tür auftaucht.

»Was ist das für ein Vieh? Wo kommt es so plötzlich her?«

»Blechköter«, antwortet Hickory. »Anderwelt. Keine weiteren Fragen.«

Während wir um die Ecken biegen, stoßen wir ständig gegeneinander. Einmal scharf rechts. Einmal links. Vor uns erscheint eine Tür – wird auch Zeit! Der Blechköter holt auf und fletscht die Zähne.

Hickory meint, dass die Tür versperrt ist, und sagt, ich soll den Schlüssel bereithalten – dabei mache ich das längst. Ich packe die Klinke, schiebe den Schlüssel ins Schloss und drehe ihn. Wir flitzen über die Schwelle und knallen die Tür hinter uns zu, als auch schon die Kerzen aufflammen. Doch der Blechköter gibt nicht so schnell auf. Immer wieder wirft er sich gegen das Holz. Kläffend, knurrend. Kratzt mit den Krallen daran. Ich stemme mich mit ganzem Gewicht dagegen und bitte Hickory um Hilfe, doch der ist hinter mir ganz stumm geworden.

Der Raum, in dem wir gelandet sind, ist kein gewöhnlicher Raum. Boden, Wände und Decke sind mit viereckigen Platten aus Stein bedeckt, jede etwa dreißig Zentimeter breit. In jede ist ein Symbol geritzt. Ein Kreis in einem Kreis, so was wie ein Vogel, ein Stern. Krumme Linien, Kringel und dämonische Fratzen. Hunderte von Bildern, aber kein Weg hinaus.

Ich hocke mich vor die Tür und blockiere sie. »Irgendwo muss es einen Geheimgang geben, richtig?« Über meinem Kopf klappert die Klinke. »*Richtig?*«

Hickory steht nur da und betrachtet die steinernen Platten.

»Auslöser«, sagt er, glaube ich.

»Ich kann das Vieh hier nicht ewig in Schach halten!«, brülle ich. Die Tür bekommt Risse und splittert. »Beeil dich!«

Hickory bewegt sich vorsichtig durch die Kammer und fährt mit den Händen über die Symbole.

Der Blechköter wetzt mit den Krallen ein Loch in die Tür, genau über meiner Schulter. Dann steckt er mit schnappenden Zähnen und tropfendem Geifer die Schnauze durch. Stinkt nach Gammelfleisch.

»Probier einfach eine aus, Hickory!«, schreie ich. »Drück auf alle!«

Macht er aber nicht. Er geht von einem Symbol zum nächs-

ten. Will auf einen Blitz drücken. Hält inne. Läuft zurück und grübelt weiter. Ich schaue in die Ecke links von mir. Ein Totenschädel an der Wand. Ein Auge an der Decke. Eine Art Dreieck in einem Kreis am Boden und …

»He!«, rufe ich. »Das da drüben! Der Kreis mit dem schiefen Dreieck.«

»Ruhe!«, ruft Hickory. »Ich denke nach.«

»Vertrau mir!« Der Blechköter schiebt nun den kompletten Kopf durch das Loch im Holz. »Drück drauf!«

»Wenn wir das falsche drücken, sind wir tot. Ich glaube, es ist das hier.«

»Die *Schlange*? Spinnst du? Wann bedeutet eine Schlange etwas Gutes?«

Hickory schüttelt die Hände aus, als würde er gleich was echt Weltbewegendes machen. Dann haut er schwungvoll auf die Schlangenplatte.

Sie rührt sich keinen Zentimeter.

»Gigantisch«, sage ich. »Würdest du jetzt bitte auf das verdammte Dreieck drücken? Es ist dasselbe Symbol wie auf dem Schlüssel. Da drüben. Linke Ecke.« Er geht nach rechts. »Nein, links von *mir* aus, Idiot! Weißt du was? Vergiss es!«

Ich hechte von der Tür fort. Hinter mir kracht es gewaltig. So hart ich kann, ramme ich die Fäuste auf das Symbol. Es klickt, irgendetwas anderes klackt, dann knallt die massige Steinplatte über der Tür nach unten und sperrt uns mit einem lauten Bersten ein. Das Problem ist nur, dass der Blechköter auf der falschen Seite gefangen ist.

»Ah«, meint Hickory. »Viel besser.«

Das Biest knurrt und mahlt mit den Zähnen. Ich flitze in die

Ecke und höre etwas hinter der Wand. Verborgene Räder drehen sich. Zahnräder ticken. Ein uralter Motor, der lauter und schneller wird, bis er den Raum zum Wackeln bringt.

Der Blechköter kriegt Schiss und geht einen Schritt zurück. Dann hält die Maschine, oder was auch immer es ist, an.

Es wird still im Zimmer. Ich schaue zu Hickory. Hickory schaut zum Blechköter. Der Blechköter bellt und mir wird klar, dass er jeden Moment angreift. Er springt, ich schließe die Augen und – BAMM! Eine viereckige Steinsäule schießt aus dem Boden und zermalmt die Kreatur an der Decke zu einem Wrack aus verbogenem Metall und Blutspritzern. Gedärme und Eingeweide tröpfeln herunter.

Ich springe auf und puste eine verirrte Haarsträhne aus meinen Augen. »Das nenne ich Glück.«

BAMM. Ein zweiter Pfeiler schießt aus einer Wand und gräbt sich in die gegenüberliegende. BAMM. Ein dritter kommt aus der Decke und versenkt sich im Boden. Immer mehr Säulen durchbohren das Zimmer, knallen in die gegenüberliegenden Steinplatten und bleiben dort stecken. Hickory fängt an zu fluchen und schmeißt mir ein paar üble Schimpfworte an den Kopf, während er Haken schlägt und den Dingern ausweicht. Ich fluche und schimpfe zurück, weil das hier nicht meine Schuld ist.

»Schalt es ab«, brüllt Hickory, aber ich kann das Symbol vom Schlüssel nirgends sonst entdecken, nur Löwenköpfe, die in Blitze donnern, und Pfeile, die Krokodile löchern.

Aber halt! Dort drüben, genau in der anderen Ecke des Raums: Eine Säule bewegt sich viel langsamer als die übrigen, schiebt sich knirschend und im Schneckentempo nach oben.

Und darüber befindet sich kein Gegenstück. Die Platte muss in der Decke verschwunden sein, als ich die Falle ausgelöst habe. Ein schwarzes Loch, groß genug, dass wir uns hindurchquetschen können.

Unser Weg in die Freiheit.

»Da!« Ich zeige darauf.

Hickory verschwendet keine Zeit. Er hechtet, rollt und springt quer durch den Raum, während die Säulen immer schneller und schneller von einer Seite zur anderen schießen. Als er in der Ecke angekommen ist, hopst er auf den langsam nach oben gleitenden Pfeiler und zieht sich in einer einzigen flinken Bewegung nach oben. Raus aus der Kammer.

Der Ausgang glüht auf, als die Kerzen im nächsten Raum zum Leben erwachen.

»Okay.« Mit einem tiefen Atemzug mache ich mich bereit. »Kinderspiel.«

Ich ziehe es nicht annähernd so flink oder elegant durch wie Hickory. Wo er hechtete, stolpere ich. Wo er rollte, purzle ich. Wo er anhielt und den richtigen Moment abwartete, gerate ich in Panik und stürze blindlings weiter. BAMM – ich weiche nach links aus. BAMM – ein Sprung nach rechts. BAMM – ich lasse mich fallen und rutsche, als – BAMM! BAMM! KA-BAMM! – gleich drei Säulen dicht hinter mir auf Stein brechen. Kerzen werden von den Wänden geschüttelt. Säulen überkreuzen sich und bersten, lassen kaum mehr Platz übrig, aber ich habe es fast geschafft. Ich greife nach der Kante der langsam aufsteigenden Säule und wuchte mich hoch. Die Öffnung ist nur noch schmal, doch Hickory zieht mich nach oben, im wirklich letzten Moment.

Unter mir versiegelt die Säule den Raum. Ich lächle und lache. Teufel, ich denke sogar ernsthaft darüber nach, Hickory spontan zu umarmen.

Doch irgendetwas stimmt nicht.

Die Hände, die mich gepackt haben, lassen nicht los. Sie drücken mich bäuchlings auf den Boden und können gar nicht die von Hickory sein, denn er kniet vor mir, seine Hände wiederum ergebend erhoben. *Nicht wehren,* sagt seine Miene, *und mach ja nichts Dummes.* Jetzt spüre ich den kalten Lauf einer Waffe im Nacken. Und mache etwas absolut Dummes.

»Finger weg!«, grunze ich, brüllend, zappelnd, und fische nach der Waffe. »Lass – mich – los!«

Schweres Atmen an meinem Ohr. Das hektische Klicken und Klacken wie von Insekten. Die fremden Hände drehen mich um und ich starre einen Soldaten an – nein, zwei Soldaten. Beide sind unmöglich groß und schlaksig. Tragen Gewehre bei sich. Gasmasken mit Glasaugen. Hauteng Anzüge aus schmutzigen Lederflicken, die sie von Kopf bis Fuß einhüllen. Einer von den beiden lässt eine Kette mit einer runden Schnalle am Ende baumeln. Der andere schaut mich mit schiefem Kopf neugierig an. Legt das Gewehr an, bereit abzudrücken.

Bis Hickory pfeift.

Die Soldaten sehen zu ihm. Genau wie ich. Seine Hände sind noch immer erhoben und er ist noch immer auf den Knien, doch eins davon hat sich bewegt.

Es ruht nun auf einer Steinplatte, einem Auslöser.

Die Soldaten klicken und klacken und heben ihre Waffen, doch Hickory verlagert bereits sein Gewicht. Lässt sich auf den Bauch fallen, als zwei gigantische Klingen aus jeder Wand

springen und die Kammer in der Mitte durchschneiden. Ich presse die Augen zu und wende mich ab, als die zwei Soldaten in vier Einzelteilen auf den Boden klatschen.

Als ich sie wieder öffne, liegt Hickory direkt neben mir, das Gesicht flach auf den Stein gepresst, während ein einsames Grübchen seine Wange ziert.

»Gern geschehen«, sagt er.

WIE DIE DINGE LIEGEN

Hickory plündert die Taschen der Toten, behält das eine, schmeißt das andere weg. Kugeln. Ein Messer. Streifen von getrocknetem Fleisch, die er wegwirft, nachdem er daran geschnuppert hat. Ich kauere in einer Ecke, um die große schwarze Lache nicht berühren zu müssen, die sich auf dem Stein ausbreitet. Mir ist schlecht. Kann nicht aufhören, die toten Soldaten anzustarren. Ihre oberen Hälften haben Ähnlichkeit mit ausgekippten Wurstsäcken und ihre unteren Hälften liegen verkrümmt etwa einen Meter weiter, die Beine wie ein schiefes U.

»Tja«, sage ich, »ziemlich traumatisierend.«

Einer der leblosen Körper macht ein Geräusch. Ein leises *Plopp*. Eine entweichende Luftblase.

Ansonsten wirkt die Kammer normal. Eine offene Tür. Ein Dutzend Kerzen auf einem klauenartigen Leuchter. Die Schlitze in den Wänden, aus denen die Klingen geschossen kamen, kann ich nicht sehen. Dafür den Fallenauslöser aus Stein, der

aus der Blutpfütze ragt. Jedenfalls habe ich es nicht eilig aufzustehen.

Hickory lässt mich nicht aus den Augen, doch wenn sich unsere Blicke treffen, schaut er weg.

»Glückstreffer«, sagt er schließlich und deutet auf die kleinen Symbole, die neben der Tür in den Stein geritzt sind. Ein winziger Pfeil. Zwei geschwungene Linien. Ein Kreuz. »Ich war hier schon mal.«

»Du hast das da reingekratzt?«

Hickory nickt. »Ja, Gebrauchsanleitungen. Geheime Wegweiser.«

»Alles klar. Ja, so ein Glück.« Ich nicke zu den Leichen. »Äh. Und wer sind die?«

»Nicht wer. Was.« Hickory hebt einen der Arme hoch. Das Leder ist wie eine zweite Haut darumgewickelt. Braun und voller Flecken. Als er den Handschuh abnimmt, bleibt mir die Luft weg. Drei Finger, keine fünf. Und viel zu lang. Graufleckige Haut. »Lederschädel. Fußsoldaten. Miese Typen.« Hickory versetzt der Kette mit der Halsmanschette, die neben der anderen Leiche liegt, einen Tritt. »Für den Blechköter.«

»Das war ihr *Haustier*?«

Hickory nickt. »Blechköter und Lederschädel – Spürnase und Räuber.«

»Räuber. Du meinst, die wollten uns einfangen und irgendwo hinbringen?«

»In die Festung.«

»Was, hier drin gibt es eine Festung?«

»Eine große.« Hickory hebt ein halbes Gewehr auf. Beide Waffen sind von den Klingen sauber durchtrennt worden.

»Schade«, murmelt er und wirft es beiseite. Ich warte darauf, dass er noch was zu der Sache mit der »großen Festung« sagt, aber er schlurft nur zur Wand und seufzt. Zum Verrücktwerden ist das!

»Na schön«, sage ich schließlich. »Ich habe über die Jahre schon eine Menge über diesen Ort gehört, aber noch nie von Blechkötern oder Lederschädeln und einer … einer großen Festung. Mal ganz abgesehen von dem gigantischen verrosteten Tor, das alles voller *Schnee* spuckt. Du kannst mir nicht weismachen, dass das normal ist. Hickory, was zum Teufel ist hier los?«

Er denkt nach. Starrt die Lederschädel an. Schaut mich an. »Tritt dahin, wo ich hintrete«, sagt er und steht auf. »Bleib stehen, wenn ich stehen bleibe. Wenn ich sage, lauf, dann läufst du. Wenn ich sage, verstecken, versteckst du dich. Sollten wir getrennt werden, bleibst du, wo du bist, und wartest, bis ich dich finde.«

»Was? Moment mal.« Ich stemme mich auf die Knie, noch immer auf der Hut vor den Messern. »Wohin gehen wir denn?«

»Dahin, wo es sicher ist.« Er hält auf die Tür zu. »Unterwegs zeig ich dir was. Sei schnell, sei leise. Hier drin gibt es noch schlimmere Dinge als Blechköter, Fallen und Lederschädel.«

»Na, das ist ja sehr tröstlich«, grummele ich und krabble um die Blutlache herum.

Dann folge ich Hickory eine prächtige Steintreppe hinab. Durch Räume voller Statuen. Vorbei an Torbögen, hinter denen Balkone liegen, die scheinbar endlose, gigantische Säulenhallen überblicken. Immer begleitet vom flackernden Kerzenlicht und dem Gefühl, verfolgt zu werden.

Hickory bewegt sich wie ein Tier auf Beutezug durch die geschwungenen Korridore aus Stein, bleibt hier und da stehen, um seine geheimen Zeichen zu checken, die er in die Wand gekratzt hat. Noch mehr Pfeile. Ein winziges Auge. Kleine Vierecke und Kreuze. Immer wieder schüttelt er den Kopf und murmelt vor sich hin. Offensichtlich ist er nicht an Gesellschaft gewöhnt. Außerdem scheint er irgendwie hin- und hergerissen zu sein. Dreht sich immer wieder zu mir um. Ich hoffe nur, er denkt nicht darüber nach, ob er mich erwürgen, den Schlüssel klauen und abhauen sollte. Reden tut er jedenfalls nicht mit mir. Beantwortet auch keine meiner anderen Fragen: »Wie weit ist es?«, »Hast du das auch gehört?«, »Was hast du gemeint mit *schlimmere Dinge?*«, »Sind wir bald da? Hickory?«. Mir bleibt nichts anderes übrig, als da hinzutreten, wo er hintritt, stehen zu bleiben, wenn er stehen bleibt, und mir zu wünschen, jemand anderes würde meine Marionettenfäden führen.

Wir laufen und laufen, und gäbe es nicht den gelegentlichen Pulverfleck an der Wand oder hier und da eine fehlende Kerze, hätte ich schwören können, wir laufen im Kreis. Es kommt mir vor, als hätten wir Bluehaven Hunderte Male umrundet.

Doch dann sagt Hickory plötzlich: »Wir sind fast da«, und deutet auf einen Kerzenleuchter. Um die Flammen tanzt ein Insekt. Sieht aus wie eine Motte mit purpurroten und weißen Streifen, ist aber so groß wie ein Spatz.

»Wie ist das hier reingekommen?«

»So wie der Schnee.«

Im nächsten Gang gibt es noch mehr Motten. An der Wand eine gelbe. Eine große schwarze, umgeben von winzigen weißen. Und auf einmal wächst Gras auf dem Boden. Echtes, saftiges Gras, ich schwöre es bei allem, was heilig ist – goldgrün sprießt es im Kerzenschein direkt aus dem Stein.

»Das Schloss zieht es hierein«, sagt Hickory. »Schenkt ihm Leben.«

Ich überhole ihn, gehe voraus und trete mit den Zehen ins Gras. Hinter der nächsten Ecke liegt ein weiteres Tor, ungefähr genauso groß, genauso geformt und von derselben blassen, milchzahnigen Farbe wie dasjenige, das mich aus Bluehaven hergebracht hat. Zwei flammende Fackeln flankieren es. Darin sind unzählige Löcher wie bei dem schneespuckenden Tor. In einigen der kleinen Öffnungen wächst flaumiges braunes Moos, in anderen ruhen Kokons. Das Gras nahe der Schwelle ist von winzig kleinen weißen Blumen gesprenkelt. Alles erscheint unberührt.

Hier ist Dad nicht durchgekommen.

»Sind alle Tore aus Stein?«, frage ich.

»Jepp. Holztüren führen nur in andere Teile des Schlosses.«

»Dann … ist das hier das Tor in deine Welt? Dein Zuhause?«

»Nein.«

»Überzeugt klingst du nicht.« In diesem Moment sehe ich Hickory an, als würden wir uns zum ersten Mal begegnen. Die alten Augen in dem jungen Gesicht. Und plötzlich ergibt alles Sinn. »Du weißt nicht mehr, woher du gekommen bist, stimmt's? Hickory, wie lange bist du schon hier drin?«

»Lange genug, um zu vergessen«, antwortet er.

Ich grübele darüber nach. Zuerst erscheint mir die Vorstellung, Bluehaven zu vergessen, gar nicht so übel. Doch dann denke ich an Dad und Violet. Bluehaven vergessen würde auch bedeuten, sie zu vergessen. Teufel, ich vermisse die beiden jetzt schon und es ist gerade mal ... wie lange her? Eine Nacht? Einen Tag?

»Weißt du überhaupt noch irgendwas?«, frage ich. »Familie? Freunde?«

»Meinen Namen«, sagt Hickory. »Sonst nichts.«

Gerade will ich fragen, warum er kein runzliger alter Typ mit Gehstock ist – nein, mehr noch, warum keine mumifizierte Leiche! Doch dann fällt mir ein, was Winifred über das Schloss gesagt hat. *Die Zeit kann dort drinnen komische Sachen anstellen.*

Hickory scheint meine Gedanken zu lesen, denn er streckt die Arme aus und meint: »Das Schloss schenkt Leben.« In seiner Stimme liegt ein bitterer Klang.

»Dann ... Also was stimmt nicht damit?«, frage ich und nicke zu dem Tor. »Warum sind ... lauter Löcher drin?«

»Es stirbt.«

»Das Tor stirbt?«

Hickory schüttelt den Kopf. »Das Schloss.«

»Das Schloss kann nicht sterben«, behaupte ich einfach mal.

»Kann es. Es stirbt.« Hickory betrachtet die Wände, die Decke und das Tor, als wolle er sie gleichzeitig küssen und erwürgen. »Der Schnee. Das Gras hier. Es sollte nicht da sein. Nichts davon. Die Tore versagen, verstehst du? Anderwelten schleichen sich ein.«

»Warum versagen die Tore?«

Hickorys Miene wird finster. »Roth.«

Ich schwöre, die Fackeln flackern, als er das sagt, als hätten selbst die Flammen Angst. »Was ist ein Roth?«

»Nicht was. Wer. Der Boss. Der Bösewicht. Hat sich irgendwie ins Schloss eingeschlichen. Und seine Armee hat er gleich mitgebracht. Blechköter. Lederschädel. Laster, Panzer und Gewehre. Sie haben die Festung erbaut. Haben angefangen, alles auseinanderzunehmen. Das Schloss ist stark, aber so viel Böses?« Hickory schüttelt den Kopf. »Damit kommt es nicht klar. Nicht für immer. Roth ist schon lange da. Zu lange.«

»So lange wie du?«

»Keiner ist so lange hier wie ich«, sagt Hickory tonlos.

»Tut mir leid.« Das meine ich ernst. »Aber ... Warum hat Roth eine Armee hier reingebracht?«

»Warum wohl?«

Da fällt der Groschen. »Er will eine Anderwelt überfallen. Hier drin hat er freie Wahl. Er könnte jede beliebige Welt erobern.«

»Ja. Und nein. Er hat es *in* das Schloss geschafft. Aber das Schloss lässt ihn nicht wieder *raus*. Die Tore öffnen sich nicht für jeden, verstehst du? Das Schloss entscheidet. Immer. Wer geht, wer bleibt.«

»Also ist er hier gefangen wie du.«

»Wie *wir*.« Hickory nickt zum Tor. »Versuch's.«

»Ich glaube, das sollte ich lassen«, meine ich, doch dann, weil Hickorys Auge zuckt, »okay, klar doch.«

Ich trete ans Tor und berühre den wabenartigen Stein. Nichts passiert. Kein Stein gerät ins Rollen. Kein Sonnenlicht, kein Lüftchen frischer Anderwelt-Luft brechen hindurch. Ich höre nur das leise Flattern der Motten, das Knistern der Fackeln, die schwere Stille des Schlosses dahinter.

Es ist eine Sackgasse.

»So, wie ich das sehe«, sagt Hickory, »ist das Schloss aus dem Gleichgewicht geraten. Ruft nach Hilfe. Lässt Leute rein, um

Roth aufzuhalten, lässt sie aber nicht wieder raus, weil es nicht riskieren kann, dass er mit nach draußen schlüpft.«

»Dann gibt es hier noch andere Menschen?« Ich trete von dem Tor zurück und kratze nachdenklich an meiner verletzten Hand. »Leute aus anderen Welten?«

»Hunderte«, antwortet Hickory. »Jede Menge Menschen. Verängstigte Menschen. Leute, die nicht nach Hause können. Und Roth fängt jeden ein, den er kriegen kann.«

»Er will sie zwingen, ihre Tore zu öffnen«, schlussfolgere ich. »Die Tore, durch die sie herkamen.«

»Probiert einen nach dem anderen durch. Doch die Tore öffnen sich nie.« Hickory tritt gegen eine Delle im Gras, dann bückt er sich und buddelt drauflos, bis er etwas Graubraunes und Schimmliges erntet, an dem sich lauter Wurzeln festkrallen. Er dreht es in der Hand, wirft es hoch und fängt es wieder auf. »Die Blechköter kriegen viel leckeres Futter.«

Es ist ein angenagter menschlicher Schädel.

»Verdammt, Hickory!« Ich kicke ihm den Schädel aus der Hand. Reiner Reflex. Wahrscheinlich nicht besonders respektvoll, aber auch nicht schlimmer, als wie ein Ball durch die Gegend jongliert zu werden. Zwei Leichen und ein Totenkopf an nur einem Tag. Was für ein Rekord! »Und, äh, wenn ein Tor doch irgendwann aufgeht?«

»Versklavt Roth die ganze Welt dahinter.«

Die wütenden Wespen in meinem Bauch melden sich wieder zu Wort. »Hör mal, das alles klingt echt mies. Aber das da«, ich zeige auf das goldene Gras, die Motten, den zerkauten Schädel, »ist nicht mein Problem. Ich bin hergekommen, um meinen Dad zu holen, mehr werde ich nicht machen.«

Ich warte darauf, dass Hickory mich anschaut, als hätte ich ein Baby getreten. Stattdessen lächelt er und geht weiter den Korridor entlang. »Zu mir. Ganz in der Nähe. Wir ruhen uns aus. Packen Vorräte.«

»Vorräte wofür?«

»Langer Marsch. Ist sehr weit bis zu Roths Festung.«

»Warte mal.« Ich muss mich beeilen, um mitzuhalten. »Du willst, dass wir *zu* den Fieslingen marschieren?«

»Du hast gesagt, dein Dad ist krank«, meint Hickory gelassen, als würde er übers Wetter plaudern. »Wenn das stimmt, ist er langsam. Und wenn er langsam ist, haben die ihn längst gefangen.«

Damit hat er es geschafft. Einfach mal so reißt Käpt'n Katastrophenmeldung meine sowieso schon kopfstehende Welt komplett auseinander. Ohne Vorwarnung. Wie aus dem Nichts feuert er die Worte auf mich ab, *rat-ta-tatt*.

»Woher weißt du das? He!«

Ich boxe Hickory gegen den Arm. Er wirbelt herum, als wollte er mich wieder gegen die Wand drücken, aber diesmal halte ich einen Finger hoch, winkle das Knie an und bin bereit zuzutreten.

Hickory überlegt es sich anders und weicht zurück. »Das Schloss ist befallen. Lederschädel überall. Irgendwann fangen sie jeden.«

»Dich nicht.« Meine Stimme zittert, trotzdem scheinen ihm meine Worte einen Stich zu versetzen.

Da dämmert es mir. Er kennt den Weg zur Festung, weil er schon mal dort war. »Was, die *haben* dich schon mal gefangen? Wann? Wie bist du getürmt?«

»Mit größter Schwierigkeit«, sagt Hickory. Damit ist es so gut wie besiegelt. Ich muss ihm trauen, auch wenn er ein tausend Jahre alter Stiefeldieb ist, der Eimer voll Kacke sammelt. Ich habe keine Wahl.

»Wie lange hat er noch?« Mein Blick wird von dem Totenschädel angezogen.

»Kommt drauf an, wie viele Gefangene es insgesamt gerade gibt. Wann er an der Reihe ist. Aber ich bring dich zu ihm und zu eurem Tor nach Hause. Selbstverständlich stehen die Chancen schlecht, dass es euch auch rauslässt, aber das ist nicht mein Problem.« Damit läuft er wieder los. »Sobald wir dort sind, gehört der Schlüssel mir.«

HICKORYS HEIM

Ich glaube, wir kommen ziemlich schnell dahin, wo wir hinwollen, auch wenn ich eigentlich null Zeitgefühl habe. Genauso gut könnten wir schon seit Stunden laufen. Immer wieder geistern mir Bilder von Dad durch den Kopf, der von diesem Roth geschlagen und gefoltert wird. Irgendwann wird mich dieses Schwarzmalen noch mal Kopf und Kragen kosten, das schwöre ich.

»Das da ist es?« Wir stehen vor einem dunklen Gang. »Hier versteckst du dich?«

»Nicht ganz«, sagt Hickory.

»Was ist mit den Kerzen passiert?«

»Hab sie entsorgt. Zur Tarnung. Ruhe jetzt.«

Wir tauchen ein in die Finsternis, wo ich nur noch dem Geräusch von Hickorys Schritten folgen kann, seinem leisen hingehauchten Zählen. Als er bei dreißig ankommt, biegt er rechts ab. Bei siebzig schwenkt er nach links. Bei zweiundachtzig bleibt er ganz stehen und ich rempele gegen ihn.

»Hörst du das?«, fragt er.

Ein Hilferuf – nein, ein Heulen … weit hinten im Korridor, aus der Richtung, aus der wir kommen.

»Blechköter«, sagt Hickory. »Ein ganzes Rudel. Haben uns gewittert. Los!«

Ab sofort zählt er schneller. Dreiundneunzig. Hundertzwölf. Hundertdreißig. Hinter uns wird das Geheul lauter, dann kommen andere Geräusche dazu. Rasselnde Ketten und Gebell.

»Wie weit noch?«, frage ich.

Dann stolpere ich. Schramme mir Hände und Knie auf, spüre, wie meine Handfläche wieder aufplatzt. Ich denke an die Heilige Stiege, meinen blutigen Abdruck auf dem Stein, doch diesmal fängt die Erde nicht an zu beben, keine wutende Flut setzt ein. Da ist nur Hickory, der nach meinem Arm tastet und mich auf die Beine zerrt.

Das Knarren einer Tür, die sich öffnet. Er zieht mich mit sich. »Beweg dich nicht«, sagt er und knallt die Tür hinter uns zu. »Keinen einzigen Schritt.«

Links von mir schabt etwas. Scheppern, Wetzen – eine Holzplanke, die an die richtige Stelle gezogen wird.

Hickory verbarrikadiert die Tür.

»Hält das?«, frage ich und zucke unter dem pochenden Schmerz in meiner Hand zusammen.

»Muss es nicht.« Das Ploppen und Klimpern von einem offenen Glas. Der bekannte Gestank, der einem die Tränen in die Augen treibt. Ein nasses Klatschen. »Der Geruch vertreibt sie. Außerdem überdeckt er unseren eigenen. Sie werden einfach vorbeirennen.«

»Was ist das eigentlich für ein Zeug?«

»Willst du nicht wirklich wissen«, antwortet Hickory.

Das Rudel Blechköter stürmt an der Tür vorüber, dass die Klinke erbebt. Am liebsten würde ich mich umdrehen und wegrennen, aber ich halte durch. Als ich denke, es ist vorbei, weil das Rudel außer Hörweite ist, höre ich etwas. Schnüffeln, Geifern, das Klacken von Krallen auf Stein. Das helle Scharren von Metall auf Metall. Ein einziger Blechköter ist zurückgeblieben. Und er lungert vor unserer Tür herum.

»Hickory?«, flüstere ich.

»Stopp«, flüstert er zurück. »Keine. Bewegung.«

Etwas Warmes rinnt über die Finger meiner linken Hand. Da fällt mir ein, dass ich ja blute. Ich ziehe den Verband zurecht, balle die Faust und hoffe, dass der Mief der Gammelpampe wirklich so abstoßend ist, wie Hickory behauptet.

Noch ein Bellen, noch ein Heulen, dann nichts mehr. Der Nachzügler trottet grunzend davon und lässt Hickory und mich allein in der Dunkelheit zurück.

»Okay«, sagt Hickory. »Hände auf meine Schultern.«

»Was?«

»Leg die Hände auf meine Schultern! Hier führt nur ein Weg durch.«

»Wo durch?«

Hickory flucht und tastet nach meinem Arm. Reicht mir das leere Pampeglas. »Halte es zur Seite. Lass es fallen.«

Ich will wissen, was dann passiert, aber er sagt nur: »Mach's einfach.«

Also mach ich's. Ich strecke den Arm aus, lasse das Glas fallen und warte. Und warte. Kein Aufprall.

»Wo sind wir?«

»Hab ich doch gesagt. Bei mir. Großes Labyrinth. Viele Wege.«

Vorsichtig taste ich mit dem Fuß nach links, dann nach rechts und erspüre mit den Zehen die rauen Kanten einer schmalen Steinbrücke. »Was ist da unten?«

»Keine Ahnung. Ist zu tief, um runterzusehen. Hab den Ort hier vor langer Zeit gefunden.« Hickory schnappt sich meine Hand und klatscht sie auf seine Schulter. »Tritt nur dahin, wo ich hintrete –«

»Bleib stehen, wenn du stehen bleibst. Schon kapiert.«

Der Pfad nimmt kein Ende, verläuft im Zickzack. Hickory kennt ihn auswendig. Leise flüsternd zählt er seine Schritte, fängt nach jeder Biegung wieder bei null an. Ich habe langst aufgegeben, die Übersicht behalten zu wollen. Ich habe mich so gut wie verirrt, werde übers Nichts ins Nichts geführt.

»Durchhalten«, sagt Hickory nach einer Weile. »Gleich geschafft.«

Es stellt sich heraus, dass Hickory doch nicht alle Kerzen entfernt hat. In der Finsternis vor uns schwebt ein ganzer Pulk, der wie ein winziges Sternbild funkelt. Je näher wir kommen, desto deutlicher schälen sich Umrisse aus der Dunkelheit. Riesige unbestückte Leuchter in endlosen Reihen über unseren Köpfen. Brücken, gehalten von gigantischen Steinsäulen, die sich weit, weit, weit in die finstere Tiefe erstrecken. Und direkt unter dem Kerzenlicht vor uns: eine windschiefe Hütte, zusammengezimmert auf einer Insel aus Stein.

Der Mittelpunkt des Labyrinths. Hier hat sich Hickory ein Zuhause gebaut.

Als ich mich wieder auf meine eigenen Augen verlassen kann,

nehme ich die Hände von seinen Schultern und muss feststellen, dass ich auf seinem Rücken jede Menge Blut verteilt habe. Ich überlege, ob ich mich dafür entschuldigen soll, andererseits war sein Hemd auch vorher nicht gerade blütenweiß.

»Hey«, sage ich stattdessen. »Nette Bude.«

Die Hütte sieht tatsächlich stabil aus. Offenbar hat er sie aus abgerissenen Schlosstüren und eingeheimsten Holzresten zusammengeschustert. Kaputte Kisten und Fässer. Sogar Deko gibt es. Neben der Tür hängt ein alter Schild. Vor einem winzigen Fenster baumelt an verschiedenen Schnüren eine Reihe von Steinen. Überall liegen alle möglichen Flaschen und kleine Berge aus Goldmünzen herum. Gläser mit noch mehr schwarzer Pampe. Waffen, Gasmasken, Macheten. Vor meinen Füßen liegt ein seltsamer Kompass.

»Habe früher mal gesammelt. Sachen, die Menschen auf ihrem Weg zwischen den Welten zurückgelassen haben.«

»Getroffen hast du nie jemanden?«, frage ich. »Oder versucht, hinter ihnen nach draußen zu schlüpfen? In der Welt, aus der ich komme, sind die Leute früher ständig durchs Schloss gegangen – eine Menge von dem Kram hier gehört wahrscheinlich ihnen.« Ich stupse den Kompass mit dem Fuß an. Die Nadel hört nicht auf, sich zu drehen. »*Denen* nicht zu folgen, war nicht verkehrt. Bluehaven ist nicht schön. Andererseits wahrscheinlich immer noch besser als hier. Nicht böse gemeint.«

Hickory schaut sich um in seiner Hütte und macht ein irgendwie angewidertes Gesicht. »Habe immer wieder Menschen gehört. Bin ihnen gefolgt. Kam aber jedes Mal zu spät. Das Schloss hat mich nie in ihre Nähe gelassen.«

»Wie meinst du das?«

»Türen versperren sich. Räume wandern.«

»Die Räume *wandern*?«

»Manchmal.«

»*Manchmal*?« Ich traue meinen Ohren kaum. »Wie können Räume wandern? Wie kannst du da den Weg zu Roths Festung finden? Wie kannst du dich überhaupt zurechtfinden?«

»Durch meine Symbole in den Wänden«, erklärt Hickory. »Außerdem können die Räume erst wandern, wenn man die Türen schließt.« Er deutet mit dem Daumen hinter sich, in die Richtung, aus der wir gekommen sind. »Wenn ich gehe, klemme ich einen Klotz in die Tür. Aber selbst wenn: Sie kehren immer an ihren alten Platz zurück.« Er zuckt mit den Schultern. »Irgendwann.«

EIN ANDERES FENSTER

Ich erinnere mich an den Hüttensänger. Der blaue Vogel erschien eines Nachmittags. Dad lag in der Wanne, die ich in die Zimmermitte geschleift hatte, Seifenwasser bis ans Kinn. Er sah dem Vogel zu, wie er über den Fenstersims hopste und an einer Spinne pickte. Ich saß neben Dad und schaute ebenfalls zu. Der Hüttensänger tappte eine Weile durch die Gegend, tschilpte und zwitscherte, sorgte im Keller für Musik. Als er fortflog, stieß Dad einen Laut aus, der beinahe als Lachen hätte durchgehen können. Das war das erste Mal überhaupt.

Später dachte ich mir ein Lied aus, das ich »Hüttensänger im Keller« nannte. Tagelang hab ich es gesungen. Hin und wieder gebe ich es heute noch zum Besten. Ich glaube, es ist Dads Lieblingslied.

Jetzt blicke ich aus einem anderen Fenster, eingerollt in einer Ecke von Hickorys Versteck mit einem Bündel Lumpen als Kissen, und pflege meine kranke Hand. Die Hütte ist winzig, aber sobald wir nach unserer Ankunft verschnauft hatten, räumte er

mir ein Plätzchen frei. Rückte verschiedene Sachen zur Seite und stapelte, warf anderes zur Tür raus. Ich stand die ganze Zeit über nur unter der offenen Klappe in der Decke und genoss das Licht vom Kerzenleuchter darüber.

»Schlaf eine Runde«, sagte Hickory, als er fertig war. »Morgen früh brechen wir auf.« Ich fragte, woher wir wissen wollten, wann es Morgen sei. Er meinte nur: »Wenn wir aufwachen.«

Ich fand, dass wir in Bewegung bleiben sollten, schnell zusammenpacken, was wir so brauchen, und los. Doch er schloss die Deckenluke, zog das Hemd aus und legte sich auf sein eigenes Lumpenbett in der anderen Ecke. »Ruh dich aus«, sagte er und drehte sich mit dem Gesicht zur Wand. »Wir brauchen Kraft. Einziger Weg zum Überleben.«

Seitdem hat er sich nicht mehr bewegt, trotzdem weiß ich, dass er wach ist. Wenn man sich lange genug mit jemandem ein Zimmer teilt, spürt man, wann jemand wach ist. Alles eine Frage der Atmung.

Durch die Fenster dringt gerade genug Licht, dass ich die Narben und Verbrennungen auf Hickorys Rücken sehen kann. Peitschen und heiße Schürhaken, vermute ich. Roth und seine Schläger haben bei ihm ganze Arbeit geleistet. Einmal mehr muss ich an ein wildes Tier denken. Eins, das sich müde und verwundet in einer Höhle ausruht. Gerne würde ich ihn fragen, was sie ihm angetan haben, was er alles durchgemacht hat, doch wie fängt man so ein Gespräch an? Bevor ich in sein Leben gestolpert bin, hockte er hier in seiner Hütte, ohne eine Menschenseele zum Reden, umgeben von dem Schrott, den andere mit einem besseren Leben zurückgelassen haben. Menschen mit Erinnerungen, in denen sie schwelgen, mit Geschichten, die sie erzählen, und mit Orten, die sie besuchen können. Ich stelle mir vor, wie er Geräuschen und Stimmen gefolgt ist, um sein Leben gerannt ist, während das Schloss ihn nach jeder Ecke verarscht hat. Immer mit denselben Fragen im Kopf. *Woher komme ich? Wieso passiert das alles? Warum ich?*

Da dämmert es mir. Wir haben wesentlich mehr gemeinsam, als ich zunächst gedacht hätte. Ersetzt man die Hütte durch einen Keller, die Schlossgewölbe durch die Straßen Bluehavens, Schrottsammeln durch Mülldurchwühlen, kommt mein bisheriges Dasein seinem ziemlich gleich.

Das Schloss hat unsere beiden Leben kaputt gemacht.

Nur hatte ich wenigstens Sonnenlicht. Nicht viel, aber immerhin. Ich konnte unter offenem Himmel laufen, frische Luft atmen, mit Violet plaudern. Ich hatte Dad. Obwohl ich mich immer einsam *gefühlt* habe, war ich es vermutlich nie. Nicht so einsam wie Hickory. Teufel, endlich habe ich jemanden getroffen, der schlimmer dran ist als ich!

»Hey«, sage ich. »Bist du wach?« Und als Hickory nicht reagiert: »Haaaaalloooo.«

Wieder sagt er mir, dass ich schlafen soll. Und ich sage ihm, dass ich das nicht kann, weil mein Dad von einer bösen Armee eingefangen wurde. Außerdem habe ich eine ganze Menge geschlafen, als ein gewisser Jemand mir einen schwarzen Sack über den Kopf gestülpt hat.

»Ich wollte dir nur sagen: Ich weiß, wie das ist.« Ich setze mich auf. »Allein zu sein, meine ich. Nichts über die eigene Vergangenheit zu wissen und so. Ich habe keine Ahnung, wo ich geboren wurde. Aus welcher Welt ich stamme. Und ich weiß auch nicht, was mit meinem Dad nicht stimmt. Mein gan-

zes Leben lang ist er schon krank. Und meine Mum habe ich nie kennengelernt. Keinen Schimmer, wo sie steckt. Oder ob sie überhaupt noch lebt. Ich weiß, dass es hart ist, dieses ganze Nichtwissen. Echt hart.« Hickory schweigt. »Tja, das war's schon. Also, dann, äh, gute Nacht.«

Ich lege mich wieder hin, wünschte, ich könnte noch mal von vorn anfangen, doch dann sagt Hickory: »Bluehaven. Wie ist es da so?« Ich habe den Eindruck, dass er das schon eine Weile gerne gefragt hätte. Die seltene Chance auf Einzelheiten über eine Welt da draußen.

Ich bin unsicher, wo ich anfangen soll. »Es ist eine Insel. Mit Häusern, Bauernhöfen und Menschen. Hauptsächlich Idioten.« Ich überlege, wie viel ich erzählen soll, doch noch bevor ich mir überhaupt eine Lüge einfallen lassen kann – irgendetwas, das unser Leben dort halbwegs normal erscheinen lässt –, rutscht mir die Wahrheit heraus. »Sie hassen mich da.«

Hickorys Reaktion kommt gefühlt zehn Jahre später.

»Warum?«

Jetzt wird's spaßig, denke ich. »Sie nennen mich die Verfluchte. Und offensichtlich liegen sie damit richtig. Irgendwie. Also ich bin nicht *verflucht* verflucht – nicht besessen oder so. Ich bin nur … Ach, es ist schwer zu erklären.«

Trotzdem erkläre ich es. Alles. Angefangen davon, wie vernarrt die Stadtbewohner ins Schloss sind, bis hin zur Nacht Allen Unglücks. Von meinem Leben bei den Hollows bis zu Atlas, der meine Hand aufschlitzt. Ich erzähle von dem Erdbeben, das ich ausgelöst habe. Wie das Schloss wach wurde. Wie Dad die Heilige Stiege hochgerannt ist. Ich erzähle ihm alles, was Winifred mir in ihrem Büro anvertraut hat, lade den

Ballast eines ganzen Lebens ab und es fühlt sich großartig an. Unglaublich. Eine verdammte Therapie ist das hier.

»Winifred hat mich in das Loch gestoßen«, berichte ich und setze mich wieder auf. »Ist das zu fassen? Dann hat sie kurz hinter mir auch noch eine Bombe runtergeworfen. Jedenfalls bin ich schließlich zum Tor gekommen und … na ja … da bin ich.« Ich stoße langsam die Luft aus. »Junge, das fühlt sich gut an! Also, was hältst du davon?«

Ich warte und warte. Hickory verrät mir nicht, was er davon hält. »Bleib hier«, meint er stattdessen, und als er die Hütte verlässt, erhasche ich im Dämmerlicht der Kerzen einen kurzen Blick auf etwas Glitzerndes auf seiner Wange. Die Spur einer Träne.

Damit habe ich nicht gerechnet. Sollte ich was sagen? Meine Klappe halten? Ich weiß ja nicht mal, *warum* er weint. Soll ich ihn fragen? Was, wenn ich es damit nur schlimmer mache? Dann habe ich eine Idee.

»Hickory?« Kurz hinter der Schwelle bleibt er stehen, sodass die Narben auf seinem Rücken mich fragend anschauen. »Du kannst meine Stiefel behalten. Wahrscheinlich hättest du das eh, aber ich werde sie nicht noch mal zurückverlangen. Sie gehören jetzt dir. Weil du mir geholfen hast.«

Lange herrscht Schweigen, doch dann spricht er. Leise. Behutsam. Ein einziges Wort, das er vermutlich schon sehr lange nicht gesagt hat.

»Danke.«

GEJAGT

Das kalte Wasser. Die Wellen, die ihre Form verandern. Die kleine Insel, näher diesmal, doch immer noch zu weit weg. Ich versuche, darauf zuzuschwimmen, aber eine Welle reißt mich in die Höhe, um mich anschließend durch die schwarzen Luftblasen weit, weit in die Tiefe zu reißen. Wieder diese unheimliche, ächzende Tiefsee. Die knisternden Blitze, die weiße Umrisse in meine Augen brennen. Die glühenden Monster lauern, beobachten, strecken die Tentakel aus, bereit zuzuschlagen.

Nur bin ich diesmal nicht allein.

Dad ist bei mir. Und eine Frau – ganz bestimmt meine Mum. Sie halten mich. Treten nach den Tentakeln. Bringen mich an die Oberfläche und schwimmen so kräftig wie möglich fort von der Insel.

Ein weißer Blitz und wir sind nicht länger im Wasser, nicht mehr im Sturm.

Dad rennt mit mir in den Armen durchs Schloss. Mum ist

neben uns. Dad prescht durch eine Tür und dreht sich um, als Mum stolpert. Er rennt zurück, um ihr zu helfen, doch bevor er sie erreichen kann, knallt die Tür zwischen uns zu. Als er sie öffnet, ist Mum verschwunden. Wir blicken in einen völlig anderen Raum. Er schreit und der Traum verändert sich.

Um uns wird das Schloss deutlicher, jedes Detail viel klarer. Die Zwischenräume in den Wänden. Die Maserung der dunklen Holztüren. Als würde ich im Traum aufwachen. Wäre bei Bewusstsein, aber ohne jede Kontrolle. Dads Schrei fliegt durch den Korridor und ich gleich mit, völlig schwerelos, körperlos, nicht länger in Dads Armen. Ich schwebe durch die Gänge und um die Ecken. Durch Tore, Türen und Hallen.

Noch ein Blitz. Jetzt ist da wieder Wasser – Wasser *im* Schloss, ein zur Hälfte gefluteter Gang wie ein Fluss. Nur fliege ich diesmal *darüber*, allein und wahnsinnig schnell, vorbei an zwei gigantischen Statuen mit Schwertern in der Hand, über Stromschnellen und durch eine enorme geflutete Halle. Ich fliege über die Kante eines Wasserfalls – jetzt bin ich diejenige, die schreit … und ins brodelnde Becken in der Tiefe stürzt.

Ich tauche ins Wasser, werde von Dunkelheit verschluckt.

Lass los, wispert eine Stimme. Die Stimme einer Frau. Es ist Mum, das spüre ich.

Ich rufe nach ihr. Wasser strömt in meine Lunge. Ich ersticke, ertrinke und dann …

Dann bin ich wieder in der Hütte. Schweißgebadet und zitternd liege ich am Boden. Aber ich kann atmen. Hickory beugt sich über mich, die Hände auf meinen Mund gedrückt. Heiß ist sein Atem auf meiner Haut, während er etwas flüstert. Erst will ich ihn wegstoßen, doch dann begreife ich endlich, was er sagt.

»Beruhige dich. Sei still. Sie haben uns gefunden.« Hickory nickt, wie um zu sagen: *Kapiert?* Also nicke ich ebenfalls. *Kapiert.*

Er lässt mich los.

»Blechköter oder Lederschädel?«, wispere ich. Durchs Fenster erkenne ich rein gar nichts.

»Beides«, antwortet Hickory, während er in einer alten Truhe wühlt und sich die Taschen mit Munition füllt. »Sie sind jeden Moment hier.«

»Bist du sicher?« Doch dann höre ich es. Ein Pochen in der Dunkelheit. »Wie viel Zeit haben wir?«

»Genug. Das Labyrinth wird sie beschäftigen.« Dann meint er: »Keine Ahnung, wie sie uns gefun–« Abrupt verstummt er, als er sein Hemd in die Hand nimmt und mein Blut auf der Rückseite bemerkt. »Was ist das?«

»Ähm. Weiß nicht.«

»Ist das dein Blut?«

»Vielleicht. Ja. Der Schnitt in meiner Hand ist quasi wieder aufgegangen, als ich vor deiner Tür hingefallen bin. Aber du hast doch gesagt, das schwarze Zeug –«

»Macht ihnen Angst. Aber wenn sie genug Blut wittern, lassen sie's drauf ankommen.« Wieder hallt ein Schlag durch die Finsternis. Hickory steckt den Kopf durch sein Hemd und funkelt mich an. »Der Blechköter, der Nachzügler, hat seine Herren geholt. Und so, wie es aussieht, hast du ihnen eine hübsche Spur genau bis vor unsere Hütte geblutet.«

Hickory schnappt sich ein Gewehr, als Schüsse durch das Labyrinth peitschen, gefolgt von jeder Menge Gebell und Geheule. Die Lederschädel haben sich einen Durchgang geschossen.

»Hinten raus«, sagt Hickory und wirft mir das Gewehr zu. »Schieß auf alles, was sich nähert.«

»Geht klar«, sage ich. »Schießen.« Aber was ich denke, ist: *Wie funktioniert das Teil überhaupt?*

Hinter der Hütte stehen aufgestapelte Gläser, Fässer und Truhen, alle gefüllt mit der schwarzen Pampe, soweit ich feststellen kann. Sehen kann ich die Blechköter in dem schwarzen Labyrinth nicht, dafür kann ich mir sie nur zu gut vorstellen, wie sie mit Schaum vor der Schnauze knurren und ihre Krallen in die steinernen Brücken graben.

Wir werden gejagt.

Ich blicke noch einmal zur Hütte. Hinter mir kommt Hickory um die Ecke, der sich einen Rucksack über die Schultern wirft. Er trägt einen Holzknüppel. »Die mittlere«, sagt er und zeigt mit dem Prügel auf drei dünne Steinbrücken, ein kleines Stück rechts von mir. Weiter draußen in der Dunkelheit flackern zwei winzige Punkte. Fackeln an einem Leuchter.

»Gibt's da noch eine Tür?«, frage ich. »Einen anderen Weg hieraus?«

»Abgesperrte Tür«, sagt er. »In der Außenwand. Hat mir bisher nix gebracht. Schnell jetzt.« Er schwingt den Knüppel und zerdrischt die Gläser, tritt die Truhen um und kippt die Fässer aus, bis seine kleine Insel, sein Zuhause, ganz mit dem widerlichen schwarzen Zeug bedeckt ist. »*Lauf!*«, brüllt er.

Schnell, aber vorsichtig laufe ich mit geschultertem Gewehr los, auf das Licht zu. Hickory folgt mir mit einem kleinen Fass in der Hand, aus dem er beim Laufen eine Spur aus Pampe hinterlässt.

»Bisschen spät, um unsere Fährte zu überdecken, oder?« Beinahe verliere ich auf der Brücke das Gleichgewicht. Halte kurz an, finde die Balance wieder. »Das wird sie doch direkt zu uns führen.«

»Das hoffe ich«, meint Hickory. »Weiter!«

Je näher wir dem Fackelschein kommen, desto breiter wird die Brücke, bis sie schließlich zu einer zweiten, kleineren Insel wird, direkt unter dem Leuchter. Keine Wand. Keine Tür. Eine Sackgasse.

»Wohin jetzt?«

Hickory kippt den Rest Pampe aus, wirft das Fässchen über den Rand und holt ein Seil aus seinem Rucksack. Ein Seil, an dessen Ende ein verbeultes Stück Metall gebunden ist. Ein Enterhaken. Er schwingt ihn, sodass er sich im Leuchter verhakt, und zieht das Seil stramm. »Klettern.«

»Und sobald wir oben sind?«

»Schwingen wir zum nächsten rüber.«

Inzwischen haben die Blechköter die Hütte gefunden. Es sind etwa zwanzig, schätze ich. Angestachelt, ausgehungert flitzen sie über die Insel und nehmen alles auseinander, als wäre es nur aus dünnen Zweigen gebaut. Die schwarze Pampe ist ihnen nicht geheuer, trotzdem schlittern sie durch. Ich greife nach dem Seil. Beiße die Zähne zusammen, als meine linke Hand zu pochen und zu brennen anfängt. Schließlich klettere und krabbele ich durch die Stangen des Leuchters.

Kaum bin ich oben, macht mein Magen einen Satz nach unten.

Einer der Blechköter hat die Pampespur gefunden.

»Ähm. Hickory?«

Der Blechköter bellt und zischt los, führt das ganze ver-

dammte Rudel geradewegs zu uns. Einige rutschen jaulend über die Kante. Andere werden im Gedränge in die Tiefe gestoßen.

Doch die meisten laufen mit sicherem Tritt.

»Schieß!«, grunzt Hickory. Er hat erst die Hälfte des Seils hinter sich gebracht.

Ich verlagere auf dem Leuchter mein Gewicht. Hantiere am Gewehr herum, ziele. Drücke den Abzug und – *klick*.

»Kacke.«

»Schieß!«, brüllt Hickory. Er greift mit einer Hand nach dem Leuchter. »Drück ab! Sofort!«

»Ich versuch's ja!« Wieder probiere ich den Abzug – *klick, klick* –, aber es bringt nichts. Der Blechköter wird gleich nach Hickorys Beinen schnappen, also schmeiße ich das verfluchte Gewehr nach ihm. Mit einem *Swusch* fliegt es nach unten. Scheppert auf den Stein und lässt den Blechköter stolpern. Heulend macht der Mistköter einen Abgang, verschwindet in der Dunkelheit.

»Treffer!«, rufe ich. »Hickory, ich hab ihn erwischt!«

Doch Hickory wirkt wenig beeindruckt, als er sich neben mir hochzieht. Er schaut nur von der Spur, die der Köter beim Abrutschen hinterlassen hat, hoch zu meinen leeren Händen und zurück. »Wo ist das Gewehr?«

»Äh …«

»Du hast unsere einzige Waffe *weggeworfen*?«

»Irgendwie musste ich das blöde Vieh doch aufhalten, oder?«

Hickory knirscht mit den Zähnen. »Schaukel einfach.«

Mit vereinten Kräften werfen wir die Beine nach vorn, lehnen uns dann zurück und bringen den Leuchter zum Schwan-

ken. Auf der Insel unter uns rottet sich das Blechköterrudel zusammen. Kläffend springen sie hoch, schnappen nach unseren Hintern und Fersen. Bei jedem Schwung nach vorne taucht aus der Dunkelheit der nächste Leuchter auf.

»Auf die Plätze …«, brüllt Hickory und zieht beide Fackeln aus den Halterungen. »Fertig …«

Das »Los!« bleibt aus. Eine Kugel prallt am Leuchter ab und wir ziehen die Köpfe ein.

Die Lederschädel wollen auch mitspielen.

Ein ganzer Trupp stakst inzwischen um die Hütte herum. Waffen flammen auf und *ka-wummen,* sodass die Glasaugen der Gasmasken bei jedem Blitz und Donnerschlag funkeln. Die Soldaten klicken und klacken sich an, was durch die komischen Rüsselstücke ihrer Masken viel lauter klingt.

Klick-klick-klack-klick-klack.

»Gehört das auch zu deinem Plan?«, rufe ich.

»Jetzt schon«, sagt Hickory. Als wir das nächste Mal nach vorn über die Insel voller Blechköter schwingen, lässt er eine der Fackeln fallen. »Spring!«

Wir werfen uns in die Luft, knallen auf das harte Metall des nächsten Leuchters und bringen so viel Schwung mit, dass wir sofort weiterschaukeln, während die Plattform hinter uns in Flammen aufgeht. Offenbar stinkt die Pampe nicht nur, sie brennt auch gut. Die Blechköter winseln, jaulen und rempeln sich gegenseitig über den Haufen, springen in die Dunkelheit, um dem Feuer zu entkommen. Es breitet sich aus, rast den Pfad entlang, schnell wie Zunder, genau auf die Lederschädel, die Hütte und den Stapel explosiver Pampe zu.

Die Lederschädel machen sich davon, während sich in den

Augeneinsätzen ihrer Masken das lodernde Feuer spiegelt. Innerhalb von Sekunden hat es die gesamte Insel erfasst und wenig später explodiert Hickorys Hütte, sodass die Finsternis hell erleuchtet wird. Eine Handvoll Lederschädel fliegt in hohem Bogen durch die Luft, aber wir bleiben nicht, um das Spektakel anzusehen. Wir holen noch einmal Schwung, zählen, und als wir springen, springen wir als Team, von Leuchter zu Leuchter. Die übrig gebliebenen Lederschädel schießen, wenn sie die Gelegenheit dazu kriegen. Kugeln fliegen. Links von uns, rechts von uns, hinter uns. Wir handeln uns blaue Flecke und Kratzer ein, jede Menge Kopfnüsse, aber jede erfolgreiche Landung ist wie ein Rausch. Ein Gefühl von Triumph, das den Schmerz betäubt.

Die Lederschädel fallen zurück. Wir schaffen es!

ERGRIFFEN

T ut mir leid, dass dein Haus explodiert ist.«

»Braucht es nicht«, meint Hickory nach einer Weile. »War nur ein Käfig in einem Käfig.«

Er versucht, anhand seiner Symbole, die er in die Kreuzung ein Stück vor uns gekratzt hat, herauszufinden, wo wir sind. Ich habe es auch versucht, wollte in dem Wahnsinn irgendeine Methode entdecken. Aber für mich sah es nur so aus, als hätten Hennen im Dreck gescharrt. Jetzt spiele ich so eine Art Nachhut und halte Wache.

Aus dem Labyrinth sind wir haarscharf mit dem Leben davongekommen. Haben uns vom letzten Kronleuchter geschwungen, die mysteriöse Tür geöffnet und sind über die Schwelle gehechtet, als ein Kugelhagel die Wand links und rechts in ein Sieb verwandelt hat. Sobald ich hinter uns abgesperrt hatte, wurde alles still. Kein Gewehrfeuer. Keine Lederschädel, die klickten und klackten. Langsam und vorsichtig öffnete ich die Tür noch einmal und staunte nicht schlecht.

Das Labyrinth war verschwunden.

Hickory hatte recht. Das Schloss kann seine Räume wirklich vertauschen. Jetzt liegt hinter uns nur ein leerer Flur. Ich habe die Tür offen gelassen, damit die Zimmer nicht zurückwandern können, und halte für alle Fälle den Schlüssel bereit. Irgendwie werde ich das Gefühl nicht los, dass man uns gleich wieder angreift.

»Verrätst du mir jetzt, was das klebrige Zeug ist?«

Hickory seufzt und rückt den Rucksack auf seinem Rücken zurecht. »Schleim.«

»Schleim von was?«

»Phantasma.«

»Und was ist ein Phantasma?«

»Großes schauriges Biest aus gleißend hellem Licht.«

Ich runzele die Stirn. »Ein Biest aus Licht? So wie ein Geist?«

»Kein Geist«, sagt Hickory, »aber ja, sieht schon irgendwie geisterhaft aus.«

Klasse. Als wären uns nicht schon genug abgefahrene Viecher auf den Fersen, die uns umbringen wollen.

»Keine Ahnung, aus welcher Welt es stammt«, fügt Hickory hinzu. »Ich weiß nur, dass ich da sicher nie hinwill. Jedenfalls, wenn es durch eine Wand fliegt, bleibt Schleim zurück. Ist das Einzige, wovor die Blechköter und die Lederschädel Angst haben, abgesehen von Roth. Ich finde immer mal Ablagerungen, kratze sie ab, sammle sie, lagere sie ein. Am Anfang ist das Zeug noch durchsichtig, aber mit der Zeit wird es schwarz. Einmal ist mir aus Versehen eine Kerze reingefallen. War nur ein Klecks, aber hat mir glatt die Augenbrauen versengt. Weißt du, wie lange es dauert, bis Augenbrauen nachwachsen?«

»Nein, ich –«

»Lange. Ewigkeiten.«

Ich überprüfe zum dritten Mal die Tür hinter uns. Öffne sie ein Stückchen weiter. Der Flur hat sich nicht verändert. Lang und verlassen liegt er da, nichts als grauer Stein und flackernde Kerzen.

Trotzdem schaudere ich. »Du verarschst mich, oder?«

»Bestimmt nicht. Dauert wirklich Ewigkeiten, bis sie nachwachsen.«

»Deine Augenbrauen sind mir egal, Hickory. Ich meine das Phantasma.«

»Ach so.«

»Du hast es echt gesehen?«

»Und ob.« Er durchquert den Korridor und tritt an eine andere Gruppe Zeichen. »Das Vieh hat mich mal erwischt. Ist einfach aus dem Nichts aufgetaucht. Soweit ich weiß, gibt's hier drin nur eins – den Göttern sei Dank!«

»Wie kann ein Ding aus Licht einen *erwischen*?«

»Alle Raubtiere haben ihre Tricks. Schlangen spucken Gift, Spinnen spinnen Netze.« Hickory hält inne. »Das Phantasma schlüpft in dich rein. Durch deine Augen. Ernährt sich von deinen Ängsten. Lange dauert es nicht – also, es *fühlt* sich zwar endlos *an*, aber …« Kopfschüttelnd sucht er nach den richtigen Worten. »Man ist wie gelähmt, nur weiß man das nicht, weil man im Geiste ganz woanders ist. An einem Ort, an dem Albträume zum Leben erwachen.« Er schluckt. »Ich nenne das den Griff.«

Er schweigt. Ich denke darüber nach, ihn zu fragen, was er in diesem Griff gesehen hat – wie die Albträume eines tausend

Jahre alten Typen aussehen. Aber dann beschließe ich, dass das vermutlich zu den Dingen gehört, die Leute lieber für sich behalten. Ginge mir jedenfalls so. Beim Gedanken, in meinem Albtraum gefangen zu sein, wird mir ganz übel – das ganze Wasser, die Tentakel und die Insel, die nie näher rückt und so. Ich würde wahrscheinlich vor Angst sterben. Andererseits würde ich *sie* wiedersehen. Denn das war sie, oder? Meine Mum, bei mir und Dad im Wasser – und danach, als sie mit uns durchs Schloss gerannt ist, zurückgefallen ist. Es kann nur sie gewesen sein.

Lass los, hat sie zu mir gesagt. Warum?

Hätte Hickory mich doch nur nicht geweckt! Vielleicht hätte ich sie noch mal gesehen – oder gehört.

Ich räuspere mich. Sinnlos, darüber nachzugrübeln. »Wie hast du dich befreit?«, frage ich stattdessen. »Wie hast du es aufgehalten?«

»Gar nicht«, sagt er. »Das Phantasma hat einfach … losgelassen. Als ich zu mir kam, hab ich es über mir gesehen, schwebte da wie ein Blitz aus heißem, weißem Dampf. Es hat mich beobachtet, das konnte ich spüren. Gewartet.« Hickory starrt in den Flur, als könnte er das verdammte Ding dort noch immer sehen. »Ein Monster, das Vieh. Riesig. Ich war sicher, es würde mich noch einmal packen – die Sache hinter sich bringen. Es hätte mich fertigmachen, mich töten können. Hat es aber nicht. Das Phantasma hat sich einfach umgedreht und ist weggeflogen.«

»Vielleicht fand es deinen Albtraum langweilig«, schlage ich vor. »Oder es war satt.«

Hickory geht gar nicht darauf ein. »Danach war ich total

schwach. Ich konnte mich kaum bewegen. Kam mir so vor, als wäre ich ein Leben lang in seinem Griff gewesen, dabei glommen neben mir die Reste von meinem Feuer, das ich entfacht hatte, bevor es mich ergriff. Länger als eine Stunde oder so kann die Sache nicht gedauert haben. Aber bis ich mich erholt hatte, *das* dauerte. Und so ganz schüttelt man den Griff nie mehr ab.« Er blinzelt die schlimmen Erinnerungen fort. »Solltest du je ein helles weißes Licht sehen, Jane, dann renn weg. Renn, so schnell du kannst, und dreh dich nicht um.«

»Meinst du, wir laufen ihm über den Weg, wenn wir zu Roth gehen?«

»Bei unserem Glück?« Hickory zuckt mit den Schultern. »Wahrscheinlich. Aber hoffen wir das Beste.«

Noch eine Frage fällt mir ein. »Hickory, warum machst du das? Du willst hier raus, du willst den Schlüssel – das kann ich verstehen … Aber du hättest ihn einfach klauen können. Du hättest mich schon lange loswerden können. Warum bei mir bleiben, wenn du weißt, wie gefährlich das ist?«

Hickory hört nicht zu, kratzt sich seinen dünnen Bart und nickt zu den Zeichen an der Wand. »Die gute Neuigkeit: Mein Versteck liegt weit weg. Die schlechte: Wir sind noch immer weit von Roths Festung entfernt. Neun lange Fußmärsche, vielleicht mehr. Wenn wir den Gang hier nehmen –«

»Hickory.« Ich stelle mich ihm in den Weg. »Ich muss das wissen. Warum hilfst du mir?«

Sein Blick trifft meinen, aber nur kurz. »Das Schloss hat mir alles genommen. Ehre gehört zu dem wenigen, was mir noch geblieben ist.« Er geht an mir vorbei. »Ich helfe dir, weil ich dir mein Wort gegeben habe.«

DER BLUTSAUGER-WALD

Hier drin gibt es keine Uhren, die einem die Zeit verraten könnten. Keinen Tag- oder Nachthimmel, um Sonne, Mond oder Sterne zu beobachten. Ich habe nur den Schmerz in meinen Schultern und das Blei in meinen Füßen.

Neun Fußmärsche, hat Hickory gesagt. Ich glaube, er meinte damit neun Tage. Wir haben noch nicht mal den ersten hinter uns gebracht und mir kommt es schon so vor, als hätten wir ein ganzes Gebirge bestiegen. Eine Tür nach der anderen, Raum nach Raum, rauf und runter. Ein langer Korridor nach dem anderen, unter den Füßen kühle und glatte Steinplatten, hin und wieder uneben. Wir wechseln kaum ein Wort. Drei Mal müssen wir wegen der Lederschädel die Route ändern: ein ganzer Trupp, der hinter einer geschlossenen Tür vorbeimarschierte. Ein einzelner Soldat, der an einer Kreuzung Wache hielt. Eine Handvoll der Deppen, die fünf Etagen tiefer in der Mitte einer Säulenhalle irgendeinen Tierkadaver häuteten. Jedes Mal hat Hickory sich einen neuen Weg einfallen lassen.

Es kostet Kraft, aber das Komische ist, ich bekomme nie Hunger oder Durst. Zuerst schiebe ich es aufs Adrenalin, das durch mich hindurchrauscht, aber dann begreife ich, dass das unmöglich ist, so müde, wie ich bin.

»Ich habe keinen Hunger«, spreche ich es aus, als wir eine enge Wendeltreppe nach unten gehen. »Oder Durst. Dabei habe ich seit Ewigkeiten nichts gegessen oder getrunken.«

»Das Schloss spendet Leben«, sagt Hickory.

»Dann hast du hier drin also schon seit … noch *nie* was gegessen oder getrunken?«

»Ich esse oder trinke, falls ich was finde, das sich zu essen oder trinken lohnt. Streunende Tiere aus den Anderwelten. Hier gibt's auch einen Fluss, weißt du? Wasser, das aus einem Tor fließt. Weit weg. Aber man *muss* nicht essen oder trinken. Das Schloss ernährt dich. Treibt dich an.«

»Ich hab den Schnee probiert. War ein bisschen wie essen und trinken gleichzeitig.«

Es macht Spaß, sich zu unterhalten. Ich will Hickory schon fragen, ob er Lust hat, was zu spielen. *Ich sehe was, was du nicht siehst* oder so, keine Ahnung. Aber dann erreichen wir das Ende der Treppe und bleiben wie angewurzelt stehen, denn vor uns liegt ein Wald. Dicke Herbstbäume, die weit hinauf an die hohe Gewölbedecke reichen und sich, so weit das Auge reicht, ins Schloss erstrecken. Die Stämme sind knorrig und schief, die Äste wie verkrümmte Arme. Die Luft ist voller kleiner Sporen, die hochfliegen, hinabschweben und sich auf die Zweige, die blutroten Blätter und das Wirrwarr aus Wurzeln am Boden legen. In der lebendigen, atmenden Stille des Waldes leuchten sie wie kleine Funken aus Mondlicht.

Ich hole tief Luft und rieche die sterbenden Blätter. Und etwas Süßliches, wie Honig. »Das hat vermutlich auch nichts hier zu suchen«, sage ich.

Hickory knabbert kopfschüttelnd an einem Fingernagel. »Da scheint noch ein Tor nachzugeben. Ist schon eine Weile her, dass ich das letzte Mal hier war. Eine ganze Weile.«

»Aber das macht nichts, oder? Also, das sind ja nur Bäume, richtig?«

Hickory nickt langsam, tief in Gedanken versunken. »Wir haben eh keine Wahl. Wir müssen da durch.«

Leise betreten wir den Wald, ducken uns unter Ästen und sternförmigen roten Blättern hindurch. Einige der glühenden Sporen hängen sich an unsere Kleidung und Haare. Wüsste ich es nicht besser, würde ich meinen, wir hätten das Schloss verlassen und wären bei Nacht auf einer Waldlichtung gelandet. Die Baumwurzeln wachsen so durcheinander, dass man unmöglich sagen kann, wo eine aufhört und die nächste beginnt.

»Voll hübsch …«

Je weiter wir kommen, desto wilder wird der Wald. Gräuliche Ranken hängen von den Ästen und immer wieder klettern wir über kleine Hügel aus moosbedecktem Geröll. Heruntergefallene Brocken aus der Decke. Auch in Wänden und Boden klaffen hier und da Löcher, die zu anderen zugewucherten Gängen und Hallen führen – Baumwurzeln haben den Stein aufgerissen. Der Wald scheint sich ausgebreitet zu haben wie der Schnee.

Wir folgen allein unserem Bauchgefühl, als würden wir unseren Weg genau kennen. In meinem Hinterkopf sirrt eine Stimme, meine Stimme, die verlangt, dass wir langsamer gehen, um-

kehren, abhauen und einen anderen Weg suchen. Doch ein Gefühl, eine Sehnsucht, eine andere Stimme, die mich vorantreibt, ist lauter. Jeder Atemzug erfüllt mich mit einem warmen Nebel, der die bösen Wespen ausräuchert. Als wir vor einer Sackgasse stehen, bin ich nicht einmal besorgt. Ebenso wenig wie Hickory. Wir schnappen uns einfach die Äste eines Baums, der durch ein Loch im Boden wächst, und klettern daran nach unten.

Hier ist die Luft sogar noch süßer. Knisternde Energie rauscht durch mich hindurch. Ich fühle mich, als könnte ich es mit jedem Blechköter und Lederschädel im ganzen Schloss aufnehmen. Und mit ihrem Anführer.

»Hey, Hickory«, sage ich. »Erzähl mir was von Roth.«

»Der Boss«, sagt er und sieht einer Spore zu, wie sie über seinen Handrücken tanzt. »Fieser Typ.«

»Ja, ich weiß, aber wie ist er so?« Wir biegen um eine Ecke. Ich rolle die hübschen roten Blätter mit den Fingern auseinander. »Du hast ihn doch gesehen, oder? Ist er groß? Meinst du, ich könnte mit ihm fertigwerden? Also wenn ich mit ihm kämpfen müsste.« Hickory meint, ich soll mich entspannen, also stelle ich klar, dass ich entspannt *bin*. Und zwar echt, so richtig. »Aber ich würd's trotzdem gerne wissen. Wie sieht er aus?«

»Du willst ein Gesicht, das man hassen kann. Glaubst, das würde es leichter machen, tut's aber nicht. Nicht sein Gesicht.«

»Warum?«, frage ich. Und dann noch einmal, ein bisschen lauter – aber nicht zu laut, nein, auf keinen Fall, denn hier ist es so friedlich und die Luft ist so herrlich, ich könnte sie vom Fleck weg heiraten! »Hickory, warum nicht?«

Er wirft mir etwas aus seinem Rucksack zu. »Sag nicht, ich hätte dich nicht gewarnt.«

Es ist eine Maske. Nein, eine halbe Maske, die untere Hälfte geschnitzt aus komischem weißem Stein, der so glatt ist, dass er sich beinahe wie Glas anfühlt. Durch die Nase am oberen Ende der Maske verläuft ein langer Riss bis über die linke Wange. Zwischen den Lippen ist ein dünner Schlitz zum Atmen. An den Seiten hängen klimpernde Schnallen und Lederriemen. Die Unterseite ist an manchen Stellen dick und gewölbt, als sollte die Maske nicht nur über, sondern auch *in* ein Gesicht passen. Als wollte sie irgendwelche Löcher stopfen. Eine fehlende Nase und einen fehlenden Unterkiefer.

Ich habe mich geirrt. Es ist gar keine Maske.

»Das ist eine Prothsi—«

Meine Zunge stolpert. In meinem Bäuchlein wallt ein Kichern auf, aber ich unterdrücke es, fahre mit der Zunge über die Lippen und versuche es noch einmal. »Prost… prrr … Prothese! Eine Gesichtsprothese.«

Hickory nickt. Wankt er oder liegt das an mir? Vielleicht liegt es an den Bäumen.

Ich schüttele den Kopf, um den Schwindel zu vertreiben, aber es bringt nichts.

»Schuld ist sein Atem«, brüllt Hickory beinahe. Er stopft das halbe Gesicht wieder in seinen Rucksack, doch als er ihn sich über die Schulter schwingt, rutscht ihm der freche Sack aus der Hand und verschwindet, hoppla, in einem Loch. »Oha. Nicht so gut. Hätte ich noch brauchen können.«

Diesmal kann ich das Kichern nicht unterdrücken. Es schüttelt meinen Bauch und sprudelt so heftig aus mir raus, dass ich

mich an einem Stamm festhalten muss. »Sch'okay, Hicksmy. Wir hol'n ihn später ab!«

Die roten Blätter fangen an zu flattern, was komisch ist, weil kein Wind weht. Aber da muss Wind sein, weil sogar die Sporen anfangen zu zwirbeln. Wir stolpern durch die Waldhalle. Die Mücke in meinem Kopf will schon wieder, dass wir anhalten, umkehren ... Warum schleppt Hickory eigentlich Roths Gesicht mit sich rum?

»Hey, Mickory, wie meinst du das, also das mit dem Atem?«

»Hat sein Gesicht verrotten lassen! D'shalb schott'n sich Lefzenschädel und Blechkröten so ab. Wick'ln sich mit toter Haut und Schrottresten ein. Der Atem von Rotz ist wie Säure!«

»Sein Atem is *giftig*?« Wir hopsen über eine große, große Wurzel. »Wie kann man denn mit Giftatem lebern?«

»Wenn man unsterblich is, dann geht's.«

»Soll heißen, der kann nich sterben? Nie?«

»Nie.«

»Wow«, sage ich, »aber das ... das ... is unmöglich.« Und Hicky breitet die Arme im Wald weit aus, soo weit wie ein Riesenvogel, wie um zu sagen: *Und wie nennst du das hier?* Ich finde, dass er da absolut recht hat. »Aber warum rückst du damit erst jetzt raus? Is ja doch irgendwie ... *wichtig*, weißte?«

»Wollte dir keine Angst machen. Haste Angst?«

»Pah? Angst, hier? Aber, hey, pass auf ... Unsterblich, was? Was, wenn ihm jemand mit 'nem Schwert den Hals abschlagen will?« Ich schwinge ein unsichtbares Schwert, *sch-a-wing*!

»Kaputte Klinge.«

»Was, wenn ... hey, was, wenn man ihn von 'ner echt hohen Klippe schmeißt?«

»Knallt unten auf. Klettert wieder rauf. Rache.«

»Was, wenn man ihm in den Kopf schießt? Nein, warte – ins Auge!«

»Kannst ihm überall hinschießen. Würde nix ändern.«

»Nicht kämpfen. Hab's kapiert. Dann müss'n wir eben … He, Dickory … wir müssen einfach rein- und wieder rausschleichen aus der Festung. So ganz leise. Wir könnten uns verkleiden! Mit Verkleidungen! Würde doch keiner damit rechnen, dass zwei Bäume 'nen Ausbruch planen, oder? Nie! Weißte auch, warum?« Ich ziehe im Laufen einen Ast zu mir runter und lass ihn hochschnalzen. »Bäume liebt einfach jeder!«

Wir kommen an eine Wendeltreppe, die voller Wurzeln und Moos und deshalb voll rutschig ist. Da unten riecht es so süß, dass es kaum zum Aushalten ist. Deshalb flutschen wir da auch mit Karacho runter, voll *huiiiiiiiiii*, den ganzen Weg bis ganz nach unten, rundherum, rundherum. Unten angekommen, will ich gleich noch mal rutschen, aber das geht nicht, weil ich mich kaputtlache.

Arm in Arm schlendern wir durch den neuen Waldabschnitt und hopsen singend durch die Bäume. Wir grölen zwar verschiedene Lieder, aber ich find's trotzdem super, weil ich eins singe, das ich mir vor Urzeiten ausgedacht habe, »Der Kokosnuss-Song«, noch so eins von Dads Lieblingsliedern. Und Hissory trällert ein Liedchen über ein Mädchen, das Farrow heißt und das er irgendwann wiedersehen will. Die Mücke in meinem Kopf brüllt mich inzwischen an. Labert irgendwas über das falsche Gesicht und die Bäume. Will, dass ich umkehre, wegrenne, aber dann würden wir ja nicht da ankommen, wo wir hingehen, und hier unten ist es so schön, so wunder-, wunderschön. Eigentlich isses inzwischen mehr so was wie ein Sumpf, weniger ein Wald. Der Boden is überall so schmatznass, auch klebrig, und überall sind die Leuchtspor– *hust!* Hoppla, ich glaub, ich hab grade eine verschluckt.

Ich räuspere mich. Die Mücke brüllt: *He! Jane! Das Gesicht! Warum hat Hickory das Gesicht versteckt, Idiotin!* Also denke ich: *Ist ja schon gut!*

»Warum hastndu … hey, Lickry. Tut mir ja echt leid, dein Farrow-Lied zu stören – hast 'ne echt schöne Stimme! –, aber warum hastn du eigentlich Roths Gesicht im Rucksack?«

»Darf ich nich sagen«, Hicky seufzt laut. »Großes Geheimnis. Wenn ich's dir verrate, hasst du mich!«

»Das is unmöglich, Hickemy. Du bist mein bester Freund. Warste schon immer. Abgesehen von Violet natürlich, aber die is ja noch klein. Zählt das trotzdem? Ja! Dann biste mein *zweit*bester Freund!«

»Schlechter zweitbester Freund. Du hast mir deine Stiefel geschenkt und alles!«

»Okay.« Ich klatsche in die Hände, *bamm!* Stolpere über eine Wurzel, laufe weiter. »Weißte was? Ich verrat dir eins von meinen Geheimnissen und du sagst mir deins. So gleichzeitig.«

»Nein!«

»Bereit?«

»'kay.«

»Auf drei. Eins, zwei, vier!«

Wir brüllen unsere Geheimnisse raus, zur selben Zeit, und es ist so super, so genial, es klingt wie: »Ich bin – Ich – noch nie – entführe – geküsst worden – dich.«

»Spitze«, sage ich. »Siehste? War doch gar nich so schwer,

oder? Ne echte Erleichterung, oder? Ich bin noch nie geküsst worden und du … Warte mal, was hast du gesagt?«

»Ich entführe dich.«

»Ach so.« Warnglocken läuten *klinge-linge-ling.* »Du entführst mich?«

»M-hm. Leider schon. Ist 'ne Falle. Werd dich ausliefern!«

»Aber was ist mit meinem Dad?«

»Hab gelogen. Ist wahrscheinlich längst tot! Die Maske, die ich hatte. Weißte noch? Die is so was wie 'ne Visitenkarte. Zeichen von Treue und so. Heißt, ich bin Kopfgeldjäger. Für Roth.«

»Roth? *Der?*« Ich schüttle den Kopf, fege einen Ast zur Seite. »Aber die Blech-Kröter. Die Leberschädel. Du hast sie hochgejagt!«

»Konnte ja nicht zulassen, dass *die* dich fangen. Damit die den ganzen Ruhm einheimsen und ich nix abkriege? Nach der Falle dachte ich so: Wozu 'ne Jane, die sich krass wehrt und mir tierisch auf'n Sack geht, zur Festung schleif'n, wenn ich sie dazu kriegen kann, freiwillig mitzukommen? Verstehste?«

Mir fehlen die Worte. Ich sehe Hickory an, er sieht mich an und ich will wegrennen von diesem Verrätertypen, von Roth, von diesem Geruch, der mir plötzlich gar nicht mehr so süß vorkommt. Doch auf einmal flattern die Blätter wieder wie Tausende rote Fähnchen und ich fühle mich gleichzeitig leicht und schwer, als würde ich in einem Traum schweben. Ich will mich ausruhen, das will ich. Die Mücke ruft: *Lauf, du blöde Kuh! Wehr dich! Hau ab!* Aber ich kann nicht laufen, zu müde, und ich kann auch nicht weiter sauer auf Hickory sein. Er ist mein zweitbester Freund und hier unten ist es so schön, *so* schön.

Ich brauche nur ein Nickerchen.

»Hab keine Wahl«, gähnt Hickory. Wir schweben Seite an Seite, *kwitsch-skwatsch.* »Tut mir leid.«

»Sch'okay.«

»Roth will den Schlüssel. Muss ihm den geben. Muss mein Versprechen halten.«

»Klar«, sage ich. »Versprochen is versprochen!« Und ich lache, denn genau genommen ist es echt witzig. Ich werde gerade entführt und es ist mir scheißegal.

DIE BLUME
IN DER TALSENKE

D er Boden hat sich verändert. Unsere Füße versinken knöcheltief im dunkelroten Matsch. Ich stolpere über einen Brustkorb, klatsche hin, schlurfe weiter und mein ganzer Körper kribbelt. Ich will mich ausruhen, muss schlafen, aber nein, nein, nein, noch nicht.

»Wir sind da«, sagt Hicky und das stimmt. Wir sind da.

Es ist eine Kreuzung. Eine große. Der Wald wächst überall ganz dicht, vom Boden bis zur Decke, nur nicht im Mittelpunkt. Sämtliche Wurzeln sacken hier holterdiepolter ab. Als wäre da 'ne Delle im Boden, ein großes eingesunkenes Beet.

»Guck mal«, sagt Hickory. In der Senke wächst eine einzige Blume, einsam und gelb. Rollt sich aus. Entkräuselt sich. Ich will sie berühren, doch Hicky ist schneller als ich und hopst in die Senke. »Meine.«

Ich will hinterher, doch da höre ich was im nächsten Korridor. Das sollte ich mir mal ansehen, finde ich, denn vielleicht ist da noch eine Blume. Ich biege rechts ab, um die nächste Ecke rum,

schwinge mich unter 'nem Ast durch. *Hui!* Doch Blumen entdecke ich keine, nur Dinger am Boden, die an Menschen erinnern. Ich will umkehren, wieder zur Senke, doch jetzt rasten die Alarmglocken aus, *klingeling, DING-DONG*.

Mach die Augen auf! Komm endlich zu dir!

»Geht klar, Mücke!« Ich konzentriere mich, hole tief Luft und – »Oh. Nicht gut.«

Der Anblick ist wie ein Vorschlaghammer, der mir den Wahnsinn aus dem Hirn haut. Es sind Hunderte. Überall. Lederschädel, die in stinkenden Haufen aufgeschichtet sind oder in den Zweigen hängen. Die Masken abgerissen, Kiefer gebrochen, aufgestemmt von Wurzeln. Die Bäume fressen sie von innen auf!

Nein, keine *Bäume*. Ein Baum. Eine einzige gigantische Pflanze. Deshalb haben wir bisher keine Leichen gesehen. Erst jetzt sind wir im Zentrum. Im Kern. Im verfluchten Magen.

Ich halte mir den Mund zu. Weiche zurück vor den grau fleischigen Leichen mit ihren glänzenden kleinen Augen, die ins Leere starren. Zwei hängen wie Fleischsäcke links von mir; aus ihren Mündern ragen Wurzeln. Rechts von mir im Matsch liegt noch einer, eingewickelt in Schlingpflanzen, allerdings nicht tot. Er blinzelt, zappelt, macht dieses *Klick*-Geräusch in der Kehle. Die Wurzel in seinem Mund bewegt sich, nur einen Zentimeter, wandert tiefer. Die Blätter flattern und flattern. Ich stolpere über ein Bein und purzle in den Schlamm. Es kitzelt und brennt. Säure. Irgendeine faulende Körpersuppe, die runter in die Senke trieft, wo …

»Oh, oh.«

Ich wirble herum. Hickory ist genau im Zentrum der Senke. Krabbelt durch den Matsch. Greift nach der Blume.

»Nein!«, rufe ich. »Hickory, nicht!«

Aber Hickory tut es.

Er pflückt die Blume und der Wald erwacht. Ich stolpere, stürze und rolle in das kleine Tal. Der Boden ist eine sich windende Masse aus Wurzeln und verrottenden Leichen. Hickory steckt bereits zur Hälfte im siedenden Schlamm, Wurzeln ranken sich um seine Brust und seine Arme, zerren ihn tiefer hinab.

Der Idiot starrt nur auf die Blume in seinen Händen.

»Hickory, beweg dich!«

Ich werfe mich auf ihn. Die Wurzeln reißen. Wir rollen durch den Matsch. Mir kommt die Galle hoch, meine Augen tränen, meine Haut kribbelt, verliert jedes Gefühl. Die Baumwurzeln wickeln sich um meine Knöchel, um Hickorys Handgelenke. Wir sind umzingelt von Skeletten, Gasmasken und Macheten. Eine davon schnappe ich mir und hacke drauflos.

»Tu ihnen nichts«, sagt Hickory.

Ich schneide ihn los und verpasse ihm eine schallende Ohrfeige. Obwohl es den Bann zu brechen scheint, schlage ich noch mal zu, denn ich war vielleicht von allen guten Geistern verlassen, trotzdem erinnere ich mich noch gut daran, was der Mistkerl mir vor einer Minute erzählt hat. Ich sollte ihn hierlassen – ihn draufgehen lassen … aber ich brauche ihn.

»Lauf!«, brülle ich und drücke ihm eine zweite Machete in die Hand.

Wir krabbeln aus der Senke, hauen uns eine Schneise durch einen neuen Gang. Die Baumwurzeln und Äste schlagen aus, peitschen und verheddern sich. Wir sprinten uns die Seele aus dem Leib. Meine Machete bleibt in einem dicken, schwankenden Ast stecken und wird mir mit einem Ruck aus den Händen gerissen. Der Boden bebt, die Mauern splittern und bröckeln. Wir weichen Steinen und Felsbrocken aus, hechten durch ein Loch in der Wand, doch auch hier ist Wald. Hickory schneidet einen herbeisausenden Zweig in der Mitte durch. Pflanzensaft schießt wie Blut heraus. Mit einem Ächzen, Kreischen und Knacken kracht vor uns ein enormer Ast in den Gang und blockiert unseren Weg. Ein Satz, und ich bringe mich vor einem herabfallenden Steinbrocken in Sicherheit. Hickory weicht einem weiteren Asthieb aus.

Und mitten in der Luft fangen uns die Ranken. Sie wickeln sich um unsere Glieder und Brustkörbe. Drücken zu. Hickory holt mit der Machete aus, doch die Ranke schnappt sich auch die. Ich werde auf den Kopf gestellt. Das Blut rauscht in meinen Schädel. Die Äste hören auf, auf uns einzudreschen, der Wald lässt das Beben und ich höre nur noch das *Ka-bumm, ba-bumm* meines Herzens. Eine Wurzel ringelt sich meinen Arm hinauf bis an meinen Hals, über mein Kinn. Ich beiße so fest wie möglich die Zähne zusammen, doch die Wurzel will meine Lippen aufzwingen.

Das war's. Wir sind geliefert. Dad ist verloren und ich werde kopfüber sterben, neben einem verlogenen Arsch, der –

»Hilfe ...«

Hickory. Ein Hauchen, das zu einem Würgen wird, was bedeutet, dass auch durch seine Lippen eine Wurzel kriecht. Meine sucht sich einen Weg durch meinen Mundwinkel. Ich huste und würge, dann erst sehe ich ihn. Einen Mann. Er rennt durch den Wald, während aus seinen Händen Feuer schießt. Direkt auf uns zu.

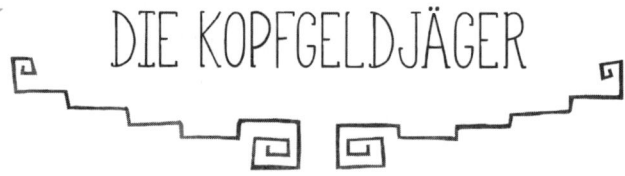

DIE KOPFGELDJÄGER

W as ich vorhin gesagt habe, kann man guten Gewissens streichen. Das Schlimmste, was einem passieren kann, wenn man angeblich verflucht ist, ist, wenn man von irgendwelchen Sporen irgendwie unter Drogen gesetzt und von einem blöden Baum halb verdaut wird, obwohl man nichts anderes macht, als sich um seinen eigenen Kram zu kümmern, und den vermissten Vater in einem endlosen Labyrinth aus wandernden Räumen voll mit bösen, potthässlichen Kreaturen finden will.

Ich bin von Kopf bis Fuß voll mit klebrigem Zeug und Blattmüll, geschunden und vermöbelt. Der Verband an meiner verletzten Hand sieht aus und stinkt wie schmutziges Klopapier. Meine Muskeln schmerzen wie verrückt, dafür tun meine Schnitte dank der Betäubung kein bisschen weh – das einzig Gute daran, vom Magenschleim einer fleischfressenden Pflanze bedeckt zu sein. Wer hätte das gedacht?

Wieder mal stecke ich in einem Käfig auf Rädern, doch dies-

mal ist er aus Metall und wird nicht von einem Pferd, sondern dem größten Kerl gezogen, den ich je gesehen habe. Selbst seine Muskeln haben Muskeln. Er hat weder ein Hemd an noch Haare auf dem Kopf, dazu ist er so riesig, dass er fast an die Leuchter an der Decke stößt. Seine nackten Füße klatschen so laut wie Donnerschläge über den Stein. Anders als Hickory ist er nicht ausgepeitscht worden, aber auch von seinem Gürtel baumelt eine zerbrochene Gesichtsprothese.

Dem ersten Fremden, der es nicht auf mich abgesehen hat, falle ich um den Hals. Versprochen.

Mein Schlüssel ist in seiner Tasche. Der Idiot hat ihn mir geklaut, sobald er uns auf sicherem Boden abgestellt und seine Fackel weggeworfen hatte. Ich war zu schwach, um etwas dagegen zu unternehmen, nicht mal eine Hand konnte ich heben, doch der Ausdruck in seinem Gesicht ist mir nicht entgangen, als er den Schlüssel fand. Freude und Überraschung, sogar ein Hauch von Traurigkeit. Er sagte irgendwas zu mir in einer fremden Sprache, etwas Nettes. Er hat mir sogar eine seiner Pranken auf die Schulter gelegt und gelächelt.

Dann hat er uns in den Käfig geworfen.

Hickory ist genauso dreckig und übel mitgenommen wie ich. Sein schwarzes Haar ähnelt einem Krähennest. Die erste Stunde oder so hat er noch versucht, mit dem Kopfgeldjäger zu verhandeln. »Hatte die Maske, hab sie nur verloren«, sagte er. »War die erste, die überhaupt rausgegeben wurde. Bringst du uns zur Festung? Hm? Riesending, schwarzes Tor? Ja? Roth wird es nicht gut finden, dass du mich in einen Käfig sperrst. Wirst schon sehen. Wollte das Mädchen selber hinbringen. Vielleicht könnten wir sie ja gemeinsam übergeben, hm?«

Der Kopfgeldjäger reagierte kein einziges Mal.

Jetzt hockt Hickory schmollend in der Ecke, die Hände hinter dem Rücken gefesselt, genau wie bei mir.

»Ehre ist eins der wenigen Dinge, die dir geblieben sind, was?«, zische ich ihm zu.

»Kein Grund, mir ans Bein zu pinkeln, nur weil du dem Falschen vertraut hast«, erwidert er leise.

Natürlich hat er damit recht. Ich hätte es besser wissen sollen. Vor allem ich.

»Warum?«, frage ich. »Warum hast du dir den Schlüssel nicht einfach genommen und bist abgehauen? Was will Roth von mir? Den Schlüssel hat man mir *gegeben*. Das heißt nicht, dass ich irgendwas darüber weiß. Und ich hätte ihn dir wirklich überlassen, sobald wir meinen Dad nach Bluehaven gebracht hätten. Das war nicht gelogen.«

Hickory schweigt.

»Warum sich überhaupt mit Roth verbünden? Wie lange arbeitest du schon für ihn? Und … was? Will er damit noch mehr Tore finden? Meinst du im Ernst, er gibt ihn dir, sobald er fertig ist? Der Typ hört sich echt nicht nach jemandem an, der gerne teilt.«

Andererseits, was weiß ich schon? Ist nicht ausgeschlossen, dass Hickory mir nichts als Lügen aufgetischt hat. Abgesehen von seinem Gerede im Wald, als wir beide superhigh waren.

»Woher kommst du?«, frage ich ihn. »Du erinnerst dich. Das weiß ich.«

Hickory starrt angestrengt den Rücken des Kopfgeldjägers an. Roths zerbrochenes und baumelndes Halbgesicht. »Würdest du mir eh nicht glauben«, sagt er schließlich. Dann wendet er

sich ab, legt sich auf die Seite – und vielleicht ist es die Art, wie er die Maske betrachtet hat, aber plötzlich denke ich: *Was, wenn Hickory aus derselben Welt kommt wie Roth?*

»Von mir aus«, sage ich. »Aber meine Stiefel bekomme ich wieder. Sobald unsere Hände nicht mehr gefesselt sind.«

Hickory streift sie ruckartig ab und stößt sie auf mich zu, ohne sich umzudrehen. Sie sind dreckiger als zwei zerquetschte Kröten. »Gehören ganz dir«, sagt er.

Ich beschließe, dass ich sie nicht mehr will.

Der Kopfgeldjäger hält sich an die Hauptflure. Der Käfig ist sowieso zu breit, um durch normale Türen zu passen. Stunden scheinen zu vergehen. Plagegeister laufen uns keine über den Weg, dafür haben sie ihre Spuren hinterlassen. Verstreute Knochen. Leere Patronenhülsen. Abgerissene Lederfetzen und verbeultes Blech. Flecken und Krallenabdrücke auf Wänden und Boden.

Als wir »Rast« machen, schlafe ich nicht. Hickory schon. Knackt sofort weg, als wäre sein Gewissen rein wie Schnee. Ich sitze neben ihm und schaue dem großen kahlen Typen zu. Er hockt im Schneidersitz auf einer abgewetzten Matte, die er aus einer Art Ablage unter dem Käfig gezogen hat. Zuerst murmelt und brummt er eine Zeit lang, leise, tief und traurig. Jetzt rasiert er sich. Fährt mit einer trockenen Klinge über seinen Kopf, die Wangen und das Kinn.

Als ich damit anfing, Dads Gesicht zu rasieren, war ich sechs. Ich klaute einen von Mr Hollows alten Rasierern, setzte Dad neben die Wanne, schnippelte mit einer Schere an seinem außer Kontrolle geratenen Bart herum und schmierte Wangen und Kinn mit Seife ein. Ich hatte Angst, ihn zu schneiden, also stellte ich Fragen und überlegte mir die Antworten dazu. »Wie viel Seife? So viel?« *Perfekt.* »Halte ich es so?« *Nein. So.* »Und dann fahre ich einfach so drüber, wie – Hoppla! Tut mir leid.« *Gleichmäßig und nicht zu fest. Keine Eile.* »Okay. Gleichmäßig – tut mir leid! Das ist schwierig.« *Wenn du so weitermachst, säbelst du mir noch das Gesicht ab. Lass dir Zeit, Jane. Wir haben alle Zeit der Welt.* Also saßen wir auf unseren Hockern und ließen uns Zeit.

Wo ist er jetzt? Was macht er? Ich kann nicht so tun, als könnte Hickory auf keinen Fall recht haben. Als könnte man ihn nicht eingefangen haben. Oder schlimmer ...

Ist wahrscheinlich längst tot!

»Bitte lass mich gehen.« Meine Worte hängen im Gang, hohl und leblos. »Ich weiß nicht, was Roth von mir will. Ich weiß rein gar nichts über den Schlüssel.«

Der Kopfgeldjäger tritt an den Käfig, greift noch einmal in das Fach und zieht ein altes, zerknittertes Foto von einer lächelnden Frau mit einem Baby im Arm heraus. Er sagt etwas zu mir, und obwohl ich ihn nicht verstehe, ist sein Tonfall eindeutig. Verzweifelt. Traurig. Teilweise klingt er sogar so, als würde er sich entschuldigen. Und ich kapiere. Er will das hier gar nicht tun. Er hasst es im Schloss genauso wie ich. Er versucht nur, wieder nach Hause zu seiner Familie zu kommen.

»Du musst das nicht machen«, sage ich. »Wir können ihn aufhalten. Roth. Ich weiß zwar nicht, wie, aber –«

Eine zuknallende Tür irgendwo vor uns, vielleicht im nächsten Gang, lässt mich stumm werden.

Der Kopfgeldjäger legt das Bild zurück in die Ablage und zieht stattdessen eine Peitsche hervor, die er hinter sich herschleift, während er auf das Geräusch zustapft. Ich verschwende keine Sekunde. Sobald er um die Ecke gebogen ist, werfe ich mich gegen die Käfigtür und kicke Hickory wach.

»Was?«, nuschelt er. »Wassnlos?«

»Er ist weg«, sage ich. »Aber bestimmt nicht lange. Wie lautet der Plan?« Hickory schaut mich stirnrunzelnd an. »Ich gehe einfach mal davon aus, dass du immer einen Plan hast, Hickory. Wie kommen wir hier raus?«

»Wir?«, wiederholt er, als gäbe es auf der ganzen Welt kein schmutzigeres Wort.

»Ja«, sage ich, »*wir*.« Ich schmeiße mich noch mal gegen die Tür, aber das Schloss ist zu stabil. »Hör mal, ich hasse dich und du hasst mich, aber ob es uns gefällt oder nicht, wir sitzen in einem Boot.«

Hickory lässt sich Zeit. »Was das angeht, muss ich erst noch überlegen.« Ich will widersprechen, doch er nickt in den Gang. Der Kopfgeldjäger kommt bereits zurück und trägt irgendwas – nein, *jemanden* – über der Schulter. »Wir haben eine erstklassige Mitfahrgelegenheit. Entspann dich. Zum Abhauen bleibt noch genug Zeit.«

Der Kopfgeldjäger öffnet den Käfig und wuchtet seinen neusten Fang hinein. Ein Typ, etwa so groß wie ich, würde ich sagen. Stiefel, enge Hose, die Hände bereits hinter dem Rücken gefesselt. Dann verriegelt der Kopfgeldjäger die Tür, wirft einen letzten Blick auf mich, packt seine Matte ein, hebt die Kette auf und zieht wieder.

Hickory stößt mich mit dem Knie an und nickt zu dem Neuankömmling.

Ich rutsche ein Stück vor, strecke den linken Fuß aus und

hebe mit den Zehen vorsichtig die Kapuze an. Der Kerl hat sich einen großen schwarzen Schal um Gesicht und Kopf gewickelt, so wie die Menschen, die man in Bildern durch die Wüste streifen sieht. Nur seine Augen sind sichtbar, geschlossen und mit langen Wimpern.

Moment mal.

Ich rutsche zurück und schaue mir seine Figur an.

Da begreife ich, dass unser neuer Zellenkumpel gar kein Kerl ist.

Sondern ein Mädchen.

DIE HALLE
DER TAUSEND FRATZEN

Als ich aufwache, beobachtet sie mich, hat mich fest im
Blick ihrer haselnussbraunen Katzenaugen. Ich setze mich
aufrecht hin, räuspere mich, wische mir den Sabber vom
Kinn. Wie lange ich geschlafen habe, wie weit wir gereist sind,
kann ich schlecht schätzen, doch Hickory pennt schon wieder.
Der Kopfgeldjäger zerrt noch immer den Käfig hinter sich her.
Wenn wir an einer Kerze vorbeirollen, glitzert der Schweiß auf
seinen Schultern.

Ich überlege, ob ich wohl sehr unruhig geschlafen habe. Hat
das Mädchen mir angemerkt, dass ich gemeinsam mit meinen
Eltern am Ertrinken war, kurz davor, von Tentakelmonstern mit
weiß-feurigen Augen gepackt zu werden? Habe ich gemeinsam
mit Dad geschrien, als Mum verschwand? Habe ich ein Geräusch gemacht, als der Traum sich veränderte, irgendwie *mehr*
wurde und ich durch die gefluteten Schlosskorridore geflogen
bin, den Wasserfall hinunter in das kalte, schwarz schäumende
Becken?

Lass los. Wieder drang Mums Stimme zu mir, doch warum, ist und bleibt ein Rätsel.

»Hallo«, sage ich zu dem Mädchen. Vielleicht habe ich zu leise geredet. Vielleicht spricht sie eine andere Sprache. Jedenfalls verengt sie lediglich ein Stückchen die Augen. Ich beuge mich vor und rede langsamer. »Mein Name ist Jane White. Wie heißt du? Ähm. Dein Name? Bist du … Kannst du mich verstehen?«

Nichts.

Ich schätze sie grob auf mein Alter. Unter ihrem Schal schimmert dunkles Haar hervor. Sie wirkt kein bisschen verängstigt. Auf der Hut, ja, aber nicht eingeschüchtert. Und ihre Augen sind echt –

»Hübsch.«

Das Wort platzt mir einfach so raus und natürlich ist Hickory gerade rechtzeitig wach geworden, um es zu hören. Er dreht sich um und kichert wie ein bescheuerter Affe. Ob Affen überhaupt kichern, weiß ich zwar nicht, weil ich bisher nur in Büchern von ihnen gelesen habe, aber wenn sie es tun, dann klingt es bestimmt genau so. Ich zische ihn an, er soll die Klappe halten, was er prompt tut – aber nicht meinetwegen. Der Kopfgeldjäger beobachtet uns.

Die nächste Milliarde Stunden sagt keiner was. Meine Arme schlafen ein, weil sie schon so lange hinter meinem Rücken festgeschnürt sind. Meine Haut ist nicht länger betäubt, all die Schnitte und Prellungen schmerzen. Ich zähle Türen, um mir die Zeit zu vertreiben. Denke mir Fluchtszenarien aus. Wie ich abenteuerlich Kraft und Mut beweise, lauter Kram, der das Mädchen beeindrucken und beweisen würde, dass ich eine fast

erwachsene Frau bin, die immer obenauf schwimmt. Sie mustert mich.

»Glaube fast, sie mag dich nicht«, murmelt Hickory und mir schwant, dass er recht hat. Immerhin bin ich ich. Jane White mit den Gruselaugen. Was ich brauche, ist ein Hut oder so was in der Art. Einer, auf dem steht: *Ich bin kein Monster, werde nur falsch verstanden.* Ich könnte ihn dauernd tragen. Die Menschen mögen Hüte, oder?

Als der Käfig schließlich anhält, denke ich, dass der Kopfgeldjäger eine weitere Rast einlegt, doch er stellt sich neben uns und deutet auf den Durchgang vor uns. Der Raum dahinter ist lang, etwas breiter als der Gang, in dem wir uns gerade befinden, und die Wände sind vom Boden bis zur Decke voller Gesichter, die jemand aus dem Stein gemeißelt hat. Gehörnte Gesichter. Gesichter mit Fangzähnen. Kreischende, knurrende, grinsende Gesichter. Der Kopfgeldjäger hält einen Finger an die Lippen und tritt an den Torbogen. Er klatscht in die gewaltigen Hände und – *Pfft! Pfft! Pfft!* – im Raum geht's rund. Aus den Mündern der einen Seite der Kammer schießen Pfeile in die Münder auf der anderen Seite. Er brüllt, einmal kurz, aber laut, und die Pfeile fliegen zurück.

Noch einmal hält er den Finger an die Lippen, eine unmissverständliche Geste: *Bloß keinen Laut!*

Bevor wir Einspruch erheben können, nimmt er die Kette und zieht uns langsam in die Falle hinein. Die Steinfratzen mit ihren Pfeillochmäulern rollen vorbei. Jedes Mal, wenn die Räder unter mir quietschen, zucke ich zusammen, doch offensichtlich ist das gerade noch leise genug. Aber einmal niesen, einmal husten …

»Nein«, wispert Hickory, als wir drei Viertel des Wegs hinter uns gebracht haben.

Ich bringe ihn zum Schweigen und das Mädchen tritt mich, weil mein *Psst!* auch nicht leiser ist. Der Kopfgeldjäger erstarrt, wir alle erstarren, doch die Pfeile bleiben aus. Der Riese setzt seinen Weg fort und der Käfig nimmt sein langsames *Quietsch, quietsch* wieder auf. Hickory nickt hektisch zum Durchgang vor uns. Darüber ist ein Zeichen, ein farbiger Fleck auf dem Stein. Der dreifingrige Abdruck eines Lederschädels.

Man könnte meinen, er würde sich freuen, die Falle endlich hinter uns zu lassen, aber sobald wir außer Gefahr sind, sagt Hickory:»Halt! Nicht. Dahin kannst du uns nicht bringen!«

Der Kopfgeldjäger ignoriert ihn.

Hickory rastet aus und wirft sich gegen die Käfigwand.

Ich überlege, ob er schauspielert, ob das zu seinem Fluchtplan gehört, doch dann macht sich in meiner Kehle ein dicker Kloß breit.»Wir sind doch noch nicht da, oder? An der Festung? Du hast gesagt, es würde ewig dauern.«

»Er bringt uns nicht zur Festung«, sagt Hickory.»Noch nicht. Er bringt uns –«

Der Kopfgeldjäger rammt die Faust in den Käfig und schlägt Hickory k. o.

»Setz dich hin«, sagt das Mädchen zu mir.»Alles ist unter Kontrolle.«

Ich starre sie mit offenem Mund an und in genau diesem Moment kommt ein Trupp Lederschädel aus dem Torbogen gestürmt und umzingelt den Käfig. Hält der Kopfgeldjäger beschwichtigend Roths Gesichtsprothese hoch. Richtet sich jede einzelne Waffe auf das Mädchen, auf Hickory und auf mich.

DAS GEFANGENENLAGER

Zu Fuß und geknebelt bringt man uns in ein großes Gewölbe. Überall sind Käfige. Dornen aus Metall. Stacheldraht. Hunderte von eingesperrten Menschen.

Blechköter knurren in ihren Zwingern und schnappen nach uns, als wir vorbeischlurfen. Die abgenagten Knochen unter ihren Pfoten klappern. Es stinkt nach verbrannter Kohle, Schweiß und abgestandenem Pipi. Lederschädel schleppen Kisten und Leichen durchs Lager. Gefangene kauern am Boden. Hoch über allem wölbt sich die rauchverdreckte Schlossdecke und leuchtet im Licht der vielen Öfen schmutzig rot. Der reinste Albtraum.

Wir werden in den nächstbesten Käfig geworfen. In der Mitte drängen sich ungefähr ein Dutzend Menschen. Zwei davon sind Kinder. Hinter uns wird das Tor abgeschlossen. Ein alter Mann schleppt sich zu uns und löst die Fesseln von dem Mädchen und mir. Wir nehmen die Knebel ab und danken ihm. Er nickt lediglich und beugt sich mit knackenden Knochen über den dritten Neuankömmling, Hickory, der noch immer mit dem Gesicht am Boden vor sich hin stöhnt.

»Der nicht!«, sage ich. »Er ist einer von denen. Ein Kopfgeldjäger.«

Der Alte sagt nichts, doch offensichtlich versteht er mich, denn er lässt Hickory verschnürt zurück. Versetzt ihm sogar einen schwachen Tritt, bevor er zurück zu den anderen Gefangenen schlappt.

Unser Kopfgeldjäger beobachtet uns aus der Ferne, ohne Käfig, frei. Er lässt mich nicht aus den Augen. Andere Kopfgeldjäger sind auch da. Einige stolzieren herum und funkeln jeden an, der ihren Blick kreuzt. Einige wirken ebenso besorgt wie wir Gefangenen und gehen den Lederschädeln möglichst aus dem Weg, die Waffen zwar nicht gezogen, aber immer auf der Hut. Ein paar Frauen sind darunter, die meisten aber sind Männer. Manche tragen Lumpen und Lendenschurz, andere reich verzierte Roben oder Kleider, die in ihrer Heimatwelt vielleicht mal ein Zeichen von Reichtum und Macht waren, hier aber einen Dreck bedeuten.

Ich schüttele die Hände aus, reibe meine Gelenke. »Wo sind wir?«

Plötzlich sehe ich ihn, im Gedränge der Gefangenen, keine drei Meter entfernt. Mir stockt der Atem. Tief in meinem Bauch formt sich das Wort, das ich so dringend wie nichts anderes sagen will, und klettert meine Kehle hoch wie ein warmes pulsierendes Leuchten. Aber ich bringe es nicht über die Lippen, traue mich nicht, weil es schlicht unmöglich ist. Das ist ein Trick, ein Hirngespinst. Doch der Umhang, die gebeugten Schultern, das zottelige graue Haar …

»Dad?«

Meine Stimme klingt winzig – wie von einem Kind. Voller Hoffnung, aber auch zögerlich, weil ich mir diesen Augenblick Trillionen Male ausgemalt habe und längst feststeht, dass irgendwas falsch läuft.

Das ist Dad, ohne Zweifel. Aber er wirkt kein bisschen glücklich darüber, mich zu sehen.

Sein Gesicht ist voller Schnitte und Prellungen. Seine Augen sind weit aufgerissen, die Lippen beben. Ich sage ihm, dass es okay ist, dass alles gut ist, doch als ich einen Schritt auf ihn zu mache, weicht er zurück und meint: »Nicht.«

Er redet.

Also so *richtig* wirklich.

Mit mir.

»Dad«, sage ich. »Ich bin's, Jane.«

Doch er plappert irgendwelchen Unsinn, übertönt mich, stolpert auf einmal von einer Seite des Käfigs zur anderen und wedelt wie ein Verrückter mit den Händen.

Ich renne zu ihm. Die anderen Gefangenen wuseln davon. Das Mädchen will mich aufhalten, aber ich schüttele sie ab. Ich packe Dad beruhigend an den Schultern. Da nimmt er mich in den Schwitzkasten. Drückt mich zu Boden. Ich kann mich nicht bewegen, nicht atmen. Ich starre in ein Gesicht, das ich so gut kenne und gleichzeitig so gar nicht wiedererkenne. Tränen brennen in meinen Augen, doch als ich erneut seinen Namen quieke, begreife ich. Das Feuer in seinem Blick erlischt. Er zwinkert mir zu, ringt sich ein trauriges Lächeln ab und auf seinen schmutzigen, stoppligen Wangen zeigen sich Grübchen.

»Wir kennen uns nicht«, wispert er. »Es geht nicht. Halt dich von mir fern. Ich hab dich lieb.«

Irgendwo fällt ein Schuss. Ein Warnschuss. Dad nennt mich eine Wildfremde, brüllt es heraus, droht mir, dass ich es bereuen werde, wenn ich ihm noch einmal zu nahe komme. Dann tappt er zur anderen Käfigseite und ich liege einfach nur da. Versuche zu atmen. Zu denken. Ohne Ergebnis.

INS MAUL DES RIESEN

E r ist hier. Genau *hier*. Sitzt in der Ecke unseres Gefängnis-
ses. Seit etwa einer Stunde hat er mich nicht einmal angesehen. Jedes Mal, wenn ich aufstehe und einen Schritt in
seine Richtung mache, schüttelt er heftig den Kopf oder sagt
echt laut: »Äh-äh.«

Warum will er mich nicht in seiner Nähe?

Wir kennen uns nicht. Der erste richtige Satz, den ich aus dem
Mund meines Vaters gehört habe. *Es geht nicht*, der zweite. *Halt
dich von mir fern*, der dritte und mit Abstand schlimmste. Doch
der vierte, *Ich hab dich lieb*, an dem halte ich mich fest. An dem,
der bedeutet, dass es hier nicht um das geht, was er will oder
nicht will. Er bleibt auf Abstand, weil er glaubt, er müsste, und
darauf muss ich vertrauen, muss *ihm* trauen.

Seit Dad mich umgeworfen hat, dreht Hickory Däumchen.
Mit gesenktem Kopf hockt er im Schneidersitz da und kaut auf
dem Knebel in seinem Mund herum. Beobachtet uns. Er hat
gehört, was ich gesagt habe, weiß, dass der Verrückte in dem

dreckigen roten Umhang mein Dad ist. Doch selbst Hickorys Aufmerksamkeit wird nun abgelenkt. In die Lederschädel kommt Bewegung, sie stoßen ihre kehligen Klicklaute aus, zerren Ketten und Schellen durch die Gegend. Die Gefangenen rücken so weit wie möglich von den Käfigtüren weg. Ein Mann fängt an zu schwafeln und deutet auf einen Torbogen am Ende des Gewölbes, das aussieht, als hätten die Lederschädel es schon vor Jahren verbreitert, Steinquader für Steinquader. Ein riesiges Maul in der Wand, gähnend und voller Zahnlücken, das Rauch und Dampf ausspuckt. Gleich passiert irgendwas. Die Uhr tickt.

Ich stoße die Luft aus und stehe auf. Der Kopfgeldjäger beobachtet mich. Genau wie Hickory. Dad schaut mich finster an, doch ich laufe nicht zu ihm, sondern zu dem Mädchen. Es kniet an der Käfigseite aus Maschendraht, ein Stückchen abseits von ihm. Um den Kopf trägt sie noch immer ihren Schal und meditiert oder so was in der Richtung.

»Hi«, sage ich total lässig. »Ähm. Wie läuft's so?« Das Mädchen verzieht keine Miene. Ich drehe mich halb zu Dad um, sodass ich ihn aus dem Augenwinkel sehe. »Wow, freut mich zu hören. Genial.«

»Ich hab nichts gesagt«, meint das Mädchen, doch ich hebe bereits die Hand.

»Ich will nur was loswerden. Hörst du?« Ich huste und verstecke ein »Dad« darin, nur um sicherzugehen, dass ich seine Aufmerksamkeit habe. »Ich will dir was Wichtiges sagen. Ich bin hergekommen, um dich zu retten. Ich weiß, das klingt bescheuert, wo ich ja selbst gefangen bin, aber es stimmt. Ich will dich nach Hause bringen. Und das schaffe ich auch. Ich weiß zwar noch nicht genau, wie, aber ich lasse mir was einfallen. Alles kommt in Ordnung. In Ordnung?«

Sollte mich das Mädchen bisher noch nicht für die letzte Idiotin gehalten haben, hat sich das spätestens jetzt geändert. Doch Dad hat mich verstanden, das spüre ich, und alles andere ist unwichtig.

Zwei Lederschädel sperren unseren Käfig auf und schmeißen ein Knäuel Ketten mit Metallschellen daran auf den Boden. Sie zeigen mit ihren Gewehren auf die größte Gruppe Gefangener und warten.

Der alte Mann setzt sich als Erster in Bewegung. Langsam, voller Schmerzen, entwirrt er die Kette und legt sich die erste Schelle um den Hals. Dann hält er die baumelnde Kette hoch und eine dünne Frau mit noch dünnerem Haar folgt seinem Beispiel. Einer nach dem anderen legen sich die Gefangenen selbst die Eisen an. Ich überlege, woher sie wohl kommen. Wie lange sie schon hier sind. Ob sie auch geheime Fluchtpläne schmieden. Unwahrscheinlich. Das hier sind gebrochene Menschen. Sie sind hundert zu eins in der Unterzahl.

Wir, verbessere ich mich. *Wir sind in der Unterzahl.*

Vier Manschetten sind übrig. Eine davon legt Dad sich um. Ich nehme die hinter ihm. Der Kragen zwickt im Nacken, schließt sich drückend eng. Hickory muss ich in seine reinhelfen, da seine Hände noch immer gefesselt sind. Als das Metall sich klickend schließt, wirft er mir durch den Knebel ein breites Grinsen zu, doch seine Augen brennen dunkel.

Einer der Lederschädel will das Mädchen in den letzten Kragen zwingen. Sie wischt seine Hand beiseite, blockt sogar seinen Schlag ab, als er ausholt. Der Lederschädel blickt seinen

Kameraden an, vermutlich mehr verdattert als sonst was. Doch bevor er irgendwie reagieren kann, greift sich das Mädchen die letzte Manschette und legt sie sich so ruhig um den Hals, als schließe sie eine Perlenkette. »Auf geht's«, sagt sie und nickt zur Käfigtür.

Gemeinsam mit anderen Gefangenenzügen werden wir unter Kettenrasseln aus unserem Gefängnis geführt, hin zu dem klaffenden Maul am hinteren Ende der Kammer. Im Vorbeischlurfen schnappen Blechköter nach uns.

»Wo bringen die uns hin?«, frage ich Dad über den Lärm hinweg.

Zuerst denke ich, er hat mich nicht gehört, doch dann dreht er sich halb zu mir um. »Eisenbahn.«

»So wie in Töff-töff-die-Eisenbahn?« Ich werfe einen Blick auf Hickory, den er mit hochgezogener Braue erwidert. Auf Bluehaven hat es natürlich nie eine Eisenbahn gegeben, aber ich habe davon gelesen. Hab sogar mal ein Bild davon gesehen. Große Eisendinger auf langen Schienen. Ich bin relativ sicher, dass sie normalerweise eher nach draußen gehören, so wie Schnee, Gras und Wälder. »Was zum Teufel hat eine Eisenbahn hier drin verloren?«

Schwere Stiefel neben mir. Der Kopfgeldjäger rückt dicht an mich heran. Er ist genauso groß wie die Lederschädel, aber vermutlich ebenso nervös wie ich. Ich wette, mein Schlüssel steckt noch in seiner Tasche. Bestimmt war seine Hoffnung auf ein Wiedersehen mit seiner Familie noch nie so groß.

Durch die Riesenzähne in der Wand zischt eine Wolke aus Rauch und Dampf, die bis an die Decke steigt. Die Sträflingskolonne vor uns verschwindet im Nebel, dann werden auch wir verschluckt. Die Luft schmeckt bitter und blechern. Feuergruben färben Rauch und Dampf rot. Tonnen und Loren voller Kohle nehmen Gestalt an. Ein knurrender Blechköter an der Leine. Noch mehr Lederschädel, die sich um uns herumdrücken, ein ganzer Wald aus schlaksigen, bedrohlichen Silhouetten, die uns in diese neue Kammer bringen.

Dann verlassen wir den Rauch und den Dampf.

Starren auf den Zug.

Er sieht aus wie eine eckige Raupe, die von einem Ende des Raums bis zum anderen reicht und an beiden Seiten hinter noch mehr brutalen Löchern verschwindet, die von den Lederschädeln in die Wände gebrochen wurden. Um die Schienen zu verlegen, müssen sie sich durch ein paar Tausend Wände gewühlt haben. In den Eingeweiden des Schlosses getobt, es Stein für Stein auseinandergenommen haben. Und sie tun es immer noch, hacken mit Pickeln auf den Fels ein.

Die Eisenbahn wirkt uralt, heillos verrostet, trotzdem scheint in jedem Waggon schmieriges elektrisches Licht. Die Seitenwände sind voller winziger Löcher. Aus Schiebetoren ragen Trittbretter, dazwischen gibt es hin und wieder ein vergittertes Fenster.

Schon wieder ein Gefängnis auf Rädern.

Man scheucht uns gemeinsam mit einem zweiten Gefangenentross in einen Stacheldrahtverschlag, während andere mit hängenden Schultern und zerschlagenen Hoffnungen an Bord gebracht werden. Immer zwei Gruppen pro Anhänger. Sobald sie ihre Gefangenen im Innern verstaut haben, trotten die Kopfgeldjäger zu ihrem eigenen Waggon.

»Mein Gott«, murmelt Dad leise und schüttelt entsetzt den

Kopf, als er den Zug und die Schienen betrachtet. »Sie haben alles kurz und klein gehauen. Wahrscheinlich reichen die Gleise bis zum Unterschlupf ihres Anführers.«

»Roth«, sage ich.

Diesmal kann Dad es sich nicht verkneifen. Er dreht sich zu mir um, schockiert darüber, dass ich diesen Namen kenne. Ich nicke zu Hickory. »Bevor man uns geschnappt hat, wollte er mich zu ihm bringen.«

Dad durchbohrt Hickory mit Blicken. Der zuckt nur mit den Schultern, wie um zu sagen: *Kann man's mir verübeln?*, also trete ich ihm gegen das Schienbein. Als er den Tritt erwidern will, zieht das Mädchen ihm eine über den Kopf. Ich ringe mir zum Dank ein Lächeln ab, fange aber eine Sekunde später an zu würgen, als unsere Kolonne aus dem Verschlag gebracht wird. Der Kopfgeldjäger legt beim Laufen die Hand auf meine Schulter. So komisch es ist, beinahe finde ich es tröstlich.

Ich helfe Dad in den Waggon. Alte Gewohnheiten und so. Er will mich abschütteln, teilweise, weil wir ja eigentlich Fremde sind, aber auch – vermute ich –, weil er meine Hilfe nicht mehr *braucht*. Nicht so wie früher. Noch weiß ich nicht, was ich davon halte. Bin ich verblüfft? Froh? Hin und weg? Wenn ich ehrlich bin, vielleicht sogar ein wenig traurig und verängstigt. Mit Sicherheit weiß ich nur, dass er noch immer etwas wacklig auf den Beinen ist und ich einen ein Jahrzehnt alten Impuls unterdrücke, mich um ihn zu kümmern, ihm zu helfen, auf ihn aufzupassen. Er wird wohl noch eine Weile damit klarkommen müssen, dass ich ihm auf den Keks gehe.

Im Waggon stinkt es sogar schlimmer als im Lager. An den rostigen Wänden sind Flecken. Stahltüren vorne und hinten.

Die Tür an der Seite schiebt sich kreischend zu, sobald alle eingestiegen sind. Der Kopfgeldjäger bleibt noch kurz draußen stehen und beobachtet mich durch die Gitterstäbe des Fensters. Schließlich nickt er zufrieden und verschwindet. Ich frage mich, ob wir auf dem Weg zu Roth noch an anderen Lagern halten. Mir soll alles recht sein, was uns mehr Zeit verschafft.

Eine Sirene ertönt. Dampf wallt auf. Der Waggon bebt und quietscht.

»Meine erste Zugreise«, ist alles, was ich herausbringe.

Dads Grübchen leuchten erneut auf wie zwei Schlosskerzen.

»Meine auch, meine Kleine.«

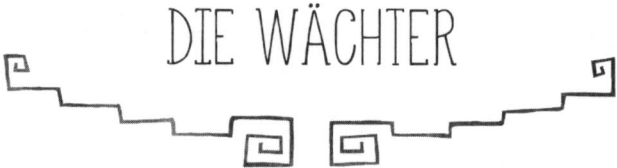

DIE WÄCHTER

ndlich bekomme ich meine Umarmung: Drei Sekunden später hält Dad mich fester als jemals jemand je zuvor. Jetzt, da Roths Schläger nicht hier sind, scheint es ihm egal zu sein, wer es mitbekommt. Er entschuldigt sich. Sagt, dass ich nicht hier sein sollte. Fragt, ob mit meiner Hand alles okay ist, und inspiziert einige Schnitte und Prellungen. Seine Stimme ist so kratzig wie sein Kinn, außerdem duftet er nicht gerade nach Rosenwasser, aber ich stinke sicherlich genauso. Wir miefen, wir sind gefangen und die Halsmanschetten ersticken uns fast, aber das ist gerade egal.

Wir sind zusammen, alles andere zählt nicht.

»Ich bin genau da, wo ich hingehöre«, sage ich. »Winifred hat mir erzählt –«

Dad löst sich aus der Umarmung. »Winifred Robin? Sie hat dich hergeschickt?«

Als ich nicke, huscht ein Schatten über sein Gesicht und er sieht mich fragend an, trotzdem muss ich lächeln, weil er bei

mir ist, *wirklich* bei mir. Ich will so viel erzählen, so vieles fragen, so vieles sagen. Doch fürs Erste kriege ich nur ein einziges Wort über die Lippen.

»Dad …«

»Ich weiß, Jane«, sagt er und umarmt mich wieder. Versichert mir, wie stolz er auf mich ist, wie tapfer ich bin, wie dankbar er für all das ist, was ich für ihn getan habe. Als seine Stimme bricht, habe ich Riesenangst, dass er wieder verschwindet, wieder in seine Starre verfällt, doch dann räuspert er sich und lässt mich los. »Es gibt so vieles, was ich dir erzählen muss, aber erst einmal will ich wissen, wie du hier gelandet bist.«

Der alte Mann tappt zur Wand und setzt sich. Wir Übrigen müssen ihm folgen, von der Kette werden wir abwärtsgezogen. Die dünne Frau. Die beiden Kinder. All die verschreckten, schweigsamen Männer und Frauen, die sicherlich ihre eigenen Horrorgeschichten zu berichten hätten. Dad setzt sich, dann ich, Hickory, das Mädchen. Die zweite Kolonne im Waggon folgt. Es ist laut, übervoll, heiß und stickig, trotz des Windes, der durch das vergitterte Fenster und die Rostlöcher in den Wänden pfeift.

»Na los«, fordert Dad mich auf. »Was ist passiert, nachdem ich Bluehaven verlassen hatte? Erzähl mir alles.«

Also erzähle ich es. Alles. Von dem versteckten Tor unter den Katakomben. Dem Schnee. Dem zermalmten Blechköter in der Falle. Hickorys Hütte und dem Phantasma-Schleim. Dem fleischfressenden Wald und dem Kopfgeldjäger. Dad erdolcht Hickory einige Male mit Blicken, starrt aber den Großteil der Geschichte auf den Boden, nickt hin und wieder. Niemand unterbricht mich. Hickory könnte nicht mal, selbst wenn er wollte, dank des Knebels. Ich glaube, das Mädchen habe ich zum Einschlafen gebracht. Ihr Kopf rollt beim nicht allzu sanften Schaukeln des Zugs hin und her. Ehrlich gesagt, bin ich etwas angefressen, dass sie den Teil verpasst, als ich Hickory im Wald rette.

»Jane«, sagt Dad. »Rede weiter.«

»'tschuldigung. Ähm. Also, das war's. Wir haben es durch die Pfeilfalle geschafft und dann haben uns die Lederschädel einkassiert. Und gemeinsam mit dem Kopfgeldjäger ins Gefangenenlager gebracht.«

»Und er hat den Schlüssel noch?«

»In seiner Tasche, glaube ich. Dad, es tut mir leid –«

»Schon in Ordnung«, sagt er. »Glaub mir, du hast nun wirklich keinen Grund, dich zu entschuldigen. Besser, er hat ihn als die Lederschädel, wie du sie nennst. Wir können ihn uns wiederholen.« Der Zug biegt um eine Ecke. Die Lichter im Waggon flackern. Er schüttelt den Kopf. »Ich fasse das alles nicht. Weißt du, als Winifred uns zu den Hollows brachte, war ich sogar erleichtert. Wir haben ihr unser Leben zu verdanken, das weiß ich, aber mir war klar, dass sie niemals aufhören würde, nach Antworten zu suchen – über den Schlüssel, über *uns* … und ich wusste, was immer sie findet, bringt uns nur in noch größere Gefahr.« Er seufzt. »Schätze, wir sind dem Schloss nie wirklich entkommen. Tief drinnen habe ich immer geahnt, dass es dich eines Tages kriegen würde.«

»Mich kriegen würde?«

Dad nickt langsam. »Wir hätten dich von Anfang an beschützen sollen, stattdessen musstest du Eltern spielen. Kein Kind sollte diese Bürde tragen müssen. Elsa und ich –«

»Elsa?« Meine Stimme versagt. Beinahe bringe ich die Worte nicht raus. »Ist das ...?«

Dads Augen füllen sich mit Tränen. Heftig blinzelt er sie weg. Greift nach meiner gesunden Hand und nickt. »Es tut mir leid, Jane, ich ... ja.« Er lächelt. »Ihr Name ist Elsa.«

Der Name meiner Mutter ist Elsa. Ich glaube, einen schöneren Namen habe ich noch nie gehört.

Ich packe Dad am Arm. »Wie heißt du? In echt, meine ich.«

»Charleston Eustace Grayson.« Er schneidet eine Grimasse. »Der Dritte.«

»Oh. Das ...«

»Grauenhaft, ich weiß.«

»Vielleicht ... nenne ich dich einfach weiter Dad?«

»Oh, bitte.«

»Und ich?« Kacke, am Ende ist es noch schlimmer als *Charleston*. »Ach, weißt du was? Ich will's gar nicht hören. Ich bleibe einfach bei Jane.« Im Augenblick habe ich größere Sorgen. »Dad, wo ist Mum? Woher kommen wir? Was ist mit dir passiert? Und warum geht es dir jetzt besser?«

»Ich bin frei«, sagt er, »weil ich ins Schloss zurückgekehrt bin.«

»Frei wovon?«

Dad atmet tief ein. »Du und der Junge, ihr nennt sie wohl Phantasmen.« Er zieht eine Augenbraue hoch und nickt. »Ein recht passender Name, wenn ich so darüber nachdenke. Nicht schlecht.«

Ich muss mich verhört haben. »Das *Phantasma* hat dich erwischt? Das verstehe ich nicht.«

»Es gibt mehr als eins, Jane«, sagt Dad. »Und sie stammen

nicht aus einer Anderwelt, sondern aus dem Schloss. Genau genommen von einem sehr mächtigen Ort *innerhalb* des Schlosses.«

Ich linse zu Hickory. Er sieht so entsetzt aus, wie ich mich fühle.

»Die Phantasmen sind die Wächter dieses mächtigen Ortes«, fährt Dad fort. »Zwei sind entkommen, wegen dem, was wir getan haben. Sie haben uns verfolgt. Wir hätten versucht, sie wieder einzuschließen, doch wir mussten an dich denken. Dich in Sicherheit bringen. Dann wurden Elsa und ich getrennt. Ich habe versucht, sie zu finden, aber …« Dad schluckt schwer. »Ich fand ein zweites Tor. Es öffnete sich. Ich wollte Elsa nicht zurücklassen – ich dachte, ich könnte dich an einen sicheren Ort bringen und dann zurückkehren, um sie zu suchen, sobald das Phantasma weg ist. Doch ich war zu langsam. Es hat mich erwischt. Ich fiel hinüber nach Bluehaven und brach an der Heiligen Stiege zusammen. Hinter mir versiegelte sich das Tor. Ich konnte fühlen, wie das Phantasma … ich weiß auch nicht – in mir in *Panik* geriet. Ich glaube, ohne Wirt können sie außerhalb des Schlosses nicht überleben. Ich konnte Winifred noch sagen, sie solle den Schlüssel aufbewahren und geheim halten, doch dann ließ das Phantasma sich nieder. Es konnte nicht zurück ins Schloss, also blieb es in mir, seinem Wirt, ernährte sich von meinen Ängsten und zerriss mich im Innern.« Er zwingt sich zu einem Lächeln, zieht an einer grauen Haarsträhne. »Hat mir außerdem eine neue Frisur verpasst.«

Plötzlich sagt Hickory etwas. Durch seinen Knebel ist es nur ein Genuschel, also übersetze ich für den Trottel. »Ihn hat auch mal eins erwischt. Muss das zweite Phantasma gewesen sein, von dem du erzählt hast. Er sagte, es hätte ihn im Griff gehabt, wie er es nennt.«

Als Dad diesmal zu Hickory blickt, liegt in seinem Blick noch immer Abscheu, aber auch etwas anderes. Verständnis. Für geteiltes Leid.

»Ein wachender Albtraum«, sagt er. »Es gab Momente, da konnte ich durch meine eigenen Augen blicken, doch meistens war ich in diesem weißen Licht gefangen. Wo all meine Ängste lebendig wurden, real wurden. Jeden schönen Gedanken, jede glückliche Erinnerung hat es gegen mich verwendet. Nach einer Weile habe ich an diesem Ort Elsa gefunden. Sie war ebenfalls im Griff gefangen, im Schloss.«

»Wie meinst du das, du hast sie *dort gefunden*?«

»Die Phantasmen sind verbunden durch diesen … diesen *Griff*, wie ihr es nennt. Elsa wurde im Schloss noch eine ganze Weile gejagt. Konnte aber nicht ewig weglaufen und wurde schließlich *gegriffen*. Nicht für immer, so wie ich. An diesem Ort, dem Reich der Albträume, waren wir eine Zeit lang vereint.«

Nur eine Zeit lang.

»Was soll das heißen?« Plötzlich kommt mir der Waggon kleiner vor, als würden die rostigen Wände immer näher rücken. »Dad, ist … ist sie am Leben oder …« Ich bringe es nicht über die Lippen.

Er wischt eine Träne fort, was mir so ziemlich das Herz zerreißt. »Ich weiß es nicht, Jane. Danach habe ich sie nicht mehr gesehen. Sie verschwand aus dem Griff, bevor wir uns verabschieden konnten, aber das bedeutet nicht …« Er sieht mich an. »Sie könnte sich doch befreit haben. Sie war – ist – die stärkste,

klügste und unverwüstlichste Frau, die ich je kennengelernt habe.«

Kann es sein? Könnte Mum dem zweiten Phantasma irgendwie entwischt sein? Vielleicht hat es sie aus dem Griff freigelassen, genau wie Hickory. Hat sie in Frieden gelassen. Sie könnte irgendwo hier drin sein, sich vor Roth und seiner Armee verstecken, überleben und abwarten, dass wir sie abholen.

Der Waggon weitet sich, wird größer als vorher. *Atmen.* So aufregend dieser Gedanke auch ist, es muss warten.

»Dafür habe ich andere gesehen«, erzählt Dad. »Hauptsächlich Roths Soldaten. Selten und nie lange, trotzdem habe ich auch ihre Albträume miterlebt.« Er nickt zu Hickory. »Wahrscheinlich hab ich sogar den da getroffen. Kurz tauchten sie auf, verschwanden und ich war wieder allein. Doch jedes Mal, wenn Bluehaven von einem Beben erschüttert wurde, änderte sich etwas. Der Griff wurde … irgendwie anders. Das Phantasma hat darauf reagiert. Als Winifred mich mit aufs Fest nahm … als deine Hand die Treppe berührte … da ist es ausgeflippt. Der Griff löste sich. Ich konnte dich sehen. Ich wollte zu dir, aber etwas hatte sich verändert. Es war, als ob … als ob das Phantasma zurück ins Schloss gerufen, die Treppe hinaufgezogen wurde. Ich *wusste*, das Tor würde sich jeden Moment öffnen. Ich konnte nicht anhalten. Ich rannte, aber ohne mein eigenes Zutun.«

»Und als du das Schloss dann betreten hast?«

»Das Phantasma ist sofort aus meinem Körper geflohen, flog in die Gänge und verschwand. Nach all den Jahren, in denen ich gelitten hatte … all die Jahre, in denen du dich so genial um mich gekümmert hast!« Dad streichelt mir übers Haar. »Endlich war ich frei.« Er lässt den Blick durch den Waggon schweifen. »Mit Betonung auf *war*. Zum Glück hast du das Schloss durch diesen zweiten Zugang betreten. Ich wurde hinter der Tür von einem ganzen Trupp von Roths Soldaten empfangen. Ich war zu schwach, um mich zu wehren oder wegzulaufen.«

»Aber warum waren die Phantasmen überhaupt hinter euch her?«

Lange schweigt Dad. Dann holt er tief Luft. »Wir haben ihn geöffnet«, sagt er. »Den mächtigen, heiligen Ort, den sie im Auftrag der Schöpfer beschützen.« Mit einem Finger fährt er durch den Dreck am Boden, malt das Symbol des Schlüssels auf. »Wir haben die Wiege aller Welten geöffnet.«

DIE WAHRHEIT
ÜBER JOHN UND ELSA

D as Schloss ist in vielen Welten und unter vielen Namen bekannt, genau wie die Menschen von Bluehaven. Die Geschichte unserer eigenen Welt, Tallis, ist übersät von Berichten von –«

Ich halte eine Hand in die Höhe, brauche einen Moment, um das sacken zu lassen.

Tallis. Unsere Heimatwelt heißt Tallis.

»Geht es dir gut, Jane?«

»Mm-hm. Jepp. Ich … verarbeite das nur eben. Tallis, was?«

»Ja.«

Ich will alles wissen. Wie sieht es dort aus? Wie ist das Wetter so? Können wir dorthin, wenn das alles hier vorbei ist? Warum sind wir fort? Gibt es dort Kokosnüsse? Ich habe so viele Fragen, dass sich in meiner Kehle ein Stau bildet und ich Dad nur mit großen Augen und offenem Mund anglotze wie ein Fisch auf dem Trockenen.

Er räuspert sich. »Ähm … kann ich weitermachen?«

»Bitte.«

»Na gut. Wie ich schon sagte, die Geschichte von Tallis ist übersät von Berichten über mysteriöse Fremde, die uns in Zeiten größter Not zu Hilfe kamen. Die Hundertjährige Plage. Die Herrschaft des Winterkönigs. Der Aufruhr von 1312. Viele hatten diese Geschichten bereits vergessen. Die meisten hielten sie für Legenden, Mythen. Aber nicht wir. Elsa und ich hatten uns der Suche nach den verlorenen Toren aus alter Zeit verschrieben. Wir wollten nicht nur die Existenz des Schlosses, sondern auch die der Anderwelten beweisen. Uralte Texte, Schriftrollen, Dokumente – alles durchforschten wir. Sammelten Informationen, kartierten mögliche Plätze für Tore, aber immer ohne Erfolg. Andere Historiker hielten es für reine Zeitverschwendung. Wir waren Geächtete.«

Ich weiß, was dieses Wort heißt. »Dann hat man euch also auch mit Messern durch die Straßen gejagt, was?«

Dad runzelt die Stirn. »Nein, ich wollte damit sagen ... Ich wollte damit sagen, dass man uns ausgelacht hat. Sie nannten uns Narren.«

»Ach so. Klar. Ist natürlich auch nicht besonders nett.«

Er setzt sich aufrechter und verengt die Augen. »Jemand hat dich mit einem *Messer durch die Straßen* gejagt?«

»Ja. Ähm. Habe ich nie erwähnt. Aber ist schon okay. War gutes Sprinttraining.«

Dad ballt die Fäuste. »Na gut. Darum kümmern wir uns später, einverstanden? Wo war ich? Ah ja. Nun, alles änderte sich bei einer Exkursion auf dem Fluss Tallin. Elsa hatte endlich Zugang zu einem alten Text, der einem Kriegsherrn der Gegend gehörte – ist eine lange Geschichte. Sehr gefährlich und spannend. Jedenfalls hat sie die Schrift übersetzt, mit mehreren anderen Informationen und Karten abgeglichen, die wir im Laufe der Jahre gesammelt hatten, und tatsächlich stieß sie auf ein Tor. Ich spreche von richtigen Koordinaten. Nicht mal weit von uns. Unfassbar. Dabei hatte ich diese spezielle Exkursion gar nicht machen wollen.« Dad lächelt traurig. »Elsa war nämlich schwanger. Im dritten Monat.«

»Oh«, sage ich, ganz aufgeregt, dass ich in der Geschichte vorkomme, wenn auch nur als Fötus.

»›Wir kehren nicht um‹, meinte sie. ›Nicht jetzt.‹«

Dad verstummt, verloren in seinen Erinnerungen. Der Zug ruckelt um eine weitere Kurve.

»Also seid ihr los und habt es gefunden«, sage ich.

Dad nickt langsam. »Tief im Dschungel. Eine Tagesreise den Fluss hinab, verborgen in einem Tal voller Felsnadeln aus Kalkstein. Eine Felsentür in einer niedrigen Höhle. Da standen wir also, direkt davor, unfähig, uns zu rühren, unfähig, zu sprechen. Doch dann legten wir wie aufs Stichwort im selben Moment die Hand auf den Stein. Und das Tor öffnete sich.«

»Ihr seid gemeinsam rein? Ihr habt das dritte Gesetz gebrochen.«

»Ich glaube, die drei Gesetze wurden von den Bewohnern Bluehavens erfunden, vor langer Zeit. Soweit ich weiß, existieren sie nirgends sonst – in Tallis schon gar nicht. Also, ja, wir betraten das Schloss gemeinsam. Fanden uns in einem Gang voller Kerzen wieder. Es war, als würden wir geradewegs in einen Traum hineinspazieren.«

Hinter ihnen schloss sich das Tor und sie sahen ihre Heimat niemals wieder.

Mum und Dad brachen auf. Durch einen Korridor nach dem anderen, eine Halle nach der nächsten, während sich Räume und Kammern hinter ihnen veränderten. Auf Fallen stießen sie nicht. Sie hatten keine Ahnung, was für ein Albtraum sie erwartete. Dann sahen sie es, berührten es: ein weiteres Tor, das sich in eine Welt mit zwei Sonnen öffnete. Eine klein und weiß. Die andere groß und orange. Mum und Dad standen am Fuß eines Abhangs und sahen auf ein Meer aus Dünen.

»Arakaan«, sagt Dad. »Eine Wüstenwelt. Zerstört. Verwest. Roths Heimat.«

Bittere Luft pustete ihre Lungen trocken. Als sie aus dem Schloss traten, versiegelte sich das Tor hinter ihnen und war im Fels der Klippen nicht mehr erkennbar. Sofort peitschten Kugeln den Sand zu ihren Füßen auf. Sie wollten wegrennen, wurden aber in einem Netz gefangen und beobachteten, wie ein Trupp Lederschädel sich von den Felsen abseilte und sie umzingelte. Offenbar war das Tor kein Geheimnis.

»Jemand muss es schon einmal benutzt haben. Vielleicht hat Roth denjenigen dabei beobachtet, wie er im Schloss verschwand. Vielleicht wollte er hinterher, kam aber zu spät. Wie auch immer, er hatte offensichtlich lange darauf gewartet, dass die Tür sich erneut öffnet.« Dads Stimme wird ein bisschen wacklig. Selbst nach so vielen Jahren erschreckt die Erinnerung ihn. »Wir wurden gefesselt. Geknebelt. Drei Soldaten – Lederschädel – feuerten schwarzes Signalfeuer ab. Wir wussten es natürlich nicht, aber das war das Zeichen für Roth. Der Tag wurde zur Nacht. Die Temperaturen fielen in den Keller. Man gab uns keine Decke. Kein Essen oder Wasser.« Als er zum nächsten Teil ansetzt, versagt ihm die Stimme und er versucht einen zweiten Anlauf. »Bevor wir ihn sahen, spürten wir ihn. Die Luft wurde sauer. Uns wurde übel, als hätten wir uns eine Krankheit eingefangen. Roth ist kein Mensch, Jane. Er ist eine wandelnde Pest, verseucht selbst die Luft, die er atmet.«

»Trägt er deshalb diese Maske?«

»Er trägt die Maske aus reiner Eitelkeit. Ich glaube, er entstammt einem Volk schöner Wesen. Stark und stolz, aber inzwischen ausgerottet. Ich weiß nicht, warum er so ist, wie er ist. Was auch passiert ist, sein früheres Ich ist inzwischen eine wandelnde Abscheulichkeit. Bis in den Kern verwest, trotzdem absolut unsterblich. Ich fürchte, nicht einmal die Phantasmen können ihn aufhalten. Ihn habe ich nie im Griff gesehen. Nicht einmal sein Geist kann gebrochen werden.«

»Und was ist seinem Volk passiert?«, frage ich. »Waren die anderen nicht unsterblich?«

»Falls sie es waren, hat offenbar jemand einen Weg gefunden, sie dennoch zu töten. Vielleicht war *er* es. Roth, der Letzte der Unsterblichen. Ich glaube, dieser Titel würde ihm gefallen.«

Die dünne Frau bemüht sich, die beiden Kinder zu beruhigen, redet mit ihnen, streichelt ihnen über den Kopf, wischt den mit Tränen verschmierten Dreck von ihren Wangen. Ich glaube, sie stehen unter Schock. Ein Mann von der anderen Kettenschlange schluchzt leise vor sich hin und hält seinen Arm, der eindeutig gebrochen ist. Viele sind eingeschlafen. All diese Leute aus verschiedenen Welten, die von Roth zusammengezwungen, eingesperrt und terrorisiert werden. Ich balle so fest die Fäuste, dass meine verletzte Hand schmerzt.

»Und als er in der Nacht in Arakaan zu euch kam? Was hat er gesagt?«

»Nun, rein technisch betrachtet, hat er *gar nichts* gesagt. Er hat keinen Mund.«

»Ach so. Also, äh, wie redet er dann?«

»Roth braucht keine Sprache. Er wühlt in deinem Geist. Liest dich. Zapft deine Gedanken an. Man kann nichts dagegen machen, es ...« Dad schüttelt den Kopf, findet nicht die richtigen Worte. »Wir haben gefleht und gebettelt. Er stand einfach nur da. Las in uns. Dröselte uns auf. Teilte uns in unserem Geist mit, was er wollte. Seine Stimme war wie Eis, das in unseren Schädeln kratzte.«

Was er wollte, war Zugang zum Schloss. Roth schleppte Mum und Dad zurück zum Tor. Als sie sich weigerten, es zu öffnen, zog er zwei gebogene, sichelförmige Klingen unter seinem Umhang hervor. Eine hielt er Mum an die Kehle, mit der anderen fuhr er über ihren Bauch.

Dad zögerte keine Sekunde länger. »Ich habe ihn reingelassen«, sagt er. »Ich berührte den Stein und das Tor öffnete sich. All das hier«, er deutet mit der Hand auf den Waggon und die übrigen Gefangenen, »ist meine Schuld.«

Er wirkt so hilflos, so zerknirscht, als würde er jeden Moment weinen. Ein Mann mit dem Gewicht Tausender Welten auf den Schultern. Ich nehme seine Hand und drücke sie fest. Sage ihm, dass er nichts dafür konnte – nichts dafür *kann* –, dass jeder an seiner Stelle so gehandelt hätte. Roth ließ ihm keine Wahl.

Dad erwidert meinen Druck, eine einfache Geste, zu der er früher nie in der Lage war.

»Alles ging so schnell«, flüstert er. »Roth ließ seine Truppen einmarschieren. Hunderte. Sie errichteten im Innern des Tors einen dicken Metallrahmen, damit es sich nicht mehr schließen konnte. Verwandelten Korridore in Straßen. Fuhren mit Panzern und Lastern ein. Setzten Fallen außer Gefecht. In der ersten großen Kammer, die sie fanden, bauten sie eine Festung, angefangen mit einer brandneuen Zelle für uns. Sechs Monate vergingen, bevor Roth erneut zu uns kam. Er kam, als bei Elsa die Wehen einsetzten. Als wir am verletzlichsten waren. Er wusste, um ihr zu helfen, würde ich alles tun.«

»Er wollte, dass du ihm das Tor nach Tallis zeigst«, sage ich. Verwirrt und mit zusammengezogenen Brauen sieht Dad mich an, also lasse ich seine Hand los und ergänze: »Deshalb nimmt er Gefangene, oder? Damit sie ihm neue Tore zeigen und öffnen. Seine eigene Welt hat er kaputt gemacht, also sucht er nach einer neuen.«

Dad schüttelt den Kopf. »Jane, Roth will nicht einfach irgend-*eine* Welt erobern. Er will sie *alle*. Und dafür muss er zuerst das Schloss selbst erobern.« Dad tippt auf das Symbol, das er zwischen uns auf den Boden gemalt hat. »Danach sucht er, Jane. Nach der Wiege aller Welten. Sie ist das Herz des Schlosses. Die erste Kammer, die von den Schöpfern erbaut wurde – eine Kammer mit einem einzigen Zweck: eine Quelle von gigantischer, unvergleichlicher Kraft zu beherbergen und zu beschützen.« Dad macht eine Pause, schöpft Atem. Ich könnte schwören, irgendwo Trommelwirbel zu hören. »Das Wiegenmeer.«

Schlagartig ändert sich die Atmosphäre im Waggon. Der alte Mann sieht uns an. Hickory schließt die Augen, als hätte er etwas Verdorbenes gegessen, als wäre dies das eine Wort, das er im Leben nicht hören will. Selbst das Mädchen zuckt zusammen und ich frage mich, ob sie wirklich schläft.

»Ein Meer«, wiederhole ich. »Also, so wie ein Ozean?«

»Ja.«

»Tut mir leid, ich muss nur … das erst mal begreifen.« Ich strecke die Hände aus, als würde ich einen großen Ball hochheben. »Die Wiege aller Welten ist eine echt, echt lächerlich große Kammer.« Dad nickt. »Im Schlosszentrum.« Wieder nickt er. »Mit einem ganzen verdammten *Meer* darin?«

»Haargenau.«

Zuerst denke ich: *Das ist verrückt.* Dann denke ich: *Wahnsinn … mein Albtraum – könnte das …?* Mein dritter Gedanke ist: *Nie im Leben, vergiss es, unmöglich!*

Doch dann sagt Dad: »Ich habe dich gehört, Jane. Selbst im Griff habe ich gelauscht. All die Male, wenn du von deinen Albträumen erzählt hast. All die Nächte, in denen du im Schlaf geschrien hast. Ich weiß, meistens war es der Traum vom Ertrinken.«

»Aber es ist nicht nur ein Albtraum, richtig?«, sage ich nach einer Weile. Plötzlich fällt es mir wie Schuppen von den Augen. Wie konnte ich bisher so blöd sein? »Es ist eine Erinnerung.«

DIE TORWÄCHTERIN, DER ERBAUER UND DER SCHREIBER

Was weißt du über die Schöpfer, Jane?«

Ich stoße einen Laut aus, irgendwo zwischen einem *Hä?* und einem *Oh!*, während ich noch immer versuche zu verdauen, dass der schrecklichste Ort, den ich mir vorstellen kann, wirklich existiert. Er ist real, und wenn Dad die Wahrheit sagt, war ich dort, wurde von diesen Wellen herumgeschleudert, bin fast ertrunken – womit auch die Tentakel aus knisterndem Licht real sind. Die aufgerissenen Mäuler und feurig weißen Augen. Die Phantasmen, schätze ich. Wächter der Wiege.

Solltest du je ein helles weißes Licht sehen, Jane, dann lauf, hat Hickory mir eingetrichtert.

Wie sich herausstellt, hab ich längst eins gesehen. Mehr als eins. Dutzende der verdammten Dinger, die in der Tiefe zappelten und knisterten und mich packen wollten.

Sie waren echt.

Aber was ist mit den anderen Albträumen? Denen, die ich in Bluehaven hatte. All die schrecklichen Dinge, die ich im Schlaf

gesehen und gehört habe. Die Männer, Frauen und Kinder in Gefahr. Fremde, die gejagt wurden, nach Hilfe riefen, starben. Das können keine Erinnerungen sein, was also dann?

»Jane? Die Schöpfer. Was weißt du über sie?«

»Ähm.« Ich schüttele den Kopf. »Die Schöpfer. Ich weiß, sie waren Götter. Und es gab drei davon. Angeblich haben sie das Schloss erbaut.«

»Nicht angeblich. Sie haben es getan. Am Anfang. Und mit Anfang meine ich *Anbeginn*. Also ganz, ganz, ganz, ganz, *ganz* –«

»Am allerersten Anbeginn«, unterbricht das Mädchen ihn. »Wir haben's kapiert.«

Ich, Dad und Hickory drehen uns zu ihr um.

Sie öffnet die Augen und zuckt die Achseln. »Was? Erzähl schon weiter!« Wieder lehnt sie den Kopf gegen die Wand und schließt die Augen. »Wir haben nicht den ganzen Tag Zeit.«

»Klar«, meint Dad. »Also.« Er sieht sich im Wagen um. »Wie erkläre ich das? Ja. Okay. Stell dir einen Stapel Papier vor, Jane. Einen Stapel, der von einer Schnur umwickelt ist. Tausend Seiten. Und jede Seite steht für eine andere oder alternative Dimension mit ihren eigenen Sonnen, Monden und Sternen.«

»Und Welten.«

»Die Anderwelten, ja. Tausend Dimensionen, die getrennt voneinander existieren, aber übereinanderliegen, zusammengehalten von der Schnur. Der Stapel ist fixiert. Sicher. Stabil. Man kann ihn hochheben, durch die Gegend werfen, den ganzen Tag im Regen stehen lassen – die Seiten bleiben, wo sie sind. Aber wenn man die Schnur kappt …«

»Kann der Wind alle wegwehen.«

»Ein Luftstoß. Eine Brise.«

Ich schaue zum Fenster auf der anderen Waggonseite und auf die Kerzenpunkte, die draußen vorbeipeitschen, die verschwommenen Mauern. »Das Schloss ist die Schnur.«

»Genau. Die Schöpfer schufen das Schloss, um die Zwischenräume zwischen den Welten zu füllen. Um sie miteinander zu verbinden, eine Brücke zu schlagen. Zum Anbeginn wirbelten die Dimensionen nämlich noch unkontrolliert herum, die Welten in ihnen waren lebensfeindliche, unbewohnbare Orte, in denen nicht einmal das kleinste Fünkchen Leben existieren konnte. Es waren die Reiche der Götter. Länder des Chaos.«

Ein Lächeln zupft an Dads Mundwinkeln. »Dann kam Po, eine Göttin, die sehen konnte, was den anderen Göttern verborgen blieb. Ein Netzwerk aus Bullaugen, das die Dimensionen miteinander verband. Ein Wirrwarr aus Fäden, das sich wie ein Spinnennetz ausbreitete. Entlang dieser Fäden reiste Po durch die Dimensionen und besuchte die Welten darin. Sie traf Aris, den Schöpfer und Bildner von Stein, und Nabu-kai, einen weisen und mächtigen Gott mit der Gabe, in die Zukunft zu sehen. Jede Zukunft jeder Welt konnte er voraussehen. Und alle drei waren davon überzeugt, dass es an der Zeit war, die Herrschaft der Götter zu beenden, damit das Leben in jeder Dimension sprießen und gedeihen konnte. Doch erst Nabu-kai wusste, wie das möglich war. Er hatte bereits auf Po und Aris gewartet. Hatte das Wunder bereits gesehen.

Also nahm Po Aris und Nabu-kai mit auf die Reise über die Fäden. Und innerhalb des Netzwerks, an diesem Ort zwischen den Orten, errichteten sie gemeinsam das Schloss. Aris baute jede Wand, jede Kammer, jede Falle. Po schuf die Tore und verband sie mit den Anderwelten. Und Nabu-kai … Nabu-kai meißelte das Schicksal aller Welten in die Wände des Schlosses selbst, ebenso wie die Bestimmung derer, die helfen würden, es zu formen. Er sah all unsere Wege voraus, Jane, und wir gehen sie, ob es uns gefällt oder nicht.«

Nabu-kai. Derjenige, der Winifred das Zeichen hinterlassen hat. Derjenige, der ihr die Vision geschickt hat.

»Dann mag ich ihn am wenigsten«, sage ich.

»Hasse die Götter nicht, Schatz. Sie sind auch so schon angefressen genug.« Dad lächelt. »Irgendwann war das Schloss also fertig und die Anderwelten beruhigten sich. Doch die Schöpfer mussten sich noch mit den Göttern des Chaos herumstreiten, von denen viele stärker waren als sie selbst. Statt gegen sie zu kämpfen, tricksten sie ihre Widersacher daher aus. Verbreiteten überall die Geschichte über das Wunder, das sie vollbracht hatten, und lockten die Götter hinein, damit sie es sich ansahen. Po öffnete sämtliche Tore, Aris leitete die Götter auf direktem Weg in die leere Wiege, und sobald sie darin waren, prallten die vereinten Energien aller Götter aufeinander, vermischten sich und verwandelten sich unwiederbringlich in eine Flut aus Energie und Licht. Das Wiegenmeer war geboren, eine Kraft, so mächtig, dass sie ganze Welten vernichten kann. Die vereinte Energie und Essenz der alten Götter, für alle Ewigkeit gebündelt.«

»Und was geschah mit den Schöpfern?«

»Nun, sie wussten, dass auch sie sich zu den gefallenen Göttern in der Wiege gesellen mussten, damit das Zeitalter des Lebens wirklich anbrechen konnte. Nachdem sie die Kammer von innen versiegelt hatten, gossen sie ihren eigenen Geist aus – nicht ins Meer, sondern in den Grundstein im Zentrum.«

»Der erste Stein, den Aris gelegt hat«, sage ich und stelle mir die steil aufragende kleine Insel vor, die in meinen Albträumen auftaucht, seit ich das Schloss betreten habe. »Er ist ziemlich groß, oder?«

»Und ob. Von dort aus floss die Essenz der Schöpfer ins Herz des Schlosses und sorgt seitdem dafür, dass dieses Meer sicher und geheim bleibt. Po, Aris und Nabu-kai. Die Torwächterin, der Erbauer und der Schreiber.« Dad tippt auf das Symbol am Boden. Fährt das nach, was fast wie ein Dreieck aussieht. »Drei Götter.« Nun deutet er auf den Kreis. »Im Zentrum ihrer heiligsten Schöpfung.«

Ich sehe das Fast-Dreieck stirnrunzelnd an. »Warum ist die eine Linie nach innen gebogen?«

»Das weiß ich nicht.«

»Und die Phantasmen? Woher kommen sie?«

»Auch das weiß ich nicht. Vielleicht schufen die Schöpfer sie aus dem Wiegenmeer. Vielleicht sind es Chaosgötter, die von den Schöpfern verschont wurden. Eine geringere Riege von Göttern, die auserwählt wurden, die Wiege zu bewachen und zu beschützen. Ich weiß nur, dass die Phantasmen ohne Wirt keine Tore benutzen oder in Anderwelten existieren können – sonst hätte mich das eine nicht all die Jahre in seinem Griff gehabt. Und obwohl sie durch die Schlosswände gleiten können, können sie meiner Meinung nach nicht durch die Wände der Wiege selbst. Sie ist zu mächtig, selbst für sie. Zu abgeschirmt. Die beiden, die uns aus der Wiege gejagt haben, sind gefangen wie der Rest von uns.«

Ich verlagere mein Gewicht auf dem Boden, der meinen Hintern einschlafen lässt, von einer Backe auf die andere. Das alles ist so enorm, so weit über mir! Ich bin es gewohnt, mir über Hausarbeit Gedanken zu machen, über Fluchtwege und ruppige Fischer, nicht den Anbeginn allen Seins. Mir tut der Kopf weh.

»Und was hat das alles mit dem Schlüssel zu tun?«

»Ah, jetzt kommen wir zum Knackpunkt. Die Legende der Schöpfer, die man sich auf Tallis erzählt, hört an dieser Stelle auf, mit der Erschaffung des Wiegenmeers. Ich glaube, auf Bluehaven erzählt man sich dieselbe Variante. Winifred hat uns viele Abende im Museum vorgelesen, Jane. Die Geschichte ging nach diesem Ereignis nie weiter. Aber vergiss nicht, das Schloss wird von vielen Welten verehrt. Manchmal legen Legenden enorme Wege zurück und verändern sich bei jeder Erzählung. In Roths Welt – auf Arakaan – heißt es, dass, bevor sich die Schöpfer in der Wiege einschlossen, Nabu-kai großes Übel vorhersah, das eines Tages versuchen würde, ihre Schöpfung zu bezwingen. Also schmiedeten die Schöpfer einen Schlüssel. Einen Schlüssel, der in den Händen von jemandem mit reinem Herzen die Wiege öffnen und mit ihrer Kraft das Böse vertreiben könnte. Zumindest verbreitet Roth diese Geschichte.« Dad blickt zu Hickory und dem Mädchen, die ihn beide gebannt beobachten. »In Wahrheit … gibt es drei Schlüssel.«

Hickory beugt sich vor, als hätte die Wand des Waggons ihn gezwickt. »Pffrei?«, nuschelt er durch seinen Knebel. »*Pffrei?!*«

»Zwei im Innern des Schlosses, um die Wiege der Welten zu öffnen – ja, unser Schlüssel ist einer davon, Jane –, und ein dritter, um sie zu kontrollieren. Das ist es, was Roth letzten Endes will. Den dritten und mächtigsten Schlüssel, den die Schöpfer *in* der Wiege gelassen haben – auf dem Grundstein im Zentrum des Meeres. Wer den dritten Schlüssel kontrolliert, kontrolliert die Wiege. Und wer die Wiege kontrolliert, verfügt über alle Macht der Schöpfer. Die Macht, jedes Schicksal vorherzusehen. Jedes Tor zu öffnen. Das Meer überallhin zu leiten. Roth könnte jede Welt als Geisel nehmen. Ganze Zivilisationen im Handumdrehen vernichten.«

»Und das habt ihr gewusst?«, fragt das Mädchen. »Als Roth zu euch kam? Als Elsa in den Wehen lag?« Der vorwurfsvolle Ton in ihrer Stimme nervt mich tierisch.

»Nein«, antwortet Dad. »Aber Roth hat keine Zeit verschwendet, es mir beizubringen. Während Elsa vor Schmerzen brüllte, drückte er mich gegen die Wand, drang in meinen Geist ein und erzählte mir die Geschichte, zeigte mir das Symbol. Monatelang hatte er nach den Schlüsseln und dem Eingang zur Wiege gesucht, aber ohne Erfolg. Er spürte, dass das Schloss gegen ihn arbeitete. Er glaubte, dass jemand mit nobleren, unschuldigen Absichten mehr Glück hätte. Er hat den Zeitpunkt sorgfältig ausgewählt. Ich schwor bei meinem und Elsas Leben, dass wir ihm helfen würden, die Wiege zu finden. Dann erst ließ er mich los. Ließ zu, dass ich ihr half.«

Als ich das höre, raste ich fast aus. »Dann wurde ich also hier drin geboren? Im Schloss?«

»Ja, Jane«, sagt Dad und sucht verzweifelt nach den richtigen Worten, »du wurdest im Schloss geboren, aber …«

Ein plötzlicher Ruck wirft uns zur Seite. Bremsen kreischen. Draußen vor dem Fenster fliegen die Funken. Gefangene schreien auf und krallen sich aneinander fest. In mir verkrampft sich alles. Ein *Klonk, klonk, klonk* ertönt, das erschöpfte Pfeifen von Dampf, dann verfallen alle wieder in Schweigen. Eine drückende Stille macht sich breit, die nur vom entfernten Gebell der Blechköter und dem leisen Scheppern unserer Ketten gestört wird.

»Warum halten wir?«, frage ich schließlich.

Eine Frau von der anderen Kolonne späht aus dem Fenster. Sie dreht sich um, schüttelt den Kopf und sagt etwas, was keiner versteht.

»Noch sind wir nicht da«, meint Dad. »Völlig unmöglich.«

Hickory bricht als Erster in Panik aus. Erst ist er ganz still, weigert sich, wie wir Übrigen zum Fenster zu schlurfen. Er sagt etwas, wiederholt es immerzu: »Wruff, wruff«, lauter und schneller. Er weicht zurück, rempelt das Mädchen an, drängt sich an ihr vorbei, zerrt uns alle zum Ende des Waggons. Als er ausrutscht, reißt er die meisten von uns mit sich. Versucht, seine Hände zu befreien. »Wruff! Ruff! Roff!«

Dann spüre ich es. Ein Brennen im Hals. Ein Jucken auf der Haut. Schwindel. Ich huste. Das Mädchen hustet. Der alte Mann hält sich die Brust und ringt nach Luft. Die Leute reiben sich die Augen, halten sich Herz und Kopf. Ich höre die Gefangenen in den anderen Anhängern rufen. Wimmernd hauen sie ihre Ketten gegen Wände und Böden. Weiter vorn im Zug öffnet sich quietschend eine Schiebetür, schließt sich wieder. Das Mädchen greift nach Hickorys Mund und zieht das Stück Knebel heraus – im selben Moment setzt der Zug sich wie eine krabbelnde Raupe wieder in Bewegung.

»Das ist er«, hustet Hickory. »Roth ist im Zug.«

DER MANN MIT DEM PORZELLANGESICHT

Schnell breitet sich Panik aus. Die anderen Gefangenen wissen vielleicht nicht, wer oder was Roth ist, dafür spüren sie das furchtbare Gefühl, das sie übermannt. Die Schreie weiter vorn im Zug machen es nicht besser. Manche Leute sind vor Angst wie gelähmt. Andere drücken sich an der Schiebetür herum, als könnten sie sich durch Kratzen am Stahl befreien – die Metallschlingen um ihren Hals haben sie gerade total vergessen. Sie wollen raus, und zwar sofort. Dad sagt ihnen, sie sollen aufhören, versucht, sie zu beruhigen. Ich dagegen würde mich ihnen ganz gerne anschließen.

»Keine Sorge«, sagt Dad zu mir. »Uns passiert nichts.«

»Schon klar.« Das Mädchen zieht eine Haarnadel aus ihrem Schal und hantiert am Schloss in ihrem Nacken herum. »Wir stecken in einem rasend schnellen Zug mit einem giftigen, unsterblichen Irren fest, der euch zwei schon seit wer-weiß-wievielen Jahren verfolgt. Was soll da schon schiefgehen?« Ihr Kragen fällt scheppernd zu Boden. Wir starren sie an.

»Jetzt?« Hickory keucht. »*Jetzt* erst knackst du das Schloss?«

»Hab auf den richtigen Moment gewartet«, entgegnet das Mädchen. Mit wehendem Umhang eilt sie zum hinteren Teil des Waggons. »Man sieht sich.«

»Warte!«, brülle ich. »Soll das ein Witz sein?« *Hust.* »Du kannst nicht abhauen!« *Würg.* »Hilf uns!«

»Mach ich ja!«, ruft das Mädchen. Dann tritt sie eine kleine Platte ein, die tief unten in der hinteren Ecke eingelassen war, wirft Hickory ihre Haarnadel zu und schlüpft hinaus in den Wind.

»Sie hat uns zurückgelassen«, sage ich. »Sie hat uns *echt* zurückgelassen.«

Eine Salve Gewehrschüsse, weiter vorn im Zug. Meine Fantasie geht mit mir durch. Lederschädel, die Gefangene niedermähen. Menschen, die an Türen kratzen, bis ihre Finger bluten. Ein halb maskierter Mann, der mit Blut an den Stiefeln durchs Gemetzel schreitet.

Dad packt Hickory am Kragen und zieht ihn zu sich. »Warum ist er hier?«

»Mach mich los, dann sag ich's dir.«

Dad schiebt ihn mit dem Gesicht voran gegen die Wand und bindet ihn los. »Rede!«

»Weiß nicht genau«, sagt Hickory. »Überprüft vielleicht die Lager. Wie es mit dem Verlegen der Schienen vorangeht. Inspiziert Gefangene. Wer weiß? Vielleicht hat er auch eine Gänsehaut bekommen, als ihr zwei zurück ins Schloss gekommen seid?«

Sobald seine Handfesseln zu Boden fallen, schubst Hickory Dad weg und greift sich die Haarnadel des Mädchens. Die

Zunge zwischen die Zähne geklemmt, macht er sich an seiner Halsschelle zu schaffen.

Dad fasst mich so fest an den Schultern, dass es fast wehtut. »Hör mir gut zu. Mein Gesicht hat Roth seit unserer letzten Begegnung sicher nicht vergessen, aber du warst nur ein Baby. Er wird dich nicht erkennen. Egal, was Roth mir antut, du darfst auf keinen Fall eingreifen. Er darf nicht wissen, wer du bist!«

»Was? Nein, Dad …«

»Verzieh keine Miene. Gib keinen Laut von dir. Schau nirgendwo hin außer auf den Boden und deine Füße. Du kennst mich nicht, ich kenne dich nicht. Wir sind Fremde, Jane.«

»Ich werde nicht zulassen, dass er dich anfasst. Wir können die Schlösser knacken und abhauen, bevor —«

Noch eine Salve Gewehrfeuer, diesmal lauter. Näher.

»Keine Zeit«, meint Dad. »Außerdem können wir ohne den Schlüssel nirgendwohin.«

»Aber der Kopfgeldjäger … er könnte ihn längst ausgehändigt haben.«

»Roth nähert sich keiner von allein«, sagt Hickory, der noch immer an der Manschette herumhantiert. »Großes Nein, nein. Sicher schwärmen die Kopfgeldjäger gerade im Zug aus. Warten, dass er zu ihnen kommt. Unserer wird jede Sekunde hier sein – wird euch und den Schlüssel gemeinsam übergeben. Das heißt, wir haben eine oder auch zwei Minuten, um ihn auszuschalten.«

»Was, damit *du* uns ausliefern kannst?«

»Pläne ändern sich.«

»Ach, dann bist du jetzt auf unserer Seite?«

Die Tür am vorderen Ende des Waggons öffnet sich quietschend. Wind und Lärm preschen auf uns ein. Unser Kopfgeldjäger duckt sich herein, gehetzt, aber fest entschlossen. Die lange Peitsche hält er eingerollt in einer Faust, deren Knöchel weiß hervortreten. Ich rutsche auf den Knien rückwärts.

Hinter mir ist Hickory und versperrt mir den Weg. »Bis ich bekomme, was ich will«, flüstert er mir ins Ohr, »ja.«

Sein Kragen klickt.

Der Kopfgeldjäger schließt die Tür und schreitet mit weiten Schritten auf mich zu. Das Halseisen des Mädchens, das auf dem Boden liegt, bemerkt er nicht. Und Hickory wirft er nicht einmal einen flüchtigen Blick zu, was sein größter Fehler ist.

Hickory schlägt zu. Reißt sich den Kragen vom Hals und packt die Hüfte des Kopfgeldjägers. Der Angriff wirft den Riesen nicht zu Boden – die Schläge und Tritte scheinen ihn nicht mal zu kratzen –, doch Hickory ist schnell und wahnsinnig wie ein tollwütiger Hund. Jedes Mal, wenn der andere ihn von sich stößt, geht er aufs Neue auf ihn los. Lange dauert die Rangelei nicht. Hickory weicht einem Hieb aus und springt dem Kopfgeldjäger auf den Rücken. Der Riese wirft sich mit ganzem Gewicht rückwärts gegen die Wand und unsere einzige Hoffnung darauf, den Schlüssel wiederzubekommen, fällt wie ein Häufchen Elend auf den Boden.

Und unsere Zeit ist abgelaufen.

Wieder kreischt die vordere Tür. Unter dem Trampeln schwerer Stiefel prescht eine Handvoll Lederschädel herein, dicht gefolgt von einem Gestank, der alles andere übertrifft. Ein wabernder, giftiger Nebel.

Roth.

Zumindest sein Mief. Ein vor Hitze flackernder Dampf aus Asche und ranzigem Fleisch. Er ist wie ein trüber Fleck am äußersten Rand meiner Wahrnehmung. Gemeinsam mit den übrigen Gefangenen sinke ich zu Boden, erschlagen allein von seiner Anwesenheit. Selbst wenn ich wollte, könnte ich ihn nicht ansehen. In meinem Hals steigt Galle auf. Es brennt. Die Tür rollt wieder zu und außer dem gedämpften *Ratter-titatt* des Zuges und Roths rasselndem Atem ist nichts zu hören. Meine Haut juckt. Vor meinen Augen verschwimmt alles. Der Kopfgeldjäger lässt seine Peitsche fallen und wirft sich unterwürfig auf die Knie. Hickory winkt Roth vom Boden aus schwach und entschuldigend zu. Er ist genauso geliefert wie wir anderen und das weiß er. Roth knurrt zur Antwort.

Doch dann erweckt etwas seine Aufmerksamkeit. Er atmet schneller. Zwei schwere Schritte und Roths Stiefel befinden sich direkt neben mir.

»Wusste immer, dass ich deine hässliche Visage noch mal zu Gesicht bekomme, Roth.«

Dads Stimme ist ein Pfeifen. Roth hebt ihn auf die Beine. Die Kette scheppert und zerrt an der Manschette um meinem Hals, sodass auch ich auf die Knie gehen muss. Ein dumpfer Schlag verrät mir, dass er Dad gegen die Wand gedrückt hat. Ein unterdrückter Schrei verrät mir, dass Dad Schmerzen hat. Roth stößt ein bedrohliches, selbstgefälliges Seufzen aus. Ich will ihn aufhalten, gegen ihn kämpfen, aber ich kann nicht mal aufstehen. Schaffe es nicht einmal, ihn anzuschauen.

Dads Füße werden in die Luft gehoben. Sie fangen an zu zittern, sodass seine Zehen auf den Boden tippen, wie unter Strom gesetzt, was seine Schreie erstickt. Ich zwinge mich zum Aufstehen, zum Kämpfen, doch es bringt nichts. Hickory beobachtet mich, weiß genau, was in mir vorgeht. Er schüttelt den Kopf, will, dass ich das schnell wieder vergesse, aber das kann ich nicht. Mag sein, dass ich nicht kämpfen kann, dafür kann ich reden.

»Hey!« Zunächst ist es nur ein Flüstern, ein Krächzen. Sofort werde ich von Husten geschüttelt, aber ich unterdrücke es mit aller Mühe und presse die Worte noch einmal heraus. Lauter. »Hey. Arschgesicht. Hier unten!«

Mein Hals brennt wie Feuer. Es bringt mich fast um, aber es funktioniert. Dads Füße lassen das Tanzen. Er keucht und ringt nach Luft. Was Roth auch gemacht hat, er hat damit aufgehört und konzentriert sich jetzt auf mich. Ich spüre, wie er mich anstarrt. Fühle seinen Blick in meinem Gehirn brennen.

Hickory versucht, die Aufmerksamkeit auf sich zu lenken. »Kümmert Euch nicht um die«, sagt er. »Die spinnt, hat mehr als eine Schraube locker.« Doch ein Lederschädel verpasst ihm eine mit seinem Gewehr.

Dad bricht auf dem Boden zusammen und Roth pflanzt seine Stiefel breitbeinig in mein verschwommenes Gesichtsfeld. Schätze, ich darf gleich selbst eine Runde zittern, doch dann mischt der Kopfgeldjäger sich ein. Was er sagt, verstehe ich nicht, doch es wird immer wieder vom Klicken und Klacken der Lederschädel begleitet, die sich total aufregen. Als der Kopfgeldjäger auf mich zeigt, könnte ich jede Wette eingehen, dass sämtliche Gewehre im Waggon seiner Geste folgen. Als Nächstes packt mich ein Lederschädel. Im Handumdrehen stehe ich auf den Beinen und würge mit geschlossenen Augen. Alles, außer Roth ansehen …

»Lasst sie in Ruhe!«, würgt Dad heraus. »Sie ist niemand. Ich bin … derjenige, den ihr sucht.«

Eine Hand packt mein Gesicht. Fünf Finger, nicht drei. Roths Hand, kalt und mit langen Nägeln. Sein Atem reibt über meine Haut, unerträglich nah. Ich will die Augen geschlossen halten, kann aber nicht. Sobald ich ihm ins Gesicht schaue, trocknen sie schlagartig aus.

Seine Halbmaske, glänzend weiß und makellos. Die Luft zwischen seinen unechten, erstarrten Lippen wabert vor Hitze und Verfall. Die Lederriemen, die seinen kahlen Kopf umwickeln, sitzen so fest, dass sie in seine Haut schneiden. Haut, die keine einzige Falte hat, sondern gedehnt ist, voller grauer Adern und Flecken. Und seine Augen … wie zwei unendlich tiefe Teiche sitzen sie über dem Porzellan. Das kalte Blau eines Blinden.

Ihr Blick trifft auf meinen. Hält ihn gefangen. Stülpt mein Inneres nach außen.

Oder versucht es zumindest.

Etwas stimmt nicht. Es ist Roth praktisch auf die Stirn geschrieben. Er will mich lesen, schafft es aber nicht. Ich spüre, wie er herumtastet, bohrt, mich mit seinem Geist knacken will, aber ich kann ihn abblocken, ohne mir überhaupt Mühe zu geben. Es ist wie ein Reflex, ein zuckendes Knie.

Und Roth passt das ganz und gar nicht. Er lässt mich los. Geht rüber zu dem Kopfgeldjäger, der noch immer auf den Knien liegt und in Erklärungsnot gerät. Ich muss seine Sprache nicht verstehen, um zu kapieren, was er sagt. Er hat Angst, sein Ticket nach Hause doch nicht zu kriegen. Der arme Idiot denkt echt, er hätte eine Chance gehabt.

Roth packt das Gesicht des Riesen, als der aufsteht. Der Kopfgeldjäger ist zwar größer und massiger, aber nicht annähernd so stark. Ihre Blicke treffen sich und es passiert das Gleiche wie vorhin mit Dad. Der Kopfgeldjäger zittert und zuckt. Die Gefangenen ringsum drücken sich gegen die Wände. Hickory schaut weg. Der Kopfgeldjäger krümmt sich, blutet aus Nase, Augen und Ohren. Es klingt, als wäre in seinem Hals ein sterbendes Tier gefangen. Fast kann man dabei zusehen, wie seine Lebensgeschichte aus ihm herausfließt und Roth sie komplett auffrisst. Seine Heimat. Seine Familie. Wie er mich mit dem Schlüssel im Wald findet. Ich will Roth anbrüllen, ihm sagen, dass er aufhören soll.

Aber es ist bereits zu spät.

Die Augen des Kopfgeldjägers verdrehen sich nach oben. Sobald er auf den Boden prallt, durchwühlt Roth seine Taschen und sucht nach dem Schlüssel. Er dreht den Kopfgeldjäger um, tastet ihn ab. Holt eine der gebogenen Klingen vom Gürtel und schneidet damit die Kleidung des Toten auf. Doch finden kann er ihn nicht.

Der Schlüssel ist weg.

In diesem Moment sehe ich es. Das Funkeln in Hickorys Augen. Die Andeutung eines Lächelns. Der Kampf war bloße Ablenkung. Er hat dem Kopfgeldjäger die Taschen ausgeräumt.

Roth wendet sich wieder mir zu. Ich sehe die brennende Frage in seinem Blick. *Wo ist er? Was hast du damit gemacht?* Ich weiß nicht, was ich antworten, was ich machen soll.

Der Lederschädel hinter mir verdreht mir den Arm, will die Antwort aus mir herauszwingen.

»Sie hat ihn geklaut«, sagt Hickory und zeigt auf den leeren

Kragen des Mädchens. »Hat ihn aus seiner Tasche gestohlen, bevor sie getürmt ist. Ich wollte sie noch aufhalten, aber sie ist durch die Öffnung dahinten entwischt.«

Roth interessiert die Öffnung nicht. Er geht zu Hickory, der jetzt genau wie der Kopfgeldjäger vor wenigen Minuten ins Stammeln gerät. »Ihr könnt ruhig in mir lesen, Boss, aber Ihr vergeudet nur Zeit. Ich wette, sie hat es auf die Bremsen abgesehen. Triebwagen. Ist wahrscheinlich gerade jetzt im Moment dort. Ich schwöre bei meinem Leben, bei meiner Seele, mei–«

BUMM!

Eine Explosion weiter vorn im Zug schüttelt unseren Waggon durch. Bringt die Lichter zum Flackern. Kurz stolpern wir, doch lange dauert das Schaukeln nicht. Wir sind nicht entgleist.

Nein. Wir werden schneller.

Hickory sieht mit hochgezogener Augenbraue zu Roth. »Hab's ja gesagt.«

Jetzt geht's um alles. Roth zieht sein zweites Schwert und dreht sich zu den Lederschädeln. Er gibt keinen Laut von sich, trotzdem scheinen sie genau zu wissen, was er will. Sie schwärmen aus. Einige durch die Tür vorn, andere hinten raus. Der Lederschädel in meinem Nacken sperrt meine Manschette auf. Ein anderer befreit Dad.

Roth wirft uns einen vernichtenden Blick zu. *Setzt euch in Bewegung*, befehlen seine Augen. *Und versucht ja keine Dummheiten.*

FLUCHT

Wir taumeln durch den Zug, angeführt von Roth, begleitet von unseren Lederschädel-Wächtern. In jedem Waggon ist es das Gleiche: Gefangene, die in den Ecken kauern.

Hickory hat man zurückgelassen.

Unterwegs öffnen und schließen Lederschädel für uns Türen. Jedes Mal, wenn man uns durch den dröhnenden Fahrtwind zwischen den Waggons schiebt, überlege ich, ob ich Dad packen und springen, den Sturz riskieren soll. Doch selbst wenn wir ihn irgendwie überleben sollten, könnte Roth uns einfach hinterherspringen. Und dann wäre da auch noch der Schlüssel. Ohne Hickory können wir nicht türmen.

»Wo bringt ihr uns hin?«, ruft Dad. »Wir wissen nicht, wo die Schlüssel sind.«

Ich bin sicher, ich höre, wie Roth darüber lacht – sofern man mit einem abgefaulten Mund lachen kann. Es ist ein kehliges, scharrendes Glucksen, bei dem man sich automatisch räuspern will.

Schon geht es in den nächsten Waggon und ich zerbreche mir den Kopf nach einem Plan. Wir müssen dafür sorgen, dass Roth Hickory und den Schlüssel nicht in die Finger bekommt, nur wie? Dad und ich sind allein. In diesem Waggon sind nicht mal mehr andere Gefangene übrig – keine, die am Leben wären und uns helfen könnten. Noch nie habe ich so viel Tod auf einmal gesehen.

Dann entdecke ich durch eins der vergitterten Fenster am Ende des Waggons das Mädchen. Kurz ist ihr Gesicht zu sehen, als Nächstes schon wieder fort. Dann eine Hand. Fünf Finger, die zweimal auftauchen. Sie hat behauptet, sie würde uns helfen, aber was zum Teufel soll dieses Signal bedeuten? Hallöchen? Zehn Lederschädel?

Zehn Sekunden …

Quietschend fährt der Zug um die nächste Kurve und ich lege los. Schnappe mir Dad und ziehe ihn im flackernden Licht mit mir zu Boden. Ein Lederschädel will uns festhalten. Auch Roth fährt zu uns herum, doch die zehn Sekunden sind abgelaufen. Ein Metallkanister fliegt durchs Fenster und scheppert zwischen den Leichen über den Boden. Ich werfe mich auf Dad, falls das Ding gleich hochgeht, doch die Explosion bleibt aus – zumindest gibt es kein Feuer. Mit einem lauten *Plopp* verwandelt sich der Waggon in eine Wolke.

Es ist eine Rauchbombe.

Schritte auf dem Dach. Die Lederschädel reagieren mit einer Runde Gewehrfeuer, doch sie schießen blind. Ich krabble von ihnen fort, ziehe Dad mit mir, über und um die Toten herum, durch den Rauch, den Radau und die Schüsse.

Kreischend öffnet sich die Schiebetür. Eine jaulende Windbö

saugt den Rauch nach draußen und wir hocken wie auf dem Präsentierteller. Zum Glück sind Roth und die Lederschädel im Augenblick zu sehr mit dem Mädchen beschäftigt. Vorsichtig nähern sie sich der offenen Seitentür. Die Granate, die hinter ihnen durchs Gitter purzelt, bemerken sie erst, als es zu spät ist.

Diesmal gibt es allerdings eine Explosion. Dad und ich sind weit genug weg, um nicht verletzt zu werden. Die Lederschädel haben weniger Glück. Einer wird schnurgerade durch die offene Tür geschleudert, der andere knallt gegen die Wand, bevor er ebenfalls nach draußen gesaugt wird. Roth stolpert nur, hält sich an einem Griff fest, findet sein Gleichgewicht und wirbelt herum. Er geht auf das Mädchen am Fenster zu. Sie hat eine Pistole. Feuert einmal, zweimal, dreimal – die Schüsse treffen seine Brust, seinen Bauch, zwingen ihn zurück, näher an die offene Tür. Aber es reicht nicht.

Unbeholfen komme ich auf die Beine, renne auf ihn zu und brülle: »Schieß ihm ins Gesicht! Ins Gesicht!«

Das Mädchen feuert erneut und trifft Roth mitten in die Maske. Sie zerplatzt, doch er wendet sich ab, bevor wir das Grauen darunter sehen können. Jetzt schwankt er auf der Kante. Ich zögere nicht, renne weiter und werfe mich mit ganzem Gewicht gegen ihn. Wie erwartet fühlt es sich an, als würde ich gegen eine Ziegelmauer knallen, doch es genügt. Ich pralle von ihm ab, lande im Waggon. Roth fällt zur Tür hinaus. Ein unscharfes Etwas.

Als Dad mir aufhilft, bin ich ein schnaufendes, prustendes Wrack, das gierig die Roth-freie Luft einsaugt. »Mach so was *ja* nie wieder!«, sagt er, lächelt aber und nimmt mich in die Arme.

Das Mädchen schwingt sich ins Wageninnere und wirft Dad ein Gewehr zu. »Nicht trödeln!«

»Danke, dass du uns nicht hängen lässt.« Er zieht an so einer Art Riegel an dem Gewehr und überprüft das Dingens zum Durchgucken. »Du hast die Bremsen zerstört?«

Das Mädchen nickt. »Nachdem ich den Zug auf Vollgas gestellt habe. Hab das Waffenlager geplündert und ein bisschen Sprengstoff mitgehen lassen. Einen Waggon voll Lederschädel hab ich auch ausgeschaltet.«

»Gut gemacht«, sagt Dad ehrlich beeindruckt. Dabei begreift er nicht, was hier abgeht.

»Gut?«, wiederhole ich. »Wir müssen dieses Ding auf der Stelle stoppen und aussteigen – und es ganz bestimmt nicht noch schneller machen!«

Das Mädchen wirft mir eine Pistole zu. »Ich habe achtzehn Waggons gezählt, einschließlich der Lok. Wir sind eher am hinteren Ende des Zugs, also gehen wir dorthin.«

»Wie bitte?«

»Wir klettern aufs Dach und rennen nach hinten.«

»Wir sollen über das Dach eines dahinrasenden Zugs voller Fieslinge rennen? Das ist der große Plan? Und was, bitte, machen wir, wenn wir am Ende angekommen sind?«

»Den Waggon abkoppeln«, sagt Dad. »Und zuschauen, wie der Rest davondüst.«

»Was ist mit Roth?«, frage ich. »Der Sturz kann ihn nicht getötet haben.«

»Wir müssen einfach ausreichend Entfernung zwischen ihn und uns bringen«, erklärt das Mädchen. »Sobald wir langsamer werden, springen wir ab und laufen geduckt von den Schienen

weg. Den haben wir in null Komma nichts abgeschüttelt. Habt ihr zwei euch den Schlüssel schon wiederbesorgt?«

»Hickory hat ihn«, sage ich. »Er ist auf den Kopfgeldjäger los und hat ihn beklaut, kurz bevor Roth ... Ehrlich gesagt, weiß ich selber nicht, was Roth mit dem Riesen gemacht hat. Sein Hirn gegrillt?«

»Das kann er?«

»Leider ja«, sagt Dad. »Er dringt in deinen Geist ein und kann ihn innerhalb kürzester Zeit in Stücke reißen. Die gute Nachricht ist, dass er den zweiten Schlüssel noch nicht hat.« Ich will fragen, woher er das weiß, als er schon sagt: »Während er in mir las, teilte Roth mir mit, was er will. *Die* Schlüssel – Mehrzahl. Er ist der Wiege kein Stück naher als wir.«

»Wo ist der zweite Schlüssel?«, fragt das Mädchen.

»Den hat Elsa.« Dad dreht sich zu mir um. »Sie überlebte lange hier drin, bevor das Phantasma sie erwischte. Als wir uns im Griff fanden, erzählte sie mir –«

»Später«, unterbricht das Mädchen ihn. »Und ohne mich. Oder sonst wen. Wenn Roth wirklich Gedanken lesen kann, ist es besser, so wenig wie möglich über den Schlüssel zu wissen. Jetzt gehen wir erst mal rauf aufs Dach, ziehen den Kopf ein und bewegen uns zügig. Hickory und den Schlüssel holen wir unterwegs.«

»Warte mal«, sage ich, »wer hat dich eigentlich zur Anführerin gemacht? Wer *bist* du?«

Das Mädchen zappelt ungeduldig auf der Stelle. Nachdem sie tief durchgeatmet hat, antwortet sie: »Ich bin's, Jane.«

»Ein bisschen genauer darfst du schon werden.«

Das Mädchen lockert ihren Schal. Zieht die untere Hälfte

unters Kinn und die obere über die Haare. Sie sind lang, dunkel und zu einem Zopf geflochten. Ich starre sie an, sie starrt mich an – sie wirkt so vertraut, dass es verrückt ist. Aber das ist unmöglich.

»Violet«, sagt sie.

Doch ich bleibe bei: »Welche Violet?«

Sie rollt mit den Augen. »Wie viele Violets kennst du, Jane?«

»Eine«, antworte ich. »Und sie ist acht.«

Das Mädchen tritt an die Tür. »Nicht mehr.« Damit schwingt sie sich nach draußen.

PLANÄNDERUNG

Wir kauern auf dem Zugdach, Hände und Füße weit gespreizt, um einen möglichst guten Griff zu haben, während die Waggons unter uns schaukeln und wanken. Der Wind zerrt an unserer Kleidung, peitscht unsere Haare umher und brüllt uns in die Ohren, will uns fortreißen und gegen die vorbeirasenden Schlossmauern klatschen.

»Waffen entsichern!«, ruft die Verrückte, die sich für Violet hält.

Wir bewegen uns so schnell wie möglich, während wir Ausschau halten nach tief hängenden Leuchtern und Durchgängen und jedes Mal in Deckung gehen, wenn wir darunter durchschnellen. Die Kerzen und Fackeln im Gang geben sich Mühe, sich immer wieder neu zu entzünden, wenn wir vorbeidonnern, aber sie haben keine Chance. Nur ein vereinzelter Funkenregen und das elektrische Leuchten aus den Zugfenstern verraten uns, wie unsere Umgebung aussieht.

Der erste Sprung ist am schwierigsten, obwohl wir ordentlich

Rückenwind haben. Ein falscher Schritt und wir sind Zugfutter! Das Mädchen, das unmöglich Violet sein kann, segelt über die Lücke. Dad und ich springen gemeinsam.

Einen geschafft, zu viele noch vor uns.

Der Zug rast in einen neuen Korridor. *Wusch, wusch, zusch,* sausen Leuchter über uns dahin. Noch ein tief hängender Torbogen, dann preschen wir durch eine weite Säulenhalle. Jenseits des Zugwinds entfachen Fackeln. Wir klettern weiter. Auf jedem Waggon reckt das Mädchen den Kopf über den Rand und sucht durch die Fenster nach Hickory.

»Wo zum Teufel steckt er?«, fragt Dad.

»Vielleicht ist er längst hinten im Zug«, sage ich, »nur *innen* entlang, wie normale Menschen.«

Wahrscheinlich hört mich keiner.

Schließlich findet Hickory uns, ungefähr sechs Waggons vor dem Ende. Die Peitsche des Kopfgeldjägers um die Schulter gewickelt, eine Pistole in der Hand und drei Lederschädel auf den Fersen, klettert er vor uns aufs Dach. Dad und das Mädchen heben die Waffen, also mache ich es nach. Das Mädchen brüllt Hickory an, sagt ihm, er soll sich ducken, und er macht einen Hechtsprung. Gewehre feuern. Meine Pistole macht *klick*. Als ich damit fertig bin, das verdammte Ding zu verfluchen, sind die Lederschädel weggepustet.

Schusswaffen sind echt das Letzte.

Das Mädchen verpasst Hickory mit dem Gewehrkolben einen Schlag. Dad boxt ihn, nimmt ihm die Waffe ab und durchwühlt seine Taschen. Findet den Schlüssel und drückt ihn mir mit einem raschen »Nicht verlieren!« in die Hände. Nachdem ich ihn eingesteckt habe, richte ich die Pistole auf Hickory.

»Was willst du denn damit?«, sagt er. »Mich bewerfen?«

Also werfe ich sie nach ihm. Lande einen netten Treffer voll im Gesicht. Er jammert auf und die Pistole scheppert über die Dachkante. Das Mädchen starrt mich vorwurfsvoll an. Ich zucke mit den Schultern. »War eh kaputt.«

»Hört endlich auf, mich zu vermöbeln!«, ruft Hickory und hält sich die Nase. »Wir müssen weg. Sofort!«

Dann sehen wir ihn: einen Trupp Lederschädel, der aufs Dach des letzten Waggons klettert. Auf uns zurennt und springt. Und in ihrer Mitte, mit Klingen, die wie Fangzähne funkeln, schreitet und ragt er auf. Roth. Nach seinem Sturz muss er sich am letzten Waggon festgehalten haben. Seine Kleidung hängt in Fetzen, dafür trägt er eine neue Maske.

Unnötig zu erwähnen, dass er vor Wut schäumt.

»Lauft!«, brüllt Dad und gibt Hickory seine Waffe zurück. »Los, los, los!«

Wie die Kaninchen wetzen wir davon, Richtung Zuganfang, woher wir gekommen sind. Die Sprünge fallen jetzt schwerer. Wir müssen extra Anlauf nehmen und ich merke deutlich, dass Dad die Kraft ausgeht. Ich frage das Mädchen, ob sie einen neuen Plan hat, und sie ruft: »Zum Zuganfang rennen, in die Lok, Lok abkuppeln, davondüsen«, doch Hickory übertönt sie.

»Wir können nicht *davondüsen*«, brüllt er über die Schulter. »Wir kommen gleich an die Spiralstraße.«

»*Wohin?*«

»Spiralstraße.« Er wirbelt herum und sagt, wir sollen uns ducken. Pustet einen Lederschädel vom Dach, der direkt hinter uns aufgetaucht ist. »Ist eine … eine … eine verdammte Straße eben. Spiralförmig. Großes Ding, das abwärtsführt. Wenn der

Zug in dem Tempo da ankommt … oder auch nur die Lok allein …«

»Entgleisen wir«, beendet Dad den Satz.

»Wir haben keine Wahl!«, ruft das Mädchen. »Wir müssen uns eben was einfallen lassen und irgendwie abbremsen, sobald wir weit genug weg sind von Roth.«

»Na, das kann ja heiter werden«, murmele ich.

Vor uns, neben uns, links, rechts schießen wie die Pilze Lederschädel aus dem Boden, schwingen Fäuste und Macheten. Versuchen, uns im Sprung zu packen, Waggon für Waggon. Kopfgeldjäger schließen sich dem munteren Treiben an, strömen aus ihrem Abteil nahe dem Zuganfang und verstellen uns den Weg. Allerdings schießt nun wenigstens keiner mehr auf uns.

Roth weiß nicht, wo der Schlüssel ist. Er braucht uns lebendig und einigermaßen gesund.

»Vorsicht!«, schreit Dad und der Zug düst ins nächste riesige Maul, das wie eine gespannte Wäscheleine eine Handvoll unvorsichtige böse Buben aus unserem Weg räumt. Über uns zischen und pfeifen Kerzenleuchter vorbei. Wir ziehen die Köpfe ein, weichen aus, bleiben stehen. Roth kassiert die eine oder andere Kugel, lässt sich aber nie aufhalten. In aller Ruhe holt er allmählich auf.

Doch Hickory hat wie immer einen Plan.

Er wickelt die Peitsche des Kopfgeldjägers aus, wirbelt herum und lässt sie fliegen. Roth blockt den Hieb ab. Die Peitsche wickelt sich um seinen Unterarm und er steht einfach nur da, mit wütendem Blick.

Hickory salutiert grinsend. »Sorry, Boss.«

Dann wirft er den Peitschengriff in die Luft. Prompt verheddert er sich an einem Leuchter, schnappt sich Roth wie einen Fisch an der Leine, zerrt ihn rückwärts und räumt dabei eine ganze Reihe Lederschädel ab, während der Zug weiterrast.

Roth kann sich erst befreien, als er über dem letzten Waggon hängt. Er rollt sich ab, strauchelt, klammert sich im letzten Moment fest.

Hickory hat uns echt gigantisch viel Luft verschafft.

Der Zug düst in einen anderen Tunnel mit hoher Gewölbedecke. Inzwischen befinden wir uns auf dem zweiten Waggon. Rauch und Dampf sind hier richtig dick. Noch zwei Mal springen, dann sind wir da. Dad humpelt böse, hält sich aber tapfer. Das Mädchen gewinnt einen Faustkampf gegen einen Kopfgeldjäger – ihre Waffe hat sie irgendwann verloren. Hickory sprintet voraus und verschwindet zwischen den Waggons. Er will sie abtrennen, und keine Sekunde zu früh, denn Roth prescht mit Karacho auf uns zu und rennt jeden Lederschädel über den Haufen, der dumm genug ist, ihm in die Quere zu kommen. Gleich wird er uns eingeholt haben.

Der Waggon macht einen Ruck. Wir stolpern. Hickory hat's geschafft. Die Lok und der erste Wagen lösen sich. Das Mädchen verabschiedet sich mit einem Kick von ihrem Kopfgeldjäger und zu dritt springen wir – unser bisher weitester Sprung. Als wir auf dem ersten Waggon landen, schreit Dad auf, rutscht beinahe über die Kante, doch ich halte ihn fest. Er schwitzt, zittert, verzieht vor Schmerz das Gesicht.

»Was ist los?«, frage ich. »Bist du verletzt?«

»Alles in Ordnung«, antwortet er. »Verglichen mit deinem Gesang ist das gar nichts.«

»Okay, dann – Moment mal, *was*? Du magst meine Lieder nicht? *Hüttensänger im Keller? Reste zum Tee? Der Kokosnuss-Song? Rattendreck in der Ecke an einem Sonnentag?*«

»Jane, du kannst vieles.« Er zwinkert mir zu. »Aber singen gehört nicht dazu.«

Im ganzen Leben hat man mich noch nie so beleidigt – was echt was heißen will.

»Darüber reden wir noch«, stelle ich klar und er kichert.

Wir klettern an der Waggontür zu Hickory runter, wir und das Mädchen. Sehen zu, wie der übrige Zug langsam hinter uns zurückfällt. Drei Meter. Fünf Meter. Die Funken eines baumelnden Leuchters fallen auf die Schiene zwischen den Anhängern. Sieben Meter. Zehn.

Ich will schon erleichtert aufatmen, als ich ihn sehe: Roth. Er kommt auf uns zu. Dad und Hickory laden nach und durchsieben ihn mit Kugeln, die ebenso gut Fliegenschisse sein könnten. Das *Ratta-tatta-tatt* dröhnt in unseren Ohren.

»Er schafft es nicht«, sage ich.

»Das riskiert er nicht«, meint das Mädchen.

Wir irren uns beide.

DIE SPIRALSTRASSE

Wir sind im Waggon. Das hier drin ist so eine Art Waffenlager, glaube ich. Wir verriegeln hinter uns die Tür, als die Wucht von Roths Aufprall das rostige Dach über uns auch schon eindellt.

Er hat es geschafft.

»Super«, sage ich. »Und jetzt?« Aber keiner von uns bekommt die Gelegenheit zu antworten, denn draußen wird es laut. Ein schrilles Quietschen.

Hickory sagt: »Oh, oh«, dann biegt der Zug scharf rechts ab und hört gar nicht mehr damit auf. Die Kurve ist so steil, dass wir gegen die linke Wand geworfen werden. Durch die kleinen runden Fenster in unserem Rücken sieht man verschwommen Steine vorbeifliegen. Auf der anderen Seite sieht man nichts außer leerem Raum. Mit einem kräftigen Satz stoße ich mich ab und krabble auf die Bullaugen vor uns zu, hauche gegen die Scheibe und wische sie sauber. »Verfluchte Kacke …!«

Wir sind auf der Spiralstraße.

Über uns: eine gigantische Gewölbedecke. Unter uns: ein höhlenartiger runder Schacht, so breit und so tief, dass ich den Boden nicht einmal erahnen kann. Die Straße mit den Schienen darauf windet sich an den Außenwänden entlang abwärts, vorbei an Durchgängen und Türen. Der gesamte Hohlraum wird von Tausenden Fackeln erleuchtet, die an den Wänden flackernd entfachen. Eine Spirale, die in die Tiefe führt, immer kleiner wird, immer schwächer, bis die Lichtpünktchen von der Düsternis verschluckt werden. Genau das ist unser Weg. Schon fliegen die Funken, weil wir immer schneller werden. Hickory und Dad hatten recht. Wir werden von den Schienen kippen.

»Findest du's nicht auch irgendwie schade, dass du die Bremsen kaputt gemacht hast?«, sage ich zu dem Mädchen.

In diesem Moment schwingt Roth sich vom Dach. Mit der Faust zerdeppert er die Fensterscheibe, packt mich an der Tunika. Ranzige Luft wallt uns entgegen, bringt uns zum Würgen und Husten. Meine Haut kribbelt. Meine Augen tränen. Dad will mich wegziehen. Das Mädchen schlägt auf Roths Arm ein, doch es bringt nichts. Er zerrt mich bis ans eingeschlagene Bullauge, bis direkt an sein halb maskiertes Gesicht. Die Luft zwischen uns wabert, weil sein Atem so heiß ist. Seine eisigen Augen schauen in meine, ganz kurz nur, und doch kann ich es fühlen. Ich bin ganz sicher. Irgendwoher weiß er, dass ich den Schlüssel habe.

Ich stemme ein Bein gegen die Wand und drücke mich ab. Meine Tunika zerreißt und gemeinsam purzeln Dad, das Mädchen und ich auf den Boden. Roth verschwindet außer Sicht, zurück aufs Dach und in Richtung Tür. Doch dort steht Hickory bereit und hält sie mit aller Kraft zu. Die Tür wackelt und bebt, während Roth versucht, sich einen Weg ins Innere zu boxen. Das verschmierte Fenster platzt. Das Metall wölbt sich nach innen. Ich will Hickory helfen, als mir am Boden eine Blutlache auffällt. Ein dunkelroter Fleck, der sich von Dads Bein aus ausbreitet. Ein Schnitt an seinem Oberschenkel. Ein Lederschädel muss ihn mit dem Messer erwischt haben.

Ich will es mir näher anschauen, aber er fegt meine Hand weg. »Das ist nichts weiter«, lügt er. »Geh. Mir geht's gut.«

Ich stelle mich neben Hickory und werfe mein Gewicht gegen die Tür, während ich dem Mädchen zurufe, dass sie sich beeilen soll. Sie durchsucht die Kisten, die weiter hinten im Waggon gestapelt sind. Schließlich findet sie ein Gewehr, überprüft die Ladung. Die Tür erbebt. Das Schloss knackt, fällt ab und scheppert an unseren Füßen vorbei. Roth bricht die Tür auf, gerade weit genug, um einen Arm durchzustrecken. Ich rechne schon damit, dass wir geliefert sind, als das Mädchen die Waffe schultert und etwas anderes aus der Kiste hievt. Sie lädt das Ding, legt es sich auf die Schulter und zielt.

Es ist eine verfluchte Bazooka.

»Aus dem Weg!«, ruft sie und Hickory und ich hechten beiseite.

Sie drückt den Abzug, genau in dem Augenblick, als die Tür auffliegt. Die Rakete schießt durch den Waggon wie ein lauter Strich aus Rauch.

Im letzten Moment geht Roth in Deckung, sodass sie draußen an einer Wand explodiert. Eine ohrenbetäubende Detonation rüttelt den Wagen durch und wirft Roth von der Schwelle. Ich juble und recke die Faust in die Luft, bevor ich fluche, weil wir ihn doch nicht los sind. Er klammert sich an die baumelnde

Kette und springt über die Gleise. Stück für Stück zieht er sich näher, eine Hand nach der anderen, auf den Waggon zu.

Gibt der eigentlich nie auf?

»Mitkommen!«, brüllt das Mädchen und wirft die Bazooka zur Seite. Sie öffnet die vordere Tür, wo wir von Wind, Rauch und Dampf attackiert werden. Das Puffen des Zugs. Das *Swusch*-Pfeifen vorbeisausender Torbögen. Hinten an der Lok ist der Speicher für die Kohle. Das Mädchen springt darauf, dreht sich um, beugt sich zwischen den Waggons runter und versucht, sie abzukuppeln.

Hickory eilt ihr zu Hilfe und sagt uns, wir sollen gefälligst die Beine in die Hand nehmen.

Ich stütze Dad. Gemeinsam rennen und stolpern wir ihnen hinterher, während der Zug sich gefährlich weit zur Seite neigt. Rechts heben die Räder eine Sekunde lang von den Schienen ab, bevor sie kurz darauf wieder nach unten krachen. Wir prallen gegen ein Fass. Dad brüllt und hält sich stärker an mir fest. Als ich hinter mich schaue, entdecke ich Roths Hand, die sich durch fliegende Funken nach oben reckt und die Kante des Waggons zu fassen bekommt. Ich lege einen Zahn zu.

Wir sind fast da. Noch drei Meter. Zwei. Wir sind an der Tür – und Dad bricht zusammen. Ich will ihn hochziehen, aber stattdessen zieht er mich zu sich runter. Schreit mir ins Ohr: »Jane. Nein!«

»Doch«, übertöne ich ihn. »Du schaffst das. Du musst.«

Roth hievt sich nach oben, kommt auf die Beine. Das Mädchen zielt mit dem Gewehr auf ihn, überlegt es sich dann aber anders. Stattdessen zielt sie damit nach unten, zwischen Lok und Anhänger. »Schiebt euren Hintern hierüber!«

Sie drückt ab. Die Kette wird zerfetzt, Kabel fliegen lose herum. Gemeinsam packen sie und Hickory zu, um den Waggon loszumachen. Ich schreie ihnen zu, sie sollen warten.

»Elsa!«, brüllt Dad mir ins Ohr, trotzdem kann ich ihn bei all dem Lärm kaum hören. »Als ich sie – im Griff, da – ein Versteck – Fluss in – Wasserfall.«

Warum redet er noch? Wir müssen los, müssen springen. Der Bolzen ist ab, sodass der Anhänger ordentlich ins Ruckeln gerät. Wir werden langsamer, fallen zurück. Hickory und das Mädchen schreien, wir sollen springen.

Roth prescht durch den Waggon, doch Dad zieht mich näher zu sich.

»Du brauchst beide Schlüssel – öffne die Wiege. Finde Elsas – einziger Weg – der zweite Schlüssel.«

Er nimmt Abschied, ich sehe es in seinen Augen. »Nein, Dad –«

»Geh zur Wiege – halte euch nur auf. Ich hab dich lieb, Jane.«

Dann überrumpelt er mich. Brüllt, steht auf, hebt mich hoch und schmeißt mich mit aller Kraft, die er irgendwie aufbringen kann, aus dem Waggon. Ich sehe Roth, der über ein Fass springt. Sehe Funken vorbeifliegen. Die Spiralstraße. Sehe Hickory und das Mädchen, die ihre Hände ausstrecken, mich packen, auf die Kohle ziehen. In einem Kuddelmuddel aus Beinen, Armen und Gebrüll kullern wir rückwärts.

Hickory hat mich im Schwitzkasten. Die Arme des Mädchens umschlingen meine Taille. Ich will mich losreißen, aber es hat keinen Sinn. In Windeseile entfernen wir uns vom Anhänger. Hilflos schaue ich zu, wie Dad sich in der schrumpfenden Tür umdreht und sich Roth entgegenstellt. Es ist, als wäre ich noch mal am Fuß der Heiligen Stiege, wo der Bürgermeister mich zurückhält, während ich zuschaue, wie seine Männer meinen Dad mit Waffen verfolgen.

Nur ist es diesmal schlimmer. Viel schlimmer.

Dad wirft sich auf Roth. In mir melden sich Angst, Panik, Wut.

Die Lok zittert. Die Spiralstraße unter uns wackelt.

Ich löse ein Beben aus. Ein *großes* Beben.

Und um uns nichts als Stein ...

In diesem Moment tut sie es. In diesem Moment zieht das Mädchen ein Messer und rammt es in meine bandagierte Hand, öffnet die Wunde aufs Neue und löst die wütende Flut aus. Sie packt mein linkes Gelenk mit beiden Händen und hält es über das Ende der Lok. Mein Blut wird vom Fahrtwind davongeweht. Der Schmerz ist schrecklich, raubt mir die Sicht. Irgendwie fühle ich jeden einzelnen Tropfen, der auf die Spiralstraße trifft und sie hinter uns zerfetzt. Spüre, wie der Fels die Schienen hinter uns verbiegt und Dads Waggon zum Wanken bringt – erst auf die gähnende Tiefe zu, dann in die andere Richtung.

Er kentert, kippt, entgleist. Kracht und schlittert über die Kante der Straße, donnert durch Säulen und Bögen, zerschmettert Stein.

Hickory zieht uns zurück. Auf der Kohle brechen wir zusammen. Durch den Tränenfilm sehe ich, wie Roth mit Dad über der Schulter aus dem Wrack springt. Durch ein umgekipptes Fenster und außer Sicht. Unsere kleine Lok schwankt, bleibt aber auf dem Gleis. Wir dampfen weiter, düsen die Spirale hinab, lassen das Chaos zurück. Ich halte meine Tunika fest und balle die Faust, versuche, die Blutung zu stillen, versuche, die Tränen zu stoppen, scheitere. Roth hat Dad und diese Jagd ist noch lange nicht vorbei.

Das ist das Problem mit Spiralen. Irgendwann schließt sich der Kreis.

Die Straße unter dem entgleisten Anhänger ist nach dem Unfall voller Geröll und Wrackteile – und wir schießen direkt darauf zu. Hickory und das Mädchen rufen: »Festhalten!« Schon krachen wir durch heruntergefallene Felsbrocken, große Steine, über Metallsplitter. Ich werde über die Kohle nach vorn geworfen, stoße mir irgendwo den Kopf an und dann …

Schwürze.

ZWEITES
ZWISCHENSPIEL

NICHT DAS MÄDCHEN, AN DAS SIE SICH ERINNERT

Die Zeit stellt im Schloss seltsame Dinge an, verriet Winifred Violet, bevor sie die Heilige Stiege betrat. *Hab Geduld mit Jane. Sie ist anders gealtert als wir. Sie wird nicht gelitten haben wie wir. Trotzdem braucht sie deine Hilfe. Beschütze sie.*

Violet verriegelt die Tür. Atmet durch. Dreht sich um und rennt weiter. Ihre Hände zittern. Vom Adrenalin, ja, aber auch von etwas anderem. Winifred hat sie darauf vorbereitet, dass sie würde töten müssen, doch sie hat ihr nicht verraten, dass es so viele sein würden. Nichts von alldem fühlt sich real an. Das Gefangenenlager. Der Zug. John. Roth. Die Wiege und die Schlüssel. *Sie* wiederzusehen. Diese Augen wiederzusehen. Diese seltsame Heldin ihrer Kindheit, die ohne jedes Lebewohl gegangen ist.

Jane White, wie sie leibt und lebt.

Hickory benimmt sich im Augenblick, aber Violet darf kein Risiko eingehen. Jane hat sie sich über die Schultern geworfen, die Bandage an der Hand ist durchgeweicht und hinterlässt

eine Tropfenspur. Winifred hat ihr einmal erzählt, dass Jane die größte Waffe sein würde, die Violet je einsetzen würde. Und die gefährlichste. *Vergieße ihr Blut,* sagte sie. *Aber nur, wenn du bereit für die Konsequenzen bist.* Violet wird die Wunde vernünftig verbinden müssen, und zwar besser früher als später.

»Irgendeine Ahnung, wohin die Reise geht?«

»Weg.« Hickory öffnet eine weitere Tür. »Egal, wohin. Hauptsache, schnell weg.«

Sie haben die Lok verlassen, sobald sie langsam genug wurde, um abzuspringen. Im selben Moment, als die Lederschädel auftauchten, Signalraketen und Gewehre abfeuerten. Jetzt müssen sie rennen und sich verstecken. Violet betet, dass die Räume hinter ihnen wandern. Doch sie kann den Unsicherheitsfaktor nicht vergessen, den Verräter, den Bösewicht. Sollten sie der Armee entkommen, muss sie sich um Hickory kümmern. Jane mag er zum Narren halten, doch Violet kennt das Geheimnis des Betrügers. Hat ihn durchschaut, sobald sie ihn im Käfig gesehen hat. Sie schiebt das aufgerollte Seil um ihre Schultern zurecht, ein praktischer Fund aus dem Triebwagen.

Sie lässt sich ihre Möglichkeiten durch den Kopf gehen. Am Ende bleibt nur eine übrig.

Festnehmen und befragen, würde Winifred sagen. *Nimm es selbst in die Hand.*

TEIL DREI

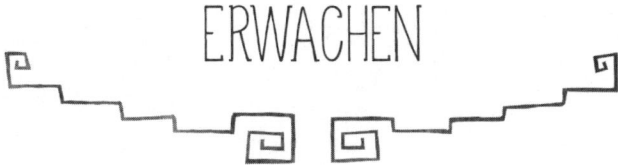

ERWACHEN

Als ich die Augen öffne, fällt mein Blick auf das Mädchen, das sich über mich beugt und meine Wangen mit ihren Ärmeln abwischt. Verschwommen. Ihre Umrisse wabern. Als sie redet, klingt es, als würden drei Leute gleichzeitig sprechen.

»Keine Sorge. Wir sind nicht mehr im Zug. Wir sind in Sicherheit.«

Wir befinden uns in einem Zimmer voller Kerzen. Eine kleine Kammer. Der Boden mit schwarzem Sand bedeckt. Ich schwitze und zittere, stolpere über Worte, die aus meinem Mund purzeln. Rede irgendwas von wegen Roth, der Dad entführt hat. Dass wir ihn finden, zurückbringen müssen, obwohl er behauptet hat, ich sei eine schlechte Sängerin und er hätte meine Lieder nie gemocht.

Ich versuche, mich zu rühren. Sofort hält das Mädchen mich an den Schultern fest und drückt mich sanft nach unten.

»Ganz ruhig.« Ihre Stimme hallt. »Versuch, dich zu entspan-

nen. Halt das hier.« Sie legt den Schlüssel in meine Hand, genau wie Winifred es getan hat. Endlich bringe ich einen vernünftigen Satz heraus. Einen über eine Tür nach Hause, glaube ich. Warum, weiß ich selbst nicht.

»Ruh dich aus«, sagt das Mädchen und ich lasse mich in den weichen, weichen Sand sinken.

Zurück in meinen schwebenden Kokon.

DAS SCHICKSAL BLUEHAVENS

Wir betreten das Schloss freiwillig. Wir betreten das Schloss unbewaffnet. Wir betreten das Schloss allein.«

Das Mädchen stochert mit einem Messer unter ihrem Fingernagel herum, während sie im schwarzen Sand hockt, der wahrscheinlich genauso wenig hier sein sollte wie der Schnee und das Gras und der verdammte verfressene Wald. Als sie zu mir schaut, tue ich schnell so, als würde ich einen Riss in meiner Tunika inspizieren, weil ich sie schon eine ganze Weile angestarrt habe und inzwischen sicher bin: Sie ist ohne jeden Zweifel Violet. Die Augen, das Kinn, wie sie beim Konzentrieren auf ihrer Zunge kaut. Andererseits ist da … na ja, alles andere eben. Die Größe, die Hände, die Schultern. Die Kleine hat Möpse, Herrgott noch mal!

»Bevor du wieder in Ohnmacht fällst«, sagt sie, »sollte ich beweisen, dass ich ich bin. Du hast gefragt, was früher über unserer Haustür hing. Die drei Gesetze. Und wenn dich das noch nicht überzeugt: Ich weiß, dass du nicht schwimmen kannst, du hast dir selbst Lesen und Schreiben beigebracht und einmal musste ich dir versprechen, keinem zu verraten, dass meine Mum dich einmal ausgesperrt hat und du stecken geblieben bist, als du durchs Kellerfenster einsteigen wolltest, weil ein streunender Hund auf einmal dein Bein bestiegen hat.«

»Aha.« Mehr bekomme ich nicht heraus. Als hätte man mich soeben darüber informiert, dass es draußen regnet.

Ich will aufstehen, aber meine Beine sind zu schwach.

»Langsam«, sagt das Mädchen, das doch Violet ist. »Du musst dich erholen.«

Fluchend plumpse ich wieder in den Sand. »Wie lange war ich weg?«

»Ein paar Stunden vielleicht.« Sie befördert einen Batzen Kies unter ihrem Nagel hervor. Schnuppert daran und zuckt mit den Schultern, bevor sie ihn wegschnippt. »Erinnerst du dich, was passiert ist?«

»Du meinst, ob ich noch weiß, dass ich einen Zug zum Entgleisen gebracht habe? Nein, gar nicht.« Ich halte meine frisch verbundene Hand in die Höhe. Wird hundertprozentig eine verfluchte Narbe. »Dafür erinnere ich mich noch ganz genau an das hier.«

»Ja«, sagt das Mädchen, von dem ich noch immer nicht fassen kann, dass es Violet ist. »Tut mir echt leid. Ging nicht anders.«

»Seit wann stand zur Debatte, meine Hand aufzuschlitzen?«

»Was sollte ich denn machen? Roth mit einer Kohleschippe und einem Gewehr bekämpfen? Ich hab dich geschnitten, um uns ein bisschen Zeit zu verschaffen, und es hat funktioniert. Wir sind entkommen.«

Seit ich bei Bewusstsein bin, habe ich die ganze Sache an die hundert Mal in meinem Kopf ablaufen lassen. Dad im Anhänger, der zurückfällt, zurückbleibt, über Roths Schulter liegt, als der Zug zerschellt.

Schon wieder habe ich ihn verloren. Ich *fasse* nicht, dass ich ihn schon wieder verloren habe! Ein Teil von mir will brüllen, schreien und die Wände vermöbeln, doch wenn ich damit erst anfange, höre ich wahrscheinlich nie wieder auf. Abgesehen davon bin ich viel zu schwach.

»Du meinst, *ein Teil von uns* ist entkommen«, stelle ich klar.

Violet – was ich noch immer nicht glauben kann – hört endlich auf, ihre Nägel zu bearbeiten. »Dein Dad ist absichtlich zurückgeblieben, Jane. Er wusste, er wäre uns nur eine Last, und er weiß, dass Roth ihn am Leben lässt, solange wir uns im Schloss herumtreiben – solange wir eine Bedrohung sind.« Sie dreht das Messer um und lässt es in ihrem Stiefel verschwinden. »Wir sitzen am längeren Hebel. Wir haben den ersten Schlüssel, er nicht.«

Ich lasse den Kopf hängen. So schrecklich ich es finde, die große Violet hat recht. Im Augenblick ist es das Wichtigste, den zweiten Schlüssel zu finden. Vor Roth an der Wiege zu sein. Nur so können wir ihn aufhalten, Dad retten, alle retten, einschließlich uns selbst. Außerdem ist es nicht länger eine verfluchte Suche nach der Nadel im Heuhaufen. Es ist ein Wettrennen gegen eine Armee.

»Dann gibt es von ihm nichts zu sehen?«

»Roth? Nein. Wir sind ein schönes Stück gerannt. Ich habe jede Tür hinter uns verschlossen. Und die Räume haben sich mindestens einmal verschoben.« Violet deutet auf die Tür hinter mir. »Die ist verriegelt. Und sollte jemand durch die da kommen wollen«, sie zeigt auf drei dunkle Torbögen am anderen Ende des Zimmers, »merken wir es, sobald die Lichter im Gang angehen. Viele Kugeln habe ich nicht mehr, aber ich kann auch ziemlich gut mit dem Messer umgehen. Und bestimmt können wir die eine oder andere Falle zu unserem Vorteil nutzen. Keine Bange wegen Hickory.« Sie nickt zu dem glühenden Durchgang neben sich. »Hab ihn dadrin verschnürt, genau vor einer anderen versperrten Tür. Hab ihn vermöbelt, aber ich glaube, das hat vor allem sein Ego verletzt und sonst nicht viel gebracht, denn – Hey, was ist los? Was stimmt nicht?«

»Nichts.«

»Du siehst aus, als wärst du betrunken. Du starrst mich an.«

»Natürlich starre ich dich an. Hör dir mal zu! Schau dich an! Du bist total … alt.«

»Ich bin gar nicht *alt*. Ich bin ziemlich genauso alt wie –«

»Ich, ganz genau, was ein verfluchtes Stück älter ist, als du noch vor ein paar Tagen warst. Wie ist das überhaupt möglich? Winifred meinte, die Zeit kann im Schloss verrücktspielen, aber das … das ist einfach …« Ich fahre mit den Fingern durch mein verfilztes Haar. »Keine Ahnung, was es ist.« Dann trifft es mich. »Oh Mist, sag jetzt nicht, dass ich Bluehaven vor … was? … zehn Jahren verlassen habe?!«

»Okay, dann lass ich's.« Violet macht eine dramatische Pause. »Es sind sechs.«

»*Sechs Jahre?*«

»Beruhig dich, Jane.«

»*Beruhigen?*«

»Und hör auf, mir alles nachzublubbern. Das nervt. Ich erklär dir alles früh genug. Jetzt solltest du dich echt erst mal ausruhen und –«

»Lass das. Tu bloß nicht wie die verdammte Winifred Robin. Wenn du echt Violet bist, dann … dann sind wir Freunde, oder? Also bitte, sag's mir. Was ist zu Hause passiert, als ich weg war?«

Violets Miene wird freundlicher. »Komisch, dass du es Zuhause nennst.«

Ich lasse mich gegen die Wand sinken. »Ja. Irgendwie schon.«

Violet stößt einen ihrer *Na-schön-dann-mal-hergehört*-Schnaufer aus. »Das Beben, das beim Fest angefangen hat, in der Nacht, in der du gegangen bist … Es hat eine Menge Häuser zerstört, Jane. Das Feuer, das sich dabei auf der Insel ausbreitete, sogar noch mehr. Kaputter Ofen, hieß es. Unkontrollierter Funkenflug. Viele verloren ihr Leben. Hätte Winifred nicht die Kontrolle übernommen –«

»Du meinst, sie hat Atlas aufgehalten? Sie hat ihn fertiggemacht?«

Violet nickt. »Noch in den Katakomben, gleich nachdem du fort warst. Dann hat sie mich gesucht und gefunden. Hat alle zusammengetrommelt, um das Feuer zu bekämpfen. Als wir es im Griff hatten, erzählte sie den Leuten, dass sie die ganze Zeit falschlagen. Machte ihnen klar, dass du auf unserer Seite bist. Dass du die Insel verlassen hast, um uns zu helfen, und dass alles gut werden würde, wenn wir nur zusammenhalten und dir vertrauen.«

»Sie wollte sie dazu bringen, mir zu *vertrauen*?«

»Wollte sie«, sagt Violet, »und hat es geschafft.«

Nie im Leben. »Sie haben ihr geglaubt?«

»Die meisten schon. Wenn auch nicht über Nacht. Atlas hat ein paar Wochen Ruhe gegeben, aber als die Leute begriffen, dass sich das Schloss so schnell nicht wieder öffnen würde, hat er das Gerücht verbreitet, du wärst in eine Anderwelt geflüchtet, um die Insel von dort aus zu verfluchen. Er hat den Befehl erteilt, dich auf der Stelle zu exekutieren, solltest du je zurückkehren. Er hat sogar versucht, Winifred zu verhaften und das Museum zu übernehmen, aber wir haben ihn aufgehalten. Winifred hat ihn eingesperrt.«

»Das hätte ich zu gerne gesehen.«

»Die Menschen hatten die Schnauze voll davon, auf ihn zu hören. Nachdem du und John – sorry, aber ich kann ihn einfach nicht *Charleston* nennen – fort wart und es der Insel immer noch schlecht ging, konnten sie euch kaum weiter dafür verantwortlich machen. Winifred erzählte uns von ihrer Vision. Von den Anweisungen Nabu-kais. Da Atlas nicht mehr im Weg stand, kamen alle zusammen und machten sich daran, die Insel wieder aufzubauen.«

»Und deine Eltern? Wie geht es ihnen?«

Violets Miene wird frostig. Anscheinend weiß sie nicht, was sie mit ihren Händen anfangen soll. »Nachdem du weg warst, haben sie mich rausgeworfen.«

»*Was!?* Warum? Weil du nicht zugelassen hast, dass Atlas mich umbringt?«

»Das auch. Aber nicht nur. Ist mir aber egal«, behauptet Violet, doch jeder Trottel kann sehen, dass sie lügt. »Ich bin zu Winifred ins Museum gezogen. Eigentlich bin ich froh, dass sie mich vor die Tür gesetzt haben. Sie waren schrecklich.«

»*Waren?* Oh nein, Violet, soll das heißen …?«

»Nein. Sie leben. Ich habe nur seit Jahren schon kein Wort mit ihnen geredet. Hab sie nur ein paarmal aus der Ferne gesehen. Du kannst dir vorstellen, dass sie so ihre Problemchen haben, an dich zu glauben. Ich wette, während wir hier plaudern, gehen sie Atlas tierisch auf die Nerven.«

»Atlas? Aber ich dachte …«

»Winifred konnte ihn ja nicht ewig einsperren. Sie verbannte ihn auf die andere Seite der Insel, gemeinsam mit Eric junior, Stumpf und etwa hundert anderen. Wer gegen dich ist, ist automatisch gegen alles, wofür das Schloss steht, sagte Winifred – sogar gegen die Schöpfer. Hat nicht lange gedauert, bis meine Eltern sich Atlas und den anderen angeschlossen haben. Sie bleiben auf ihrer Hälfte und wir auf unserer. Getreidefelder sind so ziemlich das Einzige, was wir teilen, und selbst da wird es schwierig. Während des Bebens haben Erdrutsche eine Menge Bauernhöfe platt gewalzt, aber einige konnten wir bergen. Alles lief so weit okay, nur …« Violet schweigt, unsicher, wie sie weitermachen soll. »Bluehaven stirbt, Jane. Vor einigen Jahren fing das Getreide an zu vertrocknen. Wir können kaum noch Unkraut anbauen, ganz abgesehen von Nahrung, und im Meer ist das Leben so gut wie verschwunden. Die Menschen verhungern. Ich weiß nicht, wie lange Winifred noch für Frieden sorgen kann. Ich glaube, was hier drin passiert, was Roth mit dem Schloss anstellt, greift irgendwie auf unser Zuhause über, auf unsere Welt. All die geschwächten Tore … unseres verrottet auch allmählich. Das Tor unten in den Katakomben hält nach wie vor dicht, aber Winifred meint, dass es auch irgendwann verfallen wird. Ich glaube, das Schloss versucht, sich selbst am Leben zu erhalten, indem es die Anderwelten aussaugt.«

Ich kann das alles nicht glauben. Klar, irgendwie hatte ich immer gehofft, dass Bluehaven was echt Übles zustößt, aber jetzt, wo es tatsächlich so ist … Zu wissen, dass es seit Jahren schlecht läuft, obwohl ich erst seit – was …? Ein paar Tagen weg bin? Das ist zu abgedreht, um es zu begreifen.

»Geht's dir gut, Jane?«

»Nein. Ich meine, ja. Schätze schon. Nur … sechs *Jahre*?« Ich schüttele den Kopf, um die Fragen zu verscheuchen, die sich in meinem Gehirn auf die Füße treten. Nur eine bleibt bockig.

»Violet, was machst du hier?«

»Ist das nicht klar? Ich will dir helfen.«

GUT GEMEINTE PLÄNE

Wie sich herausstellt, hat Winifred Violet alles erzählt, was sie auch mir in der Nacht meiner Abreise verraten hat – während sie loszogen, um das Feuer zu löschen. Hat ihr gesagt, dass sie mir eines Tages helfen müsse, und ihr sogar das genaue Datum genannt, an dem sie das Schloss betreten würde. Hatte sie alles in ihren Visionen gesehen. Und tatsächlich, sechs Jahre später brachte Winifred Violet zur Heiligen Stiege und verabschiedete sich. Der Aufstieg war gefährlich. Angeblich ist die Treppe in so schlechtem Zustand wie noch nie.

»Ich habe die vergangenen sechs Jahre dafür trainiert, deine Beschützerin zu sein, Jane. Winifred hat mir gezeigt, wie man kämpft, wie man schießt, wie man überlebt. Sogar Fahren hat sie mir beigebracht.«

»*Fahren?* Mit einem Auto? Auf Bluehaven gibt es keine Autos. Wie hat sie dir denn das beigebracht?«

Violet zuckt mit den Schultern. »In der Theorie. Vor allem musste ich allerdings Bogenschießen lernen. Mit einer Armbrust

bin ich absolut tödlich. Eigentlich wollte ich eine mit hier rein-
nehmen, aber … na ja – das zweite Gesetz.«

»Und die Wiege oder die Schlüssel hat Winifred nie erwähnt?«

»Davon habe ich erst durch deinen Dad erfahren«, sagt
Violet. »Natürlich kannte ich die Legende über die Schöpfer,
aber John hat recht. Die Version, die man sich auf Bluehaven
erzählt, ist nicht vollständig. Ich hatte keine Ahnung, dass sie
drei Schlüssel dagelassen haben. Deinen hätte ich nie mit der
Wiege in Verbindung gebracht. Ich meine, da draußen in den
Anderwelten muss es an die Billionen Schlüssel geben. Da
kann man Winifred nicht unbedingt einen Vorwurf daraus machen, dass sie den Zusammenhang nicht kapiert hat. Die Bilder,
die sie in den Katakomben gesehen hat, haben ihr nur gezeigt,
was *sie* tun muss. Nur ihren Weg. Dich auf diese Reise schicken,
mich ausbilden. Wenn sie irgendwoher weiß, was hier drin abgeht, dann hat sie es mir jedenfalls nicht verraten.«

»Sagte sie was davon, dass noch andere ins Schloss kommen?
Wird sie uns hier drin helfen?«

Violet schüttelt den Kopf. »Die Rede war immer nur von mir.
Mir allein.«

Plötzlich wirkt sie so richtig erwachsen. Das finde ich völlig
schräg, aber mehr als alles andere macht es mich traurig. Aus
dem Mädchen, das durch die Gegend tigerte, dumme Streiche
spielte und Raupen anzündete, ist ein Teenager geworden, fast
eine Frau, während für mich keine Woche vergangen ist. Früher
habe ich sie in- und auswendig gekannt. Jetzt ist sie wie eine
Fremde. Ist das Mädchen, das ich gekannt habe, für immer verschwunden?

»Vom ersten Moment an habe ich gespürt, wie das Schloss

mich auf den richtigen Weg führt«, sagt sie. »Mich zu dir bringt. Nach ein paar Stunden hatte ich dich eingeholt. Dafür musste ich nur eine Abkürzung nehmen und abwarten.«

»Dann hast du dich absichtlich fangen lassen?«

»War leichter, als euch mit genügend Abstand zu verfolgen.«

»Warum hast du mir das alles nicht gleich erzählt?«

»Es war ganz offensichtlich, dass du Hickory nicht traust. Und mein Gesicht habe ich versteckt, weil ich dachte, du würdest mich sonst erkennen und ausrasten.« Violet fährt mit der Hand durch den Sand, sieht überallhin, nur nicht zu mir. »Außerdem war es komisch. Dich wiederzusehen, meine ich. Klar, ich wusste, dass es passieren wird, aber als es so weit war … keine Ahnung. Einfach komisch. Halt die Klappe.«

»Ich hab gar nichts gesagt.«

»Ich weiß.«

Die Mutter aller Stille erfüllt den Raum.

»Also«, sage ich endlich. »Was jetzt?«

»Sag du's mir«, meint Violet. »Du bist die mit dem Schlüssel.«

Ich bin die mit dem Schlüssel.

»Okay.« Ich halte mich an der Wand fest, richte mich auf und probiere meine Beine aus. So weit, so gut. »Okay.« Ich laufe im Zimmer auf und ab, fühle den weichen Sand zwischen den Zehen. »Okay.«

»Hör auf, das immer wieder zu sagen.«

»Okay.« Ich mache einen Abstecher zu dem hellen Torbogen neben Violet. »Nur so nebenbei: Du hast Hickory nicht aus Versehen umgebracht, oder? Es ist auffällig still dahinten.«

»Dem geht's gut. Wie lautet der Plan, Jane?«

Genau. Ein Plan.

»Na schön. Dad meinte, um die Wiege zu öffnen, brauchen wir beide Schlüssel, also … also ist der Plan einfach. Wir finden den zweiten Schlüssel, finden und öffnen die Wiege, schnappen uns den *dritten* Schlüssel und setzen dann irgendwie die Macht der Schöpfer ein, um Roth und seine Armee zu vernichten. Oder um sie zumindest, na ja, zurückzuschicken nach – wie hieß das noch mal? Arakaan? Also dahin, wo sie verflucht noch mal hergekommen sind! Wir retten das Schloss, retten die Anderwelten, retten Dad und bringen ihn nach Hause. Klar so weit?«

»Klar«, sagt Violet. »Und wie finden wir den zweiten Schlüssel?«

Da spreche ich ihn aus, den unfassbarsten, seltsamsten, fantastischsten, auf eine gute Art erschreckendsten Satz meines Lebens: »Wir finden meine Mum.«

Wieder laufe ich auf und ab, während ich erkläre: »Mum und Dad wurden voneinander getrennt, nachdem sie die Wiege gefunden hatten, und jeder hatte einen Schlüssel bei sich. Sie ging im Schloss verloren, er war auf Bluehaven gefangen, aber im Griff trafen sie sich. Im Zug erzählte Dad, dass Mum sich irgendwo versteckt. Und er erwähnte einen Fluss. Alles hab ich leider nicht verstanden. Da war noch was von wegen Wasserfall und …« Ich bleibe wie angewurzelt stehen. »Ich glaube, ich hab das gesehen. Ich glaube, ich weiß, wo sie ist.«

»Was?« Violet steht auf. »Woher?«

»Aus meinem Albtraum. Ich hatte sie schon immer, Violet. Alle möglichen schlechten Träume, aber der eine verändert sich, seit ich hier bin, als ob … Ich weiß auch nicht – als würde ich mich an mehr erinnern. Meine Eltern waren mit mir im

Wasser – im Wiegenmeer. Wir wurden auf den Grundstein zu-
geschwemmt. Er ist riesig, groß wie eine Insel. Also zumindest
eine kleine Insel. Und im Wasser waren überall diese Monster.
Die Phantasmen, Wächter der Wiege. Sie wollten uns umbringen.«

»Normalerweise erinnern sich die Leute nicht an das, was
passiert ist, als sie noch Babys waren, weißt du?«

»Tja, normalerweise lösen sie auch keine Erdbeben aus, wenn
sie durchdrehen. Früher habe ich im Traum nie meine Eltern
gesehen. Auch nicht den Grundstein. Oder die Phantasmen.
Das war alles neu. Und dann waren wir draußen, raus aus der
Wiege. Mum und Dad rannten weg, verfolgt von den zwei
Phantasmen, die entwischt sind, schätze ich. Oder von Roth.
Vielleicht sogar beides. Ich sah, wie sie getrennt wurden, aber
dann … dann veränderte sich der Traum wieder und der neue
Teil kann keine Erinnerung sein, weil ich weder bei Dad *noch*
bei Mum war.«

Ich schaue die Wand an. In meinem Kopf hänge ich die Bilder aus meinem Traum in einer Reihe auf wie Fotos an einer
Schnur. Sie tauschen die Plätze, erst schnell, dann langsamer,
rutschen an die richtige Stelle. »Ich bin durchs Schloss geflogen. Ich sah den Fluss. Er gehört nicht zum Wiegenmeer oder
so. Ich glaube, das Wasser stammt aus einer Anderwelt und
strömt durch eins der schwachen Tore.« Ich drehe mich zu
Violet um. »Ich bin fluss*abwärts* geflogen. Im Wasser habe ich
zwei große Statuen gesehen. Dann kamen Stromschnellen und
Säulenhallen, die sich wie Seen füllten, außerdem ein riesiger
Wasserfall. Dann flog ich in ein gigantisches Gewölbe, wo es
noch mehr Wasserfälle gab. Und dann …« Ich schüttele den

Kopf, versuche, eins der Bilder dem richtigen Platz zuzuordnen. »Das war's. Ich bin ins Wasser gefallen und alles wurde schwarz.«

Von Mums Stimme erzähle ich nichts. Dieser Teil gehört nur mir.

»Und du bist sicher, es war nicht doch nur ein *normaler* Traum?«, gibt Violet zu bedenken. »Frei erfunden?«

»Ich weiß, es hört sich komisch an, aber es fühlte sich ... keine Ahnung ... anders an. So gar nicht albtraumhaft. Klar, schön war es nicht – das ganze Wasser, igitt! Doch wenn ich so darüber nachdenke ... Ich glaube, das Schloss hat mir diese Bilder aus einem bestimmten Grund gezeigt. Es *wollte*, dass ich es sehe.«

Violet wirkt nicht überzeugt.

»Pass auf!«, sage ich. »Alle reden vom Schloss, als sei es lebendig, würde atmen. Das Schloss entscheidet, wer bleibt, wer geht. Holt dich zu sich. Führt dich. Ist es da so verrückt, anzunehmen, dass es *will*, dass wir die Wiege vor Roth erreichen? Dass es uns einen verfluchten Wink in die richtige Richtung gibt? Glaub mir, Violet, ich weiß, es ist weit hergeholt, aber ich wette, Mum versteckt sich mit dem zweiten Schlüssel in diesem Wasserfallgewölbe. In einer Höhle oder einem Geheimgang oder so. Vielleicht erhält das Schloss sie am Leben, hält sie jung, so wie Hickory.«

Plötzlich bin ich mir sicher. Mum lebt.

Ich greife nach Violets Schulter, wie um sie zu trösten, ihr Mut zu machen, aber es fühlt sich seltsam an, daher schubse ich sie lieber.

Ist wenig beeindruckt, die Kleine.

»Jetzt komm schon«, sage ich. »Ist doch immerhin etwas, oder nicht?«

Sie verschränkt die Arme genau wie Mini-Violet – das gute alte Zeichen dafür, dass sie nicht schluckt, was sie hört. Doch dann stößt sie Luft durch die Nasenflügel aus – das gute alte Zeichen dafür, dass sie nachgibt.

»Du hast recht. Aber du weißt nicht rein zufällig, wie man diesen Fluss findet, oder?«

»Nein. Dafür kenne ich jemanden, der es wissen könnte.« Ich nicke zu dem glühenden Korridor.

Violet macht ein langes Gesicht. »Du willst *Hickory* mitnehmen?«

»Er war schon mal am Fluss. Hat er mir selbst gesagt, bevor wir in den Wald spaziert sind.«

»Aber wir können ihm nicht trauen. Er ist –«

»Ein verlogener, diebischer Mistkerl, ich weiß. Ich würde den Idioten auch am liebsten loswerden und im Leben nie mehr wiedersehen, aber das ändert nichts daran, dass –«

»Jane, er ist nicht, wofür du ihn hältst.«

Irgendwas ist mir bisher entgangen.

»Warte mal, du … *kennst* du ihn?«

»Natürlich kenne ich ihn. Jeder kennt ihn. Kommt er dir echt kein bisschen bekannt vor? In Bluehaven stehen überall Statuen von ihm – zumindest früher mal. Die Schule war sogar nach ihm benannt.« Violet beobachtet mich, wartet darauf, dass der Groschen fällt. »Er ist Hickory Dawes, Jane. Der Allererste, der das Schloss je betreten hat – vor über zweitausend Jahren.«

DER GROSSE ABENTEURER

D u kommst aus Bluehaven?« Der verfluchte Hickory Dawes
antwortet mir nicht, also wende ich mich stattdessen an
Violet. »Er ist aus *Bluehaven*? Unserem Bluehaven?«

»Nein, dem anderen Bluehaven«, sagt sie. »Natürlich *unser*
Bluehaven.«

Ich stammle einige *Aber* und *Wie*, bevor ich mich für ein
Warum entscheide. »Warum hat er mir das nicht gesagt?«

Und jetzt wieder zu Hickory: »Warum hast du mir das nicht
gesagt?«

Er hat ein Veilchen und blaue Flecke. Er kniet auf dem Sand-
boden und hat die Arme weit ausgestreckt – weil er an den
Handgelenken links und rechts an zwei lebensgroßen Statuen
festgebunden ist. Er zieht Rotz hoch und spuckt aus.

Violet ballt die Fäuste. Reißt sich zusammen. »Er gehörte zu
den ersten Siedlern auf Bluehaven. Zumindest zur ersten Gruppe. Behauptet, er kann sich an die Sterbenden Lande nicht erinnern, und das glaube ich ihm sogar. Als sie loszogen, um eine

neue Heimat zu suchen, muss er noch ein kleiner Junge gewesen sein.«

Im Geist kehre ich zurück zu dem Schrank im Klassenzimmer. Zu meiner geheimen Geschichtsstunde, damals. »Sie sind vor irgendeiner Krankheit geflohen, stimmt's? Einer Seuche?« »Vor der Unaussprechlichen Pest, ja«, sagt Violet. »Über die Seuche selbst weiß man nicht viel. In den frühen Chronikeinträgen gibt es wenig Details, aber wir wissen, dass Millionen starben. Ganze Städte und Dörfer gingen ein. Unsere Welt wurde ausgelöscht. Die Überlebenden stachen in See und suchten nach einer Zuflucht. Nach einer langen, gefährlichen Reise fanden Hickorys Leute Bluehaven. Eine verlassene Insel. Ohne Gebäude, ohne Platz des Anbeginns, ohne Heilige Stiege. Trotz dem wussten sie, dass dort schon einmal Menschen gelebt hatten. Sie fanden in den Tunneln Höhlenmalereien. Zeichnungen von einer einzelnen Tür auf einer Klippe.«

»Das Tor.«

Violet nickt. »Sie erklommen die Steilküste, fanden die Tür, berührten den Stein, doch nichts geschah. Überreste eines antiken Tempels, dachten sie. Nach und nach geriet es in Vergessenheit. Sie erbauten die Stadt. Errichteten die Terrassen. Legten Felder an. Lebten ihr neues Leben.«

»Und der da?«, frage ich und nicke zu Hickory.

»Tja, die Siedler mögen vage gewesen sein, was die Sterbenden Lande betrifft, dafür hielten sie sehr präzise fest, wann das Tor sich zum ersten Mal öffnete. Der Chronik nach passierte es sechzehn Jahre nach ihrer Ankunft, was bedeutet, dass er auf Bluehaven aufwuchs. Damals warst du ...? Wie alt, Hickory? Achtzehn? Neunzehn?« Hickory reagiert nicht. »Jedenfalls spazierte er eines Tages den Berg hinauf und kehrte nie zurück. Eine Suchmannschaft wurde losgeschickt. Eine Frau, Arundhati Riggs, fand seine Spuren und betrat ebenfalls das Schloss. Reiste in die Anderwelten und kam zurück. Jeder staunte über ihre Geschichte. Im Lauf der Jahre wurden immer mehr Menschen ins Schloss eingelassen. Sie bauten die Heilige Stiege. Und den Tempel um das Tor – das Schloss, wie man es heute von Bluehaven aus sieht. Und sie begriffen, welche Ehre Hickory zuteilgeworden war. Er war der Erste von Tausenden. Dass er nie wiederkehrte, machte seine Legende nur spannender.«

Sie hockt sich vor Hickory. »Ich hab mich immer gefragt, was aus dir wurde«, sagt sie. »Hab in der Schule sogar einen Aufsatz über dich geschrieben. Und jetzt weiß ich es: Hickory Dawes, der Große Abenteurer. Lügner. Dieb. Verräter.«

Hickorys Augen zucken. »Dann hast du mich ja durchschaut, was, kleines Mädchen?«

»Vergiss nicht, das *kleine Mädchen* hat dich in einem fairen Kampf besiegt.«

Hickory beugt sich zu Violet, stemmt sich gegen die Fesseln. »Du nennst es eine *Ehre*, hier eingesperrt zu sein? Zu merken, wie du jeden einzelnen Menschen, den du je gekannt hast, nach und nach verlierst? Gesichter vergisst? Stimmen? Wie sich Sonnenlicht auf der Haut anfühlt?« Er schüttelt den Kopf. »Das ist keine Ehre.«

Nun sieht er mich an. »Das ist ein *Fluch*.«

»Du hättest es mir trotzdem sagen können. Du hättest mir helfen können. Nachdem wir meinen Dad gefunden hätten, hätte ich dich zurückbringen können nach –«

»Wohin? Auf eine Insel, die ich nicht wiedererkenne, eine Insel voller Fremder? Das will ich nicht.«

»Was willst du dann, Hickory? Hm? Was genau geht dir durch den Kopf, seit du weißt, dass ich den Schlüssel habe?«

Stille. Überraschung, Überraschung, Hickory Dawes behält seine Gedanken für sich.

Violet steht auf. »Sein Plan – wenn man es so nennen kann – war, dich und den Schlüssel Roth auszuliefern, Roth irgendwie dazu zu bringen, ihm den Zugang zur Wiege zu zeigen, den Schlüssel dann *wieder* zu klauen und die Wiege selbst zu beanspruchen.«

»Guter Plan«, meldet Hickory sich nun doch zu Wort. »Bis zu einem gewissen Punkt.«

Violet ignoriert ihn. »Johns Geschichte im Zug hat alles verändert. Roth hat nämlich allen Kopfgeldjägern weisgemacht, es gäbe nur einen Schlüssel und dass er bereits wüsste, wo sich die Wiege befindet. Wahrscheinlich dachte er, so hätte er seine Leute eher unter Kontrolle. Wollte wohl vermeiden, dass ein anderer beide Schlüssel in die Finger bekommt und ihn um seinen Verdienst bringt. Als John aber sagte, dass *drei* Schlüssel existieren, sah Hickory ein, dass man ihn reingelegt hatte. Deshalb hat er dich nicht ausgeliefert, nachdem er den Kopfgeldjäger bestohlen hatte – er wusste, dass er Roth nicht länger brauchte.«

»Du willst die Wiege für dich?«, frage ich Hickory. »Wozu?«

»Das«, sagt Violet, »hat er mir nicht verraten. Aber du hast ihn ja gehört, es liegt auf der Hand. Er hasst es hier. Er will das Wiegenmeer entfesseln und das Schloss vernichten. Er ist kein Stück besser als Roth.«

»Oh doch, ich sehe besser aus«, beschwert Hickory sich. »Und ich stinke nicht mal halb so schlimm.«

Ich will ihn schlagen. Direkt auf die Nase. »Du hast doch gehört, was mein Dad gesagt hat, Idiot. Das Schloss verbindet die Anderwelten – wenn es verschwindet, verschwinden sie. Würdest du im Ernst jedes lebende Wesen überhaupt töten, nur weil du es hier scheiße findest? Das ist doch krank!«

»Kann sein«, sagt Hickory. »Aber vielleicht auch nicht.« Er lächelt. »Wollt ihr zwei jetzt zur Sache kommen oder rumstehen und plaudern, während Roth aus der Visage deines Dads eine lebensechtere Maske zimmert?«

Ich hole aus, um Hickory einen Tritt zu versetzen, doch Violet hält mich zurück. Ich rechne damit, dass sie mir die alte Leier auftischt, von wegen *Er ist es nicht wert*, aber sie sagt nur: »Ich mach das schon.« Schnell wie der Blitz packt sie ihn mit einer Hand an den Haaren und holt mit der anderen das Messer aus dem Stiefel. Sie hält die Klinge an seinen Hals. »Ist das scharf genug für dich?«

Hickory hustet, grunzt und verzieht das Gesicht. Dann fängt er laut an zu lachen.

»Was ist so witzig?«, frage ich.

»Ihr zwei. Tut so tough und großspurig, wo wir doch alle wissen, dass ihr mich braucht. Die kleinen verlorenen Küken suchen jemanden, der sie zum Fluss bringt.« Er nickt in den Gang. »Stimmen hallen hier drin ziemlich weit. Tut mir ja echt leid, dass Bluehaven zum Teufel geht, aber hey, was kann man schon machen?«

»Dann sollten wir das ja schnell geklärt haben«, sage ich. »Weißt du, wo wir sind?«

Hickory nickt zu den Statuen links und rechts von ihm. In die Stirn sind jeweils kleine Symbole geritzt. Violet will wissen, was das ist.

»Wegweiser«, antworte ich und kann es selbst kaum glauben.

»Es sind Richtungsgeber. Wir sind wieder bei deinem Versteck, Hickory?«

»Anderes Versteck. Altes. Hab die Zeichen da vor langer Zeit angebracht.«

»Und du weißt, wie wir von hier aus zum Fluss kommen?«

»Ich kenne sogar einen guten Weg. Einen relativ sicheren.« Er legt den Kopf schief und schaut mich an. »Glaube übrigens, du hast recht. Das Schloss will, dass wir die Wiege vor Roth erreichen.« *Wir*, sagt er. Verdammt frech. »Hast du dich rein zufällig schon mal gefragt, warum? Warum das Schloss dir gezeigt hat, was du so im Traum gesehen hast? Und noch wichtiger: Warum du die Beben auslöst?«

»Hickory.« Violet packt das Messer fester. »Halt die Klappe!«

Seine Miene hellt sich auf. »Ach, dann bist *du* also auch draufgekommen. Lass mich raten! Du wartest auf den richtigen Moment, um es ihr zu sagen, was? Wolltest sie nicht überfahren, solange sie sich noch nicht ganz erholt hat?« Hickory schiebt mir ein *Ts, ts, ts* entgegen. »Immer ein bisschen hinterher, die gute Jane. Hast dich so auf die Vergangenheit von mir und Violet konzentriert, dass du deine eigene ganz vergessen hast.«

Violet zieht ihn noch einmal am Haar und reißt seinen Kopf vollständig zurück. Er schluckt schwer, sodass sein Adamsapfel über der Klinge auf und ab hüpft.

»Schon okay, Violet«, sage ich. »Lass ihn reden.«

Sie lässt ihn los und das Messer sinken.

Hickory dreht den Hals nach links und rechts und seufzt dramatisch. »Du und deine Leute, ihr wart in der Wiege. Seid durch ihr Wasser geschwommen, ohne zu sterben. Ich wette, das hat dich irgendwie mit diesem Ort hier verbunden. Vielleicht hast du ein Schlückchen Wiegenwasser zu dir genommen. Vielleicht habt ihr es bis zum Grundstein geschafft und du hast dich daran geschnitten. Vielleicht haben dir Mummy und Daddy den dritten Schlüssel zum Spielen gegeben und du hast an dem verfluchten Ding genuckelt, keine Ahnung. Jedenfalls kann dein Blut Stein aufbrechen.« Er lässt den Gedanken eine Weile den Raum verpesten. »Wie einer der Schöpfer, oder nicht?«

Der Name schlüpft mir über die Lippen, bevor ich es unterdrücken kann. »Po …«

Hickory verdreht die Augen. »Nicht Po, Dummchen. Aris. Der Steinmetz? Obwohl, wer weiß? Vielleicht hast du ein bisschen was von Po in dir – und womöglich auch von Nabu-kai. Wer weiß, was du alles kannst? Ich wette, deshalb konnte Roth im Zug nicht in deine Gedanken eindringen. Und das kam noch nie vor, soweit ich informiert bin.«

Violet scharrt verlegen mit den Füßen. »Ich glaube, er hat recht, Jane – nach allem, was John erzählt hat. Hätte Winifred gewusst, dass du in der Wiege warst, hätte sie von den drei Schlüsseln gewusst, wäre sie bestimmt schon vor Jahren darauf gekommen, aber na ja … So war es eben nicht.«

Ich fahre über meine verbundene Hand. Könnte das stimmen? Wollte Dad mir das sagen, bevor Roth den Zug stürmte? *Ja, Jane, du wurdest im Schloss geboren, aber das Wiegenmeer hat dich infiziert. Eine Welle drückte uns gegen den Grundstein und ein Teil der Schöpferkraft ist an dir kleben geblieben.* Die Menschen Bluehavens haben mich immer wie eine Aussätzige behandelt und vielleicht hatten sie recht damit. Vielleicht habe ich etwas an mir. Etwas Abnormales. Der Fluch von Jane White …

»Egal«, sagt Hickory. »Darüber kannst du unterwegs nachgrübeln. Ist schon eine Weile her, dass ich diese Symbole zu Gesicht bekommen habe, aber ich erinnere mich noch gut genug.« Er nickt zur Tür in seinem Rücken. »Riskiert einen Blick. Ist echt hübsch dahinter.«

Violet lässt mich nicht aus den Augen. Sie wartet, ob ich wegen dieser speziellen Verbindung zum Schloss ausflippe. Ich nicke ihr zu, *Alles okay,* aber in Wahrheit weiß ich nicht, wie ich mich fühle. Schlecht? Ängstlich? Verwirrt? Sicher ist nur eins, wir müssen weiter.

»Wie weit ist es von hier? Bis zum Fluss?«

»Nicht weit. Dorthin zu kommen, ist einfach. Der Fluss beginnt an einem geschwächten Tor. Verzweigt sich zu tausend Kanälen, viele davon tödlich. Du hast es ja gesehen, Jane, im Traum. Stromschnellen. Brodelnde Teiche. Aber ich wette, die Gefangenenlager hast du nicht gesehen. Und davon gibt es nicht zu wenige. Bedeutet jede Menge Lederschädel, die per Fähre Gefangene und Vorräte kutschieren – knifflige Angelegenheit. Aber ich kann euch helfen. Vor allem kann ich uns ein Boot besorgen.«

Ich schlucke schwer. Soweit es mich betrifft, besiegelt das Boot die Angelegenheit.

»Wie sollen wir dir trauen?«, fragt Violet Hickory. »Nach allem, was du getan hast?«

»Ihr könnt darauf bauen, dass ich genauso dringend zur Wiege will wie ihr.« Hickory richtet sich schwerfällig auf, stemmt sich ächzend gegen die Seile. »Und dass ich sogar noch versessener darauf bin, Roth auszuschalten.«

Lauter Unheilszenarien flattern mir durch den Kopf. Faule Tricks, Fallen und Hinterhalte. Allmählich glaube ich, ich werde den Kerl nie los. Der Große Abenteurer. Die Große Arschgeige.

»Also«, sagt er grinsend. »Wer will mich losbinden?«

DIE KRISTALLKAMMER

Zum Glück öffnet sich die Tür nach innen, denn auf der anderen Seite liegt ungefähr dreißig Zentimeter hoch schwarzer Sand. Die Kerzen und Fackeln entzünden sich flimmernd. Mir bleibt der Mund offen stehen. Wir stehen auf dem oberen Balkon einer prächtigen zweigeschossigen Halle, die schöner ist als alles, was ich je gesehen habe. Auf den Wänden wachsen Kristalle. Kristalle hängen von der Decke. Kristalle sprießen aus der sandigen Treppe direkt vor uns. Weiß, blasslila, milchblau. Einige sehen aus wie Schwerter, andere wie Korallen, die sich am Fels festklammern. Und sie alle leuchten.

»Na, hab ich zu viel versprochen?« Hickory streckt sich seufzend. »Stellt euch erst die Welt vor, aus der sie kommen!«

»Ich bin nur froh, endlich was gefunden zu haben, was uns nicht gleich umbringen will.«

Hickory verzieht das Gesicht. »Ja, also, was das angeht: Fasst sie nicht an.«

»Warum nicht?« Violet ist auf der Hut. Bereit, jeden Augen-

blick zu schießen und sich mit einem Hechtsprung in Sicherheit zu bringen.

»Das sind keine normalen Kristalle.« Hickory schnappt sich eine Kerze aus ihrem Halter und wirft sie die Treppe runter in eine Gruppe bläulicher Dolche. Sobald sie auftrifft, ertönt ein Geräusch wie von brechendem Eis und die Kristalle wachsen vor unseren Augen mehrere Zentimeter. »Sie reagieren auf Berührung. Auf alles, was nicht ebenfalls Kristall ist. Einige der Gänge vor uns sind praktisch dicht.«

»Praktisch dicht? Hickory, du sagtest, der Weg wäre sicher.«

»*Relativ* sicher. *Relativ*. Und das ist er auch. Lederschädel machen einen weiten Bogen um diese Ecke, außerdem sind die meisten Fallen entweder bereits ausgelöst worden oder zugewachsen. Noch dazu ist es die kürzeste Strecke zum Fluss. Versprochen.« Hickory nickt zu Violets Gewehr. »Übrigens: keine Schusswaffen! Wenn du einen Kristall zerschießt, fliegen Splitter. Und die wachsen, sobald sie landen. Ein Blechköter hat einmal einen ins Maul bekommen – war kein schöner Anblick.«

»Nicht schießen. Ist vermerkt.« Violet schultert das Gewehr und zückt ihr Messer. »Aber nur damit du's weißt: Werfen kann ich genauso schnell. Also komm nicht auf dumme Gedanken.«

»Ganz genau«, unterstreiche ich.

Ich beschließe, einige Regeln festzulegen. Ich habe den Schlüssel. Ich bin diejenige, die schon mal in der Wiege war. *Mein* Dad wurde gefangen genommen. Sicher, ich habe gerade erfahren, dass in meinen Adern das Blut toter Götter fließen oder unter meiner Haut ein Stückchen Grundsteinschotter stecken könnte, und ich fühle mich, als müsste ich mich gleich übergeben, trotzdem nehme ich die Sache jetzt in die Hand.

»Hickory, du bleibst grundsätzlich fünf Schritte vor uns. Wenn wir dir sagen, du sollst stehen bleiben, bleibst du stehen, rennst, wenn wir es dir sagen, verpasst dir eine Ohrfeige, wenn wir es dir sagen, und du machst nur den Mund auf, wenn wir dich ansprechen.«

Selbst das kleine Fräulein Stechwütig bekommt eine Regel aufgebrummt.

»Und wo wir schon dabei sind, es werden keine Hände mehr aufgespießt.« Ich wedele mit den Händen und fahre an meinem Körper entlang. »Das alles hier – absolute Verbotszone für jegliche Messer, Speere, Macheten, Bestecke, alles, was scharf oder spitz ist.« Die Regel wird von Schweigen begrüßt, als müsste Violet tatsächlich erst darüber nachdenken. »Violet!«

»Ich finde ja nur, dass –«

»*Violet!*«

»Okay, okay, kein Gepikse mehr.«

»Versprich es.«

Sie seufzt, als wäre *ich* die Unvernünftige. »Ich verspreche, ich werde dich nicht schlitzen, schneiden, stechen, piksen oder kratzen, solange ich lebe. Können wir jetzt endlich weiter?«

Auf den Stufen liegt so viel Sand, dass wir nach unten rutschen, allerdings vorsichtig, um die Kristalle zu umgehen, die auf dem Geländer wachsen. Der schwarze Sand ist hier unten voller Furchen, gezogen von einem lange verebbten Anderwelt-Wind. Vor jeder Tür türmen sich winzige Dünen. Nirgendwo ist ein Fußabdruck zu sehen. Die meisten Kerzen wurden entweder vom Sand verschluckt oder von den Wänden gerissen, dafür weisen die Kristalle den Weg. Hickory führt uns durch einen Gang, in dem wir durch Abschnitte aus Weiß, Lila und

Blau laufen, sogar ein Streifen helles, glitzerndes Pink ist dabei. Es ist, als würden wir durch eine Schatztruhe wandern.

Angeblich nähern wir uns einem kleinen Lager der Lederschädel am Anfang des Flusses, genau am Fuß des Tors, damit wir die Halle der Wasserfälle auf keinen Fall verpassen.

»Wütend, aber kurz«, antwortet Hickory, als Violet fragt, auf was für einen Empfang wir uns einstellen müssen. »Sind nur wenige Lederschädel. Leicht bewaffnet. Wir schalten sie aus, schnappen uns ein Boot, schippern davon.«

Wir schlängeln uns durch die zugewucherten Gänge. Eigentlich sind mir die Kristalle egal. Ich zähle sie, überlege, ob sie bestimmte Formen ergeben, frage mich, was wohl passiert, wenn ich ein paar in Roths Ohr stopfe – Hauptsache, ich denke nicht an all die schlimmen Dinge, die er gerade mit Dad anstellen könnte. Foltern, Geist lesen, seine Füße zucken und tanzen lassen. Ihn in eine dunkle, kalte, einsame Zelle werfen. Oder schlimmer: eine Zelle voller Blechköter. Obendrein wären da noch unsere bevorstehende Flusskreuzfahrt, an die ich genauso wenig denken möchte, und meine mögliche Verbindung zum Schloss.

Wozu sich mit Dingen beschäftigen, für die man noch nicht bereit ist?

Lange gelingt es mir allerdings nicht, mich abzulenken. Hickory testet seine Grenzen aus. Wenn ich ihm sage, er soll langsamer laufen, trottet er direkt vor meiner Nase. Wenn ich ihn auffordere, einen Zahn zuzulegen, rennt er viel zu weit voraus. Und was am schlimmsten ist: Genau in dem Moment, als ich mich unter einem Kristallstalaktiten durchducke, wirbelt er herum und schreit.

Violet brüllt ihn an, aber ich bleibe cool. Ich weiß, was er vorhat. »Das wird nicht klappen, Idiot«, sage ich und schubse ihn vor mir her. »Mir einen Schrecken einjagen, damit ich das nächste Beben auslöse? Und überhaupt: wozu zum Teufel ausgerechnet hier drin? Hier ist überall Stein, falls du's noch nicht bemerkt hast. Praktisch Berge davon.«

»Ich bin nur neugierig. Wie fühlt sich das an, wenn es passiert?«

»Ungefähr so: Halt die Klappe und lauf weiter!«

»Als ob du mit dem Stein verbunden bist? Tut's weh?«

Ich stelle ihm ein Bein und er stolpert gegen ein Grüppchen weißer Kristalle an der Wand. Gerade rechtzeitig geht er aus dem Weg, bevor ein Dutzend dreißig Zentimeter lange Dolche die Luft durchbohren.

»Hat *das* wehgetan?«, frage ich.

Violet, die früher einmal klein war, tritt zwischen uns. »Du«, sie zeigt auf Hickory, »lässt sie in Ruhe. Du«, sie deutet auf mich, »passt auf die Wände auf. Wenn das Zeug uns den Weg versperrt, sind wir geliefert. Und ihr beide reißt euch jetzt gefälligst zusammen.« *Schnapp*, klappt ihr Messer aus. »Bewegung!«

Hickory schlurft voraus, wieder ein bisschen zu weit, aber diesmal lasse ich es ihm durchgehen. Wir betreten einen rosafarbenen Korridor, gesäumt von Statuen, die fast komplett mit Kristallen zugewuchert sind. Sie sehen aus wie funkelnde Klumpen in Menschengestalt. Ich versuche, den Atem anzuhalten, bis wir an der letzten angekommen sind.

»Und, wie fühlt es sich an?«, fragt nun auch Violet.

Ich schüttele den Kopf. *Netter Versuch. Vergiss es.*

»Irgendwann musst du darüber reden, Jane. So was kannst du nicht ignorieren.«

»Ich ignoriere es nicht!«, presse ich heraus, ohne Luft zu holen. »Will nur nicht darüber reden.«

»Du bist kindisch.«

»Kann sein. Kann mir aber auch keiner verbieten.« Meine Lunge gibt auf. Vier Statuen vor dem Ende fange ich an zu schnaufen und zu prusten. »Weißt du, ich hab noch immer nicht so ganz verarbeitet, dass du auf einmal fast so groß bist wie ich – vergiss das *fast*. Sag mal, bist du *größer* als ich? Warte. Nein. Klar, du trägst Stiefel!«

»Jane –«

»Ich brauche einfach Zeit zum Nachdenken, Violet. Ich bin froh, dass du hier bist. Echt. Gönn mir die Zeit, die heftigeren Sachen zu verdauen, okay?«

»Okay«, sagt sie.

Ist es aber nicht. Zwei ernsthaft zugewachsene Flure später, als wir auf Händen und Knien vorwärtskriechen und ich mich damit beschäftige, in den Kristallen irgendwelche Tierformen erkennen zu wollen, fängt sie wieder damit an. »Hier geht es nicht nur um dich, weißt du? Du steckst mittendrin und kriegst die volle Wucht ab, stimmt schon, aber wir haben es mit dem Schicksal aller Welten zu tun.«

»Du bist noch nerviger als früher.«

»Und du dümmer.«

»Vielleicht war ich ja schon immer so blöd. Vielleicht hast du das nur vergessen.«

»Jetzt lass den Mist, Jane. Du hast diese Kräfte aus einem bestimmten Grund, also –«

»Nenn es nicht *Kräfte*.«

»Warum nicht?«

»Weil es sich bescheuert anhört.«

»Dann also … diese *Fähigkeiten*. Ob es dir gefällt oder nicht, wir müssen sie wahrscheinlich irgendwann noch einmal auslösen.«

»Auslösen? Nein, nein, nein. Keine Messerstechereien mehr! Hab ich doch gesagt.«

»Aber –«

»Meine *Fähigkeiten* haben uns in wenigen Tagen schon zwei Mal fast das Leben gekostet. Tja, na ja, für dich gilt wohl eher zwei Mal in sechs Jahren – aber trotzdem.« Gerne hätte ich mich zu Violet umgedreht, nur krieche ich noch immer und zwischen den Kristallen reicht der Platz nicht aus. »Oder hast du vergessen, was auf dem Fest passiert ist?«

»Natürlich nicht«, antwortet sie. »Aber was, wenn du lernen könntest, die Ausbrüche zu kontrollieren? Du löst sie aus, wenn du ein bisschen … du weißt schon …«

»Durchdrehst?«

»Ich wollte eigentlich sagen, wenn du *emotional* wirst, aber ja. Und wenn dein Blut dann Stein berührt, wird alles total verrückt. Als würde die Verbindung irgendwie überladen. Was, wenn du die Beben herbeirufen könntest, *ohne* durchzudrehen oder Blut zu vergießen? Das könnte ganz praktisch sein, Jane. Hey, du hast einen ganzen *Zug* entgleisen lassen. Du bist eine wandelnde Waffe.«

»Das ist zu gefährlich, Violet. Du hast es selbst gesagt, auf der Feier sind Menschen gestorben. Das ist meine Schuld. Und weißt du was? Es *fühlt* sich an, als wäre ich mit dem Fels verbunden, und es tut höllisch weh. Ich spüre, wie er aufreißt, jeden noch so kleinen Riss. Ich kann es nicht kontrollieren, diese ... diese ...«

»Kraft?«

»Ja. Ich meine, nein. Du sollst es doch nicht so nennen!«

»Aber wenn du übst ...«

»Nein!«, wiederhole ich, diesmal mit mehr Nachdruck. »Du meinst, ich löse Beben aus, weil in der Wiege irgendwas mit mir passiert ist. So weit, so gut. Aber *was* ist passiert? Waren wir damals wirklich am Grundstein? Wenn das Meer so gefährlich ist, warum hat es uns nicht getötet? Hat auch mein Dad diese Verbindung? Und meine Mum? Kann *sie* uns verraten, wie wir den Eingang zur Wiege finden? Oder was zum Teufel wir anstellen sollen, sobald wir drin sind? Ich meine, schaltet dieser dritte Schlüssel irgendeine uralte Maschine ein oder was?«

»Vermutlich«, mischt Hickory sich ein. »Ich wette, dadrin gibt es irgendeinen Höllenapparat. Gigantische Zahnräder aus Stein. Schaufelräder, um das Meer umzuleiten. Man dreht am Schlüssel, zieht ein paar Hebel ...«

»Was ich damit sagen will«, übertöne ich ihn, »das alles sind Vermutungen. Wissen tun wir nichts, Violet. *Ich* weiß nichts. Sobald ich mal eine Antwort kriege, tauchen nur noch mehr Fragen auf, und ich habe davon die Schnauze gestrichen voll. Also, nein, ich will nicht lernen, die Beben zu kontrollieren. Es wird nicht mehr geschnitten!«

»Und falls wir das Phantasma treffen, das Elsa geschnappt hat?« Violet lässt nicht locker. »Hast du darüber schon mal nachgedacht? Passiert ist das doch bei den Wasserfällen, oder nicht? Was, wenn es noch da ist?«

»Ich –«

»Und was ist damit, dass Roth im Zug Johns Gedanken gelesen hat? Hm? Was, wenn auch Roth die Halle mit den Wasserfällen gesehen hat? Was machen wir, wenn er gerade dorthin unterwegs ist, auf einer anderen Route? Was, wenn uns dort ein ganzer Zug Lederschädel erwartet?«

»Ich weiß es nicht!«

Ich brülle so laut, dass wir beide erschrecken. Ohne dass ich es gemerkt habe, sind wir in einem neuen Gewölbe gelandet. Dass wir aufgestanden sind und angehalten haben, habe ich ebenso wenig mitbekommen. So kenne ich uns nicht. Zumindest waren Mini-Violet und ich nie so. Klar, wir sind uns hin und wieder gegenseitig auf die Nerven gefallen, aber über ernste Dinge haben wir nie gestritten. Ich und Mega-Violet dagegen … das ist eine ganz neue Liga.

Wir müssen erst herausfinden, nach welchen Regeln wir spielen.

»Tut mir leid, Jane, aber das Schloss hat mich zu dir geführt, damit ich dir helfe.«

»Dann schlag Hickory noch mal zusammen oder sonst was.«

»Das hab ich gehört!«

»Halt die Klappe, Hickory.« Ich schaue auf Violets Stiefel. Ich kann nicht anders – ich wünschte, sie wären klein, rot und voller Matsch. Vertraut. »Pass auf, ich weiß ja, dass es hier um mehr geht als um mich und meine Eltern. Und vielleicht hast du recht. Vielleicht habe ich diese … diese *Sache* aus einem guten Grund. Und vielleicht muss ich sie noch einmal einsetzen. Aber darum kümmere ich mich, wenn es so weit ist. Jetzt muss ich mich darauf konzentrieren, Mum zu finden, Dad zu retten und sie nach Hause zu bringen – wo immer das für uns ist. Die Sache anders anzugehen … Das ist einfach zu viel für mich, Kleine.«

Ich stelle mich auf weitere Diskussionen ein, doch Violet starrt nur auf den Sand. Ich laufe weiter, folge Hickorys Fußspuren und höre sie. Leise, fast nur für sich, murmelt sie: »Nenn mich nicht Kleine.«

AUF DEN LETZTEN DRÜCKER

Mit *nicht weit* meinte Hickory offensichtlich *echt, echt weit*, denn ich könnte schwören, dass wir stundenlang wandern. Nach jeder Abbiegung fühlt sich das Schloss weniger nach Schloss an. Älter, grober, mehr wie ein Höhlensystem. Ein Minenschacht voller Löcher und Risse. Gigantische Säulen aus milchblauen Kristallen durchbohren Wände und verlaufen im Zickzack durch Hallen. Hier und da haben sie ein Lederschädelskelett aufgespießt. Von den Knochen hängen zerrissene Lederanzüge und Gasmasken.

Schweigend schlurfen wir durch den Sand. Hickory entziffert seine Symbole. Violet kaut auf ihrer Zunge herum. Ich denke über Mum nach. Überlege, wie es sein wird, sie zu sehen, ihre Stimme zu hören, ihr alles zu erzählen, was bisher geschehen ist.

Ich frage mich, ob ich wohl ihre Augen habe. Im Traum konnte ich es nicht genau erkennen. Ich lege mir sogar eine Liste mit Fragen für sie zurecht:

1. Geht's dir gut?
2. Erkennst du mich überhaupt?
3. Wie hast du es so lange geschafft, nicht erwischt zu werden?
4. Löst du Erdbeben aus, wenn du dich ein bisschen aufregst?
5. Würdest du mich umarmen?
6. Magst du Kokosnüsse?
7. Was war los, nachdem du von uns getrennt wurdest?
8. Hast du den zweiten Schlüssel? Bitte sag Ja.
9. Wie finden wir die Wiege?
10. Wie genau werden wir Roth los und retten das Schloss?

Tausendmal gehe ich die Liste durch, bis ich wegen des Treffens mit ihr total nervös werde. Was, wenn sie gar nicht weiß, wer ich bin? Was, wenn sie mir nicht glaubt? Was, wenn sie gar nicht da ist? Was, wenn das Phantasma ihren Geist zerstört und sie getötet hat? Was, wenn Dad sich geirrt hat und ...

Nein, sage ich mir. Sie lebt. Sie wird da sein.

Sie *muss* da sein.

Auch an die Schöpfer denke ich. Glaube ich, was Dad über sie erzählt hat? Dass sie die Götter des Chaos reingelegt und das Wiegenmeer erschaffen haben, um dem Leben in den Welten den Weg frei zu machen? Das Schloss zu sehen und daran zu glauben, reicht nicht ganz, weil es lediglich beweist, was gerade ist, nicht, was einmal war – fest steht: Das Schloss existiert, unabhängig davon, wie oder warum es erbaut wurde.

Wie soll ich etwas glauben, was ich nur aus Geschichten kenne?

Mal angenommen, man findet einen Laib Brot. Man kann ihn anfassen, riechen, essen, trotzdem verrät einem das Brot an sich

nichts über den Bäcker. Dann erzählt dir jemand, es war ein alter Mann. Zehn andere bestätigen das – hundert, tausend –, aber was, wenn sie lügen? Was, wenn man sie alle getäuscht hat und der Bäcker in Wahrheit ein lächerlich talentierter Affe war? Dad meinte, Legenden verändern sich beim Erzählen. Was, wenn die Wahrheit über Po, Aris und Nabu-kai so lange verdreht wurde, bis nur noch Lügen übrig blieben? Was, wenn die Geschichte total falsch ist?

Eine steife Brise kommt auf, die nach faulen Eiern mieft. Der schwarze Sand wird tiefer, verwandelt ganze Säulenhallen und Gänge in wellige Dünenmeere, alle erfüllt vom unheimlichen Glühen der Kristalle. Eine der gigantischen Hallen, durch die wir kommen, ist voller Kristalle, die so groß sind, dass sie wie riesige glitzernde Bäume wirken. Unter ihnen fühle ich mich so klein, als wäre ich selbst nur ein Sandkorn, aber der Anblick ist der Hammer. Einige Gänge sind fast bis an die Decke mit Sand gefüllt, sodass wir mit den Armen erst einmal schaufeln müssen, bevor wir uns durch den Zwischenraum quetschen können. Es kostet echt Kraft, und die mit Kristallen zugewucherten Kerzenleuchter, die unterwegs auftauchen, machen es uns auch nicht leichter. Genauso wenig wie die beißenden Sandkörner, mit denen der Wind uns piesackt. Violet reißt einige Streifen von ihrem Umhang, die wir uns um Nase und Mund wickeln. Unsere Augen müssen allein klarkommen. Einmal müssen wir umkehren, weil Hickory falsch abbiegt, und an vier Kreuzungen warten, während er auf und ab läuft und versucht, sich an den richtigen Weg zu erinnern. Die Kristalle haben nämlich einige seiner Zeichnungen zerstört. *Dorthin zu kommen, ist einfach* – von wegen!

»Gib's zu!«, rufe ich, als wir uns wieder einmal durch einen Gang buddeln. »Wir haben uns verlaufen!«

Er schreit irgendwas zurück, das vom heulenden Sturm verschluckt wird, aber ich vermute, es war so was wie: »Ist nicht mehr weit«, denn wenig später ist der Wind verstummt und wir werden von einer Minilawine erfasst. Der Sand unter uns rutscht ab und wir purzeln in einen kleinen Raum.

Violet landet auf mir. Kurz bleibt irgendwie die Zeit stehen. Keiner sagt was. Sie atmet mir ins Gesicht und ich atme in ihres – und es ist total komisch, denn die Wespen düsen wieder durch meinen Bauch. Allerdings fühlt es sich diesmal anders an, als hätten sie keine mächtig großen Stachel. Sie summen nur. *Warum* summen sie?

»Tut mir leid«, sagt Violet schließlich und krabbelt so schnell von mir runter, dass man meinen könnte, sie wäre auf einer Riesennacktschnecke gelandet.

Jepp. Sie kann mich nicht leiden.

»Keiner bewegt sich!«, sagt Hickory.

Wir sind in einer Falle gelandet, die mitten in der Bewegung erstarrt ist. Große Metallklingen und axtartige Pendel ragen in verschiedenen Höhen und Längen aus Decke, Wänden und Boden. Auf allen wachsen rosa Kristallschwerter und -dolche. Einige der Klingen stecken in massiven Säulen aus weißem Kristall, die vom Boden bis zur Decke reichen.

Es ist ein verfluchter eingefrorener Fleischwolf.

»Hickory, ich schwöre, ich werde … Du bist der schlechteste Führer aller Zeiten!«

»Wir sind genau da, wo wir hinwollen«, sagt er. »Hier ist es nur ein bisschen voller als früher.« Zermanschte Klumpen Blech-

köterkadaver bedecken Boden, Wände und Decke. Fast nirgends findet sich noch Platz zum Durchkrabbeln. »Wir müssen uns nur da durchfriemeln. Vorsichtig.«

Violet nimmt ihr Gewehr von der Schulter und schmeißt ihren Umhang weg. »Es gibt kein Zurück.«

Den peinlichen Moment zwischen uns scheint sie bereits vergessen zu haben. Sie übernimmt die Führung, kriecht und gleitet durch die Falle. Schiebt immer zuerst ihr Gewehr voraus und sich selbst vorsichtig hinterher. Ich folge ihr, Hickory kommt wenig später nach. Es ist, als würden wir uns durch ein riesiges Mikadospiel um Leben und Tod bewegen. Wir drehen und verdrehen uns, helfen uns gegenseitig.

Stopp. Vorsicht. Pass auf deine Füße auf. Ein bisschen weiter links.

Violet ist durch. Sieg auf ganzer Linie. Ich quetsche mich gerade durch eine Kuhle im Sand, als Hickory mir zuruft, dass ich mich nicht bewegen soll. Fast wäre ich mit dem Rücken an einen Kristallspeer gestoßen. Hickory schaufelt unter mir Sand weg, bis ich durchpasse. Ich nicke ihm zu. Teufel, ich sage sogar Danke! Außerdem lasse ich ihn wissen, dass er immer noch ein Idiot ist, nur damit er nicht auf falsche Gedanken kommt – dabei streife ich mit dem Kopf einen anderen Kristall.

»Autsch«, sage ich. »Oh, oh.«

Der Kristall knackt und wächst, stößt eins der gigantischen Messer an. Mit eingezogenem Kopf rolle ich über den Boden, während es über mir hinwegsaust. Die Klinge durchtrennt krachend eine Säule. Kristalle bersten. Splitter fliegen und wachsen. Der Kadaver eines Blechköters saust durch die Luft – und die ganze verdammte Falle erwacht zum Leben.

»Los, los, los!«, brüllt Violet. Als hätten wir eine Extraeinladung gebraucht.

Natürlich geht es nicht ohne eine Menge Stolpern und Fluchen, aber wir schaffen es. Gerade so. Ich springe auf eine höher liegende Lücke zu und entgehe um Haaresbreite einem heraneilenden Kristallspeer. Hickory hält sich tief geduckt und schlüpft unter einem Messer durch. Auf der anderen Seite landen wir gleichzeitig im Sand. Doch noch sind wir nicht in Sicherheit.

Wimmernd fasst Hickory sich ins Haar. Auf meinem Rücken wächst etwas, das brennt wie tausend Nadelstiche. Ich schreie und im Handumdrehen ist Violet bei mir, reißt einen Brocken Kristall von meiner Tunika und brüllt selbst, weil er in ihre Finger sticht. Als der Klumpen im Sand landet, ist er bereits so groß wie eine Melone. Hickorys Haare landen daneben, vergraben in einem Ball aus weißen Kristallen, die noch immer wachsen. Zitternd gehen wir auf Abstand.

Violet sieht uns kopfschüttelnd an und lutscht einen Blutstropfen von ihrem Finger. »Unfassbar.«

»Lief doch ganz gut«, hauche ich. Mein Rücken fühlt sich an, als hätte man ihn mit einem Reibeisen bearbeitet. Zum Glück blutet nichts. »Also, ihr wisst schon: Hätte schlimmer kommen können.«

Hickory funkelt mich an. »Ab sofort keine Fehler mehr. Gleich wird es nämlich knifflig.«

Als wäre es bisher das reinste Zuckerschlecken gewesen.

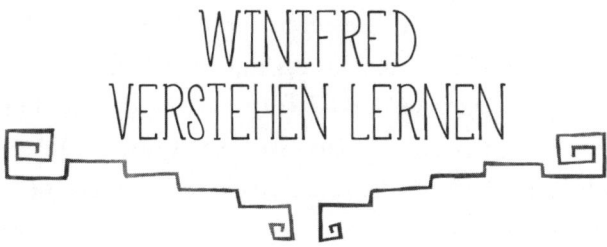

WINIFRED
VERSTEHEN LERNEN

D as ist nicht dein Ernst?!«
Wir stehen am Rand der größten verfluchten Schlucht, die ich je gesehen habe. Die Abhänge sind gigantisch, erstrecken sich unendlich in die Düsternis nach oben, nach unten und weit, weit nach rechts. Überall gibt es offene Durchgänge in der Steilwand, flankiert von brennenden Fackeln. Dutzende dünner Felsbrücken überspannen den Abgrund, über uns und unter uns. Grobe, bröckelnde Dinger. Viele von ihnen sind vollständig eingebrochen. Die vor uns ragt nur wenige Meter auf, bevor sie in einem Haufen aus glitzerndem Lila endet. Andere Kristalle, die bis hierher geschleudert wurden, kleben an den Brücken und Klippen ringsumher und schimmern in der Dunkelheit wie Laternen. Allzu viele sind es allerdings nicht. Für den schwarzen Sand und die Kristalle ist hier Schluss. Fürs Erste.

Dieser Teil des Schlosses saugt eine Wasser-Anderwelt ein.

Wir sind zu hoch oben, um den Fluss sehen zu können, der

durch die Schlucht fließt. Selbst die Fackeln da unten sind nur undeutliche orangefarbene Schemen. Das Tor selbst können wir gerade so erkennen, weit links von uns im Schatten, Hunderte Stockwerke hoch, aber nicht breiter als ein Haus. Es ist sogar noch durchlöcherter als das mit dem Schnee. Unzählige kleine Wasserfontänen sorgen dafür, dass es ständig auf den Fels regnet und sich der unsichtbare Strom tief unten füllt. Die Fackeln, die dem Wasserfall am nächsten sind, gehen immer wieder an und aus – wie in einem endlosen Kampf, um nicht zu verlöschen.

»Hickory, wie zum Teufel sollen wir da runterkommen?«

»Wir klettern.«

»Und bisher hast du das nie erwähnt, weil …?«

»Hätte nichts geändert. Ihr wolltet auf dem schnellsten Weg zum Fluss – das ist er. Die Wände sind ziemlich schroff. Gibt viele Möglichkeiten zum Festhalten. Und weiter unten, näher am Boden, haben die Lederschädel Leitern errichtet.« Er zieht einen spöttischen Schmollmund. »Hat die kleine White etwa Höhenangst?«

»Mit Höhen komme ich klar. Was uns am Boden erwartet, das macht mir Angst.«

»Keine Sorge«, sagt Violet. »Wenn man aus dieser Höhe stürzt, ist man sofort tot, sobald man aufprallt. Zum Ertrinken kriegt man da keine Chance mehr.«

»Ach, na, das tröstet mich aber.«

»Natürlich könntest du auch versuchen, eine hübsche kleine Treppe für uns zu erbeben.«

»Ich tue einfach so, als hätte ich das nicht gehört.«

Violet zuckt mit den Schultern. »Dann also klettern. Hickory,

du gehst voraus. Wir bewegen uns schnell, wir verhalten uns ruhig und wir behalten diese Durchgänge im Auge. Sollten die Lederschädel uns entdecken, sind wir leichte Beute.«

Hickory lässt sich über die Kante gleiten. Violet zögert. Kaut kurz auf ihrer Lippe und spricht dann leiser. »Hey … weißt du noch, das eine Mal, als du am Haus gegenüber von Mrs Jones hochklettern musstest, weil sie den Hund auf dich losgelassen hat? Und dann hat sie mit Flaschen nach dir geworfen und ich habe sie dazu gebracht, damit aufzuhören, indem –«

»Du ihre Vorhänge durchs Vorderfenster in Brand gesteckt hast«, beende ich ihren Satz. »Klar. Allerdings hat sie mit Steinen geworfen. Ich hatte wochenlang blaue Flecken. Ist erst ein paar Monate her.«

»Ach.« Sie starrt ins Leere, wie jemand, den alte Erinnerungen einholen. »Für dich wahrscheinlich schon, ja.« Sie schüttelt den Gedanken ab und macht sich an den Abstieg.

»Hey«, sage ich und sie reckt den Kopf noch einmal hoch. »Danke für die Hilfe. Mit den Kristallen am Rücken und so.«

Kaum zu glauben, aber sie lächelt. Ist zwar ein trauriges Lächeln – nicht das strahlende Grinsen, das ich von Mini-Violet gewohnt war –, aber mit Abstand das Beste, was sie bisher rausgerückt hat.

Sie öffnet und schließt den Mund ein paarmal, als würde sie etwas sagen wollen, ihr aber die Worte fehlen. Raus bekommt sie nur ein »Jane« und ein »Ich«, bevor Hickory uns zur Eile antreibt, was mich in den Wahnsinn treibt, denn sobald sie weiterklettert, kann ich an nichts anders denken als an: Jane, ich was? Jane, ich habe einen Krampf? Jane, ich will mich entschuldigen, weil ich vorhin so gedrängelt habe? Jane, ich mag dich?

Nein, halt die Klappe, Hirn! Sie ist Violet.

Trotzdem. Ein Danke und ein Lächeln. Das nenne ich Fortschritt.

Dad würde vermutlich ausrasten, wüsste er, dass ich in Quadrillionen Metern Höhe baumele, aber es stellt sich heraus, dass ich von uns dreien am besten klettere. Es dauert nicht lange und ich übernehme die Führung, teste Stellen zum Festhalten und Drauftreten aus, um den besten Pfad nach unten zu finden. Barfuß zu klettern, tut nach einer Weile ganz schön weh, aber wenigstens kann ich die Zehen gut in Zwischenräume klemmen. Ich bringe uns im Zickzack runter, von einem Durchgang zum nächsten, damit wir zwischendurch Arme und Beine ausruhen können. Die ersten paar Bogengänge sind von Kristallen blockiert, alle anderen leer.

»Hey, was meinst du, wie lang der Fluss überhaupt ist?«, frage ich, als wir in einem der Korridore nach einer Treppe suchen, einer Leiter oder sonst einem Weg hinab in die Schlucht. »Wo er wohl hinführt?«

Hickory zuckt mit den Schultern. »Wie lang ist eine Schnur?«

»Was für eine Schnur? Ich habe keine Schnur.«

»Er meint«, mischt Violet sich ein, »dass er keine Ahnung hat, wie lang der Fluss ist. Ich persönlich glaube, er hat kein Ende. Er könnte immer neue Teile des Schlosses fluten, bis die Welt, aus der er kommt, ausgetrocknet ist. Oder bis wir einen Weg finden, das Schloss zu heilen.«

»Also liegt es unter Wasser, richtig? Das Tor, meine ich. Auf der anderen Seite. Wozu soll das gut sein?«

»Vermutlich war es nicht immer unter Wasser«, sagt Violet. »Anderwelten entwickeln sich. Flüsse ändern ihren Lauf, Mee-

resspiegel steigen und fallen, Menschen bauen Dämme oder fluten Täler. Aber du hast recht. Diese Welt ist für uns zurzeit nicht zugänglich. Es sei denn, es gibt ein zweites Tor.«

»Dann ist Bluehaven nicht der einzige Ort mit mehr als einem Weg ins Schloss?«

»Natürlich nicht. In *Der Kreuzzug von Sallis-Ur* hat Winifred beschrieben, wie sie zwei Tore benutzt. Manche Welten könnten drei oder vier haben. Nichts ist unmöglich.«

Ein Stück weiter hinten im Gang finden wir tatsächlich eine Treppe. Hickorys Meinung nach sollte sie uns zumindest einige Etagen weiter abwärts bringen. Violet übernimmt die Führung und hält ihr Gewehr bereit. Sie schärft uns noch einmal ein, leise zu sein, aber ich finde es viel zu genial, wieder mit ihr quatschen zu können.

»Wie ist sie so? Winifred, meine ich.«

»Du kennst sie.«

»Nein, stimmt nicht. Wir haben gerade mal eine Stunde oder so zusammen verbracht. Da war nicht wirklich Zeit, um uns über Lieblingssachen zu unterhalten. Aber du musst sie inzwischen recht gut kennen.«

»Ich glaube, niemand kennt Winifred wirklich.«

»Habt ihr nie über normale Sachen geredet?«

»Nein.«

»Ihr habt nur trainiert?«

»Jepp.«

»Aber du hast alle ihre Bücher gelesen …«

»In denen die Geschichte beschrieben wird, nicht die Frau. Die meisten Leute geben in ihren Chronikeinträgen immer wahnsinnig an. Wie toll sie sind. Wie man sie als Gott verehrt hat. Winifred hält sich an die Fakten. Ihre Taten und Erfolge sprechen für sich.«

»Weißt du, woher sie die Narben hat?«

»Kämpfe, Ausbrüche, brenzlige Situationen. Fallen und Folter. Wenn man macht, was sie ihr Leben lang gemacht hat, kommt man nicht unbeschadet davon.«

»Glaubst du ehrlich, dass sie das alles hier nicht hat kommen sehen?«

»Hab's dir doch gesagt. Sie sah nur Bilder von ihrem eigenen Weg, als sie das Symbol berührt hat.«

»Schon, aber was, wenn sie lügt?«

Violet seufzt. »Du traust ihr noch immer nicht. Nach allem, was sie getan hat.«

»Tja, war ja auch nicht gerade vertrauenerweckend, was sie so *getan hat*. Immerhin hat sie das alles hier in Gang gesetzt, schon vergessen? Hätte sie mich damals nicht an Atlas ausgehändigt –«

»Würdet ihr im Keller vergammeln und Roth hätte so lange nach der Wiege gesucht, bis alle Tore zerfallen und sämtliche Anderwelten vernichtet sind.«

»Nein, nur … na ja … ja, wahrscheinlich schon«, stammele ich. »Aber sie hätte mir sagen sollen, dass du kommst.« Violet dreht sich kurz zu mir um und ich zucke mit den Schultern. »Wäre nett gewesen, Bescheid zu wissen. Ich hätte irgendwo auf dich warten können. Wir hätten gemeinsam einen vernünftigen Ausbruch für meinen Dad planen können. So viele üble Sachen vermeiden können.« Ich recke den Daumen Richtung Hickory. »Wie zum Beispiel den Typen da.«

»Das hab ich gehört!«

»Halt die Klappe, Hickory«, sagt Violet. »Nichts geschieht ohne Grund, Jane.«

Ich verdrehe die Augen. »Mann, fang du nicht auch noch an! Du klingst schon genau wie sie.«

»Du sagst das, als wäre das schlimm.«

»Ich sage nur, an ihrer Stelle wäre ich die Sache anders angegangen. Ich hätte mich in alles eingeweiht – *uns* in alles eingeweiht –, von Anfang an. Noch lange vor dem Fest. Sie behauptet, die Vision hätte nur ihren Weg gezeigt? Von mir aus. Aber ihr Weg verläuft ja nicht einsam und allein. Das ist bei keinem so. Unsere Wege kreuzen sich, prallen aufeinander und verlaufen Seite an Seite. Ihrer, meiner, deiner, der von Hickory, von Mum und Dad. Von den Wegen der Leute auf Bluehaven mal ganz zu schweigen. Winifred hätte allen verraten sollen, was uns bevorsteht. Das hätte allen das Leben leichter gemacht.«

Die Treppe windet sich immer weiter in die Tiefe und die Kerzen an den Wänden flackern, wenn wir vorbeilaufen.

»Hättest du das?«, fragt Violet nach einer Weile. Ihre Stimme ist so leise, erst denke ich, sie redet mit sich selbst, doch dann wird sie lauter. »Würdest du alles anders machen? Mal angenommen, du hättest das Symbol unter den Katakomben berührt. Hättest die Bilder von den schrecklichen Dingen gesehen, die bevorstehen. Doch danach siehst du etwas wirklich Schönes. Dich und John, glücklich und gesund in einem neuen Zuhause. Und wenn du wüsstest, diese perfekte Zukunft am Ende kann nur wahr werden, wenn man vorher all das Elend und die Schwierigkeiten übersteht, würdest du dann wirklich anders handeln? Würdest du den Weg ändern, den die Schöpfer bestimmt haben, und diese glückliche Zukunft aufs Spiel setzen oder würdest du das Schlechte zulassen?«

Ich weiß nicht, was ich sagen soll. Sie hat recht. Ich würde das Schlimme nicht nur zulassen, ich würde alles in meiner Macht Stehende tun, um sicherzugehen, dass es auch wirklich eintritt. Genau wie Winifred.

»*Schrecklich, aber notwendig*, Jane. War es nicht das, was sie dir vor all den Jahren im Bootsschuppen gesagt hat, damals, als alles anfing? Mir hat sie dasselbe gesagt, immer und immer wieder. Mag sein, dass dir ihre Methoden nicht passen, aber vertrauen musst du ihr. Selbst wenn sie mehr gesehen haben sollte, als sie verrät, musst du darauf bauen, dass es einen guten Grund dafür gibt.«

Verfluchte Marionettenfäden. Jetzt bin ich diejenige, die seufzt. »Hat sie dir echt erzählt, dass es ein gutes Ende gibt?«

»Nein«, gibt Violet zu. »Aber ich will daran glauben. Warum sonst sollte sie so viel opfern? Warum sonst sollte sie noch immer an die Schöpfer glauben? An *dich* glauben?«

Plötzlich meldet sich in meinem Kopf eine Frage zu Wort und platzt heraus, bevor ich sie aufhalten kann. »Glaubst du an mich?«

Violet lässt mich zappeln, bis wir am Fuß der Treppe ankommen und wieder zur Steilwand laufen. »Ja«, sagt sie, allerdings ist das stumme *Glaube schon* im Schlepptau ihrer Antwort überdeutlich zu hören. Wie ein Schatten klebt es an dem Wort.

DER FLUSS

D a ist sie«, sagt Hickory.

Wir liegen auf dem Bauch, neben einer der vielen kaputten Brücken, und können endlich den Fluss sehen, der weit unter uns zwischen den Steilhängen verläuft. Im Schatten nahe der Schwelle des Regentores erhebt sich ein krummes und schiefes Gebilde, errichtet über dem Wasser, wo es sich von einer Felsenwand zur anderen spannt, eingehüllt in Nebel. Das Lager der Lederschädel. Links und rechts davon klebt ein wirres Netzwerk aus klapprigen Stegen und Leitern am Fels und verbindet die Bogengänge wie ein vertikales Labyrinth.

»Seht ihr? Unten links sind die Zellen. In der Mitte die Quartiere. Anleger ist drüben auf der rechten Seite.«

Ich zähle fünf winzige Boote, die am Steg vertäut sind.

»Sieht verlassen aus«, stelle ich fest.

»Vielleicht sind sie gerade auf Patrouille«, überlegt Hickory. »Oder halten ein Nickerchen. So oder so gibt es mit Sicherheit irgendwo Wachen.«

Nun übernimmt er die Führung, klettert zum ersten der hölzernen Vorsprünge, die knapp unter uns liegen. Mehr als ein paar Planken ist der Steg nicht breit. Rostige Metallklammern und wenig vertrauenerweckende Seile halten ihn am Fels fest. Wir überqueren die einzelnen Teile nacheinander. Die Plattformen und Leitern ächzen und knarren.

»Vorsicht«, warnt Hickory. »Manchmal stellen sie hier oben Posten auf.«

»Warum noch mal kennst du dich hier so gut aus?«, fragt Violet.

»Mein zweiter Unterschlupf war ganz in der Nähe, in der Richtung da.« Hickory deutet auf einige Torbögen weiter hinten im Fels. »Kleines Versteck, nichts Großartiges. War aber lange, bevor der Fluss anrauschte. Dachte, von hier aus könnte ich die Brücken alle gut im Auge behalten. Besser erkennen, wenn jemand kommt. Dann rückte Roth mit seiner Armee an. Dass die nichts Gutes bedeuten, war mir gleich klar. Hab's wirklich lange geschafft, ihnen aus dem Weg zu gehen. Dann verrottete das Tor und das Wasser kam.« Mit einer Hand hält er sich an der Wand fest und hebt mit der anderen sein Hemd an, sodass eine besonders hässliche Narbe an seiner Seite zum Vorschein kommt. »Da haben sie mich gefunden.«

»Sie haben auf dich geschossen?«, frage ich.

Hickory nickt. »Hab ihnen 'ne nette Verfolgungsjagd geliefert. Aber irgendwann ist mir die Puste ausgegangen. Sie haben mich da runtergeschleift. Mich gefoltert. Eine Weile dabehalten, bevor sie mich fortgekarrt haben zu Roths Festung.«

»Und da begann dein Leben als Kopfgeldjäger.«

»Pass mal auf, ich hab es mir nicht *ausgesucht* –« Mitten im

Satz reißt das Seil seiner Planke. Im letzten Moment kann er sich am Fels festhalten, bevor mehrere Bretter in den Fluss stürzen. Auf dem Weg nach unten zerschlagen sie noch einige weitere Plattformen.

Wir erstarren und blicken gebannt zum Lager. Zu jedem schwarzen Fenster, jeder offenen Tür. Den Käfigen und Rollen aus Stacheldraht. Noch immer kein Lederschädel in Sicht.

»Das hätten sie doch gehört«, sage ich. »Hundertprozentig.«

»Weiterklettern«, sagt Violet. »Und kein Wort mehr. Hier stimmt was nicht.«

Als wir am Boden ankommen, fühlen sich meine Arme und Beine wie Wackelpudding an, meine Hände und Zehen wie zerdrückte Krebsscheren. Wir befinden uns etwa fünfzig Meter flussabwärts vom Lager, auf einer breiteren, stabileren Plattform, die nur Zentimeter oberhalb des Flusses liegt. Die anderen atmen erleichtert auf. Ich dagegen … Schwarz wie Tinte gurgelt das Wasser unter dem Steg.

Hinter einigen Fässern auf dem Bohlenweg gehen wir in Deckung und Violet macht uns alle möglichen Handzeichen. Finger, die zeigen, wirbeln, durch die Luft laufen. Als sie fertig ist, wartet sie auf die zeigende, wirbelnde Antwort – nur haben Hickory und ich keinen Schimmer, was sie will.

»Wie bitte?«

Violet schneidet eine Grimasse, hält einen Finger an die Lippen. Total überflüssig, denn selbst wenn es hier Lederschädel gäbe, würden sie uns wegen des regnenden Tors niemals hören, vor allem nicht auf die Entfernung. Sie fängt die Zeichenserie noch mal von Neuem an, gibt aber nach dem dritten Symbol auf. »Vergesst es. Ihr zwei bleibt hier. Und keiner rührt sich, bis ich euch das Zeichen gebe, dass die Luft rein ist.« Sie schleicht über den Steg und nähert sich vorsichtig den leeren Käfigen neben der Anlage, taucht in die Wolke aus feinem Nebel. Ich frage Hickory, ob er es für einen Hinterhalt hält.

»Eigentlich nicht ihr Stil«, antwortet er. »Aber ich will nicht behaupten, nie falschzuliegen.«

Violet betritt die zweigeschossige Haupthütte und verschwindet.

Wir warten. Und warten. Unter uns gurgelt der Fluss fröhlich weiter. Hickory trommelt mit den Fingern auf dem Fass, lutscht an seinen Zähnen und seufzt.

Ich halte es nicht länger aus. »Das reicht! Ich helfe ihr, und wenn du dafür sorgen willst, dass der Schlüssel nicht in die falschen Hände fällt, kommst du besser mit.«

Hickory will mich festhalten, aber ich ziehe meine gute alte Glitschiger-Fisch-Nummer durch und schlüpfe um die Fässer herum. Er verflucht mich, folgt mir aber. Platt wie eine Flunder drücke ich mich an die Wand und bleibe möglichst auf Abstand zum Wasser. Wir tauchen in den Nebel ein, vorbei an den leeren Käfigen. Schon ist unsere Haut von den feinen Tropfen nass glänzend.

In der Haupthütte ist alles verlassen und dunkel. Fässer, Kisten, umgeworfene Bänke. Aus einem Loch in der Decke hängt die Hälfte einer zerbrochenen Trittleiter, die nach oben führt. Ein geschätztes halbes Dutzend toter Lederschädel gibt's außerdem. Allesamt aufgeschlitzte Klappergestelle.

»Was war denn hier los?«, rufe ich über das Rauschen des weinenden Tors.

»Keine Ahnung«, sagt Hickory. »Muss aber schon lange her

sein.« Er hebt eine Gasmaske an ihrem Rüsselstück hoch. Ein dreckiger Schädel klappert zu Boden. Hickory schenkt ihm kaum Beachtung, sondern tastet das Halsstück der Maske ab. »Glatt abgerissen.«

»Von wem?« In der Ecke entdecke ich eine abgetrennte Hand. Aus einem Lederhandschuh lugt ein Zentimeter Knochen. Ich trete einen Schritt näher zu Hickory. »Phantasmen machen so was nicht, oder?«

»Glaube kaum.«

»Also was hat die hier erledigt?«

Er wirft die Maske weg. »Wäre wahrscheinlich das Beste, wenn wir es nicht rausfinden.«

Violet ist ein Zimmer weiter, wo sie in der Ecke über einem Haufen Klamotten oder Ähnlichem kauert. Die Wände sind voller Krallenabdrücke. Von der Decke tropft Wasser. Das Gewehr im Anschlag, wirbelt sie herum.

Meine Hände schießen in die Höhe. »Langsam, langsam, wir sind's.«

»Ihr solltet doch auf ein Signal warten.«

»Kam mir nicht richtig vor, dich allein hier reingehen zu lassen«, sagt Hickory. »Nur Jane musste ich praktisch zwingen.«

»*Was?* Das stimmt nicht, du verlogener D–«

»Unwichtig«, unterbricht Violet mich. »Kommt her und schaut euch das an.«

Das in der Ecke sind keine Klamotten. Es ist ein Haufen durchtränkter –

»Haut«, informiert uns Violet. Sie hebt ein kleines Stück mit ihrem Gewehr an. Das Zeug ist rosa und durchscheinend. »Irgendwas hat das hier abgelegt. Ein Tier von … vielleicht eineinhalb Metern? Länger? Ich glaube, das hier«, sie wackelt mit einem der triefenden Ärmel, »sind Arme oder Beine.«

»Glaubt ihr, die toten Lederschädel gehen auf sein Konto?«, frage ich.

»Kann sein«, antwortet Hickory. »Oder es hat nur ein paar getötet und die übrigen sind abgehauen.«

»Dieses Rüschenzeug hier könnten Kiemen sein«, überlegt Violet.

»Soll das heißen, das Ding kam aus dem Wasser?«, frage ich. »Durchs Tor?«

»Für Fischeier wären die Löcher groß genug«, meint Violet.

»Oder für Kaulquappen.«

Ein Geräusch von draußen macht mir Gänsehaut: eine gurgelnde Mischung aus vogelartigem Tschilpen und krötigem Quaken, gefolgt von einem leisen Platschen.

»Alles klaaar«, sage ich. »Schätze, es hat uns einen Gefallen getan, hier aufzuräumen und so, aber lasst uns nicht bleiben, um ihm dafür zu danken. Violet, hast du –? Bitte leg das Ding weg, das ist echt widerlich.« Die Haut macht ein nasses, patschendes Geräusch, als sie auf den Boden klatscht. »Hast du dir die Boote angesehen?«

Violet nickt zur Tür, die zum Anleger führt. »Da durch. Ist alles geritzt. Aber zuerst sollten wir uns verkleiden, finde ich. Könnte uns wertvolle Sekunden bringen, sollte man uns sichten.«

Wir kehren in den ersten Raum zurück und zupfen die Anzüge der Lederschädel sauber. Lange dauert es nicht, dann stecken wir in den ekelhaft stinkenden und schlecht sitzenden Streifen. Wir wickeln sie um unsere Kleidung und die nackte

Haut, helfen uns gegenseitig, Überreste abzureißen und festzubinden. Die Handschuhe lassen wir liegen, weil sie viel zu groß sind und sowieso zu wenige Finger haben. Doch bei den Masken greifen wir zu. Ich sorge dafür, dass im Leder um meine Taille eine Lücke bleibt, damit ich an den Schlüssel in meiner Tasche komme.

»Tolle Leistung«, stelle ich fest, als wir fertig sind. »Wir sehen kein bisschen aus wie die.«

»Glaub's oder lass es bleiben, aber ich versuche das nicht zum ersten Mal«, sagt Hickory. »Lange Geschichte. Nahm kein gutes Ende.« Er schüttelt den Kopf. »Zum Beispiel sind wir viel zu klein.«

»Es muss da draußen doch irgendwo Lederschädelkinder geben«, meint Violet. »Vielleicht halten sie uns für Teenager.«

»Na, sind wir doch auch«, sage ich.

Hickory breitet die Arme aus. »Ihr vielleicht.«

Dann gehen wir raus in den strömenden Regen zum Anleger. Betrachten den Fluss. Die Luft ist rein. Keine Bösewichte. Keine rosahäutigen Tiere. Nichts außer brodelnd schwarzem Wasser.

Hickory und Violet halten das Boot am äußeren Ende des Anlegers für die beste Wahl, da die Strömung dort nicht ganz so stark ist. Der Motor ist wie bei allen anderen völlig zerstört, dafür sind die Seiten weniger eingedrückt. Sie sind total begeistert darüber, was für ein Glücksgriff das Boot ist, doch wenn man mich fragt, sieht das Ding aus wie ein Sarg aus Metall. Wir finden nur ein Ruder, weshalb Hickory ein Brett vom Steg reißt und zweckentfremdet.

Violet bindet das Boot los und hält es fest. Ich trete einen

Schritt zurück. So gruselig die Hütte auch sein mag, hier mit einem Boot wegzuschippern, kommt mir plötzlich wie eine sehr schlechte Idee vor. »Was, wenn ich reinfalle?«

»Dann springe ich hinterher und hole dich raus«, sagt Violet.

»Und wenn wir alle reinfallen? Und von einem dieser Strudeldinger nach unten gezogen werden?«

»Dann halten wir die Luft an und hoffen das Beste.«

»Aber was, wenn wir in ein echt langes Treppenhaus gezogen werden oder eine Halle oder –«

»Das lässt sich abkürzen«, unterbricht mich Hickory. »Willst du deine Mum finden oder nicht?«

Verdammte Kacke. Er hat recht. Ich hasse es, dass er recht hat, aber er hat recht.

In dem schwimmenden Sarg gibt es drei Plätze. Eine Bank vorn, eine in der Mitte und eine hinten. Ich pflanze mich auf den mittleren Sitz und klammere mich links und rechts fest, nachdem ich meine Gasmaske auf meinen Schoß gelegt habe. Hickory übernimmt das Festhalten, während Violet vorn ins Boot steigt und in Fahrtrichtung Platz nimmt. Unsere Mitfahrgelegenheit schwankt und wackelt. Ich mache die Augen fest zu und rede mir ein, ich würde in einem Schaukelstuhl sitzen. Im Keller der Hollows. Oder sonst wo auf dem Trockenen.

»Sagt Bescheid, wenn wir ablegen«, sage ich, die Augen noch immer fest zu.

»Jane«, sagt Violet nach einer Weile. »Sieh mich an.«

»Geht nicht.«

»Warum nicht?«

»Hab zu tun.«

Ein Schwall eiskaltes Wasser klatscht gegen meinen Rücken.

Brüllend fahre ich herum und will Hickory eine verpassen – da sehe ich, wie der Stützpunkt der Lederschädel hinter ihm in der Ferne schrumpft. Der Strom treibt uns bereits behutsam durch die Schlucht, vorbei unter den Brücken, den Gängen und den bunten Kristallpunkten, die hoch über uns wie Sterne funkeln.

Hickory lächelt mich an. »Alles klar«, sagt er. »Dann lasst uns diesen Schlüssel finden.«

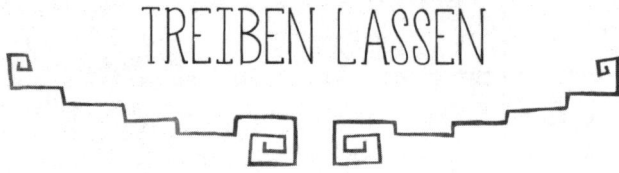

TREIBEN LASSEN

Vor einer Weile hat sich die Schlucht in drei Korridore verzweigt. Aus reinem Bauchgefühl habe ich mich für den mittleren entschieden. Schweigend dümpeln wir unter einer Gewölbedecke dahin und weichen den Leuchtern aus, die knapp über dem Wasser hängen. Beim Vorbeischwimmen bringen wir die gespiegelten Kerzen zum Tanzen. Von den tiefschwarzen Torbögen ringsherum hallen Plätschern und Tropfen wider. Violet steuert, wenn es sein muss, doch die Hauptarbeit übernimmt der Strom, schnell und stetig.

Hickory ist eingeschlafen, eingerollt unter dem kaputten Motor. Allmählich habe ich den Verdacht, dass dieser Typ absichtlich übertrieben hat, als er uns den Fluss als so supergefährlich beschrieben hat, damit wir ihn auch ja mitnehmen. Offenbar dauert es noch einige Stunden, bevor wir den nächsten Lederschädelstützpunkt erreichen.

Ich halte aufmerksam Ausschau nach allem, was mir bekannt vorkommen könnte, irgendetwas aus meinem Traum. Aber

nichts sticht ins Auge. Ich rücke meinen Anzug zurecht, der genau an den falschen Stellen zu eng am Körper klebt. Probiere die Gasmaske auf. Wenig überraschend stinkt das Ding fürchterlich.

Wir lassen uns weiter treiben und ich beschließe, mit Violet noch einmal ein Gespräch anzufangen. Teilweise, um mich abzulenken, aber auch, weil sie mich zweimal dabei erwischt, wie ich sie anglotze, und es irgendwann komisch auffällt, wenn man ständig die Ruderkünste eines anderen lobt. Ich stelle ihr Fragen über Bluehaven, die sie gerne zu beantworten scheint. Nein, sie trägt schon seit Jahren keine roten Stiefel mehr. Nein, seit meiner Abreise wurde der Klagetag nicht mehr gefeiert – obwohl Atlas in Gedenken an das große Ereignis wahrscheinlich seine eigene kleine Party schmeißt. Ja, die Fischer hassen mich noch immer und sehr wahrscheinlich ist Eric junior nach wie vor ein Volltrottel.

Wo wir schon beim Thema Trottel sind, frage ich sie nach Roth, weil ich über etwas nachgedacht habe.

»Es muss einen Weg geben, wie man ihn töten kann, richtig? Jeder behauptet, er wäre unsterblich, aber *etwas* hat ihn eindeutig verletzt. Oder *jemand*. Jedenfalls ist er nicht gerade das blühende Leben, weißt du?«

»Weiß nicht, Jane.« Sie unterdrückt ein Gähnen.

»Ich wette, meine Mum hat eine Idee. So lange, wie sie schon hier ist? Ganz bestimmt kann sie uns helfen. Willst du wissen, was ich sie fragen werde? Inzwischen hab ich meine Liste auf zehn Punkte reduziert.«

Ich schaffe die ersten fünf, bevor Violet mich unterbricht. »Glaubst du wirklich, dass sie da ist?«

»Klar. Ich glaube wirklich, dass sie da ist.«

Violet taucht ihr Ruder ins Wasser und wir weichen einem Kerzenleuchter aus. »Ich sage das echt nicht gerne, Jane, aber … aber ich glaube das nicht. Und ich bin auch nicht davon überzeugt, dass wir den Schlüssel dort finden.«

»Warum? Nach dem ganzen Nichts-geschieht-ohne-Grund-Gerede denkst du, das Schloss … hat mich einfach so aus Spaß auf eine geisteskranke Flusskreuzfahrt geschickt, oder was?«

»Ich sagte nicht, dass es keinen Grund für das hier gibt. Ich will nur nicht, dass du dir falsche Hoffnungen machst, das ist alles. Elsa ist vor langer Zeit abgehauen und hier ist es sehr gefährlich.«

»Sie ist nicht *abgehauen*. Außerdem hat Hickory es ja auch geschafft, hier drin zu überleben.«

»Indem er sich den Fieslingen angeschlossen hat.« Violet zuckt mit den Schultern. »Irgendwie.«

»Ach, dann glaubst du jetzt also, dass meine Mum eine Kopfgeldjägerin ist?«

»Nein, Jane.« Sie legt das Ruder auf ihrem Schoß ab und dreht sich zu mir um. »Pass auf. Du sagst, du hast Statuen gesehen und dann bist du durch Stromschnellen den Fluss runtergeschossen, durch Seen und über einen großen Wasserfall. Dann wurde alles schwarz.«

»Ja. Na und?«

»Du hast eine Scheißangst vor Wasser. Was, wenn alles so plötzlich schwarz wurde, weil du Angst bekommen hast? Was, wenn du vor lauter Panik immer wieder aufwachst, bevor du sehen kannst, was du *eigentlich* sehen sollst? Was, wenn du nur den *Anfang* des Weges gesehen hast? Und vergiss das Phan-

tasma nicht. Elsa wurde erwischt. War in seinem Griff. Du musst dich wappnen, für den Fall, dass … na ja, falls …«

»Sie ist nicht tot, Violet«, stelle ich klar. »Das weiß ich. Sie wird da sein, genau wie der Schlüssel.«

Das war's, Game over, sie wird nie wieder ein Wort mit mir reden. Doch dann legt sie den Kopf schief und sagt: »Früher haben wir nie so viel gestritten, oder?«

»Nicht so richtig. Na ja, also da gab es das eine Mal, als du meine Bettlaken angezündet hast. Wahnsinnig witzig, so geweckt zu werden.«

Violet lacht. »Das hatte ich ganz vergessen. Tja, wird dich freuen zu hören, dass ich diesen Drang dank Winifred inzwischen unter Kontrolle habe.«

»Oh nein. Was hast du gemacht?«

»Gar nichts.«

»Komm schon, sag's mir. Was ist passiert? Lass mich raten. Du hast ihr Büro in Brand gesteckt? Den hübschen Waffenschrank, den sie dadrin hat. Oder … warte – du hast aber nicht die Große Bibliothek abgefackelt, oder?«

»Nein!« Violet brüllt beinahe, als hätte ich sie nicht schlimmer beleidigen können. Dann räuspert sie sich. »Okay, ja. Aber es war nur ein winzig kleines Feuer.«

»Warum zum Teufel zündest du die Bibliothek an?«

»Das war keine Absicht. Na gut, war es doch, aber … Also das war ungefähr ein Jahr, nachdem du gegangen bist. Wir waren mit Nachforschungen beschäftigt und da unten ist es ja immer so dunkel. Also dachte ich mir, ich packe ein paar Fackeln zusammen und mache ein echt *großes* Licht – natürlich nur, damit wir besser lesen können.«

»Natürlich.«

»Und dann sind die Fackeln irgendwie …«

»Explodiert?«

»Genau. Weil ich vermutlich ein bisschen zu viel Öl darübergegossen habe.«

»Aus Versehen.«

»Ja. Aus Versehen. Total aus Versehen. Ich bin ohne Verletzung davongekommen, nur die Bücher außen herum hatten weniger Glück. Winifred kam in den Gang gerannt, löschte das Feuer mit ihrem Umhang und alles war okay. Na ja, nicht *okay*. Sie hat mich bestraft. Fünfzig Runden um die Bibliothek joggen. Und die ist groß, weißt du noch? Ich war damals erst neun. Ein ganzes Jahr lang durfte ich nichts mehr anfassen, was mit offener Flamme zu tun hat.«

»Wow. Dann machen dich die ganzen Kerzen und Fackeln hier drin bestimmt kirre, was? Entzünden sich ständig, verpuffen wieder. Magisches Feuer. Ein Traum für jeden Pyromanen, oder?«

»Ich bin keine Pyromanin!«, beschwert sie sich mit ein wenig zu viel Nachdruck. »Mir geht's gut. Ich bin völlig geheilt. Nichts, worüber man sich Sorgen machen müsste.« Sie dreht sich wieder um und schmeißt mir das Ruder in den Schoß. »Hier.«

Oh Kacke! »Ich soll rudern?«

»Ist ganz leicht, Jane. Wenn wir zu weit nach rechts driften, paddelst du rechts. Wenn wir zu weit nach links abdriften, paddelst du links. Den Rest übernimmt die Strömung. Das kriegst du hin.«

»Klar, kein Problem.« Großes Problem. Megaproblem. Ich

würde mir nicht mal ein Spielzeugschiff in der Badewanne anvertrauen. »Ich steuere einfach das Boot. Rudere durch den gruseligen schwarzen Fluss. Und lasse uns nicht ersaufen.«

»Schrei, wenn was schiefläuft. Ich hab seit Tagen nicht geschlafen. Muss mich ausruhen.«

Violet kauert sich in den Fußraum vorn im Boot und rollt sich ein wie eine Katze. Ich packe das Ruder und setze mich aufrecht. Ich schaffe das. Ich muss es schaffen. Sie hat auf mich aufgepasst, als ich im Zug k. o. gegangen bin.

»Na schön«, flüstere ich. Augen geradeaus. Sei eins mit dem Ruder. Nicht zu tief eintauchen. Links, rechts. Lass die Strömung die Arbeit für dich machen. »Jane White. Kapitänin White. *Ruder, ruder, ruder dein Boot, sanft hinab den Fluss –*«

»Alles klar, *Käpt'n?*«, meldet Hickory sich hinter mir zu Wort und ich mache mir um ein Haar ins Höschen.

»Verflucht, Hickory! Mir geht's gut. Prächtig. Alles ist – Mist, was ist jetzt?«

»Beruhig dich. Hab mich nur wieder hingesetzt.«

»Ich bin ruhig. Total ruhig.«

Hickory seufzt. Tunkt sein provisorisches Ruder ins Wasser. »Wenn du's sagst.«

Der Fluss fließt, das Schloss rollt an uns vorüber. All die verlassenen Bogengänge, die wer weiß wohin führen und wer weiß was verstecken. Violet rührt sich nicht. Die Arme ist bereits tief eingeschlafen.

»Ich finde das übrigens echt süß«, wispert Hickory nach einer Weile.

»Was?«

»Du und Violet.«

»Ich und – sag mal, hast du *gelauscht?*«

»Wir sitzen in einem winzigen Boot. Was erwartest du? Aber ich finde das super. Du bist ein Mädchen, sie ist ein Mädchen …«

»Du bist ein Idiot.«

»Hey, lass deinen Frust nicht an mir aus! Wenn du sie magst, dann –«

»Tu ich *nicht.*« Ich sehe nach, ob Violet noch immer pennt. Ein Lob auf die Schöpfer, sie schläft tief und fest! »Jedenfalls nicht so. Sie ist Violet, verflucht! So denke ich nicht über sie.«

»Und warum hast du ihr dann erzählt, dass sie hübsch ist?«

»Was?« Oh nein. Ich *habe* ihr gesagt, dass sie hübsch ist. Im Käfig des Kopfgeldjägers. Das hatte ich total vergessen. »Aber. Aber sie hatte diesen Schal. Ich wusste ja nicht –«

»Keine Sorge«, wehrt Hickory ab. »Ist eh das Beste, kein Geheimnis aus so was zu machen.«

»He!« Ich balle die Fäuste und spreche leiser. »Halt die Klappe und rudere weiter.«

Wir kommen an einem Leuchter vorbei und kurz spiele ich mit dem Gedanken, mir eine der Kerzen ins Gesicht zu rammen. Ich fasse es nicht! Ich habe ihr gesagt, dass sie hübsch ist! Mann, sie ist *Violet*! Andererseits … Nein. Vielleicht hat sie es gar nicht gehört. Immerhin war es in dem Käfig ziemlich laut, richtig? Quietschende Räder und so? Vielleicht hat sie ja *Hölle* verstanden. So wie in: *Hölle, ist das mies, dass er dich geschnappt hat!* Jepp. Sollte sie mich je drauf ansprechen, werde ich ihr genau das sagen.

»Ich glaube übrigens, du hast recht«, sagt Hickory. »Was deine Mum angeht. Sie wird da sein.«

»Ja, tja, also du wirst schön auf Abstand bleiben. Neue Regel! Du hältst dich mindestens fünf Meter von ihr fern. Am besten schaust du sie nicht mal an – oder den zweiten Schlüssel. Sobald wir sie finden, bist du raus aus der Sache, Kumpel. Von der Gruppe ausgeschlossen.«

»Von der Gruppe ausgeschlossen?«

»Jepp. Ausgeschlossen. Wir brauchen dich dann nicht mehr. Meine Mum kann uns zur Wiege führen. *Sie* kann uns dabei helfen, sie zu öffnen. *Sie* kann uns dabei helfen, das Meer bis zum Grundstein in der Mitte zu überqueren, und wenn wir erst da sind, gehört der dritte Schlüssel uns, nicht dir. Du hast schon verloren.«

Ich merke, dass Hickory mich mustert. Spüre seinen kalten Blick im Nacken. »Du täuschst dich in mir, weißt du?«

»Ach, dann bist du also *kein* verlogener, hinterhältiger Blödmann? Du willst die Wiege *nicht*, damit du das Schloss in Schutt und Asche legen kannst? Du hast *nicht* jede Menge Leute entführt und zu Roth geschleppt? Was meinst du übrigens, wie viele Menschen deinetwegen schon gestorben sind? So grob geschätzt?«

Das verschlägt ihm die Sprache. Ich drehe mich zu ihm um und erwarte seinen erdolchenden Blick, doch stattdessen betrachtet er das Wasser, verloren im Kerzenschein, der sich dort spiegelt. Er sieht traurig aus und ich habe das Gefühl, den echten Hickory wiederzusehen. Den Hickory, dem ich zuletzt in der Hütte begegnet bin, als ich ihm von meinem Leben auf Bluehaven erzählt habe. Keine Lügen. Keine blöden Kommentare. Nur ein ernüchterter, gebrochener, einsamer Kerl.

»Wie?«, frage ich. »Wie genau täusche ich mich in dir?«

Er kommt zu sich und schüttelt den Kopf. »Vergiss es.«

»Nein. Ich will es wissen. Ich meine, es muss doch echt anstrengend sein, Hickory, ständig den Geheimnisvollen zu spielen. Sag's mir einfach. Was ist das große Geheimnis?«

Aber ich habe ihn wieder verloren. Er paddelt weiter, hier und gleichzeitig ganz woanders, den Blick in die endlose Ferne gerichtet. Ich warte. Und warte. Dann lasse ich es gut sein, zu müde für solche Spielchen.

Gemeinsam rudern wir schweigend weiter. Die Zeit verrinnt so schnell und stetig wie der Strom. Violet schläft.

Dann, wer weiß nach wie viel Zeit, fängt Hickory an zu summen. Leise. Traurig. Irgendwie bekannt. Ich glaube, er merkt es nicht einmal. Wenn ich mich umdrehe, hört er garantiert auf, also sitze ich still, rudere und zerbreche mir den Kopf darüber, wo zum Teufel ich diese Melodie schon mal gehört haben könnte. Dann fällt es mir ein. Plötzlich hopse ich wieder an Hickorys Seite durch den Wald mit den roten Blättern. Ich singe den Kokosnuss-Song – dass Dad meine Stimme nicht ausstehen kann, fasse ich noch immer nicht, aber was versteht er eigentlich von Musik? – und Hickory singt von einem Mädchen.

Ein Mädchen, namens … wie war das noch gleich? Willow? Nein, irgendwas mit F. Fi… Fo… Fa…

Farrow.

Ich höre auf zu rudern. Hickory hört auf zu summen. Vielleicht ist er mir auf die Schliche gekommen. Ich überlege, ob ich ihn auf das Lied und das Mädchen ansprechen soll. Wer ist sie? Wer *war* sie? Eine Kindheitsliebe aus Bluehaven? Eine Freundin? Offensichtlich hat er doch nicht *jedes* Gesicht aus seinem alten Leben vergessen, es sei denn, er erinnert sich nur

noch an den Namen. Ich will mich umdrehen und es ihm ins Gesicht sagen, dass ich etwas über ihn herausgefunden habe, was er verbergen wollte …

Doch ich komme nicht dazu.

Das Boot gleitet um eine Biege und schießt einige kurze Stromschnellen hinab. Hier ist der Gang wesentlich breiter und überall an den Wänden hängen Balkone, aus denen Wasser strömt. Wir fahren unter einer Hängebrücke durch, die sich über den Fluss reckt. In den Seilen ist ein dunkler Klumpen verheddert.

Ein toter Lederschädel, gefangen wie ein Käfer im Spinnennetz.

»Wir nähern uns dem nächsten Stützpunkt«, sagt Hickory.

Wir fliegen durch einen Torbogen und da sehe ich sie, links und rechts am Fluss vor uns. Zwei halb im Wasser steckende Statuen mit hoch erhobenen Schwertern, deren Klingen sich am obersten Punkt berühren.

Die Statuen aus meinem Traum.

»Hier ist es«, sage ich. »Genau das habe ich gesehen. Das hat das Schloss mir gezeigt.«

Vor uns gabelt sich der Gang in drei kleinere Korridore auf.

Ich rüttele Violet wach. Erschrocken setzt sie sich auf. »Was ist los? Sind wir da?«

»Ja«, antworte ich. *Schau sie nicht an, blöde Kuh, du hast ihr gesagt, sie sei hübsch!* »Ähm. Besser, du übernimmst.« Ich reiche ihr das Ruder. »Wir müssen nach links. Und wir sollten uns gut festhalten.«

SCHWIMMENDE HÄPPCHEN

Die wogende Brühe. Die strudelnden Wellen. Das Tosen von Wind und Wasser. Wir platschen um Biegungen herum, schrappen an Wänden entlang und schießen über kleine Treppenwasserfälle – jedes Mal dieser Moment der Schwerelosigkeit, der Magen dreht sich um, ein Schrei und dann der plötzliche Sturz, wenn wir wieder in die schäumenden Fluten plumpsen, um sofort davongetragen zu werden. Ich habe eine Scheißangst, klar, aber gleichzeitig bin ich hoch konzentriert. Der Pfad zur Halle der Wasserfälle erscheint so deutlich vor meinem inneren Auge, als wäre ich wieder in meinem Traum. Ich weiß genau, wohin wir müssen.

Nicht nur meine Erinnerung, auch mein Gefühl leiten mich. Ich gebe den anderen die Richtung vor. Hart rechts. Links. Geradeaus, schnurgerade. Wir haben eine einzige Chance. Sollten wir auch nur eine Abzweigung verpassen, gibt es kein Zurück.

Balkone spucken Wasser aus, das uns bis auf die Knochen durchweicht. Wir ziehen die Köpfe ein, wenn wir unter um-

gestürzten Säulen hindurchschippern, und umschiffen zerstörte Statuen. Steinköpfe, groß wie Felsen. Gigantische Hände, die aus dem Wasser greifen. Wir klatschen in einen See – genau wie in meiner Erinnerung. Eine unsichtbare Decke. Säulen, die in der Finsternis verschwinden. Ein fernes, gurgelndes Dröhnen wie von einem gigantischen Abfluss. Ein Strudel.

»Nach rechts!«, rufe ich. »Rechts, rechts, rechts.«

Der Strudel will uns einsaugen, doch Hickory und Violet bringen uns außer Reichweite. Wir werden von einer anderen Strömung erfasst und schaffen es im Handumdrehen bis zur anderen Seite des Sees.

»Hier lang.« Ich strecke den Finger aus. »Dritter Bogen.«

Dann sind wir wieder in den Stromschnellen der Gänge und Hallen. Wir kommen immer näher, ich spüre es.

»Links, links!«, rufe ich. »Wir sind fast da«, doch sobald ich es ausgesprochen habe, knallen wir gegen einen Steinkopf. Das Boot kippt. Wir drehen uns, verpassen die Abzweigung und schießen stattdessen nach rechts.

»Festhalten!«, brüllt Violet.

Wir segeln über den nächsten Wasserfall und finden uns zwei Sekunden später in den Stromschnellen wieder. Der Aufprall ist so gewaltig, dass ich nach hinten geworfen werde. Eigentlich sollte ich auf Hickory landen, doch Hickory ist nicht da.

Ich schaue mich um. Er baumelt von einem Kerzenleuchter über dem Wasserfall – muss da hochgeschleudert worden sein, als wir über den Rand geschossen sind. Mit Mühe kann ich ihn über das Tosen der Strömung hören: »Wartet auf mich!« Doch dann biegen wir um eine Ecke und er ist weg.

»Duck dich!«, schreit Violet.

Ein niedriger Torbogen. Wir preschen hindurch in die Dunkelheit. Unter uns kippt das Boot in die Tiefe. Wir halten uns fest, drehen uns, fallen, drehen uns, fallen, krachen und schaben an einer Wand hinab. Es ist eine Wendeltreppe. Am Ende ploppen wir heraus wie ein Korken aus der Flasche und platschen wie ein Stein über die Wasseroberfläche. Durchgeschüttelt und nass bis auf die Knochen husten wir Wasser.

Dieser neue Korridor ist breiter, mit nur wenigen Fackeln an den Wänden. Das Wasser ist zwar ruhiger, dafür genauso schnell. Wieder und wieder rufen wir nach Hickory. Suchen die schwarze Oberfläche ab.

Nichts.

In diesem Moment bemerke ich die Häute, die im Wasser treiben. Weitere haben sich knapp über der Oberfläche an den Fackelhalterungen verfangen. Ein Stückchen weiter schwimmen sie richtig dick in den Fluten.

»Oh, oh«, sage ich. »Nicht gut.«

Violet zielt mit dem Gewehr auf den Fluss vor uns, auf die Wand aus Finsternis, die schnell auf uns zukommt. Dort vorn hat man die Fackeln von den Wänden gerissen oder aber das Wasser hat sie fortgespült. »Sieh zu, dass weder Arme noch Beine über den Rand hängen«, sagt sie leise. »Und keinen Laut!«

»Aber wir müssen irgendwie zurück auf den richtigen Weg zu —«

»*Ich sagte, halt die Klappe!*«

Wir werden von der Dunkelheit verschluckt. Das Dröhnen der gefluteten Treppe verebbt zu einem leisen Grollen und ich frage mich, warum ausgerechnet immer dann, wenn man superleise sein muss, atmen so ungeheuer laut wird.

Ein winziges Platschen in der Dunkelheit. Etwas klopft gegen das Boot.

»Sie sind da«, wispert Violet.

Zwei weitere Schläge lassen das Boot schaukeln. Dann hören wir es. Überall um uns tschilp-quakt es leise. Begleitet von glibberig-schleifenden Geräuschen. Gerne hätte ich mir eingeredet, dass wir sicher sind, solange wir im Boot bleiben, aber das Ding am Stützpunkt hat sich auf dem Trockenen gehäutet, was uns zu Teenagern in einem offenen Sarg macht. Häppchen auf einem schwimmenden Präsentierteller. In der Finsternis biegen wir um eine Ecke. Die Strömung wird schneller, ein entferntes Donnern lauter – wahrscheinlich das nächste Treppenhaus.

Doch zuerst drei glühende Punkte. Kerzen auf einem Leuchter, der näher kommt. Umrisse werden sichtbar. Violet, die vor mir kauert. Leere Kerzenhalter an den Wänden. Und dort, knapp darunter, die Kreaturen. Es sind Dutzende, die rings um uns herum durchs Wasser gleiten. Ihre Schwänze sind wie sich windende Schlangen. Wir schwimmen unter dem Leuchter hindurch und mit dem helleren Glimmen kommen auch die Details, auf die ich gerne verzichtet hätte. Kiemen. Ein rosa Schimmer. Aufgedunsene Hauttaschen, wo eigentlich Augen sitzen sollten. Blitzende Zähne und Krallen. Gespaltene, züngelnde Zungen. Komische Rüschen am Kragen. Gefiederte Schwimmhäute, die sich sträuben und zucken.

Warum greifen sie nicht an? Worauf warten sie?

Violet will mir das Brett reichen – nicht länger als Ruder, sondern als Waffe –, doch mit dem Gewehr ist es zu unhandlich. Im letzten Moment verliert sie es. Das Brett knallt gegen ihren Sitz. Laut ist es nicht, aber es genügt. Eins der Tiere springt aus dem Wasser und klatscht mit voller Breitseite gegen das Boot. Dann noch eins und noch eins. Wir schaukeln und kentern beinahe. Ich schließe die Augen und denke *Schaukelstuhl, Schaukelstuhl*, doch das hilft kein Stück. Dann das bisher lauteste Platschen. Ein gewaltiger Schlag bringt das Boot zum Wippen – diesmal nicht von links nach rechts wie bisher, sondern vor und zurück, auf und ab.

Eins der Viecher ist im Boot gelandet.

Es hockt direkt hinter mir.

Ich höre es atmen. Rieche saure Milch und gammligen Fisch. Als ich die Augen öffne, starrt Violet mich an und hält einen Finger an die Lippen. Sie zeigt auf ihre Augen und schüttelt den Kopf. *Es kann uns hören, aber nicht sehen.*

Sie zielt mit dem Gewehr auf das Tier hinter mir. Langsam beuge ich mich vor und stecke die Finger in die Ohren, stelle mich auf den Knall ein. Der Schwanz des Tiers berührt meine Seite, schlingt sich um meinen Bauch. Das Atmen wird zu einem Zischen, einem Knurren und ich brülle: »Jetzt! Schieß!«

Violet drückt ab. Das Vieh wird aus dem Boot geschleudert und meine Trommelfelle gleich mit. Allerdings habe ich andere Sorgen. Die Biester greifen von allen Seiten an, springen aus dem Wasser, wollen an Bord. Wir sind umzingelt von gierigem Knurren und Tschilp-Quaken. Peitschende Schwänze und Gischt. Violet verballert jede einzelne Patrone. Ich schnappe mir das Brett und schlage um mich.

Bemerke die Treppe erst, als es zu spät ist.

Das Boot kippt unter mir weg. Ich fliege durch die Finsternis, auf dem besten Weg, mit den Biestern eine Runde schwimmen zu gehen.

DAS NEST

Treppenwasserfälle sind die schlimmsten. Ich befinde mich im freien Fall. Klatsche ins Wasser. Fliege. Klatsche ins Wasser. Werde fortgerissen, ausgespuckt, untergetaucht und durchgespült.

Wann immer es geht, hole ich Luft, aber oft ist das nicht. Wasser. Luft. Wasser. Luft. Wasser. Wasser. Wasser. Wo bleibt die Luft? Das Treppenhaus ist wohl zu Ende. Ich werde durch einen gefluteten Gang gespült.

Ich brauche Luft, brauche Luft, brauche –

Luft. Jede Menge davon. Ich wurde in eine Säulenhalle gespuckt. Ich fliege – überschlage mich –, falle tief, tief, tief. Unterwegs erhasche ich einen Blick auf flammende Fackeln. Hölzerne Plattformen. Ein See, der auf mich zurast. *Wo ist das Boot? Wo ist Violet? Ich bin verloren. Ganz allein.*

Heftig pralle ich auf die Oberfläche und tauche unter, eingehüllt von Luftblasen, völlig benommen. Ich sinke, umgeben von Dunkelheit, wie in meinem Traum, nur ist dieses Wasser

irgendwie anders, irgendwie seltsam. Es ist dick wie Suppe und warm. Als ich die Augen öffne, brennen sie.

Etwas packt mich am Arm. Ich wehre mich, will mich losreißen, doch der Griff verstärkt sich. Fünf Finger, keine Kralle. Es ist Violet. Sie schlingt den Arm um meine Brust. Ich spüre, wie ihre Beine austreten, also trete auch ich Wasser. Und noch ehe ich weiß, was passiert, liegen wir auf einem niedrigen Holzsteg, husten, würgen und wischen uns Schleimfäden aus den Augen.

Ich suche in der Tasche nach dem Schlüssel. Noch da. Sicher aufgehoben.

»Hat vermutlich keinen Sinn, dir zu sagen, dass du dich beruhigen sollst«, meint Violet neben mir.

Der Steg zittert. Ich löse ein Beben aus.

»Oh, oh. Nicht jetzt …«

An was Schönes denken! Dummerweise höre ich überall um uns herum die Biester. Keifen und Tschilp-Quaken. Sie purzeln hinter uns aus dem Wasserfall, werden aus einem Bogengang nahe der Decke gespült, einer Galerie, die scheinbar die gesamte Halle einrahmt. Eins der Tiere landet auf unserem gekenterten Boot. Die übrigen tauchen in die Brühe und verschwinden.

Wir rappeln uns auf und schauen uns um.

Ein Wald aus Säulen und Stegen. Ein Netz aus hohen Leitern und hölzernen Plattformen, die mich an Baumhäuser erinnern, und zwar mehrere Etagen davon, alles verbunden durch Hängebrücken aus Tauen. Morsches Holz. Zerfasernde Seile. Hautfetzen. Über uns in der Dunkelheit schimmern Kronleuchter. An jeder Säule brennen Fackeln. Die Halle ist enorm, sodass ich die windschiefen Käfige, die Hutten und Verschläge, die

man am anderen Ende bis nach oben an die Galerie errichtet hat, nur undeutlich erkennen kann. Wir befinden uns in einer alten Lederschädelfestung. Ebenfalls verlassen.

»Ähm.« Violet hat ihre Waffe verloren. »Irgendwelche Geistesblitze?«

»Wir laufen zum Lager«, sage ich. »Und lassen uns nicht fressen.«

Wir rennen los. Aus der gammligen Brühe schießen Biester, landen links und rechts auf den Stegen. Ihre rosa Haut ist so blass, dass man beinahe hindurchsehen kann. Sie flitzen neben uns und hinter uns her. Die Schwänze sind steif und spitz, die Schwimmhautfedern gesträubt. Zehn Tiere. Zwanzig. Ein ganzes verdammtes Rudel auf der Jagd.

Der Steg teilt sich. Violet nimmt den linken Weg. Ich will ihr nach, doch da springt eins der Biester aus dem Wasser und schnappt nach meinen Zehen, also lande ich auf dem rechten Pfad. Der Steg kippt. Eine der Säulen neben mir knackt. Ein Steinbrocken löst sich und klatscht in die Pampe.

Denk an was Schönes, Jane. *Kokosnüsse. Dad. Violet.*

Wo steckt sie?

Der Steg schwankt. Ich springe auf eine Leiter zu und klettere so schnell wie möglich nach oben. Eine Sprosse bricht. Unter mir stürzt die untere Hälfte der Leiter in die Tiefe, was die Biester allerdings nicht aufhält. Sie hechten vom einbrechenden Steg und erklimmen die umliegenden Säulen wie Katzen einen Baum.

Über mir liegt eine Plattform. Daneben eine Hängebrücke. Ich ziehe mich hoch und renne drauflos. Die Brücke hopst unter meinen Füßen, während die geknüpften Handläufe wie beim Seilspringen auf und ab hüpfen. Auf der Plattform an der anderen Seite stoße ich auf einen toten Lederschädel. Seine Hand umklammert noch immer eine Machete. Ich zerre sie aus seinem Griff und hacke auf die Taue hinter mir ein, bis sie endlich reißen. Als die Brücke einbricht, nimmt sie drei der Biester mit.

Aber noch habe ich es nicht geschafft. Immer mehr Viecher stürmen heran. Springen aus dem Wasser. Flitzen über andere Brücken. Klettern an Säulen hinauf. Strömen aus dem Säulengang der Galerie.

Wie eine verdammte Sturmflut.

Ich hopse und springe auf das Gebäude zu. Schwinge meine Machete, kappe Seile. Als ich auf einmal umzingelt bin, rette ich mich über eine Leiter auf die nächste Ebene. Die Höhe ist schwindelerregend. Weit unten entdecke ich Violet, die mit einer Fackel herumfuchtelt und ebenfalls zum Gebäude sprintet. Fast hat sie es geschafft. Das Wasser in ihrer Nähe ist rot. Irgendwas ist da unten. Da *drin*.

Drei Brücken später befinde ich mich auf der Zielgeraden und renne auf eine Tür im Obergeschoss der Station zu, während die Biester nach meinen Knöcheln schnappen. Ich will schneller laufen, doch die Brücke ist zu instabil. Als ich die Hälfte hinter mich gebracht habe, machen die Seile peitschende Geräusche.

»Oh, oh.«

Ich schmeiße die Machete weg, lande der Länge nach auf den Planken und klammere mich fest. Unter mir zerreißt die Brücke in exakt zwei Hälften und ich schwinge – abwärts, abwärts, abwärts , lasse aber nicht los. Die Viecher purzeln herunter.

Um ein Haar berühren meine Füße die widerliche rote Pampe im Wasser, doch ein letzter Riemen hält die Brücke fest, fängt sie ab. Prompt schnelle ich in die Höhe und baumele Zentimeter über der Wasseroberfläche.

Keine Pampe.

Eier.

Millionen davon. Eine gigantische Masse Biestereier, die wie Trauben im Wasser kleben, überall im ganzen Lager, sogar an den Wänden.

Die Viecher sind hier zu Hause, es ist ihr Nest.

Und wir sind mitten hineingerannt.

»Nicht gut«, murmele ich. »Echt eklig.«

Violet ruft nach mir – sie ist schon im Haus. Ich klettere an der kaputten Brücke wie an einer Leiter nach oben. Ein Stockwerk, zwei Stockwerke, drei. Greife nach der Plattform, grunze, hieve mich hoch –

Blicke auf gefletschte Zähne. Eine gespaltene Zunge. Einen aufgeplusterten Kragen Schwimmhautfedern.

Das Biest greift an. Ich lasse mich nach unten sacken, greife um und drehe mich auf die Unterseite der Brücke. Einige der Tiere unter mir haben mich aufgespürt. Sie jagen aus der Eierpampe, klettern die Brückenleiter hoch. Ich sitze in der Falle. Halte Ausschau nach allem, was mir vielleicht helfen könnte.

Da! Hinter mir baumelt ein einsames Seil.

Und drüben im Haus, ein Stockwerk weiter unten, in der zweiten Etage: ein Fenster.

Ich muss nur springen und mich da rüberschwingen.

Das Biest auf der Plattform zerhämmert mit dem Kopf die Holzbretter über mir, knirscht mit den Zähnen. Ich stoße mich rückwärts ab, drehe mich im Sprung, schnappe mir das Seil und hole Schwung, segle über die Eierpampe und die Viecher, die nach meinen Füßen schnappen. Ein Wahnsinnsgefühl, wenn ich ehrlich bin.

Natürlich verfehle ich das Fenster. Unglückliche Fehlberechnung.

Stattdessen krache ich durch die Holzwand daneben – »Kacke!« – und den Boden dahinter – »Verflucht!« –, bevor ich ein Stockwerk tiefer recht unelegant lande.

Vor mir kniet Violet, Augen und Mund weit aufgerissen, absolut sprachlos.

»Hey«, presse ich heraus.

»Hey«, erwidert sie. »Äh. Perfektes Timing. Danke.« Ich glotze sie dämlich an und sie schaut an mir runter. »Das wollte mich gerade fressen.«

Ich bin auf einem der Biester gelandet. Hab es platt gedrückt. Genickbruch. Mit einem schrillen Quieken krabble ich von dem Ding runter. »Tja, das war …« Glück. Zufall. Reiner Dusel. »Also, na ja, das war so geplant.«

»Natürlich.« Violet bringt so etwas wie ein Lächeln zustande.

Hinter mir ein Schlag, dann ein Tschilp-Quaken. Violets Augen treten beinahe aus den Höhlen und ich wirbele herum. Auf der Schwelle steht noch so ein Vieh. Zischend, aufgeplustert, bereit zum Angriff. Es springt ins Zimmer und – BAMM! Es knallt zu Boden, tot. In seinem Rücken steckt meine Machete.

Eine Sekunde später hechtet Hickory herein. »Tür zu, Tür zu!«

Violet ist mit einem Satz zur Stelle und stemmt sich dagegen, knallt die Tür zwei weiteren Biestern mitten im Sprung vor der

Nase zu und ich verbarrikadiere sie mit einer schweren Metall-kiste.

Die Biester hämmern dagegen. Das Holz knackt. Lang hält das nicht.

Keuchend zucke ich zusammen und helfe Hickory auf die Beine. »Nicht schlecht für einen alten Knacker.«

Er zieht eine Grimasse. »Gern geschehen.«

Violet zerrt die Machete aus dem Rücken der Kreatur. »Mir nach!« Wir schlängeln uns durch den Raum, unter dem Jane-förmigen Loch in der Decke durch und vorbei an Bergen von Schrott. »Wir müssen rauf zur Galerie.« Sie klettert auf eine Leiter in der Ecke. »Eine Tür finden und hoffen, dass die Räume wandern.«

So beginnt unser Aufstieg. Wir steigen Leitern hoch, öffnen Falltüren, knallen sie wieder zu. Flitzen durch Räume und ver-stellen Türen mit Fässern und Kisten. Nichts hält die Biester lange auf. Wir rutschen auf Eierpampe aus. Waten bis zur Taille durch ganze Ranken von dem Zeug. Als wir aus dem Gebäude auf die Säulengalerie platzen, haben unsere Verfolger sich ver-doppelt. Zischend und züngelnd wetzen sie über Dach und Wände.

»Da!« Ich zeige auf die nächstbeste Tür. »*Lauft, lauft, lauft!*«

Wir sprinten durch den Bogengang. Die Tür ist abgesperrt, aber der Schlüssel meines Vertrauens regelt das in null Komma nichts. Ich schiebe die Tür auf, betrete die donnernde Dunkel-heit dahinter –

Und stoße mit den Zehen auf blanke Luft.

Ich stehe an irgendeinem Abgrund. Hickory und Violet zie-hen mich gerade noch rechtzeitig zurück. Wir knallen die Tür hinter uns zu und drängen uns dagegen, sehen verblüfft zu, wie die Kerzen und Fackeln ringsum zu Leben erwachen und die Finsternis erhellen.

Wir befinden uns am Rand einer weiteren zerstörten Brücke, nur einen Meter entfernt von einer dreißig Meter tiefen Schlucht. Allerdings ist es nicht die, aus der wir gekommen sind. Wir sind in einer hohen runden Kammer. Eine Kammer voller Wasserfälle, Dutzenden, die sich unter uns, neben uns, über uns aus Durchgängen und Balkonen ergießen. Einige prasseln aus so unermesslicher Höhe, dass sie zu dem Zeitpunkt, wenn sie in dem brutalen Strudel unten ankommen, nur noch feine Nebelschwaden sind.

»Hier ist es! Wir haben sie gefunden!«

Die Halle der Wasserfälle. Endlich haben wir es geschafft! Aber wohin jetzt? Wir sitzen fest. Sind gestrandet. Von diesem zerklüfteten und rutschigen Sims führen keine Stufen fort.

Der Strudel in der Tiefe brodelt und braust. Die Tür in unserem Rücken bebt. Die Biester geben nicht auf.

Ich spähe zu den Durchgängen, suche nach Anzeichen von Mum, doch die wenigen, aus denen kein Wasser strömt, sind leer. Dieser Ort ist verlassen. Ich brülle ins Tosen des Wassers. Rufe ihr zu, dass wir da sind, dass wir sie brauchen, dass sie rauskommen soll. Ich spüre, wie in mir erneut Panik aufsteigt. Wie der Absatz unter mir zu zittern und zu bröckeln beginnt. Das Beben meldet sich zurück. Violet schreit mich an, befiehlt mir aufzuhören, aber ich kann nicht.

»Sie ist hier! Sie muss hier sein!«

Wieder wackelt die Tür hinter uns. Zwischen mir und Hickory zerfetzt eine Kralle auf Kopfhöhe das Holz. Er schreit

mir ins Ohr. »Wir müssen weg. An der Wand entlangklettern, sofort!«

»Wir können nicht weg!«, brülle ich. »Wir brauchen *sie*, einen anderen Weg gibt es nicht.«

Noch mehr Keifen und Tschilp-Gequake, rechts von uns. Die Viecher haben einen anderen Weg in die Halle gefunden. Sie stehen auf einer zerstörten Brücke und sträuben die Federn mit den Schwimmhäuten. Eins springt an die Wand und krabbelt auf uns zu. Andere folgen ihm.

Doch das ist nicht das Schlimmste.

Etwas ganz anderes ist ebenfalls im Anmarsch. Weit hinter den Biestern. Seltsam weißes Licht – wabernd, schneidend und kalt – dringt aus einem Durchgang am oberen Ende der Kammer und wird zunehmend heller.

Ich starre auf das Leuchten, gebannt wie eine Motte vor der Flamme. Ist es Roth? Ein Trupp Lederschädel? Doch dann stellt sie sich ein, die Erkenntnis, wie ein Tritt in die Magengrube.

Das hier ist größer. Schlimmer.

»Phantasma«, sagt Hickory und weicht vor dem Licht zurück. »Nein, nein, nein …«

Klassische Zwickmühle.

Das weiße Strahlen wird intensiver, erfüllt die Halle. Ich warte darauf, dass die Biester abhauen, tun sie aber nicht. Sie lassen nicht locker, springen von Absatz zu Absatz, krabbeln über die Wände auf uns zu. Und warum auch nicht? Sie können das Licht nicht sehen. Sie haben keine Ahnung, was da anrückt.

»Was machen wir, Hickory?«, schreit Violet.

Ich durchforste mit dem Blick noch einmal die leeren Durchgänge, schaue in den Strudel, dieses schäumende Nichts. Ich weiß genau, was wir tun müssen. Wohin wir müssen. Sosehr ich es hasse – sosehr ich mich davor fürchte … das Schloss hat mir den Weg längst gezeigt. Violet hatte recht.

Meine Mum ist nicht hier. Das hier ist nicht das Ende der Reise.

»Springen«, sage ich.

Ich nehme Violets Hand. Hake meine Finger in ihre. Und auch Hickorys Hand packe ich, weil er den ganzen weiten Weg mit uns gekommen ist. Vielleicht ist es wirklich Schicksal, dass er bei uns ist. Er nickt mir zu. Ich drehe mich zu Violet und nicke ihr zu. So komisch es ist, im Angesicht von so großer Gefahr, sie lächelt, strahlt heller als das Phantasma, was mich mit einem ganz anderen Leuchten erfüllt, warm und angenehm.

»Wir sehen uns auf der anderen Seite, Kleine«, sagt sie.

Und als die Tür hinter uns aufplatzt, springen wir.

DAS PHANTASMA

Wir fallen und fallen, bis wir so hart auf dem Wasser aufschlagen, dass mein ganzer Körper schmerzt. Sofort verschlingt uns der Strudel, saugt uns auf direktem Weg in den Gully. Die Strömung ist so gewaltig, dass sie mir Violet und Hickory aus den Händen reißt. Ich pralle von einer Wand ab und überschlage mich endlos oft, werde tiefer und tiefer in diese schwarze Hölle gezogen. Der Lärm ist ohrenbetäubend. Das Grauen perfekt. Es war ein Fehler. Ich werde das nicht überleben. Unmöglich. *Bei dieser Sache gehst du drauf*, rede ich mir ein. *Einsam und allein.* Doch dann knallt mein Kopf irgendwo gegen – eine Wand, eine Statue, wer weiß? Und alles ändert sich.

Ich spüre den Schmerz, die Panik, den Sog, der mich in die Tiefe reißt, doch ich kann *sehen*. Dad ist da, hängt ganz in der Nähe im Wasser, genau wie in meinem Traum. Ich strecke die Hand nach ihm aus, schlage mit den Beinen. Ein letztes Mal will ich ihn festhalten. Ihm sagen, dass ich ihn lieb habe. Mich entschuldigen, weil ich versagt habe. Ich überlege mir die

Worte, bevor ich sie ins Wasser stoße. Auch Mum ist da, schwebt neben ihm im Dunkel.

Ich sage ihr, wie sehr ich mir wünschte, sie wäre dort gewesen. Wünschte, ich hätte sie gefunden. Wünschte, wünschte, wünschte.

Lass los. Erneut dringt ihre Stimme zu mir. Leise, ein Flüstern.

Das gruselige Unterwasser-Ächzen hallt durch die Fluten. Weiße Tentakel wickeln sich um meine Knöchel, meine Taille und schleudern mich gegen eine Wand.

Die Wucht ist so stark, dass sie mir das letzte bisschen Sauerstoff aus der Lunge drückt.

Mum und Dad sind verschwunden. Der Schleudergang wird langsamer. Der Strom verebbt.

Vor mir taucht das Phantasma auf, ein tierisches, gleißendes Licht. Wabernde Umrisse wie von einem Geist. Hauchzart und flüchtig. Trotzdem kann ich die Andeutung von Hörnern erkennen. Und vier Beine. Die Tentakel sind eigentlich gar keine Fangarme, sondern lange Fühler aus Licht, die aus den Seiten wachsen und in der Strömung des Wassers tanzen. Mit weiß lodernden Augen betrachtet es mich. Sieht in mich *hinein*, durch mich hindurch.

Gleich wird es mich packen. In den Griff ziehen. An diesem Albtraum-Ort gefangen halten. Seine Pflicht als Bewahrer des Schlosses tun, als Wächter der Wiege aller Welten.

Die Wiege.

Der Schlüssel.

Mit brennender Lunge nehme ich den Schlüssel aus der Tasche und halte ihn vor mich. Das Phantasma knurrt, so tief und

laut, dass die Fluten erzittern. Mein Körper, meine Knochen, ja sogar meine Seele schlottert.

Doch es greift nicht an.

Wenn du das Schloss retten willst, dann hilf uns. Diese Worte schicke ich ins Wasser und bete inständig, dass das Phantasma sie hört. *Lass mich gehen. Die Biester kommen. Verschaff uns eine Chance.*

Das Phantasma lässt einen Fühler aus Licht um den Schlüssel und meine Hand gleiten. Ein Krampf erfasst meine Lunge, meine Kehle. Ich stopfe den Schlüssel zurück in meine Tasche und sage dem Phantasma, dass es sich verflucht noch mal entscheiden soll. *Tick-tack. Falls du es noch nicht gemerkt hast: Meine Zeit läuft ab. Ich ertrinke gerade, Kumpel!*

Das Phantasma nickt, zieht sich zurück und verschwindet so schnell im Korridor, fast kommt es mir vor, als wäre es nie da gewesen.

Die Schwärze kehrt zurück. Der Schleudergang fängt wieder an zu tosen. Der Sog reißt mich erneut davon und mein ganzer Körper zittert, braucht dringend, dringend Luft. Ich glaube, mein Rückgrat bricht gleich.

Doch dann lässt der Schmerz nach. Der Krampf löst sich. Ich höre auf, mich zu wehren, werde von einem unwiderstehlichen Gefühl der Ruhe erfasst. So also fühlt sich Ertrinken an.

Wovor hatte ich eigentlich solche Angst?

DIE WILDE FLUT

I st sie tot?«

»Sie lebt. Komm schon, Jane. Ja, gut so.«

»Sie kommen. Heb sie hoch. Wir müssen weg!«

Ich öffne die Augen und sehe das Mädchen vor mir, das sich über mich beugt und mit der Hand über meine Stirn wischt. Schon wieder unscharfe Umrisse. Immer wieder verschwimmt sie. Unter mir wackelt der Boden. Mein Beben ist deutlich fühlbar.

»Violet?«

»Ja. Ich bin hier, Jane. Keine Sorge, du bist in Sicherheit.«

»Nein, ist sie nicht!«, ruft Hickory. »Hilf mir, den Kram wegzuschaffen.«

Violet greift mir unter die Arme. »Er hat recht. Wir müssen los. Sofort.«

Ich stütze mich gegen sie. Wir stehen auf einem Balkon. Hinter uns: ein Gang voller Gischt, die unsere Füße umspült. Vor uns: ein langer Flur voller Kerzen. Überall komisches weiß ver-

krustetes Zeug am bebenden Boden, das im Kerzenlicht funkelt. Hickory ist weiter vorn und versucht, sich durch eine Wand aus Eierschleim zu kämpfen, die unseren Weg blockiert.

»Du hast mich gefunden?«, murmele ich und sehe Violet an.

»Hickory. Hat dich gerade noch rechtzeitig aus dem Wasser gefischt. Was war los? Wir haben das Licht gesehen. Warst du im Griff gefangen?«

Ich schüttele den Kopf. »Nein, ich –«

»Meint ihr im Ernst, wir hätten Zeit zum Plaudern?«, brüllt Hickory. »Beeilung!«

Wir legen einen Zahn zu. Violet parkt mich neben der wabbelnden Masse aus Gelee-Eiern, vergräbt die Arme bis zum Ellbogen darin und hilft Hickory beim Graben. Er ist schon halb in dem Zeug versunken, doch ein Ende ist nicht in Sicht. Es ist einfach zu viel von dem Glibber. Er schreit Violet an. Sie schreit zurück. Was genau sie sagen, entgeht mir irgendwie, weil mein Geist schon wieder auf Wanderschaft geht. Ich betrachte die bebenden Schlossmauern und die Stromschnellen hinter dem Gang – und hoffe, das Phantasma hilft uns, fliegt in der Halle der Wasserfälle von einem Biest zum nächsten und greift sich so viele wie möglich. Doch selbst wenn, kann es vermutlich nicht alle ausschalten. Es sind zu viele.

Wir müssen die Biester aufhalten, nur wie?

Lass los.

Es war nur ein Traum – ein Traum von einem Traum –, doch das ändert nichts daran, dass ich etwas gesehen, etwas gespürt, etwas gehört habe. Etwas Echtes. Meine Eltern im Wasser. Meine Mum. Wahrscheinlich ist sie schon die ganze Zeit bei mir, spricht zu mir, sagt mir, was ich zu tun habe.

Es ist so weit.

Ich wickele den Verband von meiner Hand. »Violet, gib mir dein Messer.«

»Was? Jane, du kannst die Viecher nicht mit einem Messer aufhalten.«

»Doch.« Ich strecke die Hand aus. »Kann ich.«

Sie begreift, was ich vorhabe, hält kurz inne, um es zu verdauen. Selbst Hickory hört auf, sich durch den Matsch zu buddeln, und starrt mich an.

Ich mache mich so groß wie möglich.

Violet reicht mir das Messer. Sie wirkt sprachlos, baff, doch dann packt sie mich an einem Striemen der Lederschädelverkleidung und zieht mich an sich. »Tob dich aus!«, sagt sie und verpasst mir eine Ohrfeige. Heftig.

Damit habe ich nicht gerechnet, aber ich kann es gebrauchen. Den Schmerz auf der Wange. Den Schreck. Ich stopfe ihn in mein Unterbewusstsein wie in eine Flasche, stöpsle einen Korken darauf, drehe mich um und stolpere zurück zum Wasser. Atme tief, nähre die Panik in mir, fülle meine Flasche mit allem, was mir Angst macht, mit jedem Gedanken, der mich wütend macht. Die Gottesanbeterin und das Wiesel. Atlas, Stumpf und Eric junior. Die Schlossklage. Winifred, die den Tunnel in die Luft jagt. Tödliche Fallen, Blechköter und Lederschädel. Schwingende Kerzenleuchter und fleischfressende Bäume. Das Gefangenenlager. Der Zug. Die Kristalle. Der Fluss. Die Kreaturen, die gerade auf uns zuschwimmen.

Und Roth. Der meine Eltern einsperrt. Ein Messer an Mums Bauch hält. Dads Füße zum Tanzen bringt. Wie er aussieht. Wie er stinkt. Seine Halbmaske.

Seine Augen.

Roth. Roth. Roth.

Dann lasse ich los. Reiße den Korken aus der Flasche. Entfessle die brutale Flut aus Furcht und Wut. Der Fels ringsum zittert und knackt. Das Beben wird stärker, lauter. Fast habe ich den Balkon erreicht und sehe die Biester schon auf mich zupreschen. Durchs Wasser springen, über die Wände klettern.

So fest ich kann, packe ich das Messer. Halte die Klinge über die Wunde und steche zu. Der Schmerz zerreißt mich, aber nur kurz. Diesmal zügle ich ihn, konzentriere ihn, bündle ihn durch meine Hand.

Dann falle ich auf die Knie und rutsche. Klatsche die blutige Hand auf den Stein.

Ich spüre es. Alles. Jede Kralle auf der Wand, die sich nähert. Jede Vibration im Stein, als die Kreaturen das Wasser durchschwimmen. Doch ich fühle den Stein nicht nur, ich *bin* der Stein. Jeder Block. Jeder Riss, der von meiner Hand ausgeht und den Boden durchzieht, jeder Balkon, die Wände entlang und über die Decke. Jeder gigantische Brocken, der freibricht und ins Wasser stürzt. Ich bin der Einsturz. Der Zusammenbruch. Das Ende vom Lied.

Die Kraft ist unfassbar. Verschlingt alles. Ich zwinge meine Wut den Gang hinab und zerquetsche so viele Biester wie möglich, versiegele den Eingang. Doch die Macht ist zu stark. Ich merke, wie sie ausbricht. Spüre die Risse, die sich über mir ausbreiten, hinter mir, auf Violet und Hickory zu, in Richtung unseres einzigen Fluchtwegs.

Auf einmal tropft es von der Decke. Offenbar steht der Korridor über uns unter Wasser und jetzt bricht es durch.

Ich rufe um Hilfe. Will die Hand vom Fels nehmen, schaffe es aber nicht. Schnell wie der Blitz sind Violet und Hickory bei mir. Packen mich, heben mich hoch, trennen die Verbindung. Helfen mir zu den Eiern. Fast haben wir es geschafft, als die Decke direkt hinter uns nachgibt.

Wie aus einem berstenden Damm braust Wasser herein. Trümmer fallen. Wir werden von den Füßen gerissen und auf die Wand aus Eiern zugespült, durch die Eier durch, von denen nichts übrig bleibt. Dann prallen wir gegen etwas. Noch eine Mauer. Eine Sackgasse. Die Gewalt der Flut drückt uns gegen den Fels, hält uns in Schach und füllt den Gang im Handumdrehen.

Schon wieder ertrinke ich in Dunkelheit.

Ich höre Hickory und Violet neben mir schreien. Fühle ihre Arme und Beine, die im Strudel aus Eiern und Wasser gegen meine schlagen. Ich bin überzeugt, dass wir Geschichte sind, dass nichts uns retten kann. Doch plötzlich stoßen meine Finger auf etwas Neues. Eine Wand aus wabenförmigem Stein. Ein Tor.

Mit aller Kraft drücke ich meine blutige Hand darauf.

ANDERWELT

ir platschen, purzeln, schlittern und rollen, ein einziges Kuddelmuddel aus Armen und Beinen. Die Sonne ist so weiß, so blendend, dass ich unmöglich die Augen öffnen kann. Ich glaube, ich habe Hickory gerade den Ellbogen in den Magen gerammt. Dafür knallt er mit dem Knie gegen meinen Kopf. Violet packt meinen Arm und drückt zu. Hinter uns schabt Stein über Stein. Der Strom aus Wasser und Eiglibber lässt nach. Als ich die Hand über die Augen halte, sehe ich, wie sich die Tür schließt. Die Flut wird zu einem Sprühnebel, einem Tröpfeln und versiegt schließlich ganz.

Das Tor ist zu. Nur noch ein gesprenkelter Steinbrocken in einem Felsvorsprung. Eine winzige Insel, die aus einer Wüste ragt. Ich sehe es, kann es aber nicht glauben.

Wüste.

Wir sind in einer verdammten Wüste!

Ich drehe mich um und huste mir die Lunge aus dem Leib. Spüre den Schmerz in der linken Hand. Den matschigen Sand unter den Fingerspitzen. Es ist real. Wir atmen die Luft einer brandneuen Welt. Luft, die irgendwie alt schmeckt. Bitter. Ich setze mich und blinzele zu den Biestereiern, die überall liegen, den Trümmern aus schwärzlichen Schlosssteinen. Hinter unserer schlammigen Pfütze erstreckt sich bis zum Horizont eine weiße Ebene, die so grell strahlt, dass es wehtut. Plötzlich ergibt das krustige weiße Zeug im Schloss Sinn. Salz. Früher muss das hier ein Meer gewesen sein.

»Das«, sagt Violet, »war viel zu knapp.«

Sie kniet neben mir und holt tief Luft, das Gesicht zum Himmel gewandt. Fürs Erste tut die Hitze gut. Schon bald wird sie unerträglich sein.

Hickory huscht zum Tor. Drückt sich dagegen. Kratzt daran wie eine Katze, die in der Kälte ausgesperrt ist, während er die Augen fest zudrückt. Ich wette, so viel Weite macht ihm Angst. Das Sonnenlicht und der Himmel. Er will zurück ins Schloss. Das kommt davon, wenn man zweitausend Jahre lang nicht vor der Tür war.

»Gut gemacht«, sagt Violet zu mir. Genau wie ich kneift auch sie die Augen zu. »Alles okay bei dir?«

»Nicht so richtig.« Ich versuche, meine Hand, die noch immer blutet, in der Pfütze auszuwaschen. Binde einen Lederriemen von meinem Bein und wickele ihn um die Wunde. Mehr kann ich im Moment nicht machen.

Violet schirmt die Augen ab und blickt zum Horizont. Ihr Lederschädelkostüm ist so schäbig und zerfleddert wie meins. »Wo wir wohl sind?«, sagt sie. »Riecht jedenfalls ziemlich übel.« Sie verzieht das Gesicht und schnüffelt an ihrem Arm, bevor sie mit den Schultern zuckt. »Liegt vielleicht an den Eiern.«

Das ist alles total falsch gelaufen. Klar, wir sind dem Fluss und den Viechern entkommen, aber wir haben unsere einzige Chance verpasst, die Wiege zu finden. Roth zu besiegen und nach Hause zurückzukehren. Das Tor hinter uns ist für uns praktisch tot. Auf der anderen Seite gibt es nichts als Felsen und Wasser.

Am schlimmsten ist, dass ich Dad hängen gelassen habe.

»Ich hab alles kaputt gemacht. Wir sitzen hier fest.«

Violet hilft mir auf. »Du hast das Richtige getan, Jane. Ohne dich wären wir ertrunken. Oder lebendig gefressen worden. Keine Sorge, uns fällt schon was ein.«

»Wenn du mir jetzt sagst, dass nichts ohne Grund passiert, fange ich an zu brullen, Violet.«

»Stimmt aber trotzdem.« Sie zwingt sich zu einem Lächeln, das allerdings nicht lange anhält. »Tut mir leid, dass Elsa nicht da war.«

»Ja. Mir auch.« Ich komme mir wie eine Idiotin vor, weil ich all unsere Hoffnungen auf einen Traum gesetzt habe.

Irgendetwas haben wir übersehen. Müssen beim falschen Gang aus dem Wasser gestiegen sein. Er ist zerstört. Der Weg zum zweiten Schlüssel. Der Weg zu Mum. Selbst wenn wir irgendwie wieder ins Schloss gelangen könnten, finden wir niemals dorthin, nicht, ohne als Frühstück zu enden.

Ich nehme den Schlüssel aus der Tasche und halte ihn fest.

»He!« Hickory kauert noch immer am Tor und zeigt auf einen komischen kleinen Bügel am Fels. Ein Stück Metall, groß wie ein Ziegel, von dem ein Seil hängt. »Was ist das?«

»Nur die Ruhe, Hickory«, sagt Violet, doch ich schaue zum Himmel und halte mich an ihrem Arm fest.

In der Luft hängt schwarzer Rauch, der rasend schnell vergeht.

Ein Signalfeuer, das ausgelöst wird, sobald das Tor sich öffnet. Ein Signal.

Durch meinen Kopf hallt eine Stimme. Diesmal nicht die von Mum. Es ist Dads. *Eine Wüstenwelt. Zerstört. Verwest. Er hatte offensichtlich lange gewartet, dass die Tür sich erneut öffnete.*

Dann sehe ich es. Im Himmel brennt nicht nur eine Sonne, sondern zwei.

»Nein, nein, nein.« Trotz der sengenden Hitze läuft es mir kalt über den Rücken. Der bittere Geschmack in der Luft kratzt in meinem Hals. Der Geruch ist vertraut, begreife ich, ganz ähnlich wie die Luft, die wir im Zug atmen mussten, als *er* zustieg. Ich forme mit den Händen ein Fernglas, drehe mich um die eigene Achse und spähe über die Salzebene, halte Ausschau nach einem Todeslager in der Ferne, einer anrückenden Armee. »Wir müssen weglaufen. Sofort.«

Endlos viele Welten sind mit dem Schloss verbunden – warum schickt es uns ausgerechnet in diese?

»Hey.« Violet packt mich am Arm und stoppt mich. »Was ist los?«

»Zwei Sonnen«, sage ich. »Und dieser Geruch. Der kommt nicht von den Eiern.« Ich wedele mit den Händen und zeige auf die Wüste. »Wir sind in Roths Welt. Wir kamen durch ein anderes Tor als meine Eltern, aber –«

»Das kann nicht sein«, unterbricht Violet mich. »Das Schloss führt in unendlich viele Welten. Die Wahrscheinlichkeit, dass wir ausgerechnet in *Arakaan* landen, ist einfach … einfach … das kann nicht sein.«

»Da!« Hickory deutet hinter uns. »Da kommt jemand!«

Ein Fleck am Horizont. Eine kleine Dreckwolke, die vom Wüstenboden aufwallt. Eine Linie ameisengroßer Gestalten im Hitzeschleier.

»Lederschädel«, sage ich. »Auf Pferden. Wir müssen weglaufen!«

Doch es ist zwecklos. Genauso wenig können wir uns verstecken. Und wir alle wissen das.

»Keine Panik«, meint Violet. »Sie werden uns nicht töten. Nicht, wenn wir ihnen den Schlüssel zeigen. Sie werden uns zu Roth bringen müssen. Zurück ins Schloss. Also ... also müssen sie uns zum Tor am Dünenmeer bringen, stimmt's? Zu dem, durch das John und Elsa gekommen sind, als sie Arakaan betreten haben. Und das heißt, wir haben Zeit zu fliehen.«

Eine Salve Gewehrfeuer donnert durch die Wüste. Warnschüsse. Violet und ich knien uns hin und betrachten gemeinsam die heranrollende Wolke, die Hände hoch in die Luft erhoben. Hickory schlurft auf Händen und Knien zu uns, die Finger tief in den salzigen Grund vergraben, als hätte er Angst, in den Himmel zu purzeln, sobald er loslässt.

Ich zähle neun Lederschädel, die auf uns zugaloppieren, sich in Formation voneinander lösen, einen Bogen schlagen und uns umzingeln, bevor sie anhalten. Ihre glasigen Gasmaskenaugen glitzern im Sonnenlicht. Ihre Pferde stampfen mit wilden Blicken mit den Hufen und kauen auf den Mundstücken herum. Bereit, jeden Moment loszupreschen.

Wir warten ab. Und beobachten. Und warten weiter. Irgendwas stimmt nicht. Diese Trottel sind zu klein für Lederschädel. Außerdem haben sie fünf Finger, nicht nur drei. Und sie klicken und klacken nicht beim Sprechen. Zwar kann ich sie nicht verstehen, aber sie haben eindeutig normale Stimmen.

»Menschen«, murmele ich. »Kopfgeldjäger?«

»Hier draußen?«, meint Hickory. »Bezweifle ich.«

Einer von ihnen steigt ab. Stakst durch die Pfütze und die Trümmer bis zum Tor. Fährt mit der Hand über den Fels und tritt schnell zurück. Die anderen reden aufgeregt durcheinander, zeigen zum Tor, auf uns, die Gewehre im Anschlag.

Sie haben Angst.

Ihr Anführer kommt auf uns zu, spricht uns an, allerdings werden die Worte von seiner Maske gedämpft. Hickory und Violet schauen mich erwartungsvoll an. Immerhin bin ich hier der Dreh- und Angelpunkt.

»Äh. Hallöchen. Ich heiße Jane. Jane White.«

Stimmengewirr. Zwei weitere Männer steigen ab und treten zu dem Anführer.

»Hallöchen?«, murrt Violet. »Das Erste, was dir einfällt, ist *Hallöchen?*«

»Was soll ich denn sonst sagen? Sie sprechen ja wohl eindeutig eine andere Sp–«

Der Mann schreit uns an, nimmt die Maske ab. Kahler Schädel. Ein schielendes Auge. Über Gesicht und Nacken rinnt Schweiß. Ich frage, wer er ist. Da erst bemerkt er den Schlüssel in meiner Hand. Er brüllt den anderen etwas zu. Panik breitet sich aus. Alle steigen ab und setzen ein Knie auf den Boden.

Ein gottverfluchtes Erschießungskommando, das die Waffen anlegt und zum Feuern bereit macht!

»Nein, nein, nein«, sage ich. »Ist schon okay. Bitte. Wir sind nicht auf Ärger aus.«

Zu spät. Die Männer schwärmen aus und zwingen uns auf den Bauch. Schielauge schnappt sich den Schlüssel und fesselt meine Hände auf dem Rücken, während ein anderer Typ sich um meine Beine kümmert. Violet und Hickory werden ebenfalls verschnürt. Dann reißt Schielauge mich auf die Knie und greift in mein Haar. Zwingt mich, jemanden anzusehen, der auf uns zukommt. Jemand, der kleiner ist als er, dünner. Jemand, der taumelt und ein wenig unsicher auf seinen Beinen zu sein scheint.

Falsch. *Ihren* Beinen. Es ist eine Frau, da bin ich ganz sicher.

Schielauge wirft ihr den Schlüssel zu. Sie hält ihn ungeschickt in den Händen, lässt ihn fallen, fischt ihn aus der Salzpfütze. Inspiziert den Schlüssel gründlich, behutsam, als wäre er ein wertvolles Juwel. Ihr Atem wird schneller und lauter – verstärkt von der Gasmaske. Dann zieht sie sich die Maske vom Kopf und schüttelt ihr wildes graues Haar aus. »Woher hast du das?«, fragt sie mich mit bebender Stimme.

Die Wüste kommt auf mich zu. Mir bleibt die Luft weg.

»Mum?«

Sie zuckt zurück, als hätte das Wort sie schwer getroffen. Sie ist viel älter als die Frau aus meinen Träumen, aber sie ist es, kein Zweifel. Sie ist nur … na ja … runzliger. Wir haben ihre Spur gar nicht verloren. Das Schloss hat uns direkt zu ihr geführt. Es muss sie vor Jahren hierhergebracht haben – an den einen Ort, an dem Roth in einer Million Jahren nicht nach den Schlüsseln suchen würde. In ebenjener Welt, die er verlassen hat und tot glaubt.

Gelächter steigt in mir auf und platzt heraus, bevor ich etwas dagegen tun kann.

Hickory und Violet glotzen uns an.

»Mum«, sage ich, »schon okay. Ich bin's. Jane. Ich … ich bin deine Tochter. Wir sind gekommen, um –«

Mit einem Satz ist sie bei mir, packt mein Gesicht, neigt meinen Kopf ins blendende Licht der Sonne und zwingt mit ihren klauenartigen Nägeln meine Augen auf. Ich rieche den Alkohol in ihrem Atem. »*Du*«, haucht sie. Erst jetzt bemerke ich, dass ihre Hände zittern.

Sie weicht zurück, brüllt den Männern einen Befehl zu und – *pfft! pfft! pfft!* – etwas Spitzes sticht in meinen Hals. Zwischen Hickory und Violet breche ich zusammen. Die Wüste fängt an zu tanzen und verschwimmt. Irgendwo hallen Stimmen. Und das Letzte, das ich sehe? Meine geliebte, lange vermisste Mum, die sich über mich beugt, einen alten verfärbten Bronzeschlüssel an einer dünnen Kette um den Hals. Identisch mit meinem – Wiegensymbol und alles.

DIE WAHRHEIT ÜBER JANE

Unter einem Berg aus Decken komme ich zu mir. Mein Kopf dreht sich, meine Hand pocht, meine Sicht ist verschwommen, wird aber klarer. Ich befinde mich in einer Art Hütte. Einer kleinen Kuppel aus Tonziegeln. Neben meinem Kopf brennt eine Fackel. Ihr Lichtschein tanzt über die groben Wände. Trotzdem hängt ein eisiger Hauch in der Luft. Dad sagte schon, die Nächte auf Arakaan seien kalt, aber das hier ist lächerlich. Das Salz draußen könnte ebenso gut Schnee sein.

Wo genau bin ich? Wie bin ich hierhergekommen?

Ich erinnere mich an die Flanke eines Pferds, die sich unter meiner Wange ganz heiß anfühlte. An eine bewusstlose Violet auf einer haselnussbraunen Stute, die neben mir hertrottete. Schielauges Schulter, die sich in meinen Magen grub, als er mich in ein Wüstencamp schleppte, eine Ansammlung von Hütten, die wie Schildkrötenpanzer aussahen. Ich sah einen Brunnen. Hickory, der fortgebracht wurde. Einen Hof für die

Pferde und ein altes Tier, das Ähnlichkeit mit einer Ziege hatte und blökte, als wir vorbeikamen. Ich erinnere mich vage, dass ich der Ziege benommen zugewunken habe, bevor alles wieder schwarz wurde.

Ein winziges Dorf also. Könnte vermutlich schlimmer sein.

Ich wühle mich aus den Decken. Schwinge die nackten Füße auf den Boden und schaudere. Der Großteil meiner Lederschädelverkleidung ist aufgegangen und meine Tunika hat definitiv schon besser ausgesehen. Der Schnitt in meiner linken Hand wurde mit einem frischen Verband versorgt, der von einer hübsch ordentlichen Schleife gehalten wird.

Mum.

Die grauen Haarsträhnen. Die Falten in ihrem Gesicht. Die braunen, blutunterlaufenen Augen, die mich anfunkeln. Ihr stinkender Atem. Ihre zitternden Hände. Was ist hier aus ihr geworden?

Ich fahre mit den Fingern über die Beule an meinem Hals, wo ich den Stich gespürt habe.

»Blasrohr«, erklärt eine Stimme hinter mir.

Mum ist hier in der Hütte. In einer hellbraunen Robe kauert sie an der Wand und hält einen Trinkbeutel aus Tierhaut in den Händen, in dem eindeutig kein Wasser ist. Vorn auf ihrem Kleid sind lauter dunkle Kleckerflecken.

Sie nimmt einen Schluck und unterdrückt ein Rülpsen. »Keine Sorge. Die Pfeile waren nicht vergiftet. Nur in ein mildes Schlafmittel getunkt.«

»Aha«, sage ich. *Aha* – als wären Pfeile mit mildem Schlafmittel völlig okay.

»Deinen Freunden geht's übrigens gut. Wir haben sie vor ei-

ner Stunde geweckt.« Mum richtet das Kissen in ihrem Rücken. »Haben nett miteinander geplaudert. Sie haben uns alles erzählt. Ihr habt eine Menge durchgemacht.«

»Ja, ich … schätze schon.« Ich schlucke schwer. »Kann ich sie sehen?«

Mum ignoriert mich. »Der Schlüssel ist auch in Sicherheit. Das hast du gut gemacht, ihn vor Roth zu schützen. Bestnote, Goldmedaille, du weißt schon.« Sie zeigt mir ein Daumen-hoch. »Respekt.«

Allerdings wirkt sie weder froh noch erleichtert. Kein bisschen.

Etwas stimmt nicht.

Ich bewege mich auf dem Bett, will meine Tunika richten. Warum, weiß ich selbst nicht. Mum bringt es kaum über sich, mich anzusehen. Ihre wässrigen Augen blicken zum Bett, zum Boden, zur Wand, zur Decke, zur Fackel. Sie starrt in die Flamme, verloren im Feuer.

Ich räuspere mich. »Mum …«

»Nenn mich nicht so«, sagt sie ein bisschen zu heftig. »Bitte.«

Okay. Schrittchen für Schrittchen. Vermutlich müssen wir uns langsam rantasten.

»Elsa«, sage ich. Wo fange ich an? Was sage ich? Plötzlich kommen mir meine zehn Fragen echt dämlich vor. »Danke. Dass ihr uns gerettet habt. Wärt ihr nicht gekommen –«

»Wärt ihr tagelang durch die Wüste gewandert, wie ich damals.« Mum grunzt und steht auf, taumelt zum Eingang, um die lumpige Decke zu richten, die davorhängt. Im Fackelschein funkelt etwas in ihrem Nacken. Die dünne Kette. Der zweite Schlüssel zur Wiege muss unter ihrem Kleid hängen. »Kommt mir inzwischen vor, als wäre das in einem anderen Leben gewesen.« Sie zuckt mit den Schultern. »War es wahrscheinlich auch.«

Ganz langsam jetzt, Jane. Geh es vorsichtig an.

»Wie lange bist du schon hier, Elsa?«

»Siebenundvierzig Jahre«, antwortet sie. »Fast ein halbes Jahrhundert voller Gebete, Beobachten, Warten, darauf, dass sich das Tor erneut öffnet.« Sie kichert leise. »Jetzt ist es auf der anderen Seite blockiert – nutzlos. Alles dank dir.«

Autsch.

Ich entschuldige mich. Erkläre, dass ich keine Wahl hatte. »Außerdem gibt es noch Roths Tor, oder?«, füge ich hinzu. »Im Dünenmeer. Bitte sag, dass du den Weg dorthin kennst.«

»Wir kennen den Weg. Wir brechen so bald wie möglich auf. Die Reise ist lang, aber wir schaffen es.« Sie starrt auf ihren Trinkbeutel, schwenkt ihn ein bisschen. »So wie immer.«

Siebenundvierzig Jahre. Es fällt mir schwer, mir das vorzustellen. Die Wut, den Schmerz, die Enttäuschung, die Angst, die Abgeschiedenheit. Ich sehe, wie sie jeden Tag zum Tor reitet. Die Hand über den Fels gleiten lässt, sich inständig wünscht, er würde sich wieder öffnen, sie reinlassen. Vielleicht hat sie wie Hickory am Tor gekratzt. So nah war ihr Weg nach Hause und doch so unerreichbar fern. Ihr blieb nichts anderes übrig, als abzuwarten. Warten und altern in dieser öden Landschaft. Kein Wunder, dass sie angefangen hat zu trinken.

»Den echten Schlüssel holen wir unterwegs ab«, sagt Mum.

Es trifft mich der Schlag. »Wie bitte? Den … den was?«

»Der hier«, Mum zerreißt ihre Kette und wirft mir den Schlüssel hin, »ist nicht echt.«

Ich halte ihn verdattert ins Fackellicht. Selbst aus der Nähe sieht der Schlüssel genauso aus wie meiner.

»Er ist nur zur Ablenkung, Jane. Eine von dreihundert Fälschungen, die vor Jahrzehnten angefertigt wurden. Man hat sie in den Weiten Arakaans verstreut, um zu verbergen, wo der *wahre* Schlüssel ist – für den Fall, dass Roth je zurückkehren sollte.«

»Drei*hundert*?« Verdammt. »Tja, wenigstens wart ihr gründlich.«

»Der echte Schlüssel ist in einer uralten Stadt im Westen versteckt«, erzählt Mum. »Eine Zuflucht in einer Schlucht, in die sich die Menschen dieser Gegend vor langer Zeit geflüchtet haben. Von dort aus müssen wir dann nach Norden.«

»Norden«, wiederhole ich. »Okay. Gut. Also, ist nicht ideal, aber immerhin ein Plan.« Ich atme laut aus und spüre tief in mir den ersten Funken Hoffnung. Wir sind nicht mehr allein. Nach all der Zeit, die wir blind durch die Gegend gewandert sind, haben wir einen ganzen Stamm hinter uns. »Ich muss dir was sagen, Mum –«

Wieder zuckt sie zusammen, als ich sie so nenne. Diesmal stört es mich.

»Hör mal, mir ist klar, dass das alles komisch und abgefahren und echt, echt schwierig für dich ist, aber für mich auch. Ohne dich aufzuwachsen, war hart. Ich wusste nicht, wer du bist, wo du bist, ob du überhaupt noch lebst. Ich kannte ja nicht mal deinen Namen. Wir waren ganz allein, ich und Dad und –«

Mum stößt einen seltsamen Laut aus. Schwer zu sagen, ob es ein Schluchzen ist oder ein Lachen. Vielleicht ein bisschen was von beidem. Sie stützt sich mit einer Hand an der Wand ab.

Schüttelt ungläubig den Kopf. »Mein Gott, du weißt es wirklich nicht …«

Die blassen Schlammziegelmauern der Hütte scheinen näher zu rücken. »Was weiß ich nicht?«

»Ich fasse es nicht, dass er dir nichts gesagt hat!«, schimpft Mum. Aufgebracht läuft sie in der Hütte auf und ab, fährt sich durchs Haar, ballt die Fäuste, als versuche sie, mit irgendwas klarzukommen. »Er sollte dir alles sagen. Bei erster Gelegenheit. Er hat es versprochen.«

»Wer, Dad?« Mum stöhnt. Ich stehe auf, gehe auf sie zu. »Aber er hat mir alles gesagt. Ohne ihn hätten wir es nie hierhergeschafft, Mum.«

»*Du sollst mich nicht so nennen!*«, fährt sie mich an.

Schweigend stehen wir uns gegenüber. Ich weiß nicht, was ich sagen soll, was ich tun soll.

Eine Träne rinnt über Mums Wange. Ihre Lippen zittern. Jetzt sieht sie aus wie ein kleines Mädchen, ein gebrochenes Kind. »Ich kann das nicht«, sagt sie. »Ich dachte, ich wäre stark genug, aber … es tut mir leid.«

Sie räuspert sich, ruft etwas in dieser fremden Sprache. Wenig später wird jemand in die Hütte geschubst. Mir geht das Herz auf.

Es ist Violet. Auch sie trägt nun ein braunes Kleid. Sieht mitgenommen aus, sogar ängstlich.

»Bist du okay?«, frage ich sie. »Haben sie dir wehgetan?«

»Mir geht's gut«, antwortet sie, aber jeder Depp könnte sehen, dass sie lügt.

Etwas hat sich verändert. Sie zuckt zusammen, genau wie Mum, als ich nach ihrer Hand greifen will. Eine fast unmerk-

liche Bewegung, die sie überspielen will, indem sie sich eine Strähne hinters Ohr klemmt.

Mum wendet sich an sie. »Sag du es ihr. Besser, sie hört es von einer Freundin.«

»Tun Sie das nicht«, fleht Violet. »Bitte.«

Doch Mum hört nicht auf sie. Dreht sich endlich zu mir und sieht mich an. *Sieht* mich wirklich an. »Ich habe um nichts von alldem gebeten«, sagt sie, duckt sich hinaus in die kalte, kalte Nacht – und ist verschwunden.

»Violet, was ist los? Wo steckt Hickory?«

»Weiß ich nicht.« Violet starrt auf die Decke vor der Tür. »Sie haben ihn mitgenommen.«

»Was? Wohin? Was haben sie mit euch gemacht? Was haben sie gesagt?«

Violet zeigt aufs Bett. »Du solltest dich setzen.«

»Ich bin eben erst aufgestanden.«

»Bitte, Jane –«

»Ich stehe hier sehr gut, Violet. Was haben sie euch erzählt?«

Violet nimmt ihren Mut zusammen. »Sie haben uns befragt. Mich und Hickory. Sie haben ihn zusammengeschlagen. Vor meinen Augen. Haben ihn gefoltert. Meinten, sie müssten sichergehen, dass wir *auf der richtigen Seite stehen*. Also habe ich ihnen alles erzählt. Wer wir sind, woher wir kommen, wonach wir suchen. Alles, was uns im Schloss zugestoßen ist.« Sie schüttelt den Kopf. »Elsa war betrunken. Hat wirres Zeug geredet. Immer wieder hat sie gesagt: *Sie weiß es nicht.* Dann meinte sie, vielleicht hat John es nicht übers Herz gebracht, dir die Wahrheit zu sagen, weil du so viel für ihn getan hast. Dass er dir vielleicht nicht wehtun wollte.«

»Mir wehtun? Wie denn?«

Violet tritt zur Fackel und wärmt sich die Hände an der Flamme. »Du weißt, was er gesagt hat. Was er uns im Zug erzählt hat, darüber, wie er und Elsa gefangen genommen wurden.«

»Ja.«

»Du erinnerst dich an die Lücke. Er erzählte uns, dass man sie einsperrte. Dass Roth zu ihnen kam, als Elsa in den Wehen lag. Dass John erst zu ihr durfte, nachdem er geschworen hatte, für Roth die Wiege zu finden. Und das hat er dann auch gemacht. John hat bei ihrer beiden Leben geschworen, erst dann hat Roth zugelassen, dass er Elsa hilft. Aber er hat die Geschichte nicht zu Ende erzählt. Roth kam in den Zug und alles ging zum Teufel. Wir wissen nur, dass sie entkamen, die Wiege fanden und die beiden Phantasmen freiließen, doch von der Geburt hat John uns nichts berichtet.«

Ja, Jane, du wurdest im Schloss geboren, aber –

»Etwas lief schief«, sage ich, während in meinen Eingeweiden ein ganz neues Wespenvolk herumschwirrt.

Violet nickt und dreht sich zu mir um. »Roth hat John zu spät gehen lassen. Er konnte Elsa nicht mehr helfen. Ihr Kind … ihr kleines Baby …« Ihre Stimme bebt. Sie wischt sich eine Träne fort. »Es ist gestorben.«

Ich ziehe unruhig die Füße über den Boden, merke, wie meine Knie schwach werden. Was sie da sagt, ergibt keinen Sinn. So gar nicht. Ganz offensichtlich haben die kaum vergifteten Pfeile ihren Geist verwirrt.

»Violet, ich glaube, du musst dich ausruhen. Vielleicht legst du dich kurz hin.«

»Ich muss mich nicht ausruhen, Jane«, sagt sie bestimmt. »*Hör mir zu!* Sie hatten einen kleinen Jungen, aber er lebte nur wenige Minuten.« Noch mehr Tränen rollen über ihre Wangen, glitzern im Fackelschein. »Sie haben alles getan, um ihn wiederzubeleben, aber –«

»Das ist doch verrückt. Was du da redest ...« Ich kann nicht stillhalten, kann nicht denken, nicht atmen. Die gottverdammte Hütte ist zu eng und scheint jede Sekunde weiter zu schrumpfen. Ich muss laufen, atmen, denken. Warum ist es hier drin auf einmal so heiß? »Erzählst du mir gerade, dass ... dass ich ... dass mein Dad gar nicht wirklich ...«

Nein, das ist bescheuert. Unmöglich.

»Roth hat sie danach noch monatelang in der Zelle eingesperrt«, fährt Violet fort. »Die Lederschädel nahmen John mit auf Patrouille, damit er die Wiege sucht – später auch Elsa, als sie wieder stark genug zum Laufen war. Und sie machten Fortschritte. Sie fanden in einer Kammer das eingeritzte Symbol der Wiege, stießen auf eine ganze Reihe. Doch immer verlor sich die Spur. Roth wurde ungeduldig. John und Elsa wussten, dass ihre Zeit allmählich ablief, und endlich gelang ihnen die Flucht.«

»Moment!« Die Hütte dreht sich. Mir wird übel. Ich glaube, ich verliere schon wieder das Bewusstsein. »Bitte.«

»Sie flohen tiefer ins Schloss hinein. Folgten der Spur noch einmal. Und diesmal verlor sie sich nicht. In einer Kammer fanden sie zwei Schlüssel, auf einer Art Sockel. Als sie danach griffen, offenbarte sich der Zugang zur Wiege. Sie öffneten sie. Traten ein. Schafften es bis zum Grundstein und ... und dort fanden sie *dich*, Jane. *Dich* nahmen sie mit aus der Wiege.«

Ja, Jane, du wurdest im Schloss geboren …

»… aber du bist nicht unser Kind«, flüstere ich leise und falle langsam auf die Knie.

Plötzlich erscheint alles so logisch, so echt. Irgendwie *spüre* ich sie sogar, die kalte, harte Wahrheit, die wie ein Eisblock in meinem Bauch hockt.

»Das erklärt alles«, sagt Violet. Behutsam. Leise. »Die Beben. Deine Träume. Deine Verbindung mit dem Schloss. Warum Roth dich haben will.«

Heiße Tränen brennen in meinen Augen, als ich an dem Verband um meine Hand zerre. Violet will mich aufhalten, doch ich schüttele sie ab. Die Wunde ist rot und wund, fängt wieder an zu bluten. Nicht das Blut des Mannes, den ich immer Dad genannt habe, auch nicht das der Frau, die ich für meine Mutter gehalten habe.

Das Blut der Schöpfer.

»Ich bin es«, sage ich. »Ich bin der dritte Schlüssel.«

DÜSTERE NEUIGKEITEN

E r findet sie auf dem Platz des Anbeginns, wo sie am Fuß der Heiligen Stiege wartet, während ihr blutroter Umhang sanft im Wind flattert. Sie starrt hinauf zum Schloss, das sich schwarz vor dem sternenbesäten Nachthimmel abzeichnet. Sie teilt ihm mit, dass er spät dran ist. Normalerweise würde er aufbegehren, doch nicht heute Nacht. Selbst im wächsernen Licht des Mondes sieht er deutlich, dass es ihr nicht gut geht. Ihre Schultern hängen tief.

»Sie sehen müde aus, altes Mädchen.«

»Vielleicht bin ich das.« Winifred seufzt. »Lügen können eine solche Bürde sein, Eric, und in letzter Zeit habe ich viele erzählt. Habe Ihnen, Violet, vor allem Jane nicht alles verraten.« Sie wendet sich ihm zu. »Doch die Zeit ist reif, Sie einzuweihen.«

Atlas ist überrascht, auf der Hut. »Von mir aus. Warum haben Sie White fortgeschickt?«

»Daraus habe ich nie ein Geheimnis gemacht. Ich habe Jane

fortgeschickt, um unsere Welt zu retten. Um alle Welten zu retten.«

»Wovor?«

»Einem großen Übel, dem ich mich schon einmal stellen musste. Ein Übel, das ich – sosehr ich mich schäme, es zuzugeben – nicht besiegen konnte.«

Noch nie hat Atlas Winifred so reden hören. Nie zuvor hat er von diesem angeblichen Versagen erfahren.

»Und Sie glauben, ein Kind hat mehr Erfolg?«

»Oh, sie ist mehr als nur ein Kind. Sie ist ein Kind der Schöpfer und sie braucht unsere Hilfe.« Winifred blickt noch einmal zum Schloss. Dann macht sie auf dem Absatz kehrt und überquert den Platz. »Komm, Eric. Wir haben keine Zeit zu vergeuden. Der Krieg steht bevor und es gibt vieles vorzubereiten.«

DANKSAGUNG

Zunächst einmal ziehe ich den Hut vor allen bei Hardie Grant Egmont, dafür, dass sie mit mir ins Schloss aufgebrochen sind. Marissa Pintado, Sie sind ein echter Schatz. Luna Soo, Annabel Barker, Kate Brown, Haylee Collins, Ella Meave, Joanna Anderson, Julia Kumschick, Sally Davis, Penelope White, Emma Schwarcz, Jessica Sullivan, das Vertriebsteam und alle anderen, die ich womöglich vergessen habe (bitte vergebt mir): Eure Leidenschaft, Hingabe und Ermutigung hauen mich um und spornen mich jeden Tag aufs Neue an. Ich habe mein Team an Helden zweifellos gefunden und könnte nicht glücklicher sein. Danke euch allen, dass ihr meinen Traum wahr gemacht habt.

Danke auch der grandiosen Agentin Grace Heifetz von Curtis Brown Australia. Ich habe solches Glück, jemanden auf meiner Seite zu haben, der so schlau, großzügig und warmherzig ist.

Tausend Umarmungen und High-Fives an meine Familie und alle meine Freunde, die mir im Lauf der Jahre so viel Liebe geschenkt haben. Vor allem Brooke Davis, erstklassiger Resonanzboden und Licht meines Lebens (wir haben keine Beziehung!); Claire Thompson, Vertraute und Ratgeberin; Charlie Mah, erster Teen-Leser; Felicity Packard, die ganz zu Anfang das Feuer entfachte. Danke auch an Sarah Hart, Mark Russell, Julia Loersch, George Poulakis, Simon Gauci, Steph Lax, Catherine Pye, Holly Ringland, Gabrielle Tozer, Amanda Bradford, Ollie und Rosie, Juully und Bill Lyons, Team Oscar & Freunde, Indiana Jones, Bailey, den goldbraunen Labrador, und jeden anderen coolen Hund, dem ich je begegnet bin.

Mum, du bist ein Phänomen. Hab vielen Dank für deine felsenfeste Liebe und Unterstützung. Diese wilde Fahrt mit dir zu teilen, war ein echtes Abenteuer. Dad, ich hab dich lieb, ich vermisse dich. Tim und Nic, meine lieben Geschwister, danke, dass ihr es all die Jahre mit mir ausgehalten habt. Karen, unsere lebenslange Freundschaft bedeutet mir die Welt. Brooke, ja, du bekommst ein zweites Danke, weil du einfach genial bist. Und an meinen zukünftigen Ehemann: Noch weiß ich nicht, wer oder wo du bist, aber wie kannst du es wagen, das hier zu verpassen?! Du schuldest mir Kuchen. Jede Menge Kuchen.

Zum Schluss ein herzliches Dankeschön an all die Geschichtenerzähler da draußen, aus Vergangenheit und Gegenwart, die mich mein Leben lang unterhalten, begeistert, getröstet, inspiriert und belehrt haben – und auch DIR, lieber Leser, dafür, dass du in Janes Welt eingetaucht bist. Ich hoffe, du hattest Spaß. Wir sehen uns bald wieder!

Jeremy

INHALT

Der gelernte Buchhändler *Jeremy Lachlan* konnte sich schon immer für große epische Abenteuer in Literatur und Film begeistern: Star Wars, Die Chroniken von Narnia, Jurassic Park. Die Idee zu Jane White kam ihm, als er sich einmal im Nationalmuseum in Kairo verlief und den Ausgang nicht mehr fand. Jeremy lebt in Sydney, Australien.